ANNE'S BOOKS
8
세라 황금의 길
루시 모드 몽고메리/김유경 옮김

동서문화사

세라 황금의 길
차례

스토리 걸 세라가 들려준 수많은 이야기들을
나에게 전해 준
메리 로슨에게 바친다

그 황금의 길을 아시나요

그 지난날 우리는 누구나 황금의 길을 걷고 있었다. 그것은 '잃어 버린 빛의 나라'를 가로지르는 아름다운 사람들 누구나가 다니는 길 이었다.

빛과 그림자가 즐겁게 교차하고, 모퉁이와 내리막길을 만날 때마 다 신선한 매력과 새로운 아름다움이 나타나, 열정적인 마음과 티 없이 맑은 눈길들을 끌었던 것이다.

그 길에서 우리는 새벽별들의 노래를 들었다.

우리는 5월의 안개처럼 아련하고 달콤한 향기를 들이마셨다. 또 아슴푸레한 환상과 무지갯빛 희망에 싸여 늘 풍요로웠다. 우리 마음 은 꿈의 선물을 찾았으며, 그리고 발견했다. 우리 앞에 창창한 앞날 이 펼쳐져 있었다. 인생은 손가락 사이로 보랏빛 꽃을 뿌리는 장미 의 입술을 가진 친구였다.

황금의 길은, 아득히 먼 옛날에 저 멀리로 사라졌을지도 모른다. 그러나 그 추억은 우리의 영원한 재산이며, 무엇보다 소중하다.

그런 재산을 진심으로 원하는 사람들은, 이 책의 등장인물들이 청춘의 '황금길'을 순례하는 책갈피에서 아마도 기쁨을 찾아낼 수 있을 것이다.

L.M. 몽고메리

새로운 출발

"드디어 우리가 이번 겨울 동안 할 일을 생각해 냈어. 무지 재밌는 일이야."

앨릭 삼촌 집 부엌에서 활활 타오르는 장작불을 둥그렇게 에워싸고 앉아 있었을 때, 나는 말했다.

하루 종일 11월의 거친 바람이 분 뒤라, 축축하고 불쾌한 황혼이 다가오고 있었다. 문밖에서는 바람이 창가와 처마에서 울부짖고, 빗줄기가 지붕을 찰싹찰싹 때렸다. 문 옆의 커다란 버드나무는 폭풍 속에서 몸부림치고, 과수원은 밤의 전당을 헤매도는 눈물과 공포 속에서 태어나 우리를 오싹하게 만드는 콘서트장이었다. 그러나 우리는 바깥 세상의 탄식과 고독 같은 것에 조금도 개의치 않았다. 장작불의 빛과 발랄한 입술에서 터져나오는 웃음소리로, 그런 것은 얼씬도 못하게 할 수 있었다.

우리는 즐겁게 술래잡기 놀이를 하고 있었다. 다시 말해 처음에는 즐거웠다는 얘기다. 그런데 점점 흥이 깨지기 시작했다. 괘씸하게도 피터가, 펠리시티를 붙잡는 기쁨을 맛보려고 일부러 쉽게 술래가 돼

주는 것이 들통나고 말았기 때문이다. 게다가 아무리 눈가리개를 단단하게 묶어도 펠리시티를 붙잡는 데는 결코 실패하는 법이 없었다. 도대체 어디 사는 어떤 얼간이가 사랑하면 눈이 먼다고 말한 것인가? 사랑은 다섯 겹으로 접은, 올이 촘촘한 머플러조차 쉽사리 꿰뚫어보니 말이다.

"나, 피곤해. 모두들 앉아서 스토리 걸에게 이야기를 해달라고 하자."

세실리의 숨결이 제법 거칠어졌고 창백한 뺨은 빨갛게 타오르고 있었다.

그런데 처음 이 장소에 앉는 순간 스토리 걸이, 이때야말로 우리두 사람이 지난 며칠 동안 은밀하게 짜낸 계획을 공개할 둘도 없는 순간이라고 넌지시 암시하는 분명한 시선을 나에게 보냈다. 사실 그것은 스토리 걸의 생각이었지 결코 나의 것은 아니었다. 하지만 그녀는 모든 것을 내가 혼자 생각해낸 척하며 말을 꺼내야 한다고 주장했다.

"그렇게 하지 않으면 펠리시티가 찬성하지 않을 거야. 베브, 너도 알고 있지? 요즘 걘 내 말이면 무조건 걸고 넘어져. 게다가 펠리시티가 반대하면 피터도 따라할 게 틀림없어. 정말 어처구니가 없다니까! 모두가 참여하지 않으면 무슨 재미니?"

"그게 뭔데?" 펠리시티가 자신이 앉은 의자를 옆에 앉은 피터의 의자보다 뒤로 조금 빼면서 물었다.

"그러니까 이런 얘기야. 우리만의 신문을 만드는 거! 우리가 기사를 써서 우리가 한 일을 모두에게 알리는 거야. 재미있을 것 같지 않니?"

모두 어리벙벙한 듯, 그러나 매료된 듯한 표정이었다. 물론 스토리 걸은 제외하고다. 그녀는 자신의 역할을 잘 알고 있어서 그럴듯하게 연기해 보였다.

"말도 안 돼!" 그녀는 긴 갈색 곱슬머리를 경멸하는 듯한 표정으로 번쩍 치켜들며 소리쳤다. "마치 우리도 신문을 만들 수 있다는 것 같은 말투잖아!"

펠리시티는 바로 우리가 바라던 대로 흥분해 주었다.

"멋진 생각이라고 봐, 나는. 왜 우리라고 마을에서 만들고 있는 정도의 신문을 못 만든다는 건지 그 이유를 듣고 싶어. 로저 삼촌이 〈데일리 엔터프라이즈〉는 이제 아주 못쓰게 되었다고 말했어. 활자화된 뉴스에서는 '어떤 아주머니가 머리에 숄을 쓰고, 길 건너편에 있는 다른 아주머니 집의 티타임에 초대받아 갔습니다' 하는 것처럼 한심한 것뿐이래. 우리라면 좀더 좋은 것을 만들 수 있을 거야. 세라 스탠리, 자기 말고 다른 사람은 아무것도 할 수 없다고 생각하는 건 그만 둬." 열성적으로 지지하고 나섰다.

"틀림없이 굉장히 재미있을 거야. 제인 고모도 퀸즈 아카데미에 있었을 때 신문편집을 도운 적이 있어. 고모는 그 일이 무척 재미있고 자기한테 도움이 되었다고 하던데?" 피터도 단언했다.

스토리 걸은 눈을 내리깔고 얼굴을 찡그림으로써 가까스로 속마음의 기쁨을 숨길 수 있었다.

"베브는 편집장이 되고 싶은가봐. 경험도 없으면서 도대체 뭘 할 수 있다는 거야. 어쨌든 여러 모로 성가신 일이 될 게 뻔해."

"어떤 사람들은 성가신 일을 싫어하지." 펠리시티가 대꾸했다.

"난 재미있을 것 같은데. 베브뿐만 아니라 우리 모두 편집 경험 같은 건 없잖아. 상관없지, 뭐." 세실리가 조심스럽게 말했다.

"인쇄할 거야?" 댄이 물었다.

"그건 무리야. 인쇄를 어떻게 해? 손으로 써야지. 선생님한테서 풀스캡 (34cm×43cm 필기 용 종이의 하나) 을 사는 거야." 내가 말했다.

"인쇄하지 않은 건 신문 같지도 않을 것 같아." 댄이 비웃었다.

"네가 어떻게 생각하든 상관없어." 펠리시티가 말했다.

"고맙구나." 댄이 받아넘겼다.

스토리 걸은 댄이 우리의 계획을 반대하는 걸 원치 않았기 때문에 당황하여 이야기에 끼어들었다.

"물론 모두가 하고 싶어한다면 나도 참여하겠어. 그래, 생각해 보니 꽤 재미있을 것 같아. 복사를 해두면 언젠가 우리가 유명해지는 날에는 가치가 무척 올라갈 거야."

"우리 가운데 누군가가 유명해지는 일이 과연 있을까?" 펠릭스가 말했다.

"스토리 걸이 있잖아." 내가 말했다.

"어떻게 유명해질 수 있는데? 기껏해야 우리 가운데 한 사람이잖아." 펠리시티는 아무래도 의심스러운 것 같았다.

"좋아, 그럼 신문을 내기로 결정한 거야. 다음은 이름을 생각해야 해. 이건 무척 중요한 사항이야." 내가 당황해서 얼른 얘기를 돌렸다.

"얼마 만에 한 번씩 낼 생각인데?" 펠리시티가 물었다.

"한 달에 한 번."

"신문은 매일 내는 건 줄 알았는데. 아니면 적어도 1주일에 한 번이라도." 댄이 말했다.

"매주 어떻게 낼 수 있어? 그럼 일이 너무 많아." 나는 핑계를 댔다.

"그래, 그게 문제야." 댄이 고개를 끄덕인다. "맡은 일은 적을 수록 더 좋아. 이거, 내 의견이야. 알고 있어, 펠리시티. 말 안 해도 알아, 무슨 말을 하려는 건지 다 알고 있으니까 말 안 해도 돼. 다른 할 일이 있다면 난 절대로 이 일을 하지 않을 거야. 나도 알고 있어."

'기억하라,

일이 없는 것은
있는 것보다 고역임을.'

세실리가 비난조로 인용했다.

"그건 믿을 수 없어. 난 아일랜드인들이 말하듯이, '일을 시작한 사람이 끝까지 그 일을 마쳐야 한다'고 생각해." 댄이 대답했다.

"그럼, 베브 형이 편집장이 되는 것으로 결정된 거야?" 펠릭스가 물었다.

"당연하지." 펠리시티가 대표로 대답했다.

"그렇다면 난 이름을 〈월간 킹〉으로 할 것을 제안하겠어." 펠릭스가 말했다.

"그거 좋다." 피터가 펠리시티의 의자 옆으로 슬금슬금 다가가면서 말했다.

"하지만 그러면 피터와 스토리 걸과 세라 레이를 무시하는 게 돼. 마치 애들은 우리 팀이 아닌 것 같잖아. 공평하다고 할 수 없어." 세실리가 말하기 거북하다는 듯이 말했다.

"그럼 네가 정해, 세실리." 이번에는 내가 부추겼다.

"응?" 세실리는 지원을 구하는 듯한 시선을 스토리 걸과 펠리시티에게 던졌다. 하지만 펠리시티의 시선에서 모멸의 눈빛을 읽은 순간, 평소의 그녀와는 어울리지 않는 태도로 고개를 빳빳이 쳐들었다.

"우리 모두의 신문이라는 의미에서 〈우리들〉이라고 하는 게 어떨까. 그러면 여기 있는 우리 모두가 한 팀이라는 기분이 될 수 있을 것 같아."

"그래, 〈우리들〉로 하자." 내가 찬성했다. "그리고 들어봐. 아무도 소외감을 느끼지 않도록 모두 역할을 분담하는 거야. 내가 편집장이면 너희들은 모두 편집자가 되어 기사를 담당하는 거지."

"안 돼, 난 할 수 없어." 세실리가 고개를 저었다.

"하자." 나는 가차없이 못을 박았다. "영국은 모든 국민이 의무를 다할 것을 원한다. 이것이 우리의 모토야. 영국을 프린스에드워드 섬으로 바꾸는 거지만. 아무도 달아나기 없기야. 자, 어떤 기사를 담당하고 싶니? 되도록 진짜같이 하고 싶어."

"맞아. 그럼 에티켓난을 만들어야 해. 〈패밀리 가이드〉에는 있는 걸." 펠리시티가 말했다.

"물론 만들어야지. 댄이 편집담당이다." 내가 말했다.

"댄이!" 자기가 추천될 줄 알았던 펠리시티가 자기도 모르게 소리쳤다.

"나도 〈패밀리 가이드〉 에티켓난을 담당하고 있는 멍청이만큼은 쓸 수 있어. 하지만 독자들이 질문을 하지 않으면 에티켓난 같은 건 만들 수 없어. 아무도 질문을 하지 않으면 어떻게 하지?" 댄이 도전적으로 말했다.

"네가 적당히 지어내. 로저 외삼촌의 말로는 〈패밀리 가이드〉도 그렇게 하고 있대. 그 에티켓난 앞에 줄 서 있는 구제 못할 바보들이 이 세상에 그리 많은 건 아니라고 했어." 스토리 걸이 말했다.

"펠리시티, 넌 가정란을 맡아줬으면 좋겠어." 아름다운 아가씨의 미간에 검은 구름이 몰려드는 것을 본 나는 얼른 이렇게 덧붙였다. "너만큼 잘할 수 있는 사람이 없어서야. 펠릭스는 오락과 게시판, 세실리는 유행을 맡아줘. 그래, 시스, 할 수 있다니까. 식은 죽 먹기야, 식은 죽 먹기. 그리고 스토리 걸은 소식란을 맡아줘. 이건 매우 중요한 일이야. 소식란은 누구나 참여할 수 있지만, 스토리 걸, 넌 매호마다 반드시 뭔가 찾아서 넣어주기 바랄게. 댄의 에티켓난처럼 지어내도 상관없으니까."

"베브는 기사 스크랩과 사설." 내가 자신에 대한 얘기를 꺼내지 못하고 있는 것을 알아챈 스토리 걸이 그렇게 말해주었다.

"이야기 페이지 같은 건 없어?" 피터가 물었다.

"네가 이야기와 시를 담당해준다면 만들 생각이야."

피터는 속으로 망설였다. 하지만 펠리시티 앞에서 한심한 모습을 보이고 싶지 않았다.

"좋아." 그는 자신 있게 말했다.

"스크랩난에는 넣고 싶은 건 뭐든 넣을 수 있어. 하지만 다른 기사는 전부 스스로 쓰는 거야. 그리고 소식란 외에는 모두 서명기사라야 해. 우리는 모두 최선을 다할 거야. 〈우리들〉지는 명쾌한 논리로 채워지고 영혼들이 교류하는 향연의 장이 될 거야."

나는 내가 말한 이 마지막 두 마디가 눈이 번쩍 뜨이는 효과를 올렸음을 느낄 수 있었다. 스토리 걸을 제외한 모두가 감명을 받았음을 명백하게 드러내고 있었다.

세실리가 말하기 어려운 듯이 입을 열었다. "하지만 세라 레이는 할 일이 없는 거야? 따돌림당하면 기분이 무척 나빠."

세라 레이를 까맣게 잊고 있었다. 세실리가 말을 꺼낼 때까지 아무도 세라 레이에 대해서는 생각하지 못하고 있었다. 우리는 그녀를 광고 담당으로 결정했다. 듣기에는 그럴듯했지만 실제로는 매우 작은 위치였다.

"그럼, 이쯤 하고 열심히 하자." 계획이 생각보다 수월하게 궤도에 오르자, 나는 안도의 한숨을 쉬면서 말했다. "제1호는 1월 1일 무렵 발행 예정이야. 그리고 이게 무엇보다 중요한 건데, 로저 삼촌한테 들키면 절대로 안 돼. 웃음거리가 될 게 뻔하니까."

"잘 될까?" 어쩐지 불안하다는 듯이 피터가 말했다. 얼떨결에 이야기 담당이 된 뒤부터 피터는 기운이 없었다.

"잘 될 거라고 생각하면 잘 될 거야. 뜻이 있는 곳에 길이 있다는 말도 있잖아."

"그래 맞아. 어슐러 타운리가 케니스 맥네어와 사랑의 도피를 떠나던 날 밤, 아버지에게 붙잡혀 방에 갇혔을 때 한 말이기도 하지."

우리는 이 이야기에 모두 귀를 쫑긋 세웠다.

"어슐러 타운리와 케니스 맥네어가 누군데?" 내가 물었다.

"케니스 맥네어는 얼간이 아저씨의 할아버지의 사촌. 어슐러 타운리는 그때 섬에서 제일가는 미인이었어. 내게 누가 이 이야기를 해준 것 같아? 아니, 누가 갈색 노트에서 이야기를 읽어주었을 것 같아?"

"설마, 그 얼간이 아저씨가?" 나는 노골적으로 의심스럽다는 듯이 소리쳤다.

스토리 걸이 의기양양하게 말했다. "그래, 맞았어. 지난 주, 뒤쪽의 단풍나무숲에 풀고사리를 찾으러 갔을 때 만났거든. 얼간이 아저씨는 샘가에 앉아서 갈색 노트에 뭔가 적어넣고 있었어. 내가 보니까 얼른 감추면서, 정말이지 멍청한 얼굴을 하는 거야. 난 잠시 이야기를 나눈 뒤 노트로 말을 돌려서, '소문에는 그 노트에 시를 쓰고 계신다고 하던데 만약 그게 정말이면 읽어주시겠어요? 듣고 싶어서 가슴이 두근거리는 걸요' 하고 말했지. 그랬더니 얼간이 아저씨가 이것저것 조금씩 긁적거리고 있다고 그러더라. 그러니까 제발 뭐든지 읽어달라고 졸랐지. 그래서 어슐러와 케니스 얘기를 읽어주신 거야."

"어떻게 그런 얘기를! 부끄럽지도 않은가 봐." 펠리시티가 이렇게 말하자 세실리까지 스토리 걸이 너무했다는 듯한 표정을 지었다.

"그만 해!" 펠릭스가 소리 질렀다. "그 얘기 해줘 봐. 그게 중요하잖아?"

"되도록 얼간이 아저씨가 읽은 대로 얘기해 줄게. 하지만 그분의 시적인 표현을 그대로 옮길 자신은 없어. 2편 이상 읽어주셨는데 모두 다 기억할 수가 없거든."

사랑의 도피

"100년 이상이나 거슬러 올라간 어느 날, 어슐러 타운리는 자작나무 숲 속에서 케니스 맥네어를 기다리고 있었다. 10월의 바람은 갈색 나무 열매를 투둑투둑 떨어뜨리고 나뭇잎을 마치 픽시^(작은 요정)들처럼 춤추게 했다."

"픽시가 뭐냐?" 중간에 누가 끼어드는 걸 스토리 걸이 몹시 싫어한다는 것을 깜박 잊은 피터가 물었다.

"쉿!" 세실리가 직은 소리로 주의를 주었다. "얼간이 아저씨의 시적인 표현쯤 될 거야, 틀림없이."

"풀숲과 짙푸른 강어귀 사이에는 누군가가 일군 밭들이 이어져 있었어. 하지만 육지를 따라 안으로 들어가면 양쪽 모두 숲이었어. 100년 전 프린스에드워드 섬은 오늘날의 모습과는 많이 달랐지. 개척지가 얼마 되지 않은 데다 서로 멀리 뚝뚝 떨어져 있었고, 개척지 안에서는 휴 타운리 노인이 남자, 여자, 어린아이 할 것 없이 빤히 알고 있었다고 떠벌릴 만큼 인구가 적었다고 해.

휴 노인은 당시에 상당한 유명인이었어. 그것도 여러 면에서.

돈이 많은 것, 사교성이 좋은 것, 자만심이 높은 것, 제멋대로인 것……. 게다가 그의 딸은 프린스에드워드 섬에서 가장 아름다운 아가씨였어.

물론 젊은이들이 그 미모를 모를 리가 없었지. 그녀에게 연정을 품는 젊은이들이 끊이지 않았고, 덕택에 다른 처녀들로부터는 한결같이 미움을 받고 있었어."

"그렇겠지!" 댄이 끼어들었다.

"그런데 그녀의 마음에 드는 단 한 사람의 젊은이가, 하필이면 절대로 좋아해서는 안 되는 사람이었어. 하기는 휴 노인의 입장에서 봤을 때의 얘기지만.

케니스 맥네어는 이웃 개척지 출신의, 검은 눈동자를 가진 젊은 선장인데, 상쾌한 바람이 불고 햇살이 달콤했던 그 가을날, 어슐러가 자작나무 숲 속에 몰래 들어간 것은 다 그를 만나기 위해서였어. 휴 노인은 어슐러의 명랑한 마음까지 꺾어버릴 만큼 격노하여 젊은이를 자기 집에서 쫓아내고 말았지. 실은, 휴 노인은 케니스 본인한테는 아무런 불만도 없었어.

수십 년 전 케니스와 어슐러가 아직 태어나지도 않았던 무렵에, 케니스의 아버지가 선거에서 대접전을 치른 끝에 휴 타운리를 굴복시켰던 것이야. 그때는 정치의식이 매우 높았던 시절이었기 때문에, 휴 노인은 맥네어의 승리를 결코 용서하지 않았어.

이 시골마을에서 소동이 일어났던 그날 이후로 두 집안의 반목이 시작되어, 어슐러가 연인을 몰래 만나는 수밖에 없었던 것도, 따지고 보면 30년 전에 있었던 선거전의 불똥이었던 셈이야."

"맥네어 집안은 보수당이었니? 아니면 그리트당(^{캐나다}_{자유당})?" 펠리시티가 물었다.

스토리 걸이 쌀쌀맞게 말했다.

"어느 쪽이든 무슨 상관이니? 토리당(보수당)도 100년 전에는 낭만적이었을 지 모르잖아. 어쨌든 계속 이야기할게.

그런데 어슐러는 케니스를 그리 자주 만날 수 없었어. 케니스가 16킬로미터쯤이나 떨어진 곳에 살고 있는 데다, 배를 타느라 집을 자주 비웠기 때문이었어. 이 기념할 만한 날은 그들 두 사람이 지난번에 만난 지 거의 석 달 만이었어.

그 전 일요일, 샌디 맥네어는 칼라일 교회에 갔어. 그날 아침 새벽에 일어나 13킬로미터쯤이나 되는 바닷가 길을 구두를 손에 든 채 맨발로 걸어가서, 항구의 어부에게 돈을 주어 배를 얻어타고 해협을 건넌 뒤 다시 칼라일 교회까지 13킬로미터를 걸었지. 유감스럽게도 그것은 성스러운 것에 대한 열정에서가 아니라, 사랑하는 형 케니스의 심부름 때문이었어. 샌디는 형이 부탁한 편지를, 마을 사람들이 교회에서 한꺼번에 쏟아져 나오는 북새통 속에서 어슐러의 손에 무사히 쥐어주었어. 이튿날 오후 케니스를 만나러 자작나무 숲으로 오라는 편지였어. 그래서 그녀는 의심 많은 아버지와 눈을 빛내며 감시하고 있는 계모에게 자신이 곡물창고에서 실을 잣고 있다고 믿게 하고 몰래 숲으로 갔어."

"부모를 속이다니, 도저히 있을 수 없는 일이야." 펠리시티가 짐짓 엄격하게 말했다.

스토리 걸도 그건 반박할 수 없었다. 그래서 그녀는 질문의 윤리적인 측면을 교묘하게 비켜갔다. 그녀가 새침하게 말했다.

"난 어슐러 타운리가 어떻게 해야 했는지를 말하고 있는 게 아니야. 무엇을 했는지 얘기하고 있을 뿐이지. 듣고 싶지 않으면 듣지 않아도 돼, 물론. 만약 아무도 해서는 안 되는 일을 하지 않는다면, 이야깃거리가 거의 없지 않겠니?

그건 그렇고, 케니스와 어슐러의 만남은, 석 달 전 마지막 키스를 나눈 이래 연인들이 서로 마음에 그리고 있었던 그대로의 것이었어. 어슐러가 입을 열어 이렇게 말한 것은 그로부터 꼬박 반시간 뒤의 일이었어.

'아, 케니스. 나, 오래는 있지 못해요…… 아버지가 수상하게 여기실 거예요. 당신은 편지로 중요한 얘기가 있다고 했죠? 그게 뭐예요?'

'어슐러, 내 얘기를 잘 들어요. 이번 토요일 새벽, 나의 배 페어레이디 호는 선장과 함께 샬럿타운 항을 출항해서 부에노스아이레스로 갈 거야. 지금 철에는 날씨가 좋으니까 항해가 안전할 거야. 내년 5월에 돌아올게.'

'케니스!' 어슐러는 소리쳤어. 그리고 얼굴이 창백해지더니 갑자기 와락 울음을 터뜨렸어. '어떻게 날 두고 가버릴 생각을 할 수 있어요. 무정한 사람!'

'설마 어떻게 그런…… 당신을 두고 가다니!' 케니스가 웃었어. '페어레이디 호의 선장은 어여쁜 신부를 데리고 갈 생각이야. 어슐러, 우리는 신혼여행을 바다에서 보내는 거야. 그리고 캐나다의 추운 겨울 동안 남쪽의 야자나무 그늘에서 지내는 거지.'

'함께 달아나자는 거예요, 케니스?' 어슐러가 소리를 질렀다.

'맞아요, 아가씨, 다른 방법이 없잖아?'

'안 돼요, 아버지가 틀림없이…….'

'아버지의 의견은 들을 필요 없고, 앞으로도 마찬가지야. 부탁이야, 어슐러. 달리 길이 없다는 건 당신도 잘 알잖아. 이렇게 될 줄 오래전부터 알고 있었을 거고. 당신 아버지는 우리 아버지 때문에 절대로 나를 용서하지 않으실 거야. 날 버리지 말아줘. 날 이런 항해에 홀로 내보낸 뒤의 긴 이별을 생각해 봐. 용기를 내는 거야. 그러면 우리가 페어레이디 호를 타고 남쪽으로 항해하는 동안 타운리 집안과 맥네어 집안, 그 두 집안끼리 케케묵은 싸움질을 하든지 말든지 그냥 내버려 두는 거야. 나에게 다 생각이 있다구.'

'얘기해 봐요.' 가까스로 호흡이 제대로 돌아오기 시작한 어슐러가 말했어.

'금요일에 스프링스에서 댄스파티가 열리는 거 알지. 당신은 초대받았어, 어슐러?'

'네.'

'그럼 됐어. 나는 초대받지는 않았지만 갈 생각이야……. 두 마리 말을 몰고 집 뒤 가문비나무 숲에 있겠어. 파티가 절정에 달했을 때, 당신은 몰래 빠져나오는 거야. 거기서 샬럿타운까지는 겨우 24킬로미터밖에 안 돼. 우리 사정을 아는 목사님이 바로 내 친구인데 우리 결혼식을 올려줄 계획을 세워놓았어. 춤추는 사람들이 다리가 아파올 때쯤이면 당신과 난 배 위에서 새로운 운명의 항해를 하고 있을 테지.'

'만약 내가 가문비나무 숲으로 만나러 가지 않으면요?'

어슐러가 약간 도도한 투로 말했어.

'그러면 난, 그 다음날 아침 혼자 남미로 떠날 거야. 케니스 맥네어가 고향에 돌아올 때까지는 몇 년의 세월이 흐르겠지.'

케니스는 아마도 진심으로 말한 것이 아니었겠지만, 어슐러는 그렇게 받아들였어. 그래서 쉽게 결정할 수 있었지. 마침내 그녀는 함께 달아나는 데 동의했어.

그래, 맞아, 펠리시티. 물론 이것도 안 되는 일이지. 어슐러는 이렇게 말해야 했어. '안 돼요. 난 얌전하게 집에서 정해주는 대로 결혼할 거예요. 난 결혼식도, 실크드레스도, 들러리도, 그리고 많은 선물도 원해요.' 하지만 그렇게 하지 않았어. 그녀는 미래의 펠리시티 킹만큼 분별 있는 사람이 아니었던 모양이야."

"수치심도 모르는 천박한 여자야." 펠리시티는 차마 스토리 걸에게 화내지 못하고, 이미 옛날에 죽고 없는 어슐러에게 화를 냈다.

"어머, 그건 아냐, 펠리시티. 그녀는 용감한 여자였을 뿐이야. 나

같아도 그렇게 했을걸.

……그리고 금요일 저녁, 그녀는 용감한 마음으로 댄스파티를 위해 옷을 갈아입기 시작했어. 해질 무렵 말을 타고 올 삼촌 내외와 함께, 당시 칼라일에서는 한 대밖에 없었던 사륜마차를 타고 스프링스로 갈 예정이었지. 땅거미가 지기 전에 스프링스에 도착할 수 있도록 시간을 맞춰 출발하기로 되어 있었어. 10월의 어두운 숲 속을 지나가는 것은 보통 일이 아니었기 때문이야.

준비가 되자 어슐러는 흡족한 표정으로 거울 속에 비친 자기 모습을 바라보았어.

그래, 펠리시티, 어슐러는 자부심이 강한 아가씨였어. 그것도 역시 어슐러인 거야. 그런 건 100년이 지나도 마찬가지인가 봐. 게다가 그녀에게는 자부심을 가질 만한 이유가 있었어.

그녀는 1년 전에 영국에서 주문하여 총독관저의 크리스마스 파티에서 단 한 번 입었던, 해록색 실크를 입고 있었어. 고급인 데다 튼튼하고 옷깃 스치는 소리도 상쾌한 옷을 입은 어슐러는, 발그레한 뺨과 반짝이는 눈동자, 풍부한 밤색 머리카락이 빛나고 있었지.

거울 앞에서 막 일어서자 아래층에서 아버지의 노한 목소리가 들려왔어. 새파랗게 질린 그녀는 층계참으로 뛰어나갔어. 아버지는 벌써 계단 중간까지 올라와 있었어. 얼굴이 격심한 분노로 새빨개져 있었어. 아래층 현관 앞에 계모가 난처한 듯 화난 표정으로 서 있었지. 현관에는 그녀가 어엿한 처녀로 성장한 이래 끈질기게 노골적으로 구애를 계속하고 있는 이웃의 못생긴 청년, 맬컴 램지가 서 있었어.

'어슐러!' 휴 노인이 소리쳤어. '이리 와서 이 못된 놈이 거짓말을 하는 거라고 말해다오. 이놈은 네가 지난 화요일에 자작나무 숲에서 케니스 맥네어를 만났다고 하는구나. 이놈에게 거짓말이라

고 말해! 거짓말이라고!'

어슐러는 겁쟁이가 아니었어. 그녀는 자못 멸시하는 시선으로 가련한 램지를 노려보았어.

'저 사람은 스파이인 데다 고자질이나 하는 나쁜 사람이군요. 하지만 그 말은 거짓말이 아니에요. 틀림없이 전, 지난 화요일에 케니스 맥네어를 만났어요.'

'어떻게 내 앞에서 그런 말을 할 수 있는 게냐!' 휴 노인이 고함을 질렀어. '네 방으로 돌아가, 이 못된 것! 방으로 돌아가서 꼼짝 말고 있어! 그 외출복은 벗어! 이제 댄스파티 같은 덴 보내지 않을 테니까. 내가 나와도 좋다고 결정할 때까지 꼼짝 말고 그 방에 있는 거야. 아니, 말대답은 용납 못해! 네 발로 가지 않으면 강제로 가둬버릴 테다. 어서 들어가! 그리고 뜨개질이나 하고 있어. 스프링스에서 구두 뒤축을 울리는 대신 그거나 하는 거야.'

그는 층계참의 테이블에서 둘둘 말아놓은 잿빛 털실뭉치를 집어 들더니 어슐러의 방 안으로 힘껏 던졌어. 어슐러는 아버지의 말을 거역하면 장난꾸러기 아이에게 하듯이 목덜미를 움켜잡고 방 안에 가둬버릴 것을 알고 있었지. 그래서 난처해 하고 있는 램지가 저도 모르게 몸이 움찔할 정도로 그를 한 번 날카롭게 쏘아본 뒤, 그녀는 꼿꼿이 고개를 쳐들고 당당하게 방으로 들어갔어. 다음 순간, 등 뒤에서 문 잠그는 소리가 들려왔어. 그녀는 분노와 수치심과 실망을 이기지 못하고 울음을 터뜨렸어. 하지만 그런다고 해결되는 것은 아무것도 없었어. 그래서 이번에는 방 안을 왔다갔다하기 시작했어. 삼촌 내외가 문을 나가는 마차 바퀴소리를 들으면서 그녀는 흐느껴 울었어.

'아, 어떡하면 좋아. 케니스가 무척 화를 낼 텐데. 틀림없이 내가 배신한 걸로 생각하겠지. 그리고 나를 원망하는 마음으로 가득 차서 떠나버릴 거야. 한 마디라도 변명을 전할 수 있다면 날 내버려두고 가진 않을 텐데. 하지만 이대로는 도저히 방법이 없어. ……하지만 뜻이 있는 곳에 길이 있다는 말도 있어. 아, 미칠 것만 같아! 창문이 이렇게 높지 않으면 뛰어내릴 텐데. 하지만 그랬다가 발목이나 목이라도 부러지면…….'

오후 시간은 빠르게 지나갔어. 해질녘이 다 되어 말발굽 소리를 들은 어슐러는 창가로 다가갔어. 스프링스의 앤드루 키니어가 말을 현관 앞에 매고 있었어. 그는 위세 좋은 젊은이로, 휴 노인과는 정치를 논하는 친구였지. 오늘 밤 댄스파티에 가는 것이 틀림없었어.

'아, 한 마디라도 그에게 얘기를 할 수 있었으면!'

그가 집 안으로 들어가자 어슐러는 안타까워하며 창문 가에서 돌아서다가 아버지가 바닥에 집어던진 굵은 털실뭉치에 발이 걸려 하마터면 넘어질 뻔했어. 순간 그녀는 원망스러운 듯 털실뭉치를 노려보다가…… 가벼운 웃음소리를 내며 그것을 주먹으로 때렸어. 그러고는 테이블 앞에 앉아 케니스 맥네어 앞으로 보내는 짧은 편지를 서둘러 적고 있었지. 편지를 다 쓴 어슐러는 잿빛 털실뭉치를 약간 풀어서 편지가 빠지지 않게 잘 끼운 뒤 그 위에 다시 실을 감았어. 노을색인 잿빛 털실뭉치는, 그 속의 하얀 비밀문서가 2층 창문에서 던져지는 순간, 설사 누군가의 눈에 띈다 하더라도 그 눈을 속여줄 거야. 그녀는 창문을 열어놓고 기다리고 있었어.

앤드루가 나왔을 때는 땅거미가 지기 시작하고 있었지. 다행히 휴 노인은 현관까지 나와서 배웅하지는 않았어. 앤드루가 말고삐를 풀고 있을 때, 어슐러가 신중하게 겨냥하여 던진 털실뭉치는 정확하게 앤드루의 머리에 맞았어. 앤드루는 창문을 올려다보았어. 그녀는 몸을 내밀고 소리를 내어서는 안 된다는 듯 손가락을 입술에 대고, 털실뭉치를 가리키며 고개를 끄덕여 보였지. 앤드루는 어리둥절한 듯이 털실뭉치를 집어들더니 안장에 뛰어올라 달려갔어.

이제 됐어, 하고 어슐러는 생각했어. 하지만 앤드루가 눈치챘을까? 그 울퉁불퉁하고 커다란 털실뭉치에서 미묘한 비밀의 냄새를 맡을 만한 재치가 있을까? 게다가 정말 댄스파티에 가는 중이었을까?

밤은 느릿느릿 지나갔어. 어슐러에게 이렇게 시간이 길게 느껴진 적은 한 번도 없었어. 마음을 편히 먹을 수도, 잠을 잘 수도 없었지. 한밤중이 되어서야 누가 유리창에 돌멩이를 던지는 소리가 났어. 튕기듯이 일어난 그녀는 창문으로 몸을 내밀었어. 바로 눈 아래 어둠 속에 케니스 맥네어가 서 있는 거야.

'아, 케니스, 내 편지 받은 거예요? 거기 있어도 괜찮아요?'

'괜찮고말고. 당신 아버님은 벌써 잠드셨어. 아버님 방의 불이 꺼질 때까지 길가에서 2시간, 그리고 잠이 들 때까지 반시간이나 더 기다렸으니까. 어서 나와, 어슐러. 아직 해 뜨기 전에 샬럿타운에 도착할 수 있어.'

'말로야 쉽지요. 난 지금 갇혀 있어요. 헛간 뒤로 돌아가서 사다리를 찾아가지고 와요.'

5분 뒤 머리를 후드로 감싸고 외투를 입은 어슐러 양은, 소리 없이 사다리를 내려갔어. 다시 5분 뒤, 그녀와 케니스는 큰길을 달리고 있었어.

'우린 상당히 위험한 여행을 하지 않으면 안 돼, 어슐러.'

'나, 세상 끝까지라도 당신을 따라갈 거예요, 케니스 맥네어.'

그래, 물론 그런 말을 해서는 안 되었어, 펠리시티. 하지만 그때는 에티켓 기사 같은 건 없었는걸.

그리고 쾌청한 10월 새벽, 붉은 아침해가 잿빛 바다에 빛을 던질 무렵, 페어레이디 호는 샬럿타운 항을 출범하고 있었어. 갑판에는 케니스와 어슐러 맥네어 부부가 서 있고, 신부의 손에는 무엇보다 소중한 보물인 잿빛 털실뭉치가 쥐어져 있었지."

"하……, 난 이런 이야기가 좋아. 아무도 죽지 않잖아. 그게 좋은 점이야." 댄이 하품을 하면서 말했다.

"휴 노인은 어슐러를 용서했니?" 내가 물었다.

"갈색 노트에서는 이야기가 여기서 끝이야. 하지만 얼간이 아저씨는 휴 노인이 용서했다고 말했어. 한참 뒤의 일이라지만."

"사랑의 도피는 비교적 로맨틱한 것 같아." 세실리가 생각에 잠긴 채 말했다.

"그런 바보 같은 생각은 머리에 떠올리지 말아줬으면 좋겠어, 세실리 킹." 펠리시티가 엄격하게 주의를 주었다.

크리스마스 하프

크리스마스가 다가오자, 흥분한 킹 집안 사람들의 모습은 정말 볼
만했다. 집안 분위기는 은밀한 일로 가득 찬 듯싶었다. 몇 주일이나
전부터 모두 알뜰한 절약가가 되어, 매일같이 모은 돈을 헤아리고
또 헤아렸다. 정체불명의 수공예품이 은밀하게 들락거리고 비밀회의
도 열렸지만, 여느 때처럼 서운해 하거나 토라지는 사람은 아무도
없었다. 어머니와 크리스마스 준비에 여념이 없는 펠리시티는 마치
물을 만난 물고기 같았다. 세실리와 스토리 걸은 이 준비작업에서
소외되었다. 재닛 숙모는 냉담했고, 펠리시티는 몹시 만족스러워했
다. 세실리는 그게 무척 기분이 나빴다. 그리고 나에게 그녀로서는
최대한의 분노를 드러내며 이렇게 불평했다.

"나도 펠리시티와 똑같은 가족의 한 사람인데, 왜 맨날 나만 따돌
리는지 몰라. 민스미트^{(다진 고기에 사과나} 용 건포도를 고르고 싶었는데,
펠리시티가 글쎄, '괜찮아, 내가 할 거야. 크리스마스 민스미트는
아주 특별하니까'라고 하지 뭐야. 마치 나는 건포도 하나도 제대로
고를 줄 모른다는 것처럼! 펠리시티가 요리 솜씨를 뽐내는 꼴이라

니! 정말 기분 나빠." 세실리는 도저히 분이 풀리지 않는다는 듯이
말했다.

"요리에서 한 번도 실패한 적이 없었던 게 탈이지, 뭐. 한 번이라
도 실패를 하면 누구보다 잘한다는 자만에 빠지지 않을지도 모르는
데." 내가 말했다.

먼 곳에서 우편으로 배달되어 온 소포는 모두 재닛 숙모와 올리비
어 고모의 감독하에 중대한 크리스마스까지 개봉하지 않기로 했다.
마지막 주가 지나는 동안 얼마나 지루하던지! 하지만 기다리면 때
가 오기 마련. 마침내 크리스마스가 찾아왔다.

문밖은 날씨가 찌부둥하고 음울하며 살을 에는 듯이 추웠지만, 실
내는 환한 장밋빛 기쁨에 들떠서 바쁘게 돌아가고 있었다. 로저 삼
촌, 올리비어 고모, 스토리 걸 세 사람은 그날 아침 일찍부터 와 있
었다. 피터도 깨끗이 씻어서 말쑥한 얼굴로 왔으며, 사람들은 환호
하며 그를 맞아들였다. 우리는 내내 피터가 함께 크리스마스를 보낼
수 없을까봐 걱정하고 있었다. 그의 어머니가 일찍 돌아오기를 바라
고 있었기 때문이었다.

피터는 우울한 듯이 말했다. "물론 난 돌아가야 해. 하지만 어머
니한테는 여유가 없으니까 맛있는 칠면조를 먹을 수가 없어. 그리고
어머니는 휴일마다 우셔. 아버지가 생각나신대. 그야 어쩔 수 없는
일이지만, 기분이 우울해져. 제인 고모 같으면 울지 않으실 텐데.
제인 고모는 늘 눈에서 눈물을 흘릴 만한 가치가 있는 남자는 만난
적이 없다고 말했어. 하지만 난 크리스마스에는 집으로 돌아가게 되
겠지."

그런데 막판에 가서 샬럿타운에 사는 크레이그 부인의 사촌이 그
녀를 크리스마스에 초대한 것이다. 그리고 샬럿타운에 갈지 안 갈지
를 두고 피터는 기꺼이 안 가는 쪽을 선택했다. 그래서 우린 모두,
초대는 받았지만 어머니가 보내주지 않은 세라 레이를 제외하고는

한 사람도 빠짐없이 다 모인 셈이었다.

"세라 레이의 어머닌 너무하셔. 그 아줌마는 마치 그 가엾은 아이를 비참하게 만들기 위해서 살고 있는 것 같아. 오늘 밤 크리스마스 파티조차 보내주지 않다니." 스토리 걸이 닦아세우며 말했다.

"오지 못하는 세라는 얼마나 속이 상할까." 세실리가 동정했다. "집에 혼자 있을 세라를 생각하면 도저히 재미있게 놀 수 있을 것 같지가 않아. 우리가 파티를 즐기고 있는 동안 틀림없이 성경책을 읽고 있을 거야."

"성경책을 읽는 것보다 더 재미없는 일을 할 수도 있어." 펠리시타가 지적했다.

"그렇지만 세라의 어머닌 벌로 성경책을 읽게 하신단 말이야." 세실리가 반박했다. "세라가 어디 가고 싶다고 울 때마다, 오늘 밤도 물론 울고 있겠지만, 아주머니는 성경책을 7장쯤 읽게 하셔. 그런데 어떻게 좋아할 수 있겠어? 게다가 나중에 세라와 파티의 추억담도 얘기할 수 없고…… 그러니 즐거움이 반은 날아가버리는 거야."

"파티에서 있었던 일을 모두 얘기해주면 되잖아." 펠릭스가 위로했다.

"얘기해 주는 것과 함께 얘기하는 건 큰 차이가 있어. 일방적이잖아." 세실리가 말했다.

우리는 선물을 개봉하면서 멋지고 흥미진진한 한때를 맛보았다. 남보다 많은 선물을 받은 사람도 있었지만, 모두들 비참할 정도로 버림받은 건 아니라는 만족감을 느낄 수 있었다. 스토리 걸의 아버지가 파리에서 보낸 상자 속에 든 물건들은 우리의 눈을 깜짝 놀라게 하기에 충분했다. 아름다운 것들뿐인 그 물건들 속에는 빨간색 새 실크드레스가 있었다. 빛나는 불꽃이 번쩍이는 것 같았던 지난번 드레스와는 달리 짙고 어두운 빨간색으로, 눈이 휘둥그레지는 주름

장식과 리본이 달려 있었다. 뿐만 아니라 황금 잠금쇠가 달린 붉은 공단 실내화까지 있었는데, 그 뒷굽은 재닛 숙모까지 깜짝 놀라며 두 손을 뻗었을 정도였다. 펠리시티는 마음이 상한 듯, "스토리 걸도 빨간 옷만 입는 건 싫증난 줄 알았는데" 하고 의견을 말했고, 세실리까지 "그렇게 한꺼번에 많은 물건을 받으면 조금 받았을 때보다 오히려 고마운 마음이 덜한 게 아닐까" 하고 우리에게 살짝 말했을 정도였다.

"난 빨간색은 아무리 입어도 질리지 않아. 무조건 좋아. 무척 풍요롭고 정열에 불타는 것 같은걸. 붉은 옷을 입으면 언제나 다른 색을 입었을 때보다 현명해지는 것 같은 기분이 들어. 생각이 잇따라 머릿속에서 샘솟아. 아, 사랑하는 드레스님, 사랑스럽게 빛나는 장밋빛 비단님!" 스토리 걸이 말했다.

그녀는 그것을 어깨에 걸치고 부엌에서 춤추고 다녔다.

"어린아이 같은 짓 그만해, 세라." 재닛 숙모가 약간 무서운 목소리로 말했다. 숙모는 선량한 영혼의 소유자였다. 고모의 넓은 가슴 속에는 상냥하고 아름다운 마음을 가지고 있었다. 그래도 가끔은, 블레어 스탠리 같은 모험가——그녀는 그를 늘 이렇게 생각하고 있었다——의 딸이 실크드레스로 장난치며 돌아다니는데, 자기 딸들이 깅엄(굵은 실로 격자무늬를 넣어서 짠 무명)이나 모슬린밖에 입을 수 없는 건 불공평하다고 생각하지 않았을까? 당시 여성들은 평생에 한 벌, 여간해서 그 이상은 실크를 입을 수 없는 시대였기 때문이다.

스토리 걸은 얼간이 아저씨한테서도 선물을 받았다. 페이지마다 도장이 가득 찍힌, 보풀이 일도록 닳은 작은 책이었다.

"어머나, 새것이 아니잖아. 헌책이야! 다른 사람은 몰라도 얼간이 아저씨가 이렇게 짓궂은 줄은 몰랐어." 펠리시티가 소리쳤다.

스토리 걸은 참을성 있게 말했다. "어머나, 뭘 모르는구나, 펠리시티. 이해할 거라고는 생각하지 않지만, 들어봐. 난 새 책보다 이게 열 배는 좋아. 그분의 물건이야, 모르겠어? 그분이 수없이 읽고, 사랑하고, 친구가 돼준 책이라구. 책방에서 금방 산 새 책과는 비교도 할 수 없어. 그런 건 아무 의미도 없으니까. 이런 책을 주신다는 건 멋진 경의의 표현이라고 생각해. 내가 받은 어떤 선물보다 기뻐."

"그래, 마음대로 생각하시지. 난 이해할 수 없고 이해하고 싶지도 않아. 나 같으면 크리스마스 선물에 헌 물건을 선물하진 않을 거야. 헌 물건을 주는 사람에게는 고맙다고 생각하지도 않을 거고." 펠리시티가 말했다.

피터는 더할 나위 없이 행복했다. 펠리시티가 선물을, 그것도 직접 만든 것을 주었기 때문이다. 그건 마분지에 구멍을 뚫고 빨간색과 노란색 털실로 화려한 고블릿(받침다리가 달린 잔)을 수놓은 서표(書標)인데, 자수 밑에는 초록색 글씨로 "잔에 손대지 마시오"라는 엄중한 경고가 곁들여져 있었다. 설령 연노랑색의 민들레술이라 해도, 음주에 빠지는 나쁜 습관 따위에 물들지 않은 피터였기에, 왜 펠리시티가 하필이면 그런 문구를 생각해냈는지 우리는 알 수 없었다. 하지만 피터가 어찌나 흐뭇해 하는지, 가시 돋친 말로 그 행복에 찬물을 끼얹으려는 사람은 아무도 없었다. 피터의 아버지가 집을 나가기 전에 술을 마시고 나갔기 때문에 그 서표를 만든 거라고, 펠리시티는 나중에 얘기해 주었다.

"피터에게 늦기 전에 경고해 줘야겠다고 생각했어."

패트도 파란 리본을 선물로 받았는데, 매어준 뒤 반시간 뒤에는 발톱으로 풀어서 잃어버리고 말았다. 패트는 몸에 구질구질한 장식품을 다는 것을 싫어했다.

우리는 루쿨루스(로마의 장군·정치가. 정계에서 은퇴한 뒤에는 향락적인 생활을 보냈다)의 객실에도 손색이 없을 정도로 호화로운 크리스마스 만찬에서 배가 터지도록 많이 먹었다. 1년 중 이날만큼은 아무도 찬물을 끼얹는 말은 하지 않았다. 그리고 밤에는, 아, 이 기쁨, 이 즐거움 ! 키티 마의 파티가 기다리고 있었다.

맑은 12월 밤이었다. 아침에는 살을 에는 듯이 차가웠던 공기가 밤이 되니 가을처럼 살갗에 부드럽게 감겨왔다. 눈은 오지 않았고, 집을 향해 완만하게 내려가는 목초지는 부드럽고 기름진 갈색이었다. 어쩐지 기분 나쁜 아련한 정적이 보랏빛 땅 위에, 어두운 가문비나무 숲에, 골짜기 가장자리에, 마른 들판에 내려앉아 있었다. 자연은 기나긴 겨울의 졸음이 찾아온 것을 알고, 만족스럽게 손을 맞잡고 잠이 든 것 같았다.

파티 초대장이 왔을 때, 재닛 숙모는 처음에는 가는 것을 허락하지 않았다. 그러나 앨릭 삼촌이 아마 세실리의 슬픈 눈길에 마음을 바꿨겠지만, 우리 편이 되어 응원해주었다. 앨릭 삼촌이 아이들 중에서 특별히 사랑하는 아이가 있다고 한다면, 그건 세실리였다. 특히 요즘에는 눈에 띄게 관대해졌다. 이따금 나는 삼촌이 세실리를 뚫어지게 응시하고 있는 것을 볼 때가 있다. 그 시선을 더듬어 가보면, 세실리는 여름보다 파리하게 여위어 있고, 상냥한 눈은 전보다 더 커진 것 같으며, 또 안도했을 때 그 작은 얼굴에 떠오르는 나른하게 풀린 듯한 표정은 그녀를 무척 사랑스럽고 애수 어린 느낌으로 만든다는 생각이 들었다. 또 삼촌이 재닛 숙모에게, 우리 아이가 점점 펠리시티 고모를 닮아가는 것을 보는 건 괴롭다고 얘기하는 것도 들었다.

"세실리는 아무렇지도 않아요. 그 아인 갑자기 어른이 되었을 뿐이에요, 여보. 그러니까 바보 같은 소리하지 말아요." 재닛 숙모는 날카롭게 반박했다.

그러나 그 뒤 세실리는 다른 사람은 우유밖에 먹지 않을 때 크림을 먹게 되었다. 그리고 재닛 숙모는, 세실리가 외출할 때마다 방수용 덧신을 꼭 신도록 했다.

하지만 이 즐거운 크리스마스날 밤에는 다가올 사건의 공포와 그 희미한 징후가 우리의 마음과 얼굴에 그림자를 던지는 일은 없었다. 세실리는 부드럽게 빛나는 눈동자와 풍부한 밤색 머리로 전에 없이 빛나고 아름다워 보였다. 펠리시티는 도저히 표현할 길이 없을 정도로 아름다웠다. 스토리 걸조차 들뜬 마음과 빨간 실크드레스 덕택에 매력 있으면서도 매혹에 찬, 이른바 귀여움을 넘어선 아름다움으로 활짝 꽃피어 있었다. 올리비어 고모가 빨간 공단 덧신을 못 신게 하고 튼튼한 구두를 신으라고 냉정하게 명령했음에도, 이 아름다움만은 어쩌지 못했다.

"지금 네가 무슨 생각을 하고 있는지쯤은 훤히 알고 있어, 이브의 아가씨." 고모는 밝게 동정심을 표현했다. "하지만 12월의 길은 질척질척해서, 키티 마의 집까지 걸어갈 생각이라면 장화를 더 신는다 해도 이 가볍고 고운 파리제 신발은 신고 갈 수 없어. 그렇지 않겠니, 애야? 용기를 내. 네가 이 빨간 공단신쯤 초월하는 기상을 가지고 있다는 걸 보여 다오."

로저 삼촌도 말했다.

"그리고 그 빨간 실크드레스는 파티에 참석하는 어린 귀부인들의 마음을 찢어놓을 거다. 게다가 덧신까지 신으면 마음이 완전히 꺾이고 말걸. 포기해, 세라. 자기 만족용으로 하나쯤 남겨두는 것도 괜찮을 거다."

"로저 삼촌도 참, 무슨 말이 하고 싶으신 거예요?" 펠리시티가 속삭였다.

"스토리 걸의 옷 때문에 여자아이들 모두가 질투의 화신이 될 거라는 말씀이지." 댄이 말했다.

"난 질투 같은 것 안 해. 사양 마시고 맘껏 드레스를 즐기시죠……, 피부는 비록 그렇지만." 펠리시티가 새침하게 말했다.

그러나 우리는 한 사람도 예외 없이 파티에 만족했다. 그 뒤 은색

별빛이 쏟아지는, 그림자가 많은 어두컴컴한 들판을 지나 집으로 돌아가는 산책을 즐겼다. 그동안 오리온은 우리의 머리 위를 당당하게 행진했고, 붉은 달이 검은 지평선 끝에서 올라왔다. 시냇물은 어둠 속에서 우리에게 노래를 들려주며 중간까지 따라와 주었다. 계곡과 황야를 즐겁게 흐르는 시냇물은 마음 편한 방랑자 같았다.

펠리시티와 피터는 우리와 함께 가지 않았다. 피터의 운은 이 크리스마스날 밤 넘쳐흐르도록 가득 차 있었던 게 틀림없다. 키티 마의 집을 나올 때, 그는 대담하게도 펠리시티에게 이렇게 말했다.

"집까지 바래다줘도 돼?"

게다가 우리가 속으로 깜짝 놀라는 것도 아랑곳하지 않고, 펠리시티가 그의 팔을 잡고 둘이서만 걸어가버린 것이다. 펠리시티의 형용할 수 없는 아름다움은 댄의 경멸하는 듯한 차가운 말에도 조금도 손상되지 않았다. 나로 말할 것 같으면, 집까지 바래다줘도 되느냐고 스토리 걸에게 묻고 싶은 은밀한 욕망에 번민하고 있었다.

그러나 나의 용기는 어디로 다 갔는지 결국 입 밖에 내지 못했다. 피터의 스스럼없는 편안한 태도가 얼마나 부러웠는지 모른다. 내가 피터를 따라하지 못하는 바람에 댄과 펠릭스, 세실리, 스토리 걸, 나, 이렇게 다섯 명이 손에 손을 잡고 걸어가게 되었다. 제임스 프루언 숲을 지나갈 때는 조금 가까이 붙어서.

가문비나무 숲에서 신비로운 하프 음색이 들려왔다. 누구의 손가락이 그 음색을 연주하고 있는 건지 누가 말할 수 있으랴! 밤 바람이 별이 가득한 하늘을 향해 비스듬하게 손짓하고 있는 큰 가지를 흔들자, 우리의 머리 위에 퍼지는 음악이 낭랑하고 힘차게 울려 퍼졌다. 스토리 걸이 오랜 옛날의 전설을 떠올린 것도 이 바람의 신이 연주하는 음악 때문이었을 것이다.

"간밤에 올리비어 이모의 책에서 정말 아름다운 얘기를 읽었어. '크리스마스 하프'라고 하는 얘기야. 모두들 듣고 싶지 않니? 이곳을 산책할 때 딱 어울리는 얘기인 것 같아."

"거기에는, 저…… 저, 유령 같은 건 나오지 않겠지?" 세실리가 몸을 떨면서 말했다.

"아니, 아니야. 나도 이런 곳에서는 유령이야기 같은 건 하고 싶지 않아. 내가 먼저 무서워지는걸. 이 이야기는 최초의 크리스마스날 밤에 천사를 본 양치기에 대한 거야. 아직 어린 소년이지만 진정으로 음악을 사랑하고 있었어. 그리고 영혼에 흐르는 선율을 간절히 표현하고 싶어했지.

그렇지만 소년은 도저히 표현할 수 없었어. 하프를 가지고 수없이 연습해보기는 했지만 서투른 손가락은 엉터리 가락만 연주할 뿐 친구들은 비웃으며 놀림감으로 만들었고, 더욱이 미쳤다고 놀리기까지 했어. 왜냐하면 끝까지 포기하지 않고 기나긴 밤 언덕 위에서 양을 지키는 불침번의 지루함을 달래기 위해 친구들이 모닥불을 에워싸고 이야기를 하고 있는 동안에도, 가슴에 하프를 안고 하늘을 올려다보면서 혼자 뚝 떨어져서 앉아 있었으니까.

하지만 소년은 위대한 침묵에서 태어나는 수많은 생각들이 친구들과의 환락보다 더욱 달콤했어. 소년은 결코 희망을 잃지 않았고, 그 희망은 때때로 기도처럼 그 입술에서 새나왔지. 언젠가 이 지겹고도 지루하며 쉬이 잊어버리는 세상을 향해, 넘치는 생각을 음악으로 표현할 수 있도록 해달라고 말이지.

첫 번째 크리스마스날 밤, 소년은 양치기 친구와 함께 언덕 위에 있었어. 춥고 어두운 밤이어서 이날도 소년을 제외한 모든 소년들은 불 주위에 모여 앉아 이야기를 나누고 있었지. 소년은 여느 때처럼 혼자 떨어져서, 무릎에는 하프를 놓고 마음속에는 커다란 소망을 품고 앉아 있었고.

그때 하늘과 언덕에서 눈부신 빛이 비쳤어. 마치 밤의 어둠이 갑자기 꽃이 흐드러지게 핀 아름다운 목초지로 모습을 바꾼 것 같았지. 양치기들은 모두 천사들을 보고 그 노랫소리를 들었어. 천사들이 노래하자, 놀랍게도 양치기 소년이 안고 있던 하프가 저절로 아름답게 울리기 시작했어. 소년이 귀를 기울이니, 그것은 천사들이 노래하고 있는 것과 같은 음악을 연주하고 있다는 것, 자신의 은밀한 동경, 마음, 노력이 표현되고 있다는 것을 알았지.

그날 밤부터, 하프만 손에 잡으면 언제나 같은 음악이 흘러나오는 것이었어. 그래서 소년은 하프를 들고 온 세상을 돌아다녔지. 그 음악소리가 들리는 곳은 미움과 갈등이 사라지고 평화와 양심의 세계가 되었어. 그것을 들은 사람은 아무도 나쁜 생각을 품을 수 없었어. 희망을 잃거나 낙담하고, 마음이 우울하거나 화를 내는 일도 없었어. 한 번 그 음악을 들으면, 그 음악이 사람의 영혼과 마음과 인생에 스며들어, 영원히 그 사람의 일부분이 되는 거야.

세월이 흘렀어. 양치기는 늙어서 허리가 구부러지고 쇠약해졌지. 그래도 하프는 그 크리스마스날 밤의 계시와 천사의 노래를, 이 세상 모든 사람에게 전해줄 수 있도록 육지와 바다를 계속 떠돌아다녔어. 마침내 힘이 다한 양치기는 어두운 길에서 쓰러지고 말았지. 하지만 영혼이 떠나가는 동안에도 하프는 노래를 계속했어. 별처럼 반짝이는 아름다운 눈동자로 찬란하게 빛나는 위대한 분이 이렇게 말하는 것 같았지.

'보아라! 너의 하프가 오랜 세월 연주한 음악은, 다름 아닌 너의 영혼에 있는 사랑과 배려, 깨끗한 마음과 아름다움의 메아리였느니라. 그리고 방랑 여행 중, 만약 네가 악과 원망과 이기심으로 들어가는 문을 여는 일이 있었더라면, 그 순간 너의 하프는 울리기를 멈추었을 것이다. 이제 네 삶은 끝났다. 하지만 네가 인류에게 준 것은 없어지지 않을 것이다. 이 세상이 계속되는 한, 크리스마스 하프가 연주하는 천상의 음악은 사람들의 귀에 계속 울려

퍼질 것이니라.'

　태양이 떠올랐을 때, 늙은 양치기는 얼굴에 빙긋 웃음을 머금은 채 길가에 쓰러져 죽어 있었어. 그 손에는 줄이 모두 끊어진 하프가 있어."

이야기가 끝나갈 때쯤 우리는 가문비나무 숲에서 나왔다. 그러자 눈앞의 언덕에 우리 집이 있었다. 부엌 창문에서 새나오는 어슴푸레한 불빛은, 재닛 숙모가 자신이 보살피고 있는 병아리들이 무사히 보금자리로 돌아올 때까지 자지 않을 생각임을 말해주고 있었다.

　"어머니가 자지 않고 기다리고 있어. 펠리시티와 피터가 시치미 떼며 돌아온 순간, 현관에서 어머니와 딱 마주친다면 웃어줄 수 있을 텐데 말이야. 어머니가 화가 나신 건 아닐까, 벌써 12시가 다 됐어." 댄이 말했다.

　"크리스마스도 곧 끝나겠구나. 이번 크리스마스는 정말 멋있었어. 모두 다 같이 맞이한 건 처음이잖아. 언제 다시 함께 맞이할 수 있을까?" 세실리가 한숨을 쉬면서 말했다.

　"몇 번이라도 할 수 있지. 당연한 일 아니니?" 댄이 씩씩하게 말했다.

　"그래, 그럴까? 어쩐지 모든 것이 너무 즐거워서 오래가지 않을 것 같아." 세실리가 대답하면서 걸음을 조금 늦추었다.

　"만약 윌리 프레이저에게 피터만한 박력이 있었다면, 세실리 킹양은 이렇게 마음이 약하지 않았을 것입니다." 댄이 연극조로 말했다.

　세실리는 머리를 꼿꼿이 쳐들고 대꾸하기를 거부했다. 자존심 강한 여자에게는 무시해야 할 말이 많은 법이다.

새해 맹세

　화이트 크리스마스는 아니었지만 화이트 뉴이어는 맞이할 수 있었다. 두 날의 중간쯤에 큰 눈이 내린 것이다. 그리고 그리운 기쁨이 가득 찬 과수원에도 겨울이 찾아왔다. 지난날 이곳에서 여름이 머물렀던 것, 언젠가 다시 봄이 찾아올 거라는 사실이 믿어지지 않으리만큼 너무나 겨울다웠다. 달빛의 노래를 부르는 새들은 없었다. 사과꽃이 떨어졌던 오솔길에는 꽃잎만큼 향기롭지는 않은, 바람에 떨어진 나뭇잎들이 쌓여 있었다.

　그런데 달밤이 되자 그곳은 이상한 나라로 탈바꿈했다. 온통 눈으로 덮혀 상아와 수정의 거리 같았다. 벌거벗은 나무들이 그 위에 요정이 뛰노는 것 같은 그물무늬를 떨어뜨리고 있었다. 눈이 매끄럽게 내려쌓인 스티븐 삼촌의 산책길에는 흰 마법의 주문이 가득 넘치고 있었다. 그것은 새로운 예루살렘의 진주를 깐 길처럼 깨끗하고 성스러웠다.

　섣달 그믐날 저녁 우리는, 말없는 이해 속에 어느새 우리의 겨울밤의 놀이터가 되어버린 앨릭 삼촌집 부엌에 모여 있었다. 스토리 걸과 피터도 물론 그 자리에 있었다. 또 세라 레이의 어머니도 8시까지 집에 돌아온다는 조건으로 그녀가 가는 것을 허락했다. 세실리는 그녀를 만날 수 있어서 기뻐했지만, 소년들은 무조건 기뻐하며 그녀를 환영한 것은 아니었다. 왜냐하면, 어스름이 일찍 찾아오기 시작한 뒤부터 재닛 숙모의 명령으로 반드시 우리 중 한 사람이 그녀를 집까지 바래다주어야 했기 때문이었다. 우리는 그것이 너무 싫었다. 세라 레이는 늘 자기에게 에스코트가 따라붙게 되자 기분 나쁠 정도로 우쭐해서 으스대었기 때문이었다. 다음날 학교에서 친한 여자아이들에게 절대로 둘만의 비밀이라고 하며, 간밤에 언덕의 목장에서 "누구누구 킹이 집까지 바래다주었어" 하고 퍼뜨리는 것이 분명했다. 애초에 자기가 좋아서 젊은 여성을 집까지 바래다주는 것과 어른의 명령으로 데려다주는 것은 근본적으로 다르므로, 우리로서는 세라 레이가 그 정도는 알 만한 분별을 가지고 있기를 바랐다.

밖은 추운 단풍나무 언덕 뒤에 저녁놀의 선명한 장밋빛이 남아 있고, 널찍한 눈의 들판은 서쪽의 빛 속에서 환상적인 연분홍색으로 빛나고 있었다. 목장 가장자리나 오솔길에 바람에 불려온 눈이 쌓여 있는 곳은, 마치 마술사가 한 번 휘두른 지팡이에 갑자기 대리석으로 변해버린 파도——거품이 이는 파도머리에 이르기까지——가 한곳에 모여든 것처럼 보였다.

달이 떠오르고 천천히 광휘가 사라지자, 겨울의 어슴푸레한 신비에 찬 아름다움에 자리를 양보했다. 저지대 빈터의 하늘은 푸른 컵 같았다. 별이 하얀 골짜기 상공에 나타나고, 지상은 새해의 새 발자국을 기다리는 듯한 호사스러운 융단으로 덮였다.

스토리 걸이 말했다. "눈이 와서 너무 좋아. 그렇지 않으면 새해까지 묵은해처럼 칙칙하게 시들어버리는 것 같을 거야. 새삼스럽게 새해라고 생각하니 무척 엄숙한 기분이 들지 않니? 아직 아무 일도 일어나지 않은 365일이라는 날들을 생각해봐."

"굉장히 좋은 일이 일어날 것 같다는 생각은 들지 않는데." 펠릭스가 비관적으로 말했다. 지금 이 순간 펠릭스에게는 인생은 밋밋하고 진부하며 헛된 것이었다. 오늘 밤에 세라 레이를 바래다줄 차례였기 때문이다.

"이제부터 1년 동안 일어날 일을 생각하면 좀 두려워져. 미스 마우드가 그러는데, 중요한 건 1년이 지난 뒤에 무엇을 성취했느냐가 아니라 1년 동안 얼마나 노력했느냐래." 세실리가 말했다.

"새해를 맞이하는 건 언제나 좋아. 우리도 노르웨이식으로 할 수 있으면 좋을 텐데. 가족들이 모두 한밤중까지 자지 않는 거야. 그래서 시계가 12시를 치자마자, 아버지가 문을 열고 새해를 맞아들인대. 멋진 풍습 아니니?" 스토리 걸이 이렇게 말했다.

그러자 댄이 말했다.

"어머니가 12시까지 자지 않고 있는 걸 허락해주시면 해보지 뭐. 하지만 절대로 허락 안 하실걸. 아, 잔인해."

"만약 나에게 아이가 생기면, 자지 않는 것을 허락하고 새해를 만나게 해줄 거야." 스토리 걸이 말했다.

"나도. 하지만 다른 날 밤에는 7시에 자지 않으면 안 돼." 피터가 말했다.

"너도 참, 그런 말을 하다니, 부끄럽다고 생각하지 않니?" 펠리시티가 어이없다는 표정을 지었다.

피터는 얼굴이 새빨개져서 쑥 들어갔다. 이건 아무래도 〈패밀리 가이드〉의 계율을 깨고 만 것이 틀림없는 것 같다.

"아기에 대해 얘기하는 건 좋지 않다는 것, 난 몰랐어." 그가 미안한 듯이 중얼거렸다.

"애들아, 새해 맹세를 하는 건 어떨까? 섣달 그믐날은 그일을 하기에 가장 어울려." 스토리 걸이 제안했다.

"하고 싶은 맹세 같은 거 생각나지 않아." 자기 자신에게 더할 나위 없이 만족하고 있는 펠리시티가 말했다.

"내가 몇 가지 생각해 줄까?" 댄이 비꼬았다.

"난 맹세하고 싶은 것이 너무 많아서 전부 다 지킬 수가 없어."
이렇게 말한 건 세실리였다.

"그럼, 조금만 하자. 너무 엄격하지 않은 걸로. 지킬 수 있는지
어떤지 시험해보는 게 어때? 펜과 잉크를 가지고 와서 한번 적어보
자. 진지하게 지켜야겠다는 마음이 들 거야." 내가 말했다.

"그걸 매일 볼 수 있도록 침실 벽에 핀으로 꽂아두자. 맹세를 깰
때마다 가위표를 하는 거야. 그렇게 하면 얼마나 진보했는지 알 수
있을 것 아냐. 가위표만 잔뜩 있으면 부끄러우니까." 스토리 걸이
거들었다.

"맞아. 〈우리들〉에 최우수상을 마련하자. 매월 맹세를 잘 지킨
사람의 이름을 발표하는 거야." 펠릭스도 제안했다.

"모두 바보 같아." 펠리시티는 이렇게 말했지만, 테이블을 둘러
싼 우리들 사이에 끼어들었다. 하기는 눈앞에 새하얀 종이 조각을
둔 채 오랫동안 앉아 있기만 했지만.

"한 사람씩 순서대로 맹세를 써나가기. 내가 먼저 할게."
얼마 전에 펠리시티와 의견충돌이 있었던 불쾌한 기억을 떠올린
나는, 부끄럽지만 나로서는 최대한의 정성을 들여서 이렇게 적었다.

"무슨 일이 있어도 화를 내지 않겠다."

"그것 좋지." 펠리시티가 약삭빠르게 말했다.

다음은 댄의 차례였다.

"무엇부터 시작하면 좋을지 생각나지 않아." 댄이 펜대를 질근질
근 씹는다.

"독이 든 열매를 먹지 않겠다는 어때?" 펠리시티가 끼어들었다.

"끝까지 남의 묵은 상처를 건드리는 건 그만두는 게 어때?" 댄
이 쏘아붙였다.

"우리, 한 해의 마지막 날에 싸움 같은 건 하지 말자." 세실리가 달랬다.

"무슨 일이 있어도 싸우지 않겠다고 맹세하는 게 어때?" 세라 레이가 물었다.

댄이 단호하게 거부했다. "난 싫어! 지키지도 못할 맹세, 하면 뭐하냐. 살아가기 위해선 아무래도 싸우지 않으면 안 되는 상대가 이 집에 있는데. 하지만 내가 생각하고 있는 건 한 사람뿐이야. 나에게는 워낙 사람을 괴롭히는 취미가 없거든."

그날 밤 도저히 참을 수 없는 기분이었던 펠리시티는 불쾌하다는 듯이 비웃었다. 하지만 세실리가 팔꿈치로 매섭게 찌르는 바람에 입을 여는 것만은 참았다.

"나는 사과를 먹지 않겠다." 펠릭스가 썼다.

"사과를 먹는 걸 왜 포기하겠다는 거지?" 피터가 깜짝 놀라서 물었다.

"내 맘이야."

"사과는 살이 찌는 원흉인걸, 그치?" 펠리시티가 귀엽게 말했다.

"이상한 맹세야. 맹세라는 건 나쁜 일을 그만두겠다거나 좋은 일을 하겠다는 것을 말하는 것인데." 내가 의문을 제기했다.

"저마다 자기에게 맞는 맹세를 하는 게 좋아. 난 나에게 맞는 맹세를 하겠어." 펠릭스는 거의 싸우려드는 기세였다.

"나는 술에 취하지 않겠다." 피터는 고심 끝에 그렇게 써 넣었다.

"술에 취하는 일 같은 건 없으면서." 스토리 걸은 눈을 동그랗게 떴다.

"그러니까 맹세를 지키기가 더 쉽지." 피터는 태연자약했다.

"그건 공정하지 못해. 어길 리가 없는 것만 맹세하면 모두 최우수상을 받아야 하잖아." 댄이 불평했다.

"피터 하고 싶은 대로 하게 해줘. 누구라도 지켜서 나쁠 것 없는 맹세잖아." 펠리시티가 쌀쌀맞게 쏘아붙였다.

"질투를 하지 않겠다." 스토리 걸이 썼다.

난 놀랐다.

"응? 네가?"

스토리 걸은 얼굴을 붉히며 고개를 끄덕였다. "딱 한 가지만. 하지만 그것이 뭔지는 말하고 싶지 않아."

"나도 이따금 질투를 해. 그러니까 나의 첫 번째 맹세는 '나는 학교에서 다른 여자아이들이 지금까지 얼마나 심한 병에 걸렸는지 얘기해도 질투하지 않도록 노력하겠다'야." 세라 레이도 고백했다.

"뭐! 너, 병에 걸리고 싶단 말이야?" 펠릭스가 깜짝 놀라 물었다.

"모두들 잘해 주잖아."

"나는 좋은 책을 읽고 어른들 말씀 잘 듣고 마음을 닦도록 노력하겠습니다." 세실리가 적었다.

"주일학교 신문에서 따온 거잖아!" 펠리시티가 소리쳤다.

"어디서 따왔든 상관없잖아. 중요한 건 그것을 지키는 거야." 세실리는 콧방귀도 뀌지 않았다.

"펠리시티, 네 차례야." 내가 말했다.

펠리시티는 아름다운 황금색 머리를 흔들었다.

"난 맹세 같은 건 할 마음이 없다고 말했잖아. 빼줘."

"매일 문법을 공부하겠다." 나는 썼다. 문법을 죽도록 싫어하는 이 내가!

"나도 문법이 싫어. 중요한 것 같지도 않고." 세라 레이가 한숨을 쉬었다.

세라는 어려운 말을 좋아하는 버릇이 있는데, 그렇다고 늘 언제나 정확한 사용법을 알고 있는 건 아니었다. 사실은 '흥미'라 말하고 싶었던 게 아닌가 나는 의심했다.

"가능한 한 펠리시티에게 화를 내지 않겠다." 댄이 썼다.

"나는 화를 돋우는 짓은 하지 않아, 절대로." 펠리시티가 큰소리로 말했다.

"동생을 두고 맹세하는 건 실례가 아닐까?" 피터가 나섰다.

"어차피 지키지도 못할 거잖아. 얼마나 화를 잘 내는데." 펠리시티가 비웃었다.

"이 결점은 아무래도 유전인 것 같아!" 잉크도 채 마르기 전에 댄은 벌써부터 맹세를 깨고 씩씩거렸다.

"어서 계속해 보시지." 펠리시티가 놀렸다.

"나는 누구의 도움도 받지 않고 산수 숙제를 하겠다." 서툰 글씨로 펠릭스가 썼다.

"나도 같은 맹세를 하고 싶은데." 세라 레이가 한숨을 쉬었다.

"하지만 어차피 안 될 거야. 주디 피노가 도와주지 않으면, 매일밤 선생님이 복습해오라고 하는 그 귀찮은 곱셈은 도저히 풀 수가 없는걸. 주디는 글을 읽고 쓰는 건 제대로 못해도 계산에 대해서는 아무도 흉볼 수 없어. 난 말이야, 어려운 곱셈은 절대로 이해하지 못할 것 같아." 가련한 세라는 절대로에 힘을 주면서 체념한 목소리로 말했다.

'곱셈은 제대로 안 돼
나눗셈도 마찬가지
비례는 도통 모르겠고
분수는 머리에 쥐가 나네'

댄이 읊조렸다.

세라가 또다시 한숨을 쉬었다. "난 분수는 아직 시작하지 않았어.

분수를 시작하기 전에 얼른 자라서 학교에 가지 않아도 되었으면 좋겠어. 산수는 너무 싫어. 하지만 지리는 열렬하게 좋아해."

"교회에서 찬송가책 뒤에 오목을 두지 않겠다." 피터가 써 넣었다.

"뭐? 너도 참, 그런 걸 했단 말이니?" 펠리시티가 격분하여 소리쳤다.

피터는 창피한 듯이 고개를 끄덕였다.

"응……베일리 선생님이 설교하신 일요일에. 사실 너무 길고 지루해서 그랬어. 게다가 도대체 그 선생님은 말이야, 도통 무슨 얘긴지 알 수 없는 말만 해서 그만 마크데일에서 온 아이하고 오목을 두고 말았어. 그날은 높은 자리에 앉아 있었거든."

"그래? 만약 이제부터라도 그런 짓을 한다면 우리 자리에서는 절대로 하지 말아줘." 펠리시티가 엄격하게 말했다.

"이젠 절대로 안 해. 그날 하루 종일 마음이 꺼림칙해서 혼났거든."

"얘기하는 중에 누가 끼어들어도 화를 내지 않도록 노력한다. 하지만 어려울 거야." 스토리 걸은 한숨을 쉬며 덧붙였다.

"나라면 누가 끼어들든 신경 쓰지 않겠어." 펠리시티가 말했다.

"항상 웃는 얼굴로 씩씩하게 살겠다." 세실리가 그렇게 썼다.

"넌 비교적 늘 그렇게 하고 있는 것 같아." 친구랍시고 세라 레이가 말해주었다.

"늘 씩씩하기만 해야 하는 걸까?" 스토리 걸이 말했다. "성서에도 '우는 자와 함께 울어라'라고 있잖아."

"씩씩하게 울면 된다는 의미일지도 몰라." 세실리의 의견이었다.

"그럼, '당신 일은 정말 안됐지만, 나는 그런 일을 당하지 않아서 기쁩니다'라고 말하는 것 같지 않겠어?" 댄이 말했다.

"댄, 무슨 소릴 하는 거야?" 펠리시티가 소리쳤다.

스토리 걸이 말을 꺼냈다. "난 마크데일의 데이비슨 부부의 얘기를 알고 있어. 부인이 늘 생글생글 웃는 것이 남편은 짜증이 났어. 어느 날, 남편은 일부러 어깃장을 놓으며 이렇게 말했대.

'이봐, 마누라. 뭐가 좋아 그렇게 해죽해죽 웃고 있는 거지?'

'어머나, 에비람. 모든 것이 밝고 즐거운데 어떻게 웃지 않을 수 있겠어요?'

그 뒤 한참 지나 모든 일이 잘 풀리지 않는 시기가 왔어. 곡물은 흉작이었고 가장 좋은 암소는 죽었어. 그리고 부인은 류머티즘에 걸렸지. 그뿐 아니라, 남편까지 넘어져서 다리가 부러졌어. 그런데도 부인은 여전히 생글생글인 거야.

'이봐 이봐, 마누라. 이 지경이 되었는데도 그렇게 웃음이 나와?'

'어머, 생각 좀 해봐요, 에비람. 모든 것이 우울하고 기분이 나쁘니까 웃지 않을 수 없잖아요.'

그러자 남편은 아연실색하여 '그래. 그래도 가끔은 얼굴을 좀 쉬게 해주는 게 어때?'라고 말했대."

"남의 소문 얘기를 하지 않겠다." 세라 레이가 몹시 만족스러운 듯이 써 넣었다.

그러자 세실리가 토를 달았다.

"어머, 그건 너무 심하지 않니? 물론 나쁜 소문을 퍼뜨리는 건 좋지 않아. 하지만 나쁜 뜻이 아니라면 남에게 상처주지는 않잖아.

예를 들어, 내가 에미 맥페일은 이번 겨울에 모피깃을 새로 만든대, 하고 얘기했다고 쳐. 그렇다면 나쁜 뜻이 없는 소문이지. 그렇지만 만약 '에미 맥페일의 아버지는 우리 아버지한테서 산 메귀리 값을 갚지 못하고 있는데, 어떻게 에미가 모피깃을 새로 만들 수 있는지 몰라'라고 말한다면 그건 좋지 않은 소문이 되는 거야.

애, 세라. 내가 너라면 '심술궂은 소문'이라는 말을 넣겠어."

세라는 수정에 동의했다.

"어떤 사람이든 공손하게 대하겠다." 나의 세 번째 맹세는 별다른 평가 없이 통과되었다.

"세실리가 싫어하니까 유행어는 쓰지 않도록 한다." 댄이 썼다.

"무척 재치 있는 유행어도 있다고 생각해." 펠리시티가 말했다.

"〈패밀리 가이드〉에는 품위가 없다고 적혀 있던데? 그렇지, 세라 스탠리." 댄이 이죽거렸다.

"방해하지 마. 아름다운 생각에 빠져 있는 중이니까." 스토리 걸이 황홀한 표정으로 말했다.

"맹세할 것을 하나 생각해냈어!" 펠리시티가 소리쳤다. "마우드 선생님이 지난 주 토요일에 말씀하신 것 기억나니? 늘 아름다운 생각을 가지도록 노력하면 인생이 무척 아름다워진다고 한 말. 그러니까 난 맹세하겠어. 매일 아침 밥 먹기 전에 아름다운 생각을 할 것을."

"하루에 단 한 번?" 댄이 의문을 표시했다.

"어째서 아침 밥 먹기 전이야?" 나도 물었다.

"배가 고플 때라야 생각이 잘 나거든." 피터는 제 딴에는 성의를 담아 말했지만, 펠리시티의 험악한 일격을 받았을 뿐이었다.

그녀는 위엄을 가지고 설명하기 시작했다.

"내가 그 시간을 선택한 건 말이야, 아침에 거울 앞에서 머리를 빗고 있으면 맹세를 똑똑히 떠올릴 수 있기 때문이야."

"마우드 선생님이 말하고 싶었던 건, 우리의 생각은 항상 아름다워야 한다는 거야. 그러면 사람은 자기의 생각을 말하는 걸 두려워하지 않게 될 거야." 스토리 걸이 말했다.

"어차피 그런 건 두려워하지 않아도 돼. 난 언제나 생각한 것을 거침없이 말하겠다고 맹세하겠어." 펠릭스가 대담하게 말했다.

"그러고도 내년 1년을 무사히 살아남을 수 있을 것 같냐?" 댄이 물었다.

"지금 자신이 정말 무슨 생각을 하고 있는지 항상 잘 알고 있으면, 생각한 것을 입 밖에 내어 말하는 것도 쉬울지 몰라. 난 잘 모를 때가 많지만." 스토리 걸이 말했다.

"다른 사람이 너에 대해 생각한 것을 그대로 말하면 기분이 어떻겠니?" 펠리시티가 물었다.

"사람에 따라서는 나를 어떻게 생각하든 상관하지 않을 거야." 펠릭스가 대꾸했다.

"뚱뚱보라는 말은 듣고 싶어하지 않는다는 정도는 알고 있는걸." 펠리시티가 다시 쏘아붙였다.

"부탁이야, 부탁. 그런 빈정대는 말은 이제 그만 해. 한 해의 마지막 밤인데 너무들 해. 내년 이맘때에는 모두들 어디에 있을지 모르잖아. 자, 이제 피터 차례야." 세실리가 안타까워하며 호소했다.

"매일 밤 꼬박꼬박 기도를 올리기로 한다. 다음날 밤 시간이 없을 것 같아도 이틀치를 한꺼번에 하지 않는다. 파티 전날 밤에는 그렇게 했거든." 피터는 이렇게 덧붙였다.

"우리가 교회에 나오게 할 때까지 넌 기도를 한 적도 없었잖아." 펠리시티가 말했다. 하지만 사실 그녀는 피터를 교회에 나오도록 설득할 때 협조하기는커녕 단호하게 반대했었다.

"나, 기도했어. 제인 고모가 기도하는 법을 가르쳐 주셨거든. 어머니는 시간이 없었어. 아버지가 나가버리고 없었으니까. 어머니는 낮에는 말할 것도 없고 밤에도 세탁을 해야 했어."

"요리를 배우겠다." 스토리 걸이 미간을 찡그리며 그렇게 썼다.

"그런 맹세를 할 정도라면 푸딩을 만들 때……" 거기까지 말한 펠리시티는, 나머지 말을 잘라서 삼킨 것처럼 서둘러 입을 다물었다. 세실리가 옆에서 찌른 덕분에, 톱밥 푸딩을 만들었던 것을 두고 한번이라도 빈정거리거나 하면 다시는 이야기를 해주지 않겠다는 스토리 걸의 위협이 생각났던 모양이다. 하지만 펠리시티가 하려다 만 얘기는 모두 다 알고 있었기에, 스토리 걸은 전혀 사촌 같지 않은 날카로운 시선을 펠리시티에게 던졌다.

"어머니가 내 앞치마에 풀을 먹여주지 않아도 울지 않겠다." 세라 레이가 써 넣었다.

"차라리 무슨 일이 있어도 울지 않겠다고 쓰지 그래?" 댄이 친절하게 조언했다.

세라 레이는 불안한 듯이 고개를 저었다.

"그건 지킬 수 없을 것 같아. 난 도저히 울지 않으면 안 될 때가 있거든. 울고 나면 속이 후련한걸."

"그걸 들어야 하는 쪽은 어떻게 하라는 거지?" 댄이 슬그머니 세실리에게 불평했다.

"쉿, 쉿! 한 해의 마지막 날에 그애 마음 상하게 하지 마. 음, 또 내 차례네. 그럼 난 곱슬머리가 아닌 것을 불평하지 않겠다고 맹세해. 그렇지만, 아! 언제까지나 소원을 빌지 않을 수 없을 것 같아."

"그럼 어째서 전처럼 컬을 하지 않는 거야?" 댄이 물었다.

"피터가 홍역으로 죽을 뻔했을 때부터 컬 종이로 감은 적이 없다는 거 알고 있으면서." 세실리가 원망스러운 표정으로 말했다. "그러니까 앞으로도 하지 않겠다고 맹세하는 거야. 정말 옳은 일이라고 생각하지 않으니까."

"손톱을 제때에 깎아서 깨끗하게 한다." 내가 썼다. "자, 이것으로 네 번째야. 이제 더 이상은 하지 않겠어. 네 가지면 충분해."

"말하기 전에 두 번 생각하겠다." 펠릭스가 썼다.

"그런 건 무지무지 시간 낭비야. 하지만 언제나 생각한 대로 말하려면 그렇게 하는 게 좋겠지." 댄이 의견을 말했다.

"난 세 번까지 생각하기로 하겠어." 이건 피터가 쓴 말이다.

"되도록 즐겁게 시간을 보내고 싶다." 스토리 걸이 썼다.

"이게 바로 좋은 취미라는 거지." 댄이 그렇게 말했다.

"하긴, 무척 쉽게 지킬 수 있는 맹세인 건 분명해." 펠릭스가 평했다.

"성경책을 읽는 것을 좋아하도록 노력하겠다." 세라 레이가 썼다.

"노력하지 않아도 성경책 읽는 걸 좋아해야 해." 펠리시티가 충고했다.

"말을 안 들을 때마다 7장씩 읽어야 한다면 아무도 좋아할 수 없을 거야." 세라 레이가 오랜만에 용기를 보이며 되받았다.

"들은 얘기의 반밖에 믿지 않도록 하겠다." 이것이 세실리의 마지막 맹세였다.

"어느 쪽 반?" 댄이 놀렸다.

"좋은 쪽 반." 귀여운 세실리가 쌀쌀맞게 대꾸했다.

"항상 어머니 말씀을 잘 듣도록 하겠다." 세라 레이는 그렇게 적더니, 이런 맹세를 지키는 것은 어렵다는 것을 너무나도 잘 아는 듯 커다란 한숨을 내쉬었다. "자, 이것으로 끝."

"펠리시티는 하나밖에 안 썼잖아." 스토리 걸이 말했다.

"많이 맹세해서 어기는 것보다 하나라도 잘 지키는 편이 좋지 않겠니?" 펠리시티는 오만하게 말했다.

그것이 이번 일에 대한 마지막 말이었다. 세라 레이가 돌아가야 할 시간이 다가왔기 때문에 모임을 끝낸 것이다. 세라와 펠릭스는 밖으로 나갔다. 우리는 두 사람이 달빛을 받으며 오솔길을 내려가는 것을 지켜보았다. 세라는 길 한쪽으로 사뭇 얌전하게 걷고 있고, 펠릭스는 반대쪽 끝을 무뚝뚝하게 느릿느릿 걸어갔다. 모처럼 은빛으로 빛나는 밤의 낭만적인 아름다움도, 인간혐오에 걸린 내 동생에게는 아무런 감흥을 불러일으키지 못하는 것 같았다.

기억을 더듬어보면 그날 밤은 정말 절묘한 밤이었다. 하얀 시, 서리와 빛나는 별의 노래. 그런 밤에 잠이 들면, 노래와 웃음이 모여드는 즐거운 꿈을 꿀 수 있을 것 같았다. 잠을 자는 내내 문밖에 펼쳐져 있는 하얀 달빛 세상의 아련하고 아름다운 빛과 광휘를 느끼며, 또 거기서 솟아나는 생각과 말의 경계를 흐르는 비밀스럽고도 먼 음악을 들으면서…….

그런데 현실 속에서 세실리가 그날 밤 꾼 것은, 하늘에 보름달이 세 개나 뜬 꿈으로 그녀는 무서운 비명을 지르며 벌떡 일어났다.

〈우리들〉 창간호

〈우리들〉 창간호는 설날에 완성되어 그날 밤 부엌에서 낭독되었다. 모든 편집자들이 다 같이 열심히 일해 주었고, 인쇄하지 않았다 해서 댄만은 아직도 신문을 업신여기고 있었지만, 다른 사람들은 모두 그 완성품에 무척 만족했다. 스토리 걸과 내가 번갈아 읽는 동안 펠릭스 말고는 모두들 사과를 먹고 있었다. 신문은 짧은 '사설'로 시작되었다.

사설

이번에 〈우리들〉이 독자들 앞에 처음으로 선보이게 되었다. 모든 편집자들이 최선을 다한 다채로운 기사들은, 어느 모로 보나 유익한 지식과 즐거움으로 넘치고 있다. 단정한 도안의 표지는, 사랑하는 딸의 간절한 부탁에 응하여 멀리 유럽에서 기고해 주신 저명한 화가 블레어 스탠리 씨가 그린 것이다. 진취적인 기상이 풍부한 문예기자 피터 크레이그 씨는 감동적인 사랑이야기를 써 주었다. (피터, 옆에서 만족스러운 듯이 귀에 거슬리는 목소리로 소곤거리며, "내 이름에 '씨'자를 붙여주는 건 이번이 처음이야.") 펠리시티 킹 양의 셰익스피어에 관한 글은 독자들에게 새로운 내용이라는 점을 생각하면, 학교 작문에도 손색이 없을 것이다. 세실리 킹 양은 소름끼치는 모험기사를 담당했다. 모든 기사들이 잘 편집되었기 때문에, 기자들은 〈우리들〉를 자랑스럽게 여길 만하다고 믿고 있다. 그러나 여기서 머물러서는 안 된다. '더 높이!'가 우리의 변함없는 모토이다. 모든 기사들이 언제나 전보다 좋고 멋진 것이 될 것임을 믿어 의심치 않는다. 아직 미숙한 점이 많지만, 그 사실을 아는 것은 쉬워도 고치는 것은 어렵다. 〈우리들〉을 위한 의견은 적극적으로 받아들일 생각이지만, 비판이 누구의 마음에도 상처를 주지 않기를 바란다. 서로 돕고 함께 노력하자. 〈우리들〉이 좋은 영향을 미치는, 맑고 깨끗한 즐거움의 샘물이 되도록 노력하자. 그리고 유명한 시인의 다음의 말을 늘 마음에 새겨두자.

> 위인들이 도달했던 높은 곳은
> 한걸음에 오를 수 있었던 곳이 아니다
> 다른 사람들이 잠자고 있는 동안
> 밤새워 힘겨운 발걸음을 계속했기 때문이다

(피터, 감동하여, "나는 〈엔터프라이즈〉에서 이보다 못한 사설을 여러 번 읽었어.")

셰익스피어에 대하여
본명은 윌리엄 셰익스피어이다. 그가 항상 이름의 철자를 같게 쓴 것은 아니었다. 그는 엘리자베스 여왕이 통치하던 시대에 살았고, 매우 많은 극을 썼다. 그의 극은 대화체로 되어 있다. 그 극들은 모두 셰익스피어 혼자 쓴 것이 아니라, 다른 사람이 같은 이름으로 썼다는 설이 있다. 학교 선생님이 필독서라고 말씀하셔서 나도 두세 권 읽어보았지만, 그리 마음에 들지는 않았다. 그중에 나는 이해할 수 없는 것이 몇 가지 있다. 나는 〈패밀리 가이드〉에 나오는 발레리아 H. 몬터규의 소설이 훨씬 좋다. 가슴을 찌르는 감동이 있고, 현실적이다. 내가 읽은 극 중에 〈로미오와 줄리엣〉이 있다. 무척 슬픈 이야기였다. 줄리엣이 죽어버리는데, 나는 사람이 죽는 이야기는 좋아하지 않는다. 내가 좋아하는 것은 모두가 결혼하는 이야기, 특히 백작이나 공작과 결혼하는 이야기이다. 셰익스피어 본인은 앤 해서웨이와 결혼했다. 두 사람 다 이미 죽었다. 그들은 오래 전에 죽은 사람들이다. 그는 아주 유명한 사람이었다.

펠리시티 킹

(피터, 겸손하게, "난 셰익스피어에 대해서는 잘 모르지만, 제인 고모한테 책이 있어. 성경책을 읽고 나서 바로 읽어봐야지.")

교회에서 일어난 사랑의 도피 이야기

이것은 실제로 있었던 이야기이다. 마크데일에서 우리 어머니의 삼촌한테 일어났던 일이다. 삼촌은 지마이머 파와 결혼하고 싶어했다. 펠리시티는, 지마이머는 이야기의 주인공으로는 로맨틱한 이름이 아니라고 하지만 이것은 진짜 있었던 이야기이고 그 여자의 이름은 정말 지마이머였기 때문에 어쩔 수 없다. 어머니의 삼촌 이름은 토머스 테일러라고 했다. 그 무렵 토머스 테일러는 가난했기 때문에 지마이머 파의 아버지는 그를 사위로 삼고 싶지 않아서 집 가까이 오지 못하게 하고, 그렇지 않으면 개를 풀어놓겠다고 위협했다. 지마이머 파는 굉장한 미인이었기 때문에 어머니의 삼촌 토머스는 홀딱 반했고 그녀도 토머스를 좋아했다. 지마이머는 아버지가 애인에게 집에 오지 말라고 한 뒤부터는 거의 매일 밤 울었다. 자지 않으면 죽으니까 어쩔 수 없이 자야 했지만. 그리고 토머스가 어떤 장애를 무릅쓰고 만나러 왔다가 개에게 물어뜯기지 않을까 무척 걱정이 되었다. 그 개는 도저히 당할 수 없는 불독이기 때문이었다. 그렇지만 어머니의 삼촌 토머스는 그런 짓을 할 만큼 바보는 아니었다. 토머스는 성찬식을 앞두고 마크데일 교회에서 설교가 있는 날까지 기다렸다. 그녀의 아버지가 장로여서 지마이머 파와 가족은 다 함께 교회에 갔다. 토머스도 교회에 가서 지마이머 파의 가족석 바로 뒷자리에 앉았다. 모두들 고개를 숙이고 기도할 때 지마이머 파는 고개 숙이지 않고 긴장하여 뻣뻣해진 몸으로 위를 쳐다보고 있었고 토머스는 그 위로 몸을 내밀어 귓가에 속삭였다. 토머스가 그때 뭐라고 말했는지 모르기 때문에 여기에 적을 수는 없지만 지마이머 파는 얼굴이 새빨개져서 고개를 끄덕였다. 틀림없이 토머스가 교회에서 기도할 때 속삭여서는 안 된다고 생각하는 사람도 있겠지만, 지마이머 파의 아버지가 개를 풀어놓겠다고 위협한 것은, 부자는 아니지만 훌륭한 젊은이에게는 너무 심한 일이었다.

모두가 마지막 찬송가를 부르고 있을 때 토머스는 일어나서, 조용히 나갔다. 그런 다음 예배가 끝나자 곧 지마이머 파도 몰래 나갔다. 가족들은 조금도 의심하지 않았기 때문에 다른 사람과 얘기하거나 악수하고 있었는데 그 사이에 지마이머 파와 토머스는 달아나고 말았다.

두 사람이 어디로 달아났을 거라고 생각하는가? 놀랍게도 지마이머 파 아버지의 썰매에 올라탄 것이다. 그래서 지마이어 파의 아버지가 나오자 두 사람이 없어지고 썰매도 없어지고 말도 없어졌다. 물론 토머스는 말을 훔친 것이 아니었다. 잠깐 빌렸을 뿐 다음날 돌려보냈다. 그렇지만 지마이머 파의 아버지가 다른 마차를 찾아서 추격했을 때는 두 사람은 아주 멀리 가버렸기 때문에, 두 사람이 결혼할 때까지 아버지는 두 사람을 붙잡을 수 없었다. 그리고 두 사람은 그 뒤 오랫동안 행복하게 살았다. 토머스는 굉장히 늙은 할아버지가 될 때까지 살았다. 그런데 갑자기 죽었다. 잘 때는 무척 기분이 좋았었는데 일어났을 때는 죽어 있었다.

피터 크레이그

가장 조마조마한 모험

편집장이 우리 모두에게 〈우리들〉에 자신의 가장 끔찍했던 모험을 쓰라고 했다. 나의 가장 끔찍했던 모험은, 1년 전인 작년 11월의 일이다. 너무 무서워서 죽는 줄 알았다. 댄 오빠는 자기 같으면 놀라지 않았을 거라고 하고, 펠리시티 언니는 그 정도는 짐작할 수 있다고 하지만, 입으로는 무슨 말이든 할 수 있다.

그것은, 내가 키티 마를 만나러 간 날 밤의 일이었다. 갈 때는 올리비어 고모도 와 있을 것이므로 함께 돌아올 수 있을 거라고 생각했다. 그런데 고모가 오지 않아서 나는 혼자 돌아오지 않으면 안 되었다. 키티는 조금 바래다주었지만, 제임스 프루언 아저씨네 집 문까지만이었다.

키티는 바람이 불어서 치통이 시작될까봐 걱정이라면서, 제임스 아저씨네 집 저지대에 있는 다리에서 나오는 개의 유령이 무서워서가 아니라고 말했다. 개 이야기는 하지 않았으면 좋았을걸 하고, 나는 생각했다. 키티가 말하지 않았으면 생각하지 않았을 것이기 때문이다. 나는 혼자서 그 생각을 하면서 걸어가야 했다. 그 이야기라면 몇 번이나 들었지만, 믿었던 적은 한 번도 없었다.

소문으로는, 개가 다리 옆에 나타나서 사람과 함께 다리를 건너고 다 건너고 나면 사라져버린다는 것이었다. 사람을 물려고 한 적은 한 번도 없는 것 같지만, 아무리 믿지 않는다 해도, 개의 유령 같은 건 만나고 싶지 않다. 나는 유령 같은 건 없다는 것쯤은 알고 있었기 때문에, 다음 주일학교의 과제인 훈화용 성구를 외우며, 도깨비 따위는 없다고 자신에게 다짐하면서 걸어갔다. 그렇지만! 저지대에 가까워질수록 가슴이 얼마나 콩닥거리던지! 주위는 깜깜했다. 희미하게 뭔가 보이기는 했지만, 그 정체까지는 알 수 없었다. 다리에 도착했기 때문에 개가 따라오고 있다는 생각이 들지 않도록, 난간에 등을 대고 옆으로 걸었다. 그리고 바로 다리 한가운데까지 온 순간 뭔가를 만난 것이다. 바로 내 앞에, 커다랗고 시커멓고 꼭 뉴펀들랜드 개만한 크기의 뭔가가 나타났는데, 게다가 개의 하얀 코끝이 보이는 것 같았다. 그것은 다리를 경중경중 뛰어다니고 있기만 했다. 정말, 독자 여러분 중 그 누구도, 그때 나와 같은 무서움을 또다시 경험하지 않았으면 좋겠다고 생각한다. 나는 너무 무서워서, 게다가 그것이 쫓아오기라도 하면 달아나지 못할까봐 무서워서, 막 달렸다. 얼마나 빨리 달렸는지 모른다. 그때 그것이 한달음에 나에게 덤벼들어서, 나는 그 발톱에 완전히 몸이 찢긴 것 같은 느낌이 들어 비명을 지르며 굴렀다. 그것은 다리 저편으로 대구루루 굴러가서 더 이상 움직이지도 않고 무척 조용했는데, 나는 겁이 나서 꼼짝도 할 수 없었다. 다행히 에이머스 카우안이 바로 그때 손전등을 들고 지나가지 않았더라면, 지금쯤 어떻게 되었을지 알 수 없다.

나는 다리 한복판에 쓰러져 있었고, 내 옆에 그 무서운 것이 있었다. 알고보니 그 정체는 바로……놀랍게도 하얀 손잡이가 달린 커다란 박쥐우산이었다! 에이머스는 그것은 자기 우산인데, 손을 놓쳐 날아가버렸기 때문에, 찾으려고 돌아가서 손전등을 가지고 왔다는 것이었다. 비도 오지 않는데 왜 우산 같은 것을 들고 걸어갔느냐고, 물어보고 싶은 기분이었다.

카우안 집안 사람들은 늘 그런 이상한 행동만 한다. 제리 카우안이 우리에게 하느님의 그림을 팔았을 때의 일을 떠올려 보시라. 에이머스는 나를 집까지 바래다주었는데, 만약 그가 와주지 않았더라면 어떻게 되었을지 몰랐던 나는 그에게 무척 고마웠다. 그날 나는 밤새도록 잠을 자지 못했다. 두 번 다시는 그런 모험을 하고 싶지 않다.

세실리 킹

소식

댄 킹 씨는 크리스마스 이튿날 약간 속이 메슥거렸다. 아마 민스 파이를 너무 많이 먹은 탓으로 생각된다.

(댄, 기분이 상해서, "그런 게 아니야! 한 조각밖에 먹지 않았어!")

피터 크레이그 씨는 크리스마스 이브에 조상의 유령을 보았다고 믿고 있다. 그러나 다른 사람의 생각으로는, 그가 본 것은 그저 빨간 꼬리를 가진 하얀 송아지이다.

(피터, 불만스러운 얼굴로 중얼거렸다. "뒷다리로 서서 두 손을 비비는 별 이상한 송아지도 다 있네.")

세실리 킹 양은 12월 20일 밤을 키티 마 양과 함께 보냈다. 두 사람은 거의 밤을 새워 대바늘뜨기 레이스의 새 무늬와 남자 친구 이야기로 꽃을 피웠고, 덕택에 이튿날 학교에서 가차 없는 졸음 공격을 받았다.

(세실리, 발끈하여, "우린 그런 이야기하지 않았어.")

잿빛털 패트릭 씨는 어제 건강이 나빴었는데, 오늘 원래의 건강상태로 회복되었다고 한다.

킹 집안은 1월에 엘리자 아주머니의 방문을 받을 예정이다. 엘리자 아주머니는 우리 집안의 고모할머니에 해당한다. 지금까지 한 번도 만난 적은 없지만, 귀가 잘 들리지 않고 아이들을 좋아하지 않는다고 들었다. 그래서 재닛 외숙모는 우리에게 엘리자 고모할머니가 오셨을 때는 조심스럽게 눈에 띄지 않도록 하라고 말씀하셨다.

세실리 킹 양은 선교회가 제작중인 퀼트 조각보에 이름을 수놓는 작업을 시작했다. 구석에 이름을 넣고 싶은 사람은 5센트, 한가운데 넣고 싶은 사람은 10센트, 전혀 넣고 싶지 않은 사람은 25센트 낼 것.

(세실리, 기분이 나빠져서, "그런 것 아니라니까!")

광고

구합니다! 비만소년을 날씬하게 만드는 치료법. 〈우리들〉의 고민하는 환자 앞.

(펠릭스, 아연실색하여, "세라 레이는 이런 것 날조하지 못해. 댄 형이 틀림없어. 자기 담당기사만 쓸 것이지.")

가정란

알렉산더 킹 부인은 12월 20일에 거위를 모조리 잡았습니다. 우리는 다 같이 깃털을 뽑는 걸 도와드렸습니다. 크리스마스에 한 마리 먹었고, 나머지는 겨울 동안 2주일에 한 마리씩 먹을 예정입니다.

지난주의 빵은 어머니가 내 조언을 듣지 않는 바람에 시큼한 맛이 났습니다. 스토브 뒤의 구석은 너무 따뜻하다고 말씀드렸는데 말입니다.

펠리시티 킹 양은 최근에 대추야자 쿠키의 새로운 제조법을 발명, 모든 사람이 훌륭하다고 칭찬했습니다. 하지만 나는 그것을 발표할 생각은 없습니다. 다른 사람에게 알려주고 싶지 않기 때문입니다.

마음 졸이고 있을 질문자님.

잉크 얼룩을 제거하고 싶다면, 얼룩을 증기에 쐰 뒤 소금과 레몬즙을 사용하여 제거하세요. 이 질문을 보낸 사람이 댄 킹이라면, 나는 댄에게 셔츠 소매로 펜을 닦는 짓을 그만두라고 충고하겠습니다. 그렇게 하면, 그토록 얼룩투성이가 되지는 않을 것입니다.

펠리시티 킹

에티켓

F-l-x : 그렇습니다. 여성을 집까지 데려다줄 때는 팔을 내밀어 줍시다. 하지만 밤인사를 할 때 그녀를 너무 오랫동안 문 앞에 세워 두어서는 안 됩니다.

(펠릭스, 막 화를 내며, "나 이런 질문 안 했어!")

C-c-l-y : 아니에요, '이 못된 놈'이나 '멍청이'라는 말을 평소의 대화에 넣는 것은 고상하다고 할 수 없습니다.

(세실리는 사과접시를 새로 채우기 위해 지하실에 내려가 있었기 때문에, 이 대목은 아무런 이의 없이 그냥 넘어갔다.)

S-r-a : 아닙니다, 늘 울기만 하는 것은 예의 바르다고 할 수 없습니다. 젊은 남성을 집 안으로 들어오게 하느냐는, 오로지 그 남성이 자발적으로 당신을 데려다 주었는지, 아니면 집안 어른의 명령으로 데려다 주었는지에 달려 있습니다.

F-l-t-y : 당신이 누구보다 소중하게 생각하는 젊은 남성의 코트 단추를 얻어 기념으로 하는 것은 에티켓에 어긋나지 않습니다. 하지만 두 개 이상은 가지지 않도록. 안 그러면, 그의 어머니가 눈치 챌 우려가 있습니다.

댄 킹

유행 메모

이번 겨울은 대바늘로 뜬 머플러가 코바늘로 뜬 것보다 유행할 것 같다. 모자와 세트로 하는 것도 멋스럽다.

손등에 검은 다이아몬드 무늬가 있는 빨간 벙어리장갑이 아직도 나오고 있다. 엠 프루언의 할머니가 엠에게 짜준 것이다. 할머니는 이중 다이아몬드 무늬를 짤 줄 알아서, 엠은 그것을 뽐내고 있지만, 내 의견으로는 다이아몬드 무늬는 하나인 편이 센스 있다.

마크데일의 새 겨울모자는 무척 예쁘다. 모자를 선택하는 것은 이

따끔 하는 일이다. 남자아이들은 이 즐거움을 경험할 수 없다. 모두 똑같은 모자이기 때문이다.

세실리 킹

유머

이것이 바로 농담이라고 하는 것으로, 실제로 있었던 이야기.

뉴브런즈윅에 새뮤얼 클래스크라는 할아버지 순회설교자가 있었다. 클래스크 씨는 목사처럼 똑같이 설교를 하고 기도를 올리고 병자를 위문하며 다녔다. 어느 날 클래스크 씨는 죽어가고 있는 이웃에게 병문안을 가서, 하늘에 계신 하느님께, 가난해서 평생을 일을 해야 했기 때문에 그다지 종교에 마음을 돌릴 시간이 없었던 이 이웃에게 자비를 베풀어달라고 기도했다.

클래스크 씨는 다음과 같은 말로 기도를 끝맺었다. "또한, 오, 하느님. 저를 믿을 수 없으시다면 부디 이 사람의 거친 두 손을 한번 봐주시기 바랍니다."

펠릭스 킹

뭐든지 물어보세요

댄 : 돌고래는 자라서 나무나 덩굴이 되는 것입니까?

답 : 아닙니다. 깊은 바다에 사는 생물입니다.

펠릭스 킹

(댄, 상처받은 듯, "흥, 난 돌고래 같은 건 들은 적이 없어서, 왠지 땅에서 자라는 것 같은 느낌이 들었어. 그렇지만 굳이 그렇게 신문에 실을 것까진 없잖아?"

펠릭스, "내가 전혀 질문하지 않았는데, 내 이름으로 형이 기사를 쓴 것이나 피장파장 아니야?"

세실리, 달래며, "내 말 좀 들어봐, 두 사람 다 모두 농담이잖아.

나는 〈우리들〉이 정말 고상하다고 생각해.”

펠리시티, 자기 등 뒤에서 스토리 걸과 베벌리가 몰래 눈짓을 주고받는 것도 모르고, “그래, 맞는 말이야. 그런데도 처음에 반대했던 사람도 있었으니, 참.”)

얼마나 순수하고 행복한 놀이였던가! 읽고 귀 기울이고, 사과를 베어 먹으면서, 얼마나 많이 웃었던지! 바람아, 불어라! 바람아, 몰아쳐라! 어떠한 바람도 우리 추억에 남아 있는 그 옛날 겨울 밤에 붉게 타올랐던 불빛을 꺼뜨리지는 못할 것이다. 〈우리들〉은 비록 세상에 커다란 선풍을 일으키거나 천재를 탄생시키지는 못했지만, 우리에게는 1년 내내 가장 큰 즐거움이었다.

엘리자 고모할머니의 나들이

그것은 2월의 어느 겨울날, 다이아몬드처럼 맑고 차갑고 팽팽하게 반짝이는 날의 일이었다. 눈이 시리도록 푸른 하늘, 온통 하얀색뿐인 들판과 언덕은 반짝반짝 빛나고, 앨릭 삼촌 집 처마에 늘어선 고드름이 광채를 내뿜고 있었다. 온 세상을 뒤덮은 서리는 가혹했고 눈은 꽁꽁 얼어붙어 있었다. 그리고 킹 집안의 어린 친구들은 다 같이 모여 웃고 떠들며 인생을 마음껏 즐기고 있었다. 그날은 토요일인 데다 집에는 우리밖에 없었으니 무리도 아니었다.

그 전날, 재닛 숙모와 올리비어 고모는 시장에 내다 팔 가축들의 마지막 대학살을 집행했다. 그리고 오늘, 어른들은 모두 아침 일찍 샬럿타운으로 떠나 하루 종일 집을 비우게 된 것이다. 그들은 여느 때와 다름없이 산더미처럼 주의사항을 일러두고 갔고, 우리도 여느 때와 다름없이 기억하고 있는 것도 있고, 잊어버린 것도 있었다. 하지만 펠리시티가 지휘봉을 잡는 한, 한 사람의 탈선도 있을 수 없는 일이었다. 스토리 결과 피터도 물론 합류해 있었다.

오후에는 우리끼리 오붓하게 놀고 싶어서 우리는 만장일치로 자질구레한 일은 오전 중에 끝내기로 결정했다. 점심을 먹은 뒤 태피 (땅콩을 넣은 버터볼)를 만들고 나서 저녁 식사 때까지 언덕에서 썰매를 타며 즐거운 한때를 보낸다는 것이 우리의 계획이었다. 그런데 운명이 가져다준 것은 실망뿐이었다. 태피만은 그럭저럭 만들었지만, 화기애애하게 그 성과물을 맛보기 전에 여자아이들이 설거지를 끝내갈 때쯤, 펠리시티가 창밖을 내다보다가 놀라서 소리친 것이다.

"악! 큰일 났어! 엘리자 고모할머니께서 이리로 오고 있어. 아, 너무해, 하필이면 이런 때!"

우르르 늘어서서 밖을 내다보니, 과연 키가 크고 머리가 하얀 부인이 그 특유의 외출복에 아련한 수수께끼 같은 분위기를 풍기며 우리 집으로 다가오는 중이었다. 엘리자 고모할머니가 마크데일의 친척집을 방문하고 있다고 해서, 우리는 그녀를 몇 주일째 기다리고 있었다. 사람을 깜짝 놀라게 해주고 싶어하는 유쾌한 사람들이 으레 그렇듯, 그녀가 언제 우리를 습격해 올지 모른다는 건 전부터 알고 있었다. 하지만 설마 그것이 오늘이라고는 예상도 하지 않고 있었다. 우리가 그녀의 방문을 조금도 기대하고 있지 않았던 것을 이 자리에서 고백한다. 그녀를 만난 적이 있는 사람은 아무도 없었지만, 귀가 몹시 멀고 아이들의 행실에 대해 확고한 소신을 갖고 계신 분이라는 것은 잘 알고 있었다.

댄이 '휘익' 휘파람을 불었다.

"이제부터 재미있게 놀아보려고 하는 때에 하필이면! 고모할머니는 말뚝처럼 귀머거리니까 목이 터져라 소리를 지르지 않으면 안 들릴 거야. 나 도망쳐버릴까?"

세실리가 화를 냈다. "댄 오빠, 그러면 안 돼. 고모할머니는 노인이고 외톨이인 데다 고생도 많이 하셨어. 남편을 세 사람이나 먼저 보내신걸. 친절하게 대해 드리고 즐겁게 지내실 수 있도록 노력해야지."

"부엌문으로 오고 있어." 펠리시티가 부엌을 두리번거리며 둘러보았다. "댄 오빠, 오늘 아침에 현관 앞에 쌓인 눈을 치우라고 부탁했잖아. 세실리, 여기 있는 냄비들을 어서 식품저장실에 넣고 장화는 모두 숨기고, 펠릭스, 어서 찬장문을 닫아. 피터와 세라, 너흰 거실을 치워. 고모할머니는 무서울 만큼 엄격하셔. 고모할머니 집은 왁스처럼 반짝거린다고 어머니가 말했어."

다른 사람에게 명령을 내리는 동안 펠리시티도 부지런히 뛰어다니며 정리하고 있었음을 그녀를 위해 덧붙여 둔다. 그래서 엘리자 고모할머니가 뜰을 가로질러 오는 2분 동안 부엌이 얼마나 이상적으로 정돈되었는지, 정말 눈이 휘둥그레지는 솜씨였다.

"다행히 식당은 치워져 있고 식품저장실에도 먹을 것이 가득 있고, 됐어." 식품저장실만 풍족하면 아무것도 겁날 것이 없는 펠리시티였다.

그때 문 두드리는 소리가 힘차게 났고, 대화는 거기서 끊어졌다. 펠리시티가 문을 열었다.

"어머, 어서 오세요, 엘리자 고모할머니?" 펠리시티는 큰소리로 말했다.

엘리자 고모할머니의 얼굴에 희미하게 의아해 하는 듯한 표정이 지나갔다. 펠리시티는 자기 목소리가 충분히 크지 않은 거라고 생각했다.

"어서 오세요, 엘리자 고모할머니!" 그녀는 있는 대로 소리를 지르며 반복했다. "어서 안으로 들어오세요. 만나 뵙게 돼서 정말 기뻐요. 얼마나 기다렸다구요."

"아버지와 어머니는 계시니?" 엘리자 고모할머니가 느릿느릿 물었다.

"아뇨. 오늘은 시내에 나가셨어요. 밤에는 돌아오실 거예요."

"집에 없서 유감이구나. 2, 3시간밖에 시간이 없는데." 이렇게 말하면서 고모할머니는 안으로 들어왔다.

"네? 섭섭해서 어떡해요! 1주일쯤 저희 집에 머무실 거라고 생각했어요. 무슨 일이 있어도 일요일까지는 꼭 계셔야 해요." 가련한 펠리시티는 다시 소리치며, 왜 자기를 도와주지 않는 거냐고 비난하는 눈길을 다른 아이들에게 보냈다.

"정말 안 되겠구나. 오늘 밤 샬럿타운에 꼭 가야하거든."

"우선 코트부터 벗으세요. 그래도 차 한 잔은 드시고 가실 수 있죠?"

잔뜩 긴장한 목소리가 허락하는 한 붙임성을 발휘하며 펠리시티가 권했다.

"그래. 그렇게 하자꾸나. 나……에, 그러니까, 저…… 너희들과 알고 지내고 싶으니까." 우리를 향해 상당히 느낌이 좋은 표정을 지으며 엘리자 고모할머니가 말했다. 우리가 생각했던 고모할머니에 대한 선입견과 달라서, 그녀의 눈동자에서 보이는 생기 있는 광채도 우리는 도저히 믿을 수가 없었다.

"자기 소개들을 해보렴, 응?"

펠리시티가 큰소리로 모두의 이름을 외쳤고, 엘리자 고모할머니는 한 사람 한 사람과 악수하며 돌았다. 그 인사가 무척 딱딱하고 형식적이었기 때문에, 나는 조금 전 보았던 눈의 광채는 착각이었다고 생각했다. 그녀는 정말 키가 크고 위풍당당했다. 모두 고모할머니의 이미지에 걸맞은 특징이었다.

펠리시티와 세실리는 그녀를 먼저 손님용 침실로 안내한 뒤 다시 식당으로 안내하고, 앞으로의 대책을 강구하기 위해 부엌으로 돌아왔다.

"자, 사랑스러운 엘리자 고모할머니를 어떻게 생각해?" 댄이 물었다.

"쉬잇!" 반쯤 열린 문을 곁눈질하면서 세실리가 주의를 주었다.

"괜찮아, 들릴 리가 없잖아. 저런 찰귀머거리인 사람은 나름대로 상대하면 되는 거야."

"생각했던 것보다 늙지 않으셨어. 머리가 새하얀 것만 빼면 우리 고모들과 크게 다르지 않은 것 같아." 펠릭스가 말했다.

"고모할머니라고 해서 그렇게 나이를 많이 먹으란 법은 없어. 키티 마에게는 자기 어머니와 같은 나이의 고모할머니가 있대. 그렇게 많은 남편을 먼저 보냈기 때문에 머리가 하얗게 세어버린 거겠지. 그래도 상상했던 것과는 느낌이 많이 달라." 세실리가 말했다.

"생각했던 것보다 훨씬 현대적이야. 유행에 뒤떨어졌을 줄 알았는데, 차림새도 조금도 촌스럽지가 않고." 펠리시티가 말했다.

"그 코만 아니면 그리 나쁜 얼굴도 아닌데. 너무 긴 데다 휘어져 있어." 피터가 말했다.

"우리 친척을 두고 이러쿵저러쿵 얘기하지 말아줘." 펠리시티가 뾰족하게 말했다.

"오호! 늘 자기가 하고 있는 일 아닌가요?" 피터가 빈정댔다.

"이건 달라. 엘리자 고모할머니의 코는 건드리지 말아줘." 펠리시티가 말했다.

"어쨌든 나보고 얘기하라고 그러지 마. 난 고모할머니하고 얘기하고 싶지 않으니까." 댄이 말했다.

"난 고모할머니를 정중하게 대접할 생각이야. 부자시잖아. 문제는 어떻게 대접을 해야 하느냐야." 펠리시티가 말했다.

"부자든 키다리든, 늙은 고모할머니를 대접하는 방법에 대해 〈패밀리 가이드〉에는 어떻게 나와 있는데?" 이번에는 댄이 비꼬았다.

"〈패밀리 가이드〉에는 어떤 사람에게나 정중하라고 적혀 있어!" 세실리가 댄을 화난 눈길로 쏘아보았다.

"가장 난처한 건 말이야, 지금 집에는 오래된 빵이 한 조각도 없다는 사실이야. 아버지가 그러시는데 엘리자 고모할머니는 새로 만든 빵은 잡수시지 않는대. 소화불량을 일으키신대. 어떡하지?" 펠리시티는 걱정스러운 얼굴이었다.

"러스크(버터나 설탕을 발라 살짝 구운 빵, 비스킷)를 한 접시 만들어서 양해를 구하면 어떨까?" 스토리 걸은 아마 펠리시티를 놀릴 생각으로 그렇게 말한 거겠지만, 상대는 그 말을 완전히 곧이곧대로 받아들였다.

"어쩔 수 없는 상황일 때는 사과하지 않아도 된다고 〈패밀리 가이드〉에 그랬어. 그런 건 이중의 수치래. 하지만 세라, 한달음에 달려가서 건너편 집에서 먹다 남은 빵을 얻어와 줘. 러스크, 좋은 생각이야. 한 냄비 가득 만들어야지."

"내가 만들게. 지금은 러스크를 아주 잘 만들 수 있어." 스토리 걸이 나섰다.

"안 돼요, 믿었다가 나중에 무슨 꼴을 당하게 하려고." 펠리시티는 자신 말고는 믿을 사람이 없었다.

"틀림없이 말도 안 되는 실수를 저지를 거고, 그러면 엘리자 고모할머니께서 곳곳에 소문을 내고 다니실 거야. 무서운 수다쟁이니까. 러스크는 내가 만들래. 고모할머니는 고양이를 끔찍하게 싫어하시니까 패트를 눈에 띄지 않게 해줘. 그리고 고모할머니는 감리교도야. 감리교에 대해 험담하지 않도록 주의해."

"그럼, 누가 무슨 얘기를 하면 되는 거지?" 피터가 버럭 화를 내며 물었다.

"퀼트 조각보에 이름을 넣어달라고 부탁해볼까? 해봐야지. 생각했던 것보다 훨씬 친절하신 분인 것 같으니까. 틀림없이 5센트짜리로 해주시겠지. 고모할머니는 훌륭한 분이지만 무척 절약가시래." 세실리가 고개를 갸우뚱했다.

"왜 고모할머니가 벼룩에서 가죽과 기름을 짤 정도로 인색하다고 말하지 않는 거지? 그게 네가 하고 싶은 말이잖아." 댄이 말했다.

"난 이제부터 차를 준비할 테니까 모두들 가서 고모할머니를 상

대해드려. 앨범을 보여드리는 게 좋겠어. 댄, 부탁해." 펠리시티가
말했다.

"아이고, 고마워라. 그건 여자가 할 일이잖아. 엘리자 고모할머니
옆에 생글거리는 얼굴로 앉아서, '이건 짐 아저씨예요, 그쪽은 사
촌 세라네 쌍둥이예요' 하고 소리를 지르라는 거야, 나보고? 세
실리나 스토리 걸이 할 거야."

"나는 이 집 앨범의 사진, 다 알지는 못해." 스토리 걸이 얼른 빠
져나갔다.

"아무래도 내가 하지 않으면 안 될 것 같아, 마음이 내키진 않지
만. 아, 이제 가야겠어. 고모할머니를 너무 오래 혼자 내버려 두었
는걸. 틀림없이 예의가 바르지 않다고 생각하고 계실 거야." 세실리
는 한숨을 쉬었다.

하는 수 없이 우리는 마음이 내키진 않지만 줄줄이 방으로 들어갔
다. 엘리자 고모할머니는 무척 세련되고 예쁜 구두로 감싼 발끝을
스토브에 쬐며 무척 편안한 자세로 앉아 계셨다. 엘리자 고모할머니
의 귀가 멀었다는 끔찍한 형편에도 세실리는 의무를 다하고자 결심
하고 묵직한 플러시천 표지의 앨범을 늘 있는 장소에서 꺼내왔다.
그리고 가족 앨범을 소개하기 시작했다. 세실리는 나름대로 최선을
다했지만 펠리시티만큼 큰소리는 도저히 낼 수 없어서, 나중에 나에
게 털어놓은 바로는, 엘리자 고모할머니께서 자기 말을 한마디도 알
아듣지 못한 게 아닌가 걱정된 적이 한두 번이 아니었다고 했다. 귀
가 먼 사람이 으레 그렇듯 고모할머니는 들리지 않는다는 말은 한
번도 하지 않았지만, 사진 속 인물에 전혀 관심을 보이지 않는 기색
이었기 때문이다.

엘리자 고모할머니는 말수가 적은 사람이었다. 말없이 사진을 응
시하면서 가끔 웃기는 했다. 그 빙긋이 웃는 웃음에 우리는 당혹했
다. 춤추는 눈길. 우리가 알고 있던 엘리자 고모할머니와는 너무나

거리가 멀었다. 응대를 하고 있는 세실리의 눈물겨운 노력에 감사의 표시를 한 건지도 모른다.

우리는 지루하기 짝이 없었다. 스토리 걸은 시무룩한 기색으로 늘 앉는 장소에 앉아 있었다. 펠리시티가 러스크를 만들게 해주지 않아서 화가 난 것과, 아마 그 황금의 목소리와 화술로 엘리자 고모할머니를 매료시킬 수 없는 것이 불만이었기 때문이리라. 펠릭스와 나는 얼굴을 마주보며, 언덕에서 반짝반짝 빛나는 눈 위를 기분 좋게 미끄러져 내려갈 수 있으면 얼마나 좋을까 상상하고 있었다.

그러나 마침내 즐거운 한때가 돌아왔다. 엘리자 고모할머니의 뒤쪽에 앉아 있는 덕택에 고모할머니의 시선에서 벗어난 댄이, 세실리가 사진을 가리키며 이것저것 설명하는 것에 대해 주석을 달기 시작한 것이다. 세실리는 어떻게든 못 하게 하려고 애썼지만 소용없었다. 이렇게 재미있는 일을 어떻게 그만둔단 말인가! 이어지는 30분 동안 대화는 다음과 같이 진행되었고, 그동안 피터와 나, 펠릭스, 그리고 스토리 걸까지 웃음이 터지려는 것을 참느라 몸부림을 쳐야 했다. 엘리자 고모할머니는 귀는 들리지 않지만 눈은 멀쩡했기 때문이다.

세실리가 소리쳤다 : "이건 마크데일의 조지프 엘리엇 씨예요. 어머니의 육촌이구요."

댄 : "자랑할 만한 사람은 아니야, 시스. 누군가가 무엇을 애기했느냐고 진지하게 묻자 '아니야, 우리집 지하실에서 애기했는걸'이라고 대답한 사람이니까."

세실리 : "이 사람은 우리 집안 사람이 아니에요. 전에 로저 삼촌이 고용했던 말썽꾸러기 자비 고티어예요."

댄 : "로저 삼촌은 자비에게 문을 고치라고 시켰는데, 나중에 제대로 못했다고 야단쳤어. 그러자 자비는 화를 내며 이렇게 말했지.

'내가 저 문을 고칠 수 있을 거라고 생각했어요? 난 그런 요술을 배운 적 없단 말이에요!'"

세실리는 댄에게 신경 쓰이는 듯 시선을 보내면서 말했다 : "이분은 로버트 킹 종조부세요."

댄 : "그 사람은 네 번이나 결혼했는데, 그만하면 충분하다고 생각하지 않으세요, 네, 고모할머니?"

세실리는 댄을 쏘아보며 말했다. "(댄!) 이분은 앰브로즈 마의 사촌이에요. 서부에 계시는데 학교에서 아이들을 가르치고 계세요."

댄 : "그래, 들판에서 자는 데 문을 열어두고 있을 정도로 바보라고 로저 삼촌이 말했지."

세실리 : "이분은 2, 3년 전에 칼라일에서 교편을 잡으셨던 미스 줄리아 스탠리예요."

댄 : "선생님이 사표를 냈을 때, 평의회에서 회의를 열어 급료를 올려주는 조건으로 계속 있어 달라고 부탁해볼까 의논했어. 그때는 고지(高地) 출신인 샌디 할아버지가 아직 살아계셨는데, 그 할아버지가 일어서서 이렇게 말했대. '가고 싶으면 가라고 해. 시집이라도 가고 싶은 게지.'"

세실리는 고뇌의 빛을 보이며 말했다 : "이분은 레이턴인데요, 성경책과 찬송가집과 탈메이지 설교집을 팔러 다녔어요."

댄 : "너무 말라깽이라서, 로저 삼촌은 늘 그 사람을 공기 사이에 생긴 틈새하고 혼동했대. 언젠가 여기서 하룻밤 지냈을 때 그 사람도 기도회에 나갔어. 그래서 마우드 선생님이 기도를 이끌어달라고 부탁했어. 그때는 건초를 장만할 시기였는데, 3주 동안 비가 그치지 않는 바람에 마른 풀이 못 쓰게 되어 모두들 걱정하고 있었지. 레이턴 씨는 일어서더니, '자라나는 작물에 은혜로운 비를 내려주옵소서' 하고 기도를 시작했어. 내 뒤에 있던 로저 삼촌이 옆 사람에게 뭐라고 말했게? '어이, 누가 저 녀석을 끌어내지 않으면 올해는 건초를

망치고 말겠어.'"

세실리는 분노에 떨며 : (오빠, 그런 무례한 말을 하다니 부끄럽다고 생각하지 않아?) "이분은 마크데일에 있는 알렉산더 스콧 씨의 부인이에요. 오랜 병으로 자리에 누워 계세요."

댄 : "로저 삼촌은, 그 사람이 아직도 살아 있는 건 남편이 새장가 가는 것이 싫어서래."

세실리는 외쳤다. "이분은 묘지 뒤에 살았던 제임스 맥퍼슨 할아버지예요."

댄 : "언젠가 늘 진한 홍차와 탄산수소나트륨으로 요드팅크를 만든다고 어머니한테 말한 사람이야."

세실리 "이건 마크데일에 사는 사촌, 에버니저 맥퍼슨이에요."

댄 : "철저한 금주가! 태어나서 지금까지 럼주를 한 번도 입에 댄 적이 없었던 사람. 45살에 홍역에 걸렸는데 거의 미친 사람 같았지. 그래서 의사가 브랜디를 먹이라고 처방했어. 브랜디를 먹이자 에버니저는 얼굴을 번쩍 쳐들더니, 올빼미처럼 엄숙하게 말했대. '더 줘, 큰 잔으로.'"

세실리는 애원하듯이 : (오빠, 부탁이야, 그렇게 사람 마음 졸이게 하지 마, 나, 어떡해야 좋을지 정말 미치겠어.) "이분은 레뮤엘 구드리지 씨, 목사님이세요."

댄 : "너는 그의 입을 봐야 해. 턱이 빠져버린 것 같다고 로저 삼촌이 말했잖아. 헤벌쭉하게 늘어져서 말이야, 이렇게."

자기 입도 잘생겼다고는 도저히 말할 수 없는 댄이 레뮤엘 목사님의 흉내를 내자, 피터와 펠릭스와 나의 인내심도 드디어 한계에 이르고 말았다. 갑자기 둑이 터지듯 폭소가 터지자, 엘리자 고모할머니의 고막도 찢어졌든지, 그녀가 호기심에 찬 얼굴을 쳐들었다. 바로 그때 펠리시티가 허둥지둥 문 앞에 나타나지 않았으면, 우린 도대체 어떻게 되었을까 ?

"세실리, 이리 잠깐 와 봐 ! "

세실리는 한순간이라도 해방된 것에 안도하며 부엌으로 달아났다. 그리고 왜 그러는 거냐고 묻는 목소리가 우리 귀에 들어왔다.

"왜 그러느냐고 ! " 펠리시티가 절망에 찬 목소리로 소리쳤다. "왜 그러고 뭐고, 누가 당밀이 담긴 스프 접시를 식품저장실 테이블 위에 올려놓은 바람에, 패트가 들어가서 어떻게 했는지 알아 ? 그 발로 그대로 손님용 침실에 들어가서, 그 침대 위에 둔 엘리자 고모 할머니의 코트와 모자 위를 끈적끈적한 발로 걸어다녔단 말이야. 발 자국 도장을 찍고 다녔다구. 이 일을 어떡해 ! 고모할머니는 틀림없 이 노발대발하실 거야. "

난 엘리자 고모할머니를 걱정스럽게 쳐다보았다. 그런데 고모할머 니는 재닛 숙모의 조카인, 비할 데 없이 무뚝뚝하고 재미없는 한 쌍 의 쌍둥이 사진을 진지하게 바라보면서, 어디에 마음을 빼앗겼는지 사진을 향해 생글거리며 웃고 있는 것이었다.

세실리의 맑은 목소리가 부엌에서 날아왔다.

"탈지면을 깨끗한 물에 적셔서 당밀이 지워지는지 한번 시험해보 자. 코트도 모자도 천으로 되어 있고, 당밀은 기름이 아니잖아. "

"그래, 그렇게 해보는 수밖에 없지, 뭐. 하지만 스토리 걸도 참, 고양이는 집에 두고 왔으면 좋았잖아. " 펠리시티가 투덜투덜 불평 을 했다.

이 말을 들은 스토리 걸이 사랑하는 고양이를 보호하러 뛰어나가 는 바람에 남자아이들만 남게 되었다. 그러자 처음에 사이좋게 지내 자꾸나 해놓고도 우리에게 한 마디 말도 걸어주지 않는 고모할머니 를 비참하게 의식하면서, 어쩔 줄 몰라하며 앉아 있었다. 그녀는 사 진을 계속 들여다보며 우리의 존재를 완전히 잊고 있는 것 같았다.

한참 뒤 여자아이들이 돌아왔다. 패트의 장난이 무사히 처리되었기 때문에 일단 엘리자 고모할머니를 두려워할 필요가 없다고 생각한 것이다. 펠리시티는 차가 준비되었음을 알린 뒤, 세실리가 고모할머니를 식당으로 안내하는 동안, 뒤에 남아서 앞으로의 일을 의논하기 시작했다.

펠리시티가 말했다.

"고모할머니께 기도를 올려달라고 부탁하는 게 어떨까?"

스토리 걸이 말했다 "아, 나 이야기가 하나 생각났어. 로저 외삼촌이 젊었을 때 얘기인데, 귀가 먼 할머니의 집에 가서 식탁에 앉았는데 식전 기도를 올려달라는 요청을 받았대. 그때까지 그런 것을 한 적이 한 번도 없었던 아저씨는 홍당무처럼 새빨개져서 고개를 숙이고 웅얼거렸대. '저, 저, 저, 미, 미안해요. 아, 아무래도 그런 건 서툴러서요' 하면서 고개를 든 순간, 할머니가 기쁜 듯이 큰소리로 '아멘' 하고 소리쳤대. 로저 외삼촌이 그동안 기도를 했다고 생각했던 거야."

"그런 얘기를 웃음거리로 삼아선 안 돼. 난 의견을 듣고 싶어, 이야기가 아니라." 펠리시티가 차갑게 내뱉었다.

"고모할머니한테 부탁하지 않을 거면 펠릭스가 해야지. 누구 할 사람이 없잖아? 기도는 꼭 해야 하는데. 안 그러면 고모할머니의 심장이 튀어나올 거야."

"아, 부탁이야, 제발!" 펠릭스가 당황하여 소리쳤다.

그리하여 간절한 부탁을 받은 고모할머니는 막힘없이 술술 기도를 올렸다. 그런 다음, 펠리시티가 준비한 저녁 식사를 마음껏 먹었다. 러스크가 특히 맛있어서, 엘리자 고모할머니는 두 번이나 더 청해 드시고는 칭찬을 아끼지 않았다. 그렇지만 그 밖에는 거의 말을 하지 않아서, 처음에 우리는 거북스러운 침묵 속에 앉아 식사해야 했다. 그러나 식사가 끝나감에 따라 우리의 혀도 차차 풀려갔고, 스토리 걸은 옛날 샬럿타운과 개척시대 초기에 가슴이 찢어져서 죽은 총독 부인의 비극적인 일화를 얘기했다.

"하지만 그 이야기는 사실이 아니라고 하더라. 사실은 소화불량으로 죽었대. 지금의 총독 부인은 우리 친척뻘이야. 아버지의 육촌이라는데 난 한 번도 만난 적이 없어. 아그네스 클라크라는 이름이야. 너희들 알고 있니? 아버지가 젊었을 때, 그 부인에게 죽을 만큼 반해 있었고 상대도 그랬대." 펠리시티가 말했다.

"누가 그런 말을 했어?" 댄이 소리쳤다.

"올리비어 고모. 어머니가 그 일로 아버지를 놀리는 것도 들은 적이 있어. 물론 어머니를 알기 전의 일이지만."

"어째서 그 부인과 결혼하지 않았어?" 내가 물었다.

"상대편이 아버지와 결혼할 마음이 들지 않았을 뿐이야. 아버지에게 싫증났대. 바람둥인가 봐. 올리비어 고모가 그러는데, 아버지는 그 뒤 한동안 충격에서 헤어나지 못했대. 하지만 어머니를 만나고 나서 다시 일어섰어. 아그네스는 주근깨투성이였대. 하지만 아버지와는 그 뒤에도 내내 좋은 친구로 지냈대. 굉장하지 않니? 아버지가 만약 아그네스하고 결혼했으면, 우린 총독 부인의 아이가 되었을 거야."

"그렇지만, 그랬으면 그 사람이 총독 부인이 되지 않았을 것 아니니?" 댄이 말했다.

"아버지의 부인이 되는 것도 멋있는 일이야." 세실리가 배려하는 마음을 보였다.

"네가 총독을 보았다면 그런 생각도 들었을 거야." 댄이 킥킥거렸다. "로저 삼촌의 애기로는, 그 사람은 하늘 위, 땅 위, 물 속에 있는 어느 것 하나 닮지 않아서, 합장을 하고 싶을 정도래."

세실리가 말했다. "너무해, 로저 삼촌도 참! 정치적 입장이 다르다고 그런 말을 하시다니. 총독님은 그렇게까지 못생기지는 않았어. 2년 전 마크데일에 피크닉 갔을 때 봤어. 굉장히 뚱뚱하고 대머리에

다 붉은 얼굴이지만, 더 못생긴 남자도 얼마든지 본 적 있는걸."

"엘리자 고모할머니, 자리가 난로에 너무 가까운 것 아니에요?"
펠리시티가 소리쳤다.

우리의 손님은 확실히 얼굴이 새빨개져 있었지만 고개를 저으며
이렇게 말했다.

"응? 아니야, 아주 좋아." 그러나 그 목소리는 우리를 난처하게
만들었다. 기묘하게 떨리는 듯한 느낌이 섞여 있었던 것이다. 엘리
자 고모할머니는 웃고 있는 것일까? 우리는 굳어져서 고모할머니
를 응시했는데 그 얼굴은 어디까지나 엄숙했다. 그러나 눈의 표정만
은 아무래도 이상했다. 무슨 일이 있어도 우리는 식사 자리에서 더
이상 말하지 않기로 했다.

식사가 끝나자 엘리자 고모할머니는 정말 섭섭하지만 이제 가봐
야겠다고 말했다. 펠리시티는 예의 바르게 만류하면서도, 엘리자 고
모할머니가 꼭 가야 한다고 말하자 마음속으로 안도했다. 펠리시티
가 손님용 침실로 안내하는 사이, 세실리는 가만히 2층에 올라갔다
가 잠시 뒤 작은 꾸러미를 들고 내려왔다.

"뭘 가지고 온 거야?" 펠리시티가 이상하다는 듯이 물었다.

"저…… 장미꽃잎 주머니. 엘리자 고모할머니께 드리려고."

"무슨 소리야! 안 돼, 그건. 널 이상한 아이라고 생각할 거야."
펠리시티는 어이없다는 듯이 말했다.

"퀼트에 이름을 부탁했을 때 무척 친절하게 응해주셨잖아. 게다가
10센트짜리 장소에 해주셨어. 그래서 장미꽃잎을 드리고 싶어. 정
말 드릴 생각이야, 언니."

엘리자 고모할머니는 그 귀여운 선물을 무척 흔쾌히 받아주셨다.
그분은 우리 모두에게 작별인사를 하며 무척 즐거웠다고 말하고, 아
버지와 어머니에게 인사 전해달라는 말을 남긴 뒤 마침내 돌아갔다.
우리는 큰 키에 꼿꼿한 자세와 확고한 걸음걸이로, 고모할머니가 뜰

을 가로질러 오솔길로 사라져가는 것을 지켜보았다. 그 뒤에 전에도 자주 그랬던 것처럼, 우리는 붉고 따뜻한 난로의 불꽃 앞에 모여 앉았다. 그동안 밖에서는 겨울의 황혼녘에 부는 바람이, 붉은 빛을 띤 놀에 에워싸인 아름다운 흰색 들판을 노래 부르며 지나갔고, 아스라히 빛나는 은빛 별이 문 앞의 커다란 버드나무 위에서 반짝이고 있었다.

"아, 정말 힘들었다. 고모할머니가 가주셔서 다행이야. 어머니 말씀처럼 분명히 좀 이상한 사람이었어." 펠리시티가 안도의 한숨을 내쉬었다.

"이상한 사람이긴 하지만, 그 이상한 데가 생각했던 것과는 달랐어." 스토리 걸이 생각에 잠겼다. "엘리자 고모할머니답지 않은 구석이 있어. 내가 고모할머니를 진심으로 좋아한다고는 할 수 없지만."

"마음에 들지 않는 건 확실해." 댄도 말했다.

"하지만 뭐, 상관없잖아? 이미 가버렸으니까. 이것으로 한 건 해결한 셈이야." 세실리도 안도하며 말했다.

그런데 한 건 해결한 것이 아니었다. 어떤 의미에서도 그렇지 않았다! 어른들이 돌아오자 곧 재닛 숙모가 이렇게 말했다.

"그런데, 총독 부인께 차를 대접했다고?"

우리는 모두 어리둥절하여 숙모를 쳐다보았다.

"어머니, 그게 무슨 말이에요?" 펠리시티가 물었다. "엘리자 고모할머니 말고는 아무한테도 차를 대접하지 않았어요. 고모할머니가 점심때가 지나서 오셔서……."

"엘리자 고모할머니? 무슨 소리야? 고모할머니는 오늘은 시내에 계셨는데. 루이자 아주머니의 집에서 함께 차를 마셨는걸. 정말 레슬리 총독 부인이 이곳에 오지 않았니? 샬럿타운에서 돌아오는 길에 만났는데, 부인이 그렇게 말했어. 칼라일의 친구를 찾아온 김에 옛날 친구인 아버지를 만나보려고 들렀다고. 도대체 너희들 왜 그렇게 멍하니 그러고 있는 거니? 눈이 접시만 하구나."

"여자분이 찾아온 건 맞지만." 펠리시티는 풀이 죽어 있었다. "우린 엘리자 고모할머니인 줄로만 알고……. 아니라고 말하지 않으셨거든요……. 좀 이상하다고는 생각했지만……. 우린 그분이 귀가 먹었다 생각하고 막 소리를 질렀어요……. 그리고 그분 코에 대해 이러쿵저러쿵 얘기하고……. 그런 다음, 패트가 그분의 코트와 모자에 발자국을 내서……."

"내가 사진을 보여드리고 있을 때 댄 오빠가 말한 것도 모두 들었을 거야!" 세실리가 비명을 질렀다.

"차를 마시면서 총독에 대한 소문 얘기를 한 것도 들으셨겠지?" 후회를 모르는 댄이 킥킥 웃었다.

"도대체 어찌된 건지 자세히 얘기 좀 해봐." 재닛 숙모가 엄하게 추궁했다.

잠시 뒤 우리의 단편적인 이야기를 이어 맞춘 결과 그녀도 사정을 이해하게 되었다. 숙모는 부들부들 몸을 떨었고 앨릭 삼촌도 약간 난감해했다. 그러나 로저 삼촌은 배를 잡고 웃었고 올리비어 고모도 거기에 합세했다.

"좀더 분별 있게 행동할 수 없었니?" 재닛 숙모는 심기가 불편한 기색이었다.

"귀가 먹은 척하시다니 너무 하셨어." 펠리시티는 금방이라도 울음을 터뜨릴 것 같았다.

"아그네스 클라크다운 짓이야. 오후 내내 속으로 재미있어 했을 걸." 로저 삼촌이 웃으면서 말했다.

이튿날 그녀한테서 온 편지로, 그녀가 확실히 재미있어한 것을 우리는 알았다. 그 총독 부인은 다음과 같이 적어 보냈다.

세실리와 모두에게

엘리자 고모할머니인 척한 나를 부디 용서해다오. 아무래도 좀 심한 짓을 하고만 것 같다만, 도저히 유혹을 이길 수가 없더구나. 너희들이 나를 용서해준다면, 나도 총독에 대해 너희들이 말한 것을 용서해주마. 그리고 우리가 좋은 친구가 되었으면 한다. 총독은 미남이 아니라는 것이 가끔은 흠이 될 때도 있지만, 무척 좋은 사람이란다.

너희들 집에서 정말 즐거운 시간을 보냈다. 좋은 손자, 손녀들을 둔 엘리자 고모할머님이 부럽구나. 너희들이 무척 친절하게 대해주었는데 나는 사실을 밝히지도 못하고 좋은 태도도 보여주지 못했어. 하지만 나중에 총독관저에 올 때는 힘껏 노력하마. 다음에 시내에 올 때는 꼭 들러다오. 패트를 만나지 못해 유감이야. 난 고양이를 무척 좋아한단다. 설령 코트에 당밀을 묻히는 말썽쟁이라도. 그리고 세실리, 귀여운 포푸리 정말 고마워. 마치 장미꽃밭이 백 개나 모여 있는 것처럼 향기가 나더구나. 중요한 손님용 침실 시트에 끼워두었으니까 다음에 올 때는 거기서 자도록 해. 약속하자, 착한 친구들. 총독도 너의 퀼트에 이름을 넣고 싶으시대. 10센트짜리 장소로 부탁해.

사진 설명이 무척 재미있었다고 댄에게 전해다오. 평범한 설명과는 정반대로 획기적인 것이었어. 그리고 펠리시티, 너의 러스크는 최고였어. 조리법을 꼭 적어 보내주렴. 정말 마음에 들었어.

마음을 담아서
아그네스 클라크 레슬리

"우리에게 사과를 하다니 대단한 사람이야, 음." 댄이 의견을 말했다.

"총독님 험담만 하지 않았더라도." 펠리시티는 몸부림을 쳤다.

"러스크 같은 걸 용케도 만들었구나. 소다와 타르타르(포도주 양조통 바닥에 침전하는 물질) 크림만 가지고는 베이킹파우더 효과를 낼 수 없었을 텐데." 재닛 숙모가 말했다.

"식품저장실에 베이킹파우더가 가득 있던데요?" 펠리시티가 말했다.

"아니야, 하나도 없어. 목요일 아침 쿠키를 구울 때 다 써버린걸."

"아니에요, 다른 깡통에 가득 들어 있었어요. 맨 위 선반 안쪽에요, 어머니. 노란 상표가 붙어 있고……. 거기에 두신 것을 잊으신 것 아니에요?"

재닛 숙모는 멍한 시선으로 아름다운 딸을 응시했다. 잠시 뒤 놀라운 표정이 공포의 표정으로 바뀌었다. 그녀가 비명을 질렀다.

"펠리시티 킹! 설마, 설마 러스크를 부풀리는 데 그 오래된 노란 깡통에 든 것을 사용했다고는 말하지 말아줘."

"그, 그렇지만 사용한걸요." 펠리시티는 드디어 이상한 생각이 들어 소리쳤다. "……어머니, 그게 어쨌게요?"

"그게 어쨌냐고! 그건 치약가루야. 속에 든 건 그거였어. 작년 겨울에 네 사촌 마이러가 왔을 때, 치약가루 병을 깨뜨려서 대신 그 헌 깡통을 주었어. 그런데 돌아갈 때 잊어버리고 두고 가는 바람에 선반 맨 위에 올려두었던 거야. 너희들 모두 어제는 무슨 마법에라도 걸렸던 것 같구나."

우리의 가엾은 펠리시티! 평소에 자신의 요리솜씨를 그토록 과신하고 있지만 않더라도, 그리고 그 방면에서의 타인의 노력과 실수에 대해 늘 그렇게 가차 없이 무시하지만 않았더라도, 마음속으로 조금이나마 동정을 보냈을 텐데.

스토리 걸이 승리의 기쁨을 조금도 나타내지 않았다고 한다면 거짓말이 될 것이다. 그러나 피터는 남자답게 소중한 여성을 감싸주었다.

"하지만 러스크는 맛있었잖아! 그러니 무엇을 넣어 부풀렸건 문제가 안 돼!"

그러나 댄은 치약가루 러스크로 펠리시티를 놀리기 시작했고, 어른이 된 뒤에도 틈만 나면 그 얘기를 꺼냈다.

"총독 부인에게 조리법을 적어 보내주는 것 잊지 마!" 댄이 말했다.

눈물이 글썽해진 펠리시티는 분해서 얼굴을 붉히며 방에서 뛰쳐나갔다. 총독 부인이 이 러스크 조리법을 손에 넣는 일은 영원히 없었다.

마티 아주머니를 방문하여

3월의 어느 토요일 우리는, 오래전부터 얘기했던 마티 딜크 아주 머니를 방문하기 위해 베이워터까지 걸어갔다. 도로를 따라가면 베 이워터까지 10킬로미터쯤 되지만, 언덕과 들판과 숲을 지나가는 지 름길로 가면 5킬로미터가 채 못 되었다. 우리가 이 방문을 특별히 기대하고 있었던 건 아니다. 마티 아주머니의 집에는 어른밖에 없었 고, 그 어른들도 다 자라버린 것이 아주 오래전이어서, 자기들에게 어린 시절이 있었다는 것조차 잘 기억하지 못하는 사람들뿐이었기 때문이다. 그러나 펠리시티가 우리에게 말했듯이, 적어도 1년에 한 번은 마티 아주머니를 방문할 필요가 있었다. 안 그랬다가는 아주머 니의 노여움을 사게 되기 때문인데, 이왕 방문할 거라면 일찌감치 해치우는 편이 좋을 거라고 생각한 것이다.

"어쨌든 근사한 점심 식사는 먹을 수 있을 거야. 마티 아주머니는 최고의 요리사이고, 또 조금도 인색하지 않으니까." 댄이 말했다.

"오빠 언제나 먹는 것만 생각한다니까." 펠리시티가 애교스럽게 말했다.

"그래. 그런 게 없으면 사는 데 무슨 낙이 있겠니, 귀여운 아가 씨?"

새해 들어 펠리시티를 대하는 새로운 방법을 개발한 댄이 그렇게 대답했다. 맹세를 지키기 위한 것인지, 이 방법이 가시 돋친 말대답보다 펠리시티를 놀려먹는 데는 훨씬 효과가 있다는 것을 알았기 때문인지 확실하지는 않았다. 그는 펠리시티의 빈정거림에 대해 늘 예의를 다한 웃음으로 응하며, 거기에 덤으로 다정한 호칭을 동반하는 장난투의 말을 곁들였다. 가련한 펠리시티는 그런 말을 들으면 불같이 화를 내며 어쩔 줄 몰라했다.

그날 앨릭 삼촌은 우리의 외출이 마음에 걸렸다. 삼촌은 잿빛 땅과 잿빛 공기, 잿빛 하늘의 음울한 바깥세상을 살피며 폭풍이 올 것 같다고 말했다. 그러나 이미 마티 아주머니에게 우리가 간다는 연락이 갔고, 그녀를 실망시키는 것은 바람직하지 않은 일이었다. 그래서 삼촌은 만일 그곳에 있는 동안 폭풍이 닥치면 자고 오라고 이르며 우리를 전송했다.

우리는 즐거운 마음으로 걸어갔다. 〈우리들〉에 방문기를 기고하라는 명령에, 그 책임의 무게를 감당하지 못하고 있던 펠릭스까지 즐거워하고 있었다. 바깥이 잿빛 겨울로 좀 황량한 것이 무슨 대수인가? 우리는 황금의 길을 걸으며 마음속에는 봄을 품고 있었다. 웃고 떠들며, 스토리 걸이 얘기해 주는 고대 신화와 전설 이야기들 덕택에 길이 멀다는 것도 잊고 있었다.

걷기에도 그리 나쁘지 않았다. 얼마 전에 눈이 한 번 녹아서 꽁꽁 얼어붙었기 때문이다. 우리는 잿빛 울타리로 거미줄처럼 나뉘어 마른 풀이 초라하게 눈 사이로 비어져 나와 있는 들판을 건넜다. 언덕의 소나무숲, 크고 당당한 수목과 저녁 별의 친구인 작은 나무들 사이에서 우리는 잠시 한눈을 팔았다. 마침내 칼라일과 베이워터 사이에 있는 전나무와 단풍나무가 우거진 곳으로 들어섰다. 그곳은 바로 페그 보엔의 집이 있는 구역으로, 지금 걸어가는 길은 눈앞에 보이지는 않지만 그녀의 집 바로 옆을 지나가고 있었다. 우리는 제발 그 사람을 만나지 않게 해달라고 기도했다. 패트의 저주 사건 이래, 우리는 페그를 어떻게 생각해야 할지 몰라 하고 있었다. 그녀의 영역을 지나가는 동안은, 우리들 중 가장 용감한 사람도 숨을 멈추었고, 아무 일 없이 지나온 뒤에야 비로소 안도의 한숨을 쉬었다.

숲은 폭풍 전야처럼 정적을 품고 있고, 바람은 낮은 흐느낌 소리를 내며 솔방울이 흩어진 하얀 바닥을 훑고 다녔다. 우리들 주위는 눈, 눈, 눈, 온통 진주와 은을 뿌린 아케이드. 아직 그 누구의 발자국도 침범하지 않은 대리석 거리에는 전나무의 위엄 있는 행렬. 숲을 빠져나와 아담하고 평범한 농가가 드문드문 흩어져 있는 베이워터 개척지를 눈 아래 내려다보았을 때는, 솔직히 말해 실망했다.

"저기가 마티 아주머니의 집이야. 길모퉁이에 있는 저 커다란 하얀 집이야. 댄, 점심 식사가 준비되어 있었으면 좋겠어. 많이 걸었더니 배가 굶주린 늑대처럼 들러붙을 지경이야." 스토리 걸이 말했다.

"마티 아주머니의 남편이 살아 있었으면 좋았을걸." 댄이 말했다. "굉장히 좋은 분이었어. 주머니 속이 늘 호두랑 사과로 그득했지. 그분이 살아 계셨을 때는 여기 오는 것도 즐거웠는데. 나이 많은 아주머니들은 나한테는 적성에 맞지 않아."

"오빠도 참! 마티 아주머니도 시누이들도 친절하게 잘 해 주시잖아." 세실리가 나무랐다.

"그래, 그야 물론 더할 나위 없이 친절하지. 하지만 아무리 나이를 먹어도 5살도 안 된 아기로밖에 보이지 않는가봐."

스토리 걸이 말했다. "나, 마티 아주머니의 남편에 대한 얘기도 알고 있어. 그분은 에버니저라는 이름이었잖아. 그래서……."

"그런데도 그렇게 여위고 자그마했으니, 이상하지?" 댄이 물었다.

"에버니저는 다니엘만큼 좋은 이름이야." 펠리시티가 말했다.

"정말로 그렇게 생각하니, 천사 아가씨?" 꿀처럼 달콤한 목소리로 댄이 찔러왔다.

"어서 계속해. 두 번째 맹세를 떠올리고!" 나는 화난 표정을 생생하게 드러내며 걸어가는 스토리 걸에게 속삭였다.

스토리 걸은 무언가를 꿀꺽 삼킨 뒤 얘기를 계속했다.

"에버니저는 누군가에게 뭔가를 빌리는 것을 매우 두려워했어. 뭐든지 빌리는 건 용서하기 어려운 수치라고 생각했던 거야. 너희들도 알고 있겠지만, 에버니저와 마티는 옛날, 칼라일의 지금 레이씨가 있는 집에서 살았어. 이건 킹 외할아버지가 살아 계셨을 때의 얘기야. 어느 날 에버니저가 언덕을 올라와 가족끼리 단란한 한때를 보내고 있는 부엌으로 들어왔어. 로저 외삼촌 얘기로는 마치 양이라도 훔치고 오는 길인 것 같은 표정이었대. 에버니저는 부엌에 꼬박 1시간 동안 한 마디도 없이 앉아서, 애처로울 정도로 의기소침한 얼굴을 하고 있었어. 그러다가 마침내 일어서서 뭔가 괴로운 듯이 이렇게 말했대.

'에이브러햄 삼촌, 조용히 드릴 말씀이 있는데요.'

'그래, 뭐든지.'

할아버지는 그렇게 말하며 객실로 데리고 갔어. 사촌 에버니저는 문을 닫더니 주위를 둘러본 뒤, 애원하듯이 좀더 조용한 곳으로 가자고 해서 할아버지는 이번에는 손님용 침실로 데리고 가서 문을 닫았어. 점점 불안해지는 걸 느끼면서 말이야. 틀림없이 에버니저의 신상에 무서운 일이 생긴 거라고 생각했지. 에버니저는 할아버지 바로 옆에까지 다가와서, 코트 깃을 세우고, 작은 목소리로 말했대.

'에이브러햄 삼촌…… 미…… 안합니다…… 만…… 도끼……

를…… 빌려……주실 수…… 없을까요 ?'"

"뭐, 그렇게 거창하게 애기할 일도 아니잖아." 애기의 포인트를 완전히 잘못 짚어, 다른 아이들이 왜 웃고 있는지 이해하지 못한 세실리가 말했다. 그러나 세실리는 정말 착한 아이였기 때문에 유머 감각은 부족하지만 아무도 무시하지 않았다.

"죽은 사람에 대해 그런 애기를 하는 건, 좋지 않은 일 아닐까 ?" 펠리시티가 말했다.

"살아 있을 때 애기하는 것보다 안전하지 않을까, 예쁜 아가씨 ?"

댄이 참견했다.

우리는 마티 아주머니의 집에서 기대했던 대로 근사한 점심 식사를 얻어먹었다. 부디 이 일이 그녀의 덕으로 평가되기를. 그녀도, 두 명의 시누이, 미스 루이자 제인, 미스 캐럴라인도 무척 친절하게 대해주었다. 하기는 세 사람이 우리의 머리를 마구 쓰다듬으며 누가 누구를 닮았느니 하는 애기를 끝도 없이 늘어놓고, 박하사탕을 안겨주기도 하는 바람에 댄이 왜 그렇게 싫어했는지 이해하지만, 어쨌든 우리가 무척 즐거운 한때를 보낸 건 틀림없었다.

페그 보엔과의 하룻밤

우리는 마티 아주머니의 집에서 일찌감치 나왔다. 아침보다 많이 나빠진 건 아니지만, 아직도 폭풍의 기색이 짙었기 때문이다. 집으로 돌아갈 때는 다른 길로 갈 예정이었다. 단풍나무가 제멋대로 자라고 있는 개척지를 지나가는 길인데, 페그 보엔의 집과 꽤 멀리 떨어져 있다는 이점이 있었다. 폭풍이 오기 전에 집에 도착하고 싶었지만, 자잘한 눈발이 흩날리기 시작했을 때, 우리는 겨우 마을을 내려다보는 언덕까지 왔을 뿐이었다.

그러나 이미 1킬로미터가 훨씬 넘는 길을 걸어온 우리는, 눈보라가 본격적으로 몰아치기 전에 충분히 집에 도착할 수 없을 거라고 예상했다. 이만저만한 오산이 아니었다. 다시 1킬로미터가 채 못 되게 걸어갔을 때, 우리는 미친 듯이 소용돌이치는 눈보라 속에 완전히 갇히고 말았다. 그러나 이제 와서 마티 아주머니의 집으로 돌아가는 것이나, 이대로 앨릭 삼촌 집까지 가는 것이나 마찬가지였기 때문에, 한걸음마다 커지는 공포심을 안고 가까스로 걸어가고 있었다.

몸을 찌르는 듯한 눈발은 견디기 힘들었고, 3미터 앞도 보이지 않았다. 순식간에 살을 에는 추위가 덮치고, 폭풍은 시시각각 다가오는 어둠 속에서 우리를 하얀 눈보라로 에워싸며 울부짖었다. 그때까지 더듬어온 좁은 산길은 눈 깜짝할 사이에 완전히 눈에 뒤덮여버렸기 때문에, 우리는 손에 손을 맞잡고, 허공을 가득 채운 황량한 소용돌이를 어떻게든 뚫어보려고, 시선을 모으면서 무턱대고 나아갔다. 도저히 믿어지지 않을 만큼 너무나 급작스럽게 곤경에 빠져버렸다. 길의 사정에 가장 밝을 거라고 하여 일행의 리더를 맡고 있던 피터가 갑자기 걸음을 멈췄다.

"길이 보이지 않아. 우리가 어디에 있는 건지 모르겠어!" 그가 소리쳤다.

우리는 모두 걸음을 멈추고 비참한 일행이 되어 한곳에 모였다. 마음은 공포로 가득했다. 마티 아주머니의 집에서 기분 좋고 따뜻하고 안전하게 지낸 것이 몇 년 전 일이었던 것 같았다. 세실리가 추위를 견디지 못하고 울기 시작했다. 댄은 자기 코트를 벗어서 몇 번이나 사양하는 세실리를 억지로 감싸주었다. 댄이 말했다.

"이런 곳에 있으면 안 돼. 이대로 가다간 모두 얼어죽을 거야. 가자. 어쨌든 몸을 움직여야 해. 눈은 아직 그리 깊지 않아. 세실리, 내 손을 잡아. 그리고 모두들 서로 손을 꼭 잡는 거야. 자, 간다."

"얼어 죽어버리면 모든 게 헛일이야. 하지만 살아남을 수 있다면 굉장한 얘깃거리가 되겠지." 이가 덜덜 부딪치는 소리를 내면서도 스토리 걸이 말했다.

나는 속으로 도저히 살아남을 수 없을 것 같았다고 생각했다. 이미 날은 캄캄해져서 앞도 거의 보이지 않는 데다 눈은 시시각각 내려쌓였다. 우리는 뼛속까지 얼어붙고 있었다. 이곳에 누워서 쉴 수 있다면 얼마나 편안할까. 그러나 그런 짓을 하면 끝장이라는 말을 들은 것이 기억났다. 그래서 나도 안간힘을 다해 모두와 함께 비틀거리며 나아갔다. 소녀들이, 그중 세실리까지 정신을 똑바로 차리고 있었던 건 정말 다행이었다. 또 세라 레이가 함께 있지 않은 것도 얼마나 다행인지 몰랐다.

하지만 우리는 완전히 길을 잃고 말았다. 어느 쪽을 봐도 무서운 어둠, 또 어둠. 갑자기 펠리시티가 넘어졌다. 모두 함께 일으켜주었지만 펠리시티는 더 이상 한 발짝도 걸을 수 없다, 이제 틀렸다고 주장했다.

"여기가 어딘지 짐작도 안 돼?" 댄이 피터에게 소리쳤다.

"모르겠어! 바람이 이쪽저쪽에서 어지럽게 몰아치고 있어서, 집이 어느 쪽인지 전혀 알 수가 없어." 피터가 소리쳐 대답했다.

집! 이 두 눈으로 그 그리운 집을 다시 볼 수 있을까? 우리는 펠리시티를 격려하며 걷게 해보려고 애썼다. 그러나 그녀는 귀찮아하며 그 자리에 누워 쉬고 싶다는 말만 되풀이할 뿐이었다. 세실리도 비틀거리며 나에게 기대왔다. 스토리 걸만은 아직 기운을 잃지 않고 계속 나아가자고 달래고 있었다. 그러나 그녀 자신도 추위에 얼어버려서 말이 제대로 나오지 않았다. 눈구덩이를 파고 그 안에 들어가 있으면 어떨까 하는 미친 생각이 문득 머리에 떠올랐다. 그렇게 하여 눈보라 속에서 살아남았다는 사람의 얘기를 어디선가 읽은 적이 있었던 것이다. 그때 펠릭스가 소리쳤다.

"불빛이 보인다!"

"어디? 어디?" 모두들 눈을 가늘게 뜨고 바라보았지만 아무것도 보이지 않았다.

"지금은 보이지 않아. 하지만 아까 잠시 어른거리는 것이 보였어. 틀림없어. 가자! 이쪽이야."

새로운 희망에 힘을 얻은 우리는 서둘러 그를 따라갔다. 곧 모두의 눈에 불빛이 보였다. 그토록 아름다운 빛은 그 뒤 두 번 다시 본 적이 없었다. 몇 걸음 더 나아가서 조금 앞쪽에 있는 숲의 나무 밑에 들어섰을 때에야 겨우 그곳이 어디인지 알 수 있었다.

"저건 페그 보엔 아주머니의 집이야!" 망연자실하여 걸음을 멈춘 피터가 소리쳤다.

"누구네 집이든 그게 문제야? 어쨌든 저곳까지 가야 해." 댄이 결연하게 말했다.

"네 말이 맞아. 그 사람이 마녀라 해도 얼어죽는 것보다는 낫겠지." 피터는 마지못해 동의했다.

"부탁이니까, 저 집 바로 앞에서 마녀 얘기는 제발 하지 말아줘. 어디에 들어가든 고마운 일이야." 숨이 차서 허덕이며 펠리시티가 말했다.

우리는 그 집에 도착해 불가사의한 2층 현관으로 통하는 계단을 올라갔다. 댄이 노크했다. 곧 문이 열리고, 페그 보엔이 눈앞에 서 있었다. 패트 사건으로 마음을 풀어주려고 선물을 들고 찾아갔던 잊지 못할 그날과 똑같은 옷을 입고 있는 것 같았다.

그녀의 뒤쪽은 어두컴컴한 방, 그것을 희미하게 비추고 있는 것은 폭풍 속에서 우리를 이곳까지 인도해 준 작은 촛불 한 개뿐이었다. 그러나 낡은 워털루 스토브가, 장밋빛으로 떨리는 빛의 소용돌이로 어둠을 채색하고 있었다. 페그의 집은 눈에 뒤덮인 채 얼어붙어 있었지만, 길을 잃고 헤매고 있던 우리에게는 참으로 따뜻하고 아늑하게 느껴졌다.

"아니 이런! 너희들 어디서 오는 길이냐? 집에서 쫓겨나기라도 한 거니?" 페그가 소리 질렀다.

"베이워터에 갔다가 돌아오는 길에 눈보라를 만나 길을 잃고 말았습니다. 이 집의 불빛이 보이기 전까지는 어디에 있는 줄도 몰랐어요. 폭풍이 멎을 때까지 이곳에 있게 해주실 수 없을까요…… 혹시 방해가 되지 않는다면." 댄이 사정을 얘기했다.

"그리고 폐가 되지 않는다면요." 세실리가 조심조심 말했다.

"폐라니, 당치도 않아. 어서 들어와. 아이고 저런! 너희들 온통 눈 범벅이 되었구나. 빗자루를 가지고 오마. 남자아이들은 신을 잘 닦고 코트를 털어라. 여자아이들은 겉옷을 이리 다오. 걸어둘 테니까. 뼛속까지 얼어붙었겠구나. 자, 어서 난롯가에 앉아서 몸을 녹이도록 해."

페그는 이리저리 바쁘게 뛰어다니며 등받이와 팔걸이가 어디론가 떨어져나간 미덥지 않은 의자를 여러 개 모아왔다. 몇 분이 채 안 되어 우리는, 활활 타오르는 난로 앞에 앉아 불을 쬐며 몸을 말리고 있었다. 지금까지 어리석은 상상을 수없이 해왔지만, 마녀의 난롯가에 손님으로 앉게 되리라고는 꿈에도 생각지 못했다. 그런데 실제로 이곳에 이렇게 있는 것이다. 게다가 마녀가 직접, 다른 사람이 뼛속까지 천천히 몸을 녹인 뒤에도 계속 떨고 있는 세실리를 위해, 생강차를 끓여 커다란 컵에 가득 담아온 것이다. 가련한 세실리는 페그가 무서워서 어쩔 줄 몰라하며 혀가 델 것처럼 뜨거운 그것을 마셨다.

"곧 추위가 가실 거다. 그럼 이번에는 너희들에게도 차를 내오마." 여주인은 친절하게 말했다.

"아, 그러지 않으셔도 돼요." 스토리 걸이 당황하여 말했다.

"괜찮아." 페그는 기운차게 말했다. 그러자 갑자기 광포한 모습으로 돌변하여 사람을 섬뜩하게 하는 성격을 드러냈다. "아니면 내가 만들어주는 건 더러워서 못 마시겠다는 거냐?"

"아니, 아니에요, 아니에요!" 스토리 걸이 채 입을 열기도 전에 펠리시티가 놀라 소리쳤다. "설마 그럴 리가 있겠어요? 세라는 우리 때문에 수고를 끼치고 싶지 않다고 생각한 것뿐이에요."

"수고는 무슨!" 페그가 다시 표정을 바꿨다. "난 이번 겨울에는 귀뚜라미처럼 건강하단다. 뭐, 가끔 축 늘어지기는 하지만. 너희들

어머니의 부엌에서 맛있는 것을 많이 얻어먹었으니 갚아야할 빚이 있는 셈이지. "

더 이상 아무도 사양하지 않았다. 실내를 조심스럽게 호기심 어린 눈길로 바라보며, 우리는 겁에 질린 침묵 속에 앉아 있었다. 얼룩투성이에다 누덕누덕 떼운 벽은, 전체 분위기와 통일감도 고려하지 않고 뒤죽박죽 긁어모아 덕지덕지 붙여놓은 그림과 착색 석판화, 포스터들로 교묘하게 가려져 있었다.

페그의 애완동물에 대한 소문이 무성했는데, 이제 그것도 확인할 수 있었다. 여섯 마리의 고양이가 아늑한 장소를 차지하고 있고, 그 중 한 마리인, 작년 여름 우리를 소름끼치게 했던 그 검은 악귀가 페그의 침대 속에서 우리에게 비웃는 듯한 시선을 보내고 있었다. 또 한 마리, 두 귀와 한쪽 눈이 없는 초라한 줄무늬 고양이도 구석의 소파에서 우리를 노려보고 있었다.

다리가 세 개밖에 없는 개 한 마리가 난로 뒤에 누워 있고, 까마귀 한 마리가 머리 위 횃대에서 뚱뚱하고 늙은 암탉과 사이좋게 앉아 있었다. 시계 선반에는 박제 원숭이와 히죽 웃는 해골이 있었다. 원숭이는 어떤 뱃사람이 페그에게 준 것이라고 들었다. 하지만 해골은 어디서 손에 넣은 것일까? 도대체 누구의 것일까? 이 꺼림칙한 문제가 내 머리에 들러붙어 내내 떠나지 않았다.

이윽고 차가 준비되었고, 우리는 음식을 먹는 탁자에 둘러앉았다. 페그의 서투른 솜씨로 만들어진 탁자는 빈말로라도 테이블이라고 부를 수 없는 것이었다. 음식에 대해서는 굳이 말하고 싶지 않다. 먹을 것이 담겨 있는 접시는 그나마 나은 편이었다. 그래도 우리는 먹었다. 정말 이게 웬일이란 말인가! 설마 눈앞에 펼쳐진 마녀의 연회에서 음식을 먹는 일이 있을 줄이야! 페그가 마녀이든 아니든, 상식은 마녀가 아니라고 말하고 있지만 말이다. 만약 우리가 그녀의 비위를 건드려 화나게 만들면, 그 자리에서 누구라도 밖으로 쫓아낼 수 있는 힘이 있다는 건 잘 알고 있었다. 그리고 아까까지 어두움과 폭풍에 맞서 헛되이 싸웠던 그 무서운 숲으로 돌아가는 건 도저히 생각도 할 수 없는 일이었다.

아무리 그렇다 해도, 그 식사는 여러 가지 이유에서 즐거운 것은 아니었다. 페그는 남의 기분 같은 건 전혀 상관하지 않았기 때문이었다. 그녀는 펠릭스에게 차를 따라주면서 그의 마음에 무자비하게 상처를 주었다.

"넌 살이 너무 쪘구나, 아가. 그러니까 마법의 씨가 효과가 없었던 거야, 그렇지?"

도대체 페그가 어떻게 마법에 대한 것을 알아내었을까? 펠릭스는 보기에도 딱할 만큼 멍한 표정이 되었다.

"처음부터 나를 찾아왔더라면 금방 살빼는 방법을 가르쳐 주었을 텐데." 영악하게 고개를 끄덕이며 페그가 말했다.

"지금 가르쳐주시면 안 될까요?" 펠릭스는 열심히 부탁했다. 지나치게 풍부한 살을 녹여버리고 싶은 간절한 소망이 공포도 수치심도 멀리 날려보낸 것이다.

"안 돼. 난 두 번째는 절대 사양이니까." 페그가 교활한 웃음을 지었다. "세라, 넌 너무 말랐고 안색도 좋지 않구나. 어머니를 너무 닮았어. 네 어머니를 잘 알고 있지. 네 어머니는 미인이라고 할 수는 있지만, 거기에 어울리는 대단한 점은 전혀 없었어. 네 아버지는 돈은 많지만 나처럼 놀고 먹는 사람이었지. 지금은 어디 계시냐?"

"로마에요." 스토리 걸이 무뚝뚝하게 대답했다.

"네 어머니가 그 남자를 신랑감으로 결정했을 때는 세상 사람들은 미친 짓이라고 생각했지. 그렇지만 누가 뭐라 해도 제멋에 사는 거니까. 세상 사람들은 남을 정신병자라고 부르고 싶어서 늘 입이 근질근질한단다. 나도 머리가 정상이 아니라고 말하는 자들이 있으니까." 페그는 찌르는 듯한 시선을 갑자기 펠리시티에게 향했다.

"너희들, 정말 이렇게 바보 같은 얘기 들어본 적 있니?"

"없어요!" 펠리시티는 입술까지 새파래져서 단호하게 말했다.

"모두 나처럼 제정신이면 좋겠다만." 페그가 심술궂게 말했다. 그런 다음 가련한 펠리시티를 감정하듯이 빤히 쳐다보면서 계속 말했다. "넌 미인이지만 거만하구나. 게다가 그 피부는 오래 가지 않을걸. 곧 네 어머니처럼 될 거야. 붉은 기가 너무 많아질 거란 말이다."

"흥! 흙색이 되는 것보단 낫지 뭘." 아무리 마녀한테서라도, 사랑하는 이에 대한 험담을 듣고 싶지 않았던 피터가 중얼거렸다. 그가 받은 답례는 펠리시티의 무서운 표정뿐이었지만, 페그는 다행히 그의 말을 알아듣지 못하고 이번에는 화살을 세실리에게 돌렸다.

"넌 너무 몸이 약해 보이는구나. 어른이 될 때까지 살지 못할 거야."

세실리의 입술이 떨리고 댄의 얼굴은 새빨개졌다.

"너무 하시는 것 아니에요? 남에게 그런 말을 하는 건 실례라구요."

내 턱은 거의 빠질 지경이 되었다. 아마 피터와 펠릭스도 그랬을 것이다. 펠리시티가 거의 제정신이 아닌 것처럼 끼어들었다.

"오, 제발 노여워하지 마세요, 보엔 아주머니. 오빠가 성격이 급해서……집에서도 언제나 저래요. 부탁이에요, 용서해 주세요."

"걱정마라, 상관없으니까." 예상 밖의 말까지 당연하게 생각하는 건지 페그는 눈 하나 깜짝하지 않았다. "난 근성이 있는 아이가 좋아. 그건 그렇고 네 아버지는 집을 나갔다던데, 그렇지, 피터? 그 사람은 내 애인이었단다. 젊은 시절, 노래 학교에서 돌아올 때 세 번이나 나를 집까지 바래다주었지. 억지로 그렇게 했다고 쑥덕거리는 작자들도 있었지만. 세상 사람들은 으레 그렇게 질시를 하는 법이란다, 그렇지 않니? 그 사람 지금 어디에 있는지 알고 있니?"

"몰라요." 피터가 대답했다.

"뭐, 곧 돌아올 거야." 페그가 의미심장하게 말했다.

"누가 그런 말 했어요?" 피터는 놀라서 소리쳤다.

"모르는 게 좋을 거야." 페그는 그렇게 대답한 뒤 해골을 쳐다보았다.

그녀가 우리를 겁줄 속셈이었다면 그건 대성공이었다. 그러나 그때 가까스로 식사가 끝나 우리는 가슴을 쓸어내렸다. 페그는 의자를 다시 난롯가로 가져가라고 권했다.

호주머니에서 파이프를 꺼내면서 페그가 말했다. "편히 쉬도록 해라. 난 집이 너무 깨끗해서 제대로 살지도 못할 만큼 쓸고 닦는 성질이 아니라서, 접시를 씻는 귀찮은 짓은 안 해. 너희들이 자기 자리를 잊지만 않는다면 내일 아침에 다시 사용할 수 있을 거야. 담배는 아무도 피우지 않겠지?"

"네." 펠리시티가 위엄을 부리며 대답했다.

"그럼, 너희들은 좋은 것을 전혀 알지 못하는구나." 페그는 약간 기분이 상한 듯이 말했다. 그러나 파이프를 몇 번 피우자 기분도 다시 좋아져, 세실리가 한숨을 쉬고 있는 것을 보았을 때는 왜 그러느냐고 상냥하게 묻기까지 했다.

"집에서 얼마나 걱정하고 있을까 해서요."

"아이고, 저런, 가엾기도 해라. 하지만 그런 걱정일랑 그만 둬. 너희들이 여기서 따뜻하게 있다는 걸 틀림없이 알려줄 테니까."

"어떻게요?" 세실리가 눈을 크게 뜨고 소리쳤다.

"모르는 게 좋을걸." 페그는 또 그렇게 말하더니 다시 해골을 올려다보았다.

어색한 침묵이 흘렀지만 그것도 페그에 의해 깨어졌다. 그녀는 애완동물들을 소개하며 이 집에 오게 된 사연도 얘기했다. 그 검은 고양이는 그녀가 가장 좋아하는 것이었다.

"그 고양이는 나보다 더 많은 걸 알고 있단다. 너희들이 믿어준다면 말이지만." 그녀는 자랑스럽게 말했다. "쥐도 한 마리 키우고 있는데 사람이 오면 부끄러워해서 말이야. 너희들의 고양이는 그때 이후 좋아졌겠지?"

"네." 스토리 걸이 대답했다.

"그럴 줄 알았다." 페그는 다 안다는 듯이 고개를 끄덕였다. "알고말고. 이봐, 너희들 모두 내 옷의 구멍만 보고 있는 것 아니냐?"

"보지 않았어요!" 모두가 아니라고 대답했다.

"보고 있는 줄 알았다. 어제 이렇게 됐는데 깁지 않았어. 구멍은 어쩌다가 그렇게 될 수 있지만, 덧댄 것은 수치로 생각하라고 교육받았거든. 그래, 너희들의 올리비어 고모가 드디어 결혼한다고?"

이건 처음 듣는 얘기였다. 우리는 너무 놀라 멍하니 있었다.

"그런 얘기 한마디도 듣지 못했는데요." 스토리 걸이 말했다.

"그래? 믿어도 될 거야. 정말 못 말릴 바보라니까. 남편 같은 건 쓸데없는 건데. 하지만 다행인 건, 그 여자가 마크데일의 헨리 제이콥스하고 결혼하지 않아도 된다는 거지. 상당히 끈질기게 구애하고 있었거든. 정말 뻔뻔스럽다니까…… 자기가 킹 집안에 어울린다고 생각하다니. 그 작자의 아버지는 살아 있는 사람 중에서는 가장 악당이야. 한 번은 나에게 개를 풀어놓아 쫓아낸 적이 있었어. 머지않아 그 자에게도 뜨거운 맛을 좀 보여줘야지."

페그가 몹시 잔인한 얼굴을 했기 때문에, 우리 눈에는 불타는 헛간의 그림이 생생하게 떠올랐다.

"하, 하지만, 어차피 지옥에서 벌을 받을 텐데요, 뭘." 피터가 조심스럽게 말했다.

"그걸 내 눈으로 볼 수 없기 때문이지. 내가 교회에 자주 가지 않는다고 그쪽에 떨어질 거라고 말하는 사람도 있어. 그렇지만 누가 믿을 줄 알고?"

"왜 안 다니시는 거예요?" 피터가 거의 염치없는 수준에 가까운 거리낌 없는 태도로 물었다.

"이렇게 햇볕에 탔으니까 사람들이 인디언이라고 오인하지 않을까 해서야. 게다가 그곳 목사는 기도가 끝도 없이 길어서 말이야. 도대체 왜 그러는지 몰라." 페그는 진지하게 이유를 설명했다.

"사람에게 얘기를 하는 것보다 하느님께 얘기하는 편이 편하다고 생각하기 때문이 아닐까요?" 피터가 생각 깊게 자기 의견을 말했다.

"뭐, 어차피 난 순회교회에 들어 있으니까." 페그는 재미있다는 듯이 말했다. "그래서 악마도 나를 쫓아와서 붙잡지 못하는 거란다. 칼라일 교회에는 벌써 3년 넘게 가지 않았어. 전에 한 번 갔을 때는 거의 죽을 만큼 웃었단다. 엘더 마 영감이 그날 헌금담당이었지. 새 부츠를 신고 있어서 통로를 왔다갔다하는 동안 그놈이 삐익삐익 우는 거야. 부츠가 소리를 낼 때마다 장로는 치통이라도 일어난 것처럼 얼굴을 찡그렸고. 정말 웃기더군. 그런데 선교 퀼트는 어떻게 되어가니, 세실리?"

페그가 모르는 일이 과연 있을까?

"잘 돼 가고 있어요."

"원한다면 내 이름을 넣어도 좋아."

"어머나, 고마워요. 어떤 자리에 넣을까요?……5센트짜리와…… 10센트짜리 가운데?" 조심스럽게 세실리가 물었다.

"10센트 자리지, 물론. 좋은 것이 나에게 어울리지 않을 리가 있나? 10센트는 다음에 주마. 지금은 마침 가지고 있는 것이 없어서…… 아무튼 빅토리아 여왕 같은 부자는 아니니까. 거기에 여왕의 사진이 있지? 파란 띠를 두르고 머리에 다이아몬드 왕관과 팔랑거리는 레이스를 붙인 사람. 누가 가르쳐줬으면 좋겠는데…

… 빅토리아 여왕, 결혼했니?"

"네, 하지만 여왕의 부군께서는 돌아가셨어요." 스토리 걸이 대답했다.

"그래? 결혼하지 않았더라도 여왕이니까 노처녀라고 부를 수 없는 건 줄 알았지 뭐냐? 난 가끔 자신에게 물어보지. 페그, 넌 빅토리아 여왕이 되고 싶으냐 하고. 그런데 뭐라고 대답해야 할지 모르겠어. 여름 내내 숲 속이나 태양 아래를 마음대로 걸어다닐 때는 무엇을 준다 해도 빅토리아 여왕 같은 건 되고 싶지 않아. 하지만 겨울이 되어 춥고 어디에도 갈 곳이 없을 때는 말이야…… 여왕이 되도 좋지 않을까 생각한단다."

페그는 파이프를 다시 물고 맹렬하게 뿜어대기 시작했다. 길게 뻗은 양초 심지가 불꽃 모자를 쓰고 있는 모습이, 마치 장난기 가득한 작은 요정이 눈짓하고 있는 것 같았다. 페그의 더할 나위 없이 기괴한 그림자가 그녀 뒤 벽에 어른거리고 있었다. 외눈박이 고양이는 기분 나쁜 감시를 그만두고 잠들어버렸다. 밖에는 바람이 굶주린 짐승처럼 창문에 신음소리를 부딪고 있었다. 갑자기 페그가 파이프를 입에서 떼고 몸을 내밀더니, 힘줄이 불거진 손으로 고통스러워 비명을 지를 만큼 내 손목을 꽉 죄어왔다. 그런 다음 똑바로 내 얼굴을 들여다보았다. 난 무서워서 소름이 끼쳤다. 그녀는 전혀 딴 세상의 생물 같았다. 눈에는 야성의 불꽃이 켜지고 얼굴에는 짐승 같은 표정이 번져갔다. 그녀가 입을 열었을 때 들려온 것은 딴 세상의 목소리, 딴 세상의 언어였다.

"바람소리를 듣고 있는 거냐? 바람이란 뭐라고 생각하니?" 한기를 느끼게 하는 속삭임이었다.

"모……모……모르겠습니다."

"나도 그래. 애초에 아무도 모르는 거지. 바람은 뭔가? 아무도 몰라. 난 무슨 수를 써서라도 그걸 알고 싶어. 만약 그 정체를 알

면 이렇게 무서워하지 않아도 될 텐데. 난, 무섭단다. 저렇게 거
센 바람이 불면 몸이 오그라들면서 어디론가 숨고 싶어져. 하지만
바람에 대해 딱 한 가지 확실하게 말할 수 있는 것이 있어. 바람
은 세상에서 단 하나, 자유로운 것……이었어……. 자유로운…
…것……이야. 다른 것은 모두 무언가의 규칙을 따라야 해. 하지
만 바람은 자유야. 바람은 불어, 자기가 원하는 대로. 누구한테도
길들여지지 않아. 자유……그래서 무서워도 좋아하는 거지. 바람
을 사랑해. 굉장한 거야, 자유라는 건. 자유……자유……자
유!"

페그의 목소리는 거의 비명이라 할 만큼 높았다. 우리는 마음속
깊이 떨고 있었다. 그녀가 감당할 수 없을 정도로 정신이 돌 때가
있는 것을 알고 있었기 때문에, 그때 마법의 힘이 찾아오는 게 아닐
까 두려웠던 것이다. 그런데 그녀는 지금까지 걸치고 있던 남자용
코트를 갑자기 어깨와 머리에 후드처럼 뒤집어쓰더니 얼굴을 완전
히 가리고 말았다. 그런 다음 앞으로 웅크리고 앉아 팔꿈치를 무릎
에 대고 그대로 입을 다물었다. 목소리를 내거나 몸을 움직일 용기
가 있는 사람은 아무도 없었다. 우리는 그대로 30분이나 앉아 있었
다. 갑자기 페그가 벌떡 일어나더니 보통 때 목소리로 아무렇지도
않은 듯이 말했다.

"자, 너희들, 이제 잘 시간이지? 여자아이들은 저기 있는 내 침
대에서 자거라. 난 소파에서 잘 테니까. 고양이는 아무 짓도 하지
않지만 치우고 싶으면 치워도 돼. 사내아이들은 아래층으로 내려
가. 커다란 짚더미가 있으니까 코트를 덮으면 침대에 자는 것이나
다름없을 거다. 내려갈 때까지는 불을 비춰주겠지만 촛불을 거기
두지는 못해. 집을 홀랑 태워버릴 수도 있으니까."

최후의 시간이 찾아온 것 같은 얼굴을 하고 있는 소녀들에게 잘
자라고 인사하고, 우리는 아래층 방으로 내려갔다. 장작 더미와 청

결한 짚더미 말고는 아무것도 없었다. 페그가 불을 가져가기 전에 가만히 주위를 둘러본 나는, 해골이 보이지 않아 가만히 가슴을 쓸어내렸다. 우리 네 사람은 짚더미 속에 몸을 꼭 붙이고 나란히 드러누웠다. 도저히 잠들 수 있을 것 같지 않았지만, 너무 피곤해서 차츰차츰 눈이 감기더니 결국 아침이 될 때까지 그대로 곤하게 잠들고 말았다.

가련한 소녀들은 운이 그다지 좋지 않았다. 한쪽 눈도 제대로 감지 못했던 것이다. 잠을 방해하는 것이 네 가지나 있었다. 무엇보다 페그가 코를 심하게 골았다. 두 번째로, 제멋대로 흔들리는 촛불이 한밤중까지 어른거리며 해골 위를 비추어, 온몸에 소름이 돋게 하는 효과를 자아냈다. 세 번째로, 페그의 베개와 이불에 담배연기가 배어 숨 막힐 정도로 냄새가 났다. 네 번째, 페그가 얘기했던 쥐가 언제 나타날지 몰라 살아 있는 심정이 아니었다. 실제로 그것이 살금살금 돌아다니는지 '찍찍' 소리까지 똑똑히 들려왔다고 한다.

아침이 되어 눈을 뜨자 어느새 폭풍은 사라지고, 이제 갓 태어난 아침이 장밋빛 눈꺼풀을 통해 하얀 세상을 내려다보고 있었다. 페그의 오두막 주위에 있는 좁은 개간지에는 바람에 불려 쌓인 눈이 반짝이는 산을 이루고 있어, 우리 소년들은 그녀를 위해 곧바로 길에 쌓인 눈을 치우기 시작했다. 그녀는 아침 식사를 내왔다. 우유가 들어가지 않은 굳은 귀리죽과 삶은 계란이 하나씩. 세실리는 도저히 죽이 목구멍에 넘어가지 않았다. 심한 감기에 걸려 식욕이 하나도 없다고 그녀는 변명했다. 감기에 걸린 것은 사실이었다. 다른 사람들은 맛없는 죽을 억지로 넘기기는 했지만, 나중에 페그는 비누냄새가 나지 않더냐고 우리에게 물었다.

"죽을 끓이다가 비누를 빠뜨리고 말았거든. 하지만." 입맛을 다신 뒤 그녀는 계속했다. "점심때는 아이리시 스튜를 만들어 주마. 이번에는 잘 될 거야."

페그가 직접 만든 아이리시 스튜! 댄이 놀라서 이렇게 말한 것도 무리가 아니었다.

"정말 감사합니다. 하지만 이제 그만 가봐야겠어요."

"걸어서는 못 가." 페그가 말했다.

"아닙니다. 정말 갈 수 있어요. 눈이 꽁꽁 얼었으니까 그 위를 걸어가도 되고, 목장 한복판에는 눈이 다 날려가 버렸을 거예요. 이제 겨우 400미터밖에 남지 않았으니까 남자들만 먼저 돌아가서, 썰매를 가지고 여자아이들을 데리러 오겠어요."

그러나 그 여자아이들은 들으려 하지 않았다. 세실리까지 함께 가겠다고 우겼다.

"간밤에는 그렇게 서두르는 것 같지 않던데." 페그가 빈정대듯이 말했다.

"아니, 그냥 집에서 무척 걱정하고 있을 것 같아서요. 그리고 오늘은 일요일이니까 주일학교에도 가야죠." 펠리시티가 변명했다.

"그래? 주일학교가 너희들에게 도움이 되었으면 좋겠구나." 페그가 무뚝뚝하게 말했다. 그러나 마지막에는 다시 기분이 좋아져서 세실리에게 위시본(^{행운을 점}_{치는 뼈})을 주었다.

"어떤 소원이라도 빌면 이루어질 거야. 하지만 딱 한 가지 소원뿐이다. 그러니까 헛되이 쓰면 안 돼."

"정말 폐를 끼쳐서 너무 죄송해요." 스토리 걸이 예의 바르게 말했다.

"폐라니, 별 것도 아닌 걸 가지고. 세상살이에 돈이 드는 건 당연한 이치지."

이 말에 펠리시티는 당황했다.

"저, 만약 괜찮으시다면, 보답을…… 어떤 형태로든지……."

"괜찮다니까." 페그는 샐쭉한 얼굴로 대답했다. "하기는 친절을 돈으로 파는 사람도 있다더구나. 나도 얘긴 들었어. 하지만 다행히

도 난 그런 사람들과는 거리가 멀어. 여기서의 일은 너무 마음에 두지 않아도 돼. 아무래도 빨리 달아나고 싶은 모양이니까. "

그녀는 우리 뒤에서 상당히 거칠게 문을 닫았다. 그러나 그 검은 고양이가 조용히 뒤에서 따라왔기 때문에 우리는 살아 있는 것 같지 않았다. 한참 뒤 그 고양이도 돌아가버렸다. 그런 다음, 아니 그러고 나서야 겨우, 우리는 안심하고 지금까지의 모험에 대해 서로 얘기하기 시작했다.

"아! 어쨌든 그곳에서 빠져나올 수 있어서 다행이었어. 정말 무서운 경험 아니었니?" 펠리시티는 '휴' 긴 한숨을 쉬었다.

"오늘 아침에 꽁꽁 얼어붙은 채 발견되었을지도 몰라." 스토리 걸이 재미있다는 듯이 말했다.

"어쨌든 페그 보엔 아주머니의 집에 갈 수 있었던 건 행운이었어." 댄이 말했다.

"미스 마우드는 운이란 건 없다고 말했어. 그런 건 신의 섭리라고 하는 거야." 세실리가 항의했다.

"아니야, 페그와 섭리는 그다지 잘 어울리지 않는 것 같은 느낌이 들어. 페그가 마녀라면, 사이좋게 지내고 있는 건 다른 한쪽일 걸?"

"댄 오빠의 말투는 날이 갈수록 이상해 죽겠어. 어머니한테 들려주고 싶다니까." 펠리시티가 말했다.

"비누가 들어간 죽이나 치약을 넣은 러스크나 그게 그거지 뭐, 안 그래, 미인 아가씨?"

"오빠, 제발!" 기침 때문에 콜록거리면서도 세실리가 말렸다. "오늘은 일요일이란 말이야."

"상상이 잘 안 된다. 오늘은 조금도 일요일 같지 않아. 게다가 어제 이후로 몇 년이나 지난 것 같고." 피터가 말했다.

"세실리, 너 감기 심하게 걸렸구나." 스토리 걸이 걱정해 주었다.

"페그의 생강차를 마셨는데도." 펠릭스도 거들었다.

가엾은 세실리가 탄식했다. "아, 그 생강차 정말 지독했어. 도저히 못 마실 것 같았어. 생강이 얼얼해서 혼났는걸. 그것도 너무 많이 들어 있어서. 하지만 페그의 비위를 거스르면 어떻게 될지 생각하니 무서워서……한 양동이라도 마시라고 했으면 마셨을 거야. 아, 맞아, 그때 모두들 웃고 있었지? 언니 오빠들은 마시지 않아도 되었으니까."

"하지만 우리도 두 번이나 식사를 하지 않으면 안 되었잖아."

펠리시티가 목소리를 떨면서 말을 이었다.

"그 접시, 정말 언제 씻었을까? 난 어쨌든 눈을 감고 꿀꺽 삼켰어."

"죽에서 비누 맛이 났니?" 스토리 걸이 물었다.

"아니, 뭔가 이상한 맛들이 뒤죽박죽이어서 뭐가 뭔지 모르겠던걸." 펠리시티가 넌더리를 치며 말했다.

피터가 불쑥 입을 열었다.

"내가 고민하고 있는 건 말야, 그 해골이야. 페그는 정말로 그걸 사용하여 여러 가지를 알아내는 걸까?"

"말도 안 돼! 어떻게 그럴 수 있어?" 대담하게 말한 건 펠릭스였다.

"자기 입으로 그렇다고 한 건 아니었잖아, 어쨌든." 난 조심스럽게 말했다.

"어차피 그 사람이 한 얘기가 정말인지 아닌지는 머지않아 알 수 있을 테니까." 피터는 생각에 잠기며 말했다.

"아버지가 정말로 돌아올 거라고 생각한다는 거니?" 펠리시티가 물었다.

"돌아오지 않는 게 차라리 나아." 피터는 단호했다.

"그런 말을 하다니 자신을 부끄럽게 생각해." 펠리시티가 단호하게 비난했다.

"싫어, 생각할 것도 없어. 아버지는 집에 있는 동안 내내 술에 취해서 무기력하게 일도 하지 않고 어머니를 괴롭히기만 했어. 어머니는 자신과 나 말고 아버지까지 부양하지 않으면 안 되었어. 난, 아버지라는 사람, 무슨 일이 있어도 돌아오지 않았으면 좋겠어. 진심이야. 물론 제대로 된 아버지라면 얘기가 다르지만." 피터는 싸우기라도 할 기세였다.

"그보다 내가 알고 싶은 건, 올리비어 이모가 정말 결혼하는가 하는 거야. 도저히 믿을 수가 없어. 하지만 그 말을 듣고 보니……여름에 핼리팩스에 간 이후 로저 외삼촌이 이모를 자주 놀렸잖니?" 스토리 걸이 멍하니 말했다.

"정말 결혼한다면, 스토리 걸은 우리 집에 와서 살게 되겠네?" 세실리는 좋아했다.

펠리시티 쪽은 그리 달가워하는 것 같지 않았고, 스토리 걸도 피곤한 한숨을 내쉬며 올리비어 고모가 결혼하지 않았으면 좋겠다고 털어놓았다. 어쨌든 우리는 모두 지칠 대로 지쳐 있었다. 페그의 예언 때문에 마음이 어지러운 데다가 그녀에게 하룻밤 잠자리를 빌리는 동안 우리의 신경이, 좀 차이는 있어도 계속 긴장한 상태에 있었던 것이다. 집에 도착했을 때는 정말 기뻤다.

가족들은 우리를 조금도 걱정하지 않고 있었다. 그러나 그것은, 우리가 마티 아주머니의 집에서 돌아오려 하기 전에 폭풍이 불기 시작했던 것으로 믿고 있었기 때문이었지, 페그의 해골한테서 수수께끼 같은 전갈을 받은 것은 아니었다. 우리는 그 말을 듣고 안심했다. 결국, 우리의 모험은 페그의 마력에 관한 커다란 문제를 밝히는 데는 그리 도움이 되지 않았던 셈이다.

〈우리들〉 2, 3월호 발췌집

'새해의 맹세' 우수자
펠리시티 킹 양

준우수자
펠릭스 킹 군
피터 크레이그 군
세라 레이 양

사설
　편집자로서 '새해의 맹세' 우수자상에 관해 몇 마디 하고자 한다.
보시는 바와 같이 해당자는 단 한 명이었다. 펠리시티는 매일 아침
식전에 아름다운 생각을 하는 것을 한 번도 빠뜨리지 않았다. 페그
보엔의 집에서 하루를 보냈을 때조차 거르지 않았다고 말했다. 우리
들 중에는, 펠리시티가 한 가지 맹세밖에 세우지 않았고, 더군다나

어떤 생각을 품었는지 가르쳐 주지도 않는데 표창을 받는 것은 불공평하다는 의견도 있다. (펠리시티, 끼어들며, "이런 말 할 사람은 댄밖에 없어.") 그래서 우리는 한 가지 맹세를 완전하게 지킨 사람 전원을 준우수자로 발표하기로 했다. 펠릭스는 계산문제를 대체로 스스로의 힘으로 해냈다. 정확한 답이 3분의 1도 되지 않아 나쁜 점수를 받았다고 불평하고 있다. 그렇지만 맹세를 지키려면 어쨌든 손해를 감수해야 하는 법이다. 피터는 교회에서 오목두기도 하지 않았고, 술에 취한 적도 없었기 때문에, 생각했던 것보다 나쁘지 않은 결과였다고 말했다. (피터, 발끈하여, "나, 그런 말 하지 않았어." 세실리, 달래며, "괜찮아 피터, 베브가 그저 농담으로 썼을 뿐이야.") 세라 레이는 좋지 않은 소문 얘기를 한 번도 하지 않았는데, 전보다 대화가 재미없어졌다고 한다. (세라 레이, 의심스럽다는 듯이, "내가 그런 말을 했던가?")

펠릭스는 3월까지 사과를 한 개도 먹지 않았다. 그러나 깜박 잊고 마티 아주머니의 집에 놀러갔을 때 7개나 먹고 말았다. (펠릭스, "다섯 개밖에 먹지 않았어!") 생각한 대로 그냥 말한 맹세는 일찌감치 포기했다. 너무 번거로운 일을 일으키기 때문이다. 우리로서는 펠릭스가 킹 할아버지의 규칙에 따라야 한다고 생각한다. 즉 '사실을 말할 수 있을 때는 입을 닫아두어라. 말할 수 없을 때도 마찬가지.' 세실리는 읽어야 할 양서를 전혀 읽지 않았다고 생각하고 있다. 몇 권 읽어보려고 했지만 매우 지루하고 재미가 없고, 팬지북 쪽이 훨씬 재미있었기 때문이다. 또 곱슬머리가 아닌 것을 불평하지 않겠다고 노력하는 것도 성과가 없어서 이 맹세는 취소했다. 스토리 걸은 어떤 때라도 즐겁게 지내겠다는 맹세를 거의 달성할 뻔했지만, 세 번, 아니 적어도 두 번은 실패했다고 말했다. 댄은 맹세에 관한 언급을 삼갔다. 편집자도 이를 본받고자 한다.

소식

세실리 킹 양은 악성 감기에 걸려 있다. 빠른 쾌유를 빈다.

마크데일의 알렉산더 마 씨가 지난주 갑자기 사망. 돌아가실 때까지 소식을 듣지 못했다.

세실리 킹 양은 1월호에서 '멍청이' 및 다른 한 단어에 대한 말을 하지 않았기 때문에, 여기에 분명히 밝혀둔다. 댄이 저속한 농담으로 날조했던 것이다.

춥고 맑은 날씨가 이어지고 있다. 심한 폭풍은 한 번뿐. 로저 삼촌 소유의 언덕에서 즐기는 썰매놀이는 순조롭게 잘 되고 있다.

엘리자 고모할머니는 결국 우리 집을 방문하지 않았다. 감기에 걸려 집으로 돌아가지 않을 수 없었던 것이다. 감기에 걸린 것은 유감이지만 집으로 돌아가신 것은 기쁘다. 기뻐하는 것은 실례라는 것이 세실리의 의견이었다. 그러나 우리가 그녀에게 가슴에 맹세코 기뻐하지 않았느냐고 추궁하자, 기뻐한 것을 마지못해 인정했다.

세실리 킹 양은 퀼트 조각보에 유명인의 이름을 셋이나 올렸다. 총독과 그 부인, 그리고 마녀의 이름.

킹 집안은 2월 17일 총독 부인께 차를 대접하는 영광을 누렸다. 우리는 전원 총독관저에 초대받았는데, 마음이 내키지 않았던 사람도 두세 명 있었다.

지난 주 목요일, 비극적인 사건이 일어났다. 제임스 프루언 부인이 차를 마시러 왔는데 파이가 하나도 없었던 것이다. 치약가루 사건 이후로 펠리시티는 아직도 완전하게는 회복되지 못하고 있었다.

전학 온 남학생이 왔다. 이름은 사이러스 브리스크로, 마크데일에서 이사왔다. 사이러스는 만약 윌리 프레이저가 세실리 킹의 애인이라고 계속 생각한다면, 윌리의 머리통을 날려버리겠다고 호언하고 있다.

(세실리, "난, 애인 같은 거 없어! 적어도 앞으로 8년 동안은 그

런 것에는 생각조차 없으니까!")

샬럿타운의 명문가 출신인 미스 앨리스 리드가 칼라일에 음악을 가르치러 오셨다. 미스 리드는 피터 암스트롱 씨 집에 하숙하고 있다. 여학생들은 모두 미스 리드한테서 음악 레슨을 받을 예정이다. 그녀에 관한 기사 2편이 다른 난에서 소개될 예정. 펠릭스가 한 편을 썼지만 여학생들은 그가 미스 리드를 정당하게 평가하고 있지 않다고 생각했기 때문에, 세실리가 또 한 편을 집필한 것이다. 세실리는 기사의 대부분을 발레리아 H. 몬터규의 소설《마머듀크 공의 처음이자 마지막 사랑》또는《해변의 성의 신부》에서 빌려온 것을 인정했는데, 자기가 생각해내는 것보다 훨씬 더 미스 리드를 잘 표현하고 있기 때문이라고 설명했다.

가정란
부엌은 언제나 깔끔하게 정리해 둡시다. 그러면 갑자기 손님이 오셨을 때 당황하지 않아도 됩니다.

마음을 졸이고 있을 질문자님 : 실크드레스에 떨어진 반숙란의 얼룩을 빼는 방법은 전혀 모르겠군요. 실크드레스를 너무 자주 입는 것은, 특히 계란을 삶고 있을 때는 피하는 것이 좋겠지요.

생강차는 감기에 효과가 있습니다.

베테랑 주부님 : 그렇습니다. 베이킹파우더가 떨어졌을 땐 치약가루로 대신할 수 있습니다.

(펠리시티, "난 이런 것 쓰지 않았어. 누구야? 내 담당기사에 다른 사람이 끼어들다니, 너무 하잖아?")

우리 집의 사과는 올해는 보관 상태가 좋지 않습니다. 썩어가고 있어요. 또 아버지는 우리가 너무 많이 먹는다고 하십니다.

인내심 강한 질문자님 : 질문하신 경단 만드는 법을 가르쳐 드리지요. 그렇지만 같은 방법을 사용한다 해서 누구나 똑같은 경단을 만들 수 있는 건 아님을 기억해주세요. 요령이 필요합니다.

죽에 비누를 빠뜨렸을 땐, 손님의 식욕을 해치지 않도록 다 먹을 때까지 얘기하지 않도록 합시다.

펠리시티 킹

에티켓

P-r C-g : 그 사람에게 들리지 않는다는 것이 확실하지 않을 때, 남의 코에 대해 비평하는 것은 삼갑시다. 또 어떠한 경우에도 가장 좋아하는 여인의 고모할머니의 코를 비평하는 것은 안 됩니다.

(펠리시티, 머리를 한 번 흔들며, "아, 몰라! 댄은 이런 걸 쓰면 굉장히 재치 있는 건 줄 아나봐.")

C-y K-g : 가장 친한 친구가 다른 여자아이와 나란히 걸으면서, 레이스 뜨는 방법을 교환하고 있을 때는 어떻게 하면 좋을까요? 답. 위엄으로 대하세요.

F-y K-g : 교회에는 두 번째로 좋은 모자를 쓰고 가지 않는 것이 좋을까요? 그렇지만 당신의 어머니가 그렇게 하라고 말씀하셨다면, 어머니의 결정에 대해 이곳에 질문하는 것은 번지수가 틀린 것입니다.

(펠리시티, "댄, 이건 〈패밀리 가이드〉에서 그대로 베껴온 거잖아. 모자 얘기만 바꿔치기 했을 뿐이야.")

P-r C-g : 그렇습니다. 조상의 유령을 만났을 때 '안녕하세요' 하고 인사하는 건 정말 예의 바른 태도입니다.

F-x K-g : 아닙니다. 입을 벌리고 자는 것은 좋은 예절이 아닙니다. 게다가 위험하지요. 무엇이 들어갈지 알 수 없으니까요.

댄 킹

유행 메모

레이스 뜨기 시계주머니가 지금 대유행이다. 시계가 없는 사람은 연필이나 껌을 넣고 다니는 데 사용할 수 있다.

옷에 어울리는 머리 리본을 하는 것이 최신 유행이다. 그러나 회색 나사 천의 옷에는 머리 리본이 잘 어울리지 않는다. 빨간색 드레스가 좋겠다.

당신의 친한 친구가 머리에 매고 있는 리본과 같은 리본을 코트에 핀으로 고정하는 것이 최신유행이다. 메리 마사 카우안이 시내에서 본 것이 이곳에서도 유행하기 시작한 것이다. 나는 늘 키티의 리본을 달고, 키티는 내 리본을 달고 있는데, 스토리 걸은 그걸 바보 같다고 한다.

세실리 킹

마티 아주머니 집 방문기

지난주 우리는 다 같이 걸어서 마티 아주머니 집에 갔다. 모두 잘 지내고 계셨고 맛있는 음식을 주셨다. 집으로 돌아오는 길에 눈보라를 만나, 우리는 숲 속에서 길을 잃고 말았다. 우리가 어디에 있는 건지 아무도 몰랐다. 만약 불빛을 발견하지 못했더라면 우린 틀림없이 모두 꽁꽁 얼어서 눈에 묻히고 말았을 것이다. 그리고 봄까지 발견되지 않아 무척 슬픈 사건이 되었을 것이다. 그렇지만 우리는 불빛을 발견하고 그쪽을 향해 나아갔는데, 그곳은 페그 보엔의 집이었다. 마녀라고 하는 사람도 있지만 과연 그렇게 말할 수 있는 건지 잘 모르겠다. 페그는 무척 친절하게 우리를 집 안에 머무를 수 있게 해주었다. 집은 무척 어수선하지만 따뜻했다. 페그는 해골을 가지고 있었다. 진짜 해골이었다. 페그는 그것이 계시를 알려준다고 했다. 하지만 앨릭 삼촌은 그럴 리가 없다고 하는데, 왜냐하면 그것은 전에 의사인 비첨 선생님이 가지고 있던 인디언의 해골로 선생이 돌아가셨을 때 페그가 훔친 것이기 때문이다. 페그는 우리에게 저녁 식사를 주었다. 끔찍한 것이었다. 스토리 걸은 너무 속이 울렁거려서 〈우리들〉을 읽을 수 없게 된다고, 버터 바른 빵 속에 뭐가 있었는지 말해서는 안 된다고 했지만, 어차피 세라 레이 말고는 모두 그 자리에 있었으므로 그것이 뭔지 다 알고 있다. 때문에 발표해도 상관없다고 생각한다. 우리는 하룻밤을 머물렀는데, 우리 남자아이들은 짚더미 속에서 잤다. 지금까지 아무도 짚더미에서 자본 사람은 없었다. 우리는 아침이 되어 집으로 돌아왔다. 이것으로 마티 아주머니의 집에 갔던 얘기는 끝이다.

펠릭스 킹

내가 겪은 최악의 모험

내가 쓸 차례가 되었으니 쓰지 않으면 안 될 것 같다. 내가 겪은 최악의 모험은 2년 전 로저 삼촌의 언덕에 모두 모여 썰매놀이를 했을 때의 일이다. 찰리 카우안과 프레드 마가 미끄러지기 시작했는데 반쯤 내려간 곳에서 처박히고 말았기 때문에, 한 번 더 밀어주기 위해 나는 달려서 내려갔다. 그러다가 아주 잠깐 멈춰 서서, 언덕 꼭대기를 등지고 썰매를 쳐다보았다. 내가 그렇게 서 있는 동안 로브 마가 키티와 엠 프루언을 자기 썰매에 태워 아래로 내려보냈다. 로브의 썰매는 뒷부분이 휘어져 지붕처럼 여자아이들의 머리 위까지 뻗어 있었다. 내가 바로 활주로 한복판에 서 있었기 때문에 여자아이들이 비키라고 소리 질렀다. 그런데 그 목소리가 내 귀에 들려온 순간 썰매는 벌써 나에게 달려들고 있었다. 썰매는 내 두 다리 사이로 돌진했고 나는 붕 떠올라 썰매 지붕을 '슈웃' 하고 미끄러져서, 뭐가 뭔지 모르는 사이에 뒤에 있는 눈 덮인 산속에 떨어지고 말았다. 마치 회오리바람에 휘말린 것 같았다. 여자아이들은 내가 죽었을 거라고 생각했지만, 썰매를 멈출 수가 없었다. 로브가 놀라서 뛰어내려와 나를 일으켜 주었다. 로브는 무척 걱정했지만 나는 죽지 않았고 등뼈도 부러지지 않았다. 그러나 코피가 나와 그 뒤 사흘이나 멎지 않았다. 계속 줄줄 나온 건 아니고 이따금 나왔다.

댄 킹

칼라일 마을의 이름은 어디에서 유래한 것인가

이것도 실제로 있었던 일이다. 옛날 샬럿타운에 한 처녀가 살고 있었다. 이 사람의 이름도 몰라서 쓸 수가 없는데 그게 오히려 좋다고 생각한다. 어쩌면 또 펠리시티가 지마이머 파 때처럼 그렇게 로맨틱하지 않다고 할지도 모르기 때문이다. 그 처녀는 굉장히 예뻤는데, 자신의 운을 시험하러 온 영국의 한 젊은이가 그녀와 사랑에 빠져서 두 사람은 약혼하여 다음 봄에 결혼하게 되었다. 남자의 이름은 칼라일이라고 했다. 겨울이 되자 얼마 동안의 예정으로 순록 사냥에 나갔다. 그 무렵 섬에는 순록이 살고 있었다. 지금은 한 마리도 없지만 말이다. 칼라일은 지금 그 자신이 묻혀 있는 곳까지 갔다. 그때 그곳은 숲과 인디언들이 얼마쯤 있을 뿐 아무것도 없었다. 그런데 칼라일은 그곳에서 큰 병에 걸려버렸다. 그래서 한 인디언의 집에서 늙어 쇠약해진 인디언 할머니의 간호를 받으며 오랫동안 병으로 누워 있었다. 마을에서는 그의 소식이 없자 모두 그 사람이 죽은 것으로 생각했고 약혼자인 처녀는 한동안 무척 슬퍼했지만 곧 다시 일어서서 다른 연인을 만들었다. 여자아이들은 그런 건 로맨틱하지 않다고 하지만 나는 현명한 방법이라고 생각한다. 하지만 내가 죽었는데 여자가 그렇게 금세 나를 잊어버린다면 슬플 것 같다. 어쨌든 그 사람은 죽지 않았기 때문에 마을로 돌아와 곧장 처녀의 집으로 갔다. 그런데 그녀는 다른 남자와 결혼할 준비를 하고 있는 중이었다. 가련한 칼라일은 기분이 몹시 나빠졌다. 병에 걸려 몸이 약해진 데다 굉장히 화가 났다. 그는 홱 돌아서서 달리고 달려서 인디언 할머니의 집까지 돌아가 그 앞에서 쓰러졌다. 봄이 되었기 때문에 인디언들은 다른 곳으로 가버렸지만 이번에는 그 사람이 정말로 죽었기 때문에 상관없었다. 그리고 마을에서 사람들이 찾으러 와서 칼라일을 발견하여 그곳에 묻고 그 장소를 그 사람의 이름으로 부르기로 한 것이다. 소문에 의하면 그 여자는 다시는 행복할 수 없었다는데, 확실히 여자에게는 너무 가혹한 일이지만 그것도 어쩔 수 없는 일일 것이다.

피터 크레이그

미스 앨리스 리드

미스 앨리스 리드는 무척 예쁜 사람이다. 구불구불 물결치는 머리에 커다란 잿빛 눈, 하얀 얼굴. 키가 크고 말랐지만 스타일이 무척 멋이 있고, 입매가 예쁘고 귀엽게 말을 한다. 여학생들은 모두 그녀에게 열중해서, 언제나 미스 리드에 대한 얘기만 하고 있다.

펠릭스 킹

아름다운 앨리스

이것이 바로 우리 여자아이들이 미스 리드를 우리끼리 부르는 이름이다. 그녀는 성스러울 만큼 아름답다. 숱이 비할 데 없이 풍부한 까마귀의 젖은 깃털색 머리는, 태양의 입맞춤을 받은 뺨에서 눈부신 파도가 되어 뒤로 나부끼고 있다. (댄, "펠릭스가 미스 리드는 햇볕에 그을렸다고 말했더니, 너희들 모두 분개하며 달려들었지."/세실리, 차갑게, "태양의 입맞춤을 받았다는 건 햇볕에 그을렸다는 뜻이 아니야."/댄, "그럼 무슨 뜻인데?"/세실리, 당황하여, "누, 누가 알아? 하지만 미스 몬터규가 레이디 제럴딘의 뺨은 태양의 입맞춤을 받은 것 같다고 썼고, 백작의 딸은 햇볕에 그을리지 않아."/스토리 걸, "애들아, 좀 조용히 해, 방해하지 말고.") 그 눈동자는 참으로 검고 깊어, 마치 천상의 별을 옮겨놓은 깊은 밤의 호수 같다. 그 얼굴은 대리석 조각과도 같고, 그 입은 떨리는 아름다운 곡선을 그리는 큐피드의 화살. (피터, 혼잣말로, "뭐야, 그게?") 그 매끄러운 피부는 하얀 백합 꽃잎처럼 아름답고 깨끗하다. 그 목소리는 숲 속 깊은 시냇물의 속삭임. 날씬한 모습은 비할 데 없이 조화롭다. (댄, "이건 발레리아가 쓴 것 같은데? 발레리아는 자료의 출처를 그다지 밝히지 않는다고 로저 삼촌이 말했지만."/펠리시티, "댄! 로저 삼촌이 품위가 없다고 해서 너까지 그럴 필요는 없잖아!") 그 손은 마치 시인의 꿈 같다. 언제나 품위 있게 옷을 입고, 세련된 차림새를 하고 있다. 좋아하는 색은 하늘색. 엄격하다거나 거만하다고 하는 사람들도 있지만, 그런 점은 털끝만큼도 없다. 다만 자신들과 그녀가 전혀 다른 인종이라는 것이 마음에 들지 않아 그렇게 말할 뿐이다. 그녀는 더할 수 없이 멋있는 사람이어서 우리는 모두 그녀를 동경하고 있다.

세실리 킹

실종된 패트

　내가 기억하는 한, 그해 칼라일에는 봄이 늦게 찾아왔다. 날씨는 5월이 되어서야 가까스로 어른들을 만족시킬 수 있는 상태가 되었다. 그러나 아이들을 기쁘게 만드는 건 더 간단하다. 우리는 4월을 기분 좋은 달이라고 생각했다. 눈은 이미 완전히 사라졌고, 산책과 놀이를 즐기기에 더할 나위 없이 좋은, 잿빛으로 단단하게 언 지면이 남았기 때문이다. 하루하루 지날수록 세상은 화려해져갔다. 언덕 비탈은 산사나무의 개화를 예고하는 듯한 얼굴을 하고 있었다.

　과수원은 가슴 설레는 햇빛으로 목욕을 하고, 수액이 나무줄기를 기어오르기 시작했다. 낮 동안 하늘은, 포근한 안개를 깐 것 같은 부드러운 줄무늬 구름으로 덮여 있고, 밤이 되면 낮게 걸린 보름달이 후광이 비치는 성자처럼 창백하고 성스럽게 골짜기를 내려다보았다. 바람에는 웃음과 꿈의 울림이 깃들어 있고, 세상은 4월의 산들바람 같은 기쁨으로 가득 차서 젊음을 회복한 것 같았다.

　"봄에 살아 있다는 건 멋있는 일이야." 어느 황혼녘에 스티븐 삼촌의 산책길에서 모두들 나무에 올라가 가지를 흔들고 있을 때, 스토리 걸이 중얼거렸다.

"언제든 살아 있다는 건 멋진 일 아니니?" 펠리시티가 만족스러운 듯 말했다.

"봄에는 더욱 멋있어." 스토리 걸이 우겼다. "내가 죽으면 그 뒤 1년 동안 어느 계절이나 내가 죽었다는 걸 뼈저리게 느끼겠지. 그런데 봄이 되면, 틀림없이 다시 일어서서 살고 싶은 기분이 될 거야."

"앤 늘 저런 이상한 말만 한다니까." 펠리시티가 핀잔을 주었다. "어떤 때든 실제로는 죽는 게 아니야. 저 세상으로 가는 거지. 어쨌든 사람이 죽는다는 말은 입 밖에 내어서는 안 되는 거잖아? 무서워."

"어차피 우린 모두 죽는 거야." 무겁게, 그러나 분명하게 그 분위기를 음미하면서 세라 레이가 말했다. 그애는 마치 매정한 어머니도, 자기를 작고 미미하며 하잘것없는 존재로 만든 잔인한 운명도, 그 어떤 것도 자신이 주인공이 되는 것을 방해할 수 없는 어떤 사건이 찾아와 주기를 기다리고 있는 것 같았다. 마치 그런 분위기였다.

그러자 세실리가 어쩐지 피곤한 듯이 말했다.

"젊어서 죽는 것도 생각하는 것만큼 나쁘지 않다는 생각이 가끔 들어."

말을 하기 전에 그녀는 가벼운 기침을 했다. 요즘 내내 그랬다. 폭풍 속에서 길을 잃었던 밤에 걸린 감기의 후유증이 지금도 끈질기게 따라붙고 있었다.

"세실리, 바보 같은 소리 마!" 스토리 걸이 전에 없이 날카롭게 소리쳤다. 그 날카로움의 의미는 모두들 알고 있었다. 서로 절대로 입 밖에 내지 않았던 것, 우리는 모두 세실리가 이번 봄에는 전처럼 기운이 없다고 마음속으로 생각하고 있었다. 그래서 가끔 나타나 우리의 태양 앞에 망연히 가로막고서는 작고 희미한 그림자를 떠올리고 생각하게 하는 말은 어떤 것도 듣고 싶지 않았다.

"애초에 말을 꺼낸 건 너잖아!" 펠리시티가 화를 내며 말했다. "그런 말을 입 밖에 내는 건 좋지 않다고 생각해, 난. 세실리, 발이 젖지 않았니? 괜찮아? 이제 집에 들어가야겠다. 여긴 너에게는 너무 추워."

"여자들은 돌아가는 게 좋겠다. 난 아이작 프루언 할아버지가 가버릴 때까지 돌아가지 않을 거야. 그런 사람은 정말 사양하고 싶어." 댄이 말했다.

"나도 그 사람은 너무 싫어! 끊임없이 담배를 질경질경 씹어서 바닥에 뱉어놓는다니까……. 불쾌한 돼지 영감!" 펠리시티는 난생 처음으로 댄의 의견에 고개를 끄덕였다.

"그런데도 그 사람 형은 교회장로래." 세라 레이가 감탄했다.

스토리 걸이 말했다. "나, 아이작 프루언에 대한 얘기, 알고 있어. 그 사람은 젊었을 때, 오트밀 프루언이라는 이름으로 통했대. 그 사연은 이랬어. 아이작은 이상한 짓만 저지르는 것으로 유명했대. 그때는 마크데일에서 살았는데, 투박하고 덩치가 크고 어설픈 사람으로 키가 183센티미터나 되었어. 어느 토요일, 아이작은 베이워터에 있는 아저씨를 찾아가서 다음날 낮이 되어서야 돌아왔어. 일요일인데도 커다란 귀리 자루를 마차에 싣고서. 칼라일 교회 앞에 왔을 때 마침 예배가 열리고 있었기 때문에, 잠깐 들어 가봐야겠다고 생각했어. 하지만 무슨 일이 일어날지 몰라 귀리 자루를 밖에 두고 싶지 않았어. 말썽꾸러기들이 노상 얼쩡거리고 있었으니까. 그래서 등에 자루를 영차! 하고 귀리자루를 짊어지고 그대로 교회 안에 들어가서, 킹 외할아버지의 자리가 있는 통로 끝에 왔어. 킹 외할아버지는 그때를 죽을 때까지 잊을 수 없다고 말하고 또 말했지. 목사님이 엄숙하게 설교를 하고 있는 조용한 가운데, 갑자기 뒤에서 숨죽이고 웃는 소리가 들려온 거야. 킹 외할아버지는 화를 내며 뒤돌아보았지. 그 무렵 교회에서 웃는다는 건 말할 수 없이 불경스러운 일로 생각했기 때문에, 그 고약한 사람을 야단치려고 말이야. 그런데 눈에 들어온 건 몸집이 어마어마하게 큰 아이작이 귀리 자루 때문에 앞으로 허리를 구부린 채, 통로를 걸어오는 모습 아니겠어? 킹 외할아버지는 너무 어이가 없어서 웃을 여유조차 없었지만, 교회에 있는 사람들은 거의 다 웃고 있었대. 그렇게 우스꽝스러운 모습은 좀처럼 구경할 수 없는 것이어서 웃은 사람을 나무랄 수도 없었다고 외할아버지는 말했어. 아이작 청년이 외할아버지의 자리에 들어와서 귀리 자루를 쿵! 내려놓는 바람에 의자에 금이 갔대나 어쨌대나. 그런 다음 자루 옆에 털썩 앉아 모자를 벗고 얼굴의 땀을 훔친 뒤, 더할 나위 없이 태연한 얼굴로 깊숙이 앉아서 설교에 귀를 기울인 거야. 예배가 끝나자 다시 자루를 짊어지고 의기양양하게 교회에서 나가 마차를 달려 집으로 돌아갔대. 그것이 왜 그렇게 소문이 퍼졌는지 아이작은 알지 못했을 거야. 하지만 그때부터 그 사람은 몇 년이나 오트밀 프루언이라는 이름으로 통하게 되었다는 얘기야."

우리가 해산했을 때, 우리의 웃음소리는 오래된 과수원에서 멀리 안개에 싸인 목초지로 달콤하게 울려 퍼졌다. 펠리시티와 세실리는 집 안으로 들어가고, 세라 레이와 스토리 걸도 저마다 집으로 돌아갔다. 그런데 피터가 나를 곡물창고까지 끌고 가서 조언을 요청했다.

"다음 주에 펠리시티의 생일이 있잖아. 그래서 나는 송시(頌詩)를 지으려고 하는데."

"뭐? 뭘 짓는다고?" 나는 숨이 막히는 것 같았다.

"송시 말이야." 피터는 진지하게 되풀이했다. "있잖아, 그거. 누군가에게 바치는 시 말이야. 그것을 〈우리들〉에 싣고 싶어."

"하지만 넌 시 같은 건 못 쓰잖아, 피터." 나는 당황했다.

"해볼 테야. 그 아이가 나에게 화를 내지 않을 거라고 네가 생각한다면 하는 얘기지만." 피터는 완강했다.

"칭찬을 받은 것으로 여길 건 틀림없지."

하지만 피터는 침울해 보였다.

"그 아이가 어떻게 나올지 도통 예측할 수가 없단 말이야. 물론 난 이름은 밝히지 않을 거야. 기뻐해주지 않을 때는 내가 썼다고 말하지 않을 생각이니까 너도 절대로 얘기하지 마."

내가 얘기하지 않겠다고 맹세하자 피터는 가벼운 마음으로 돌아갔다. 완성하기까지 매일 2행씩 쓸 생각이라고 했다.

그해 봄 큐피드는 가련한 피터 외에도 그 유명한 못된 장난의 마수를 뻗고 있었다. 사이러스 브리스크라는 이름의 소년에 대한 소문, 또 갈색 머리에 부드러운 목소리의 세실리가 이 사이러스의 눈에 들었다는 소문이 한동안 소곤소곤 나돌고 있었다. 세실리는 이 사랑의 승리를 조금도 자랑스럽게 여기지 않았다. 오히려 사이러스 때문에 놀림을 당하는 것이 세실리의 마음에 끔찍하게 거슬렸다. 그녀는 사이러스도 그 이름도 너무너무 싫다고 잘라 말했다. 다른 사람에 대한 붙임성과 같은 강도의 외고집으로, 그녀는 사이러스를 매정하게 대했다.

그러나 용감한 사이러스는 어떤 난관 앞에서도 물러서지 않았다. 그는 사랑에 사로잡힌 젊은이들이 다 그렇듯이, 수단과 방법을 가리지 않고 세실리의 여린 마음에 공격을 가했다. 그는 송진껌이니 당밀 사탕, '대화' 캔디, 무늬가 있는 석필 같은 고상한 공물을 그녀의 책상에 올려두었다. 학교의 모든 게임의 파트너로 끈질기게 그녀를 선택했다. 하굣길에서는 그녀의 가방을 들고 가게 해달라고 졸랐다. 대신 계산문제를 해주겠다고 제안했다. 게다가 언젠가 기도회의 밤에 그녀를 집까지 바래다줘도 되는지 물어볼 생각이라고 과감한 발언을 하는 바람에 삽시간에 소문이 퍼지고 말았다.

세실리는 그의 야심 찬 계획에 치를 떨었다. 그애한테 바래다달라고 할 바엔 차라리 죽는 편이 낫지만, 만약 정말로 묻는다면 부끄러워서 싫다는 말도 못할 것 같다고 세실리는 나에게 털어놓았다. 그러나 사이러스는, 어쨌든 학교 밖에서는 아직 세실리를 괴롭히지 않았고, 이 일이 공개된 뒤 내내 몹시 풀이 죽어 있다고 하는 윌리 프레이저도 아직 때려눕히지 않고 있다.

다음에 사이러스는 세실리에게 편지를 보냈다. 놀랍게도 진짜 러브레터였다! 게다가 우체국 경유로, 진짜 우표까지 붙여서 보내온 것이다. 그 편지는 우리들 사이에 선풍적인 반응을 불러일으켰다.

댄이 우체국에서 그것을 가지고 왔는데, 사이러스의 필적임을 알아본 순간부터 우리에게 편지를 보여줄 때까지, 세실리는 한순간도 편안할 수 없었다. 그것은 몹시 감상적인 데다 수많은 오자로 장식된 편지로, 사랑에 불타는 사이러스는 심장이 찢어지는 듯한 언어로 세실리의 냉담함을 비난하며, 제발 답장을 해 달라, 만약 답장을 해 주면 그 비밀을 보랏빛으로(in violet) 감추어둘 테니까, 하고 애원하고 있었다. 사이러스는 아마 신성하게(in violate)라고 말하고 싶었던 것 같은데, 세실리는 이것을 시적인 표현이라고 생각했다.

사이러스는 마지막으로 "당신의 충실한 연인, 사이러스 브리스크"라고 서명한 뒤, 세실리를 생각하면 밥을 먹을 수도 잠을 잘 수도 없다고 덧붙였다.

"답장을 쓸 생각이니?" 댄이 물었다.

"말도 안 돼!" 세실리는 새침하게 대답했다.

"사이러스 브리스크 자식, 한대 얻어맞고 싶은 것 아냐?" 특별히 윌리 프레이저하고 친한 사이도 아닌 펠릭스가 소리를 질렀다. "러브레터 같은 걸 쓸 생각 하기 전에 맞춤법이나 제대로 배울 것이지."

"답장을 보내지 않으면 사이러스는 굶어 죽고 말 거야." 세라 레이가 말했다.

"죽으라지 뭐." 세실리는 차갑게 내뱉었다. 그녀는 편지에 진심으로 화를 내고 있었다. 그러나 아무리 12살이라 해도 여자의 마음은 모순덩어리, 이 편지로 동시에 마음이 들뜨기도 했던 것 같다. 이것은 세실리가 난생 처음 받은 러브레터였고, 그녀도 "이런 걸 받는다는 건 무척 이상한 기분"이라고 나에게 털어놓았던 것이다. 어쨌든 이 편지는 답장은 가지 않았지만, 찢어져서 쓰레기통에 들어가지도 않았다. 나는 세실리가 그것을 서랍 속에 넣어둔 것으로 보고 있다. 그래도 이튿날 학교에서 세실리는, 냉담하기 짝이 없는 표정으로 사이러스 앞을 지나가면서, 보답 없는 사랑에 찢어지는 사이러스의 마음에 한 조각의 연민도 보여주지 않았다. 세실리는 패트가 쥐를 잡으면 쩔쩔매었고, 돼지가 도살되는 날은 비명을 듣고 싶지 않다며 학교 친구의 집으로 놀러갔다. 그리고 무슨 일이 있어도 애벌레를 밟아죽이지 않는 아이였다. 그런데도 그 활달한 사이러스가 받는 끔찍한 고통에는 눈 하나 깜짝하지 않았다.

이윽고 봄의 기쁨과 5월을 기다리는 마음에 된서리가 내리는 날이 왔다. 슬픔과 불안이 우리의 나날을 온통 뒤덮고, 밤에는 꿈마저 깨뜨렸다. 이어지는 2주일 동안 혹독한 비극이 우리의 생활을 정복했다.

패트가 실종된 것이다. 어느 날 밤, 녀석은 로저 삼촌의 낙농장 입구에서 평소처럼 방금 짠 우유를 핥아먹은 뒤, 오두막 앞에 깔린 평석 위에 느긋하게 자리잡고 앉아 있었다. 온 세상에 고양이인 자신을 널리 과시하며, 옆구리에 반짝반짝 광택을 내고 폭신한 꼬리를 우아하게 앞발 둘레에 말아놓고 있었다. 보석 같은 눈은 머리 위의 저녁 하늘에서 크게 또는 가늘게 흔들리는 버드나무 가지를 응시하고 있었다. 그것이 우리가 본 녀석의 마지막 모습이었다. 이튿날 아침이 되었을 때는 어디론가 사라지고 없었던 것이다.

처음에는 그렇게 심각하게 여기지 않았다. 패트는 떠돌이가 아니지만, 그래도 가끔 하루나 이틀은 자취를 감추는 일이 있었다. 그러나 이틀이 지나도 돌아오지 않자 아무래도 걱정이 되기 시작했고, 사흘째에는 몹시 당황했으며, 나흘째에는 마음이 천갈래 만갈래로 찢어지는 것 같았다.

"패트에게 무슨 일이 생긴 거야. 지금까지 이틀 이상 집을 비운 적은 없었는데." 심장이 찢어지는 듯한 표정으로 스토리 걸이 말했다.

"무슨 일이 생긴 거라고 말하고 싶은 거니?" 펠리시티가 물었다.

"독살되었거나, 개에게 물려죽었을 거야." 스토리 걸은 비극적인 목소리로 대답했다.

세실리는 이 말을 듣고 울음을 터뜨렸다. 그러나 눈물을 흘려봤자 아무 도움도 되지 않는다. 달리 무엇을 해도 소용없다는 것도 명백했다. 우리는 킹 농장의 헛간과 외딴집의 모든 구석과 틈새, 그리고 숲을 샅샅이 수색했다. 우리가 패트의 이름을 부르면서 온 칼라일의 목초지를 헤매고 다니자, 결국 재닛 숙모가 보다 못해 그런 볼썽사나운 짓은 그만 하라고 명령했다. 그러나 방황하는 고양이가 남긴 자취는 눈에도 귀에도 전혀 들어오지 않았다. 기운을 잃은 스토리 걸은 아무리 옆에서 위로해도 소용없었다. 세실리는 가련한 패트가 쇠약한 몸을 이끌고 어느 구석에서 비참한 죽음을 당했거나, 그렇지 않으면 개에게 처참하게 물리고 찢겨서 쓰러져 있을지도 모른다고 생각하니, 밤에도 잠을 이룰 수가 없다고 하소연했다. 어쩌면 이 녀석이 그랬을지도 모른다고 생각하며 만나는 개마다 증오의 시선을 보냈다.

스토리 걸은 흐느껴 울었다.

"아무것도 모르고 있는 게 더 괴로워. 패트가 어떻게 되었는지만이라도 알 수 있다면 이렇게도 쓰라리지는 않을 텐데. 하지만 살

아 있는지 죽었는지도 모른다니. 아직 살아서 괴로워하고 있을지
도 몰라. 매일 밤 그 가엾은 것이 돌아오는 꿈을 꿔. 그런데 눈을
떠보면 꿈일 뿐이니 가슴이 찢어지는 것 같아."

"작년 가을에 병에 걸렸을 때보다 더 슬퍼. 그때는 할 수 있는 데
까지는 손을 써줄 수 있었잖아." 세실리가 어두운 목소리로 말했다.

이번에는 페그와 상담하는 것은 불가능했다. 필사적인 심정으로
그녀를 찾아가기는 했다. 그러나 페그는 없었다. 갑자기 봄의 첫 숨
소리에 이끌린 그녀는 잠에서 벌떡 일어나 여행을 떠난 것이다. 먼
여정의 유혹에 응하여, 벌써 며칠이나 집 근처에서 모습을 보이지
않고 있었다. 그녀의 애완동물들은 숲 속에서 스스로 먹을 것을 찾
아 먹으며 살고 있었고, 집에는 자물쇠가 잠겨 있었다.

마녀의 위시본

2주일이 지나자 우리는 모든 희망을 접었다.

"패트는 죽은 거야." 스토리 걸이 절망에 찬 목소리로 말했다. 낯선 잿빛 고양이가 있다는 소문을 듣고 앤드루 카우안의 집으로 가서 보람 없는 탐색을 마치고 돌아오던 날 밤이었다. 가보니 그 고양이는 꼬리라 할 수도 없는 꼬리를 갖고 있는 노란 갈색의 떠돌이 고양이였다.

"아무래도 그런 것 같아." 드디어 나도 인정하고 말았다.

"페그 보엔 아주머니가 있었으면 찾아줬을 텐데. 그 해골이 패트가 있는 곳을 가르쳐줬을 테니까." 피터가 말했다.

"아! 나에게 준 위시본이 어떻게 해주지 않을까? 까맣게 잊고 있었어. 응? 너무 늦었을까?" 세실리가 갑자기 생각난 듯 소리쳤다.

"위시본 같은 것 아무 소용없어." 댄이 성급하게 말했다.

"그렇게 단정적으로 말할 건 없어. 소원을 빌면 이루어진다고 그 사람이 말했잖아. 집에 돌아가서 소원을 빌어봐야지."

"그래, 해봐서 손해 볼 건 없겠지. 그렇지만 너무 오랫동안 내버려뒀어. 패트가 이미 죽었으면 아무리 마녀의 위시본이라 해도 되살릴 수 없을걸." 피터가 말했다.

"좀더 일찍 그 생각을 못하다니, 난 바본가 봐." 세실리가 신음했다.

집에 돌아오자마자 그녀는 2층에 넣어둔 보물상자로 달려가서 바싹 마르고 약해 보이는 위시본을 꺼냈다.

"페그가 방법을 가르쳐줬어. 먼저 두 손으로 이렇게 위시본을 잡아. 다음에 뒷걸음질치면서 소원을 아홉 번 되풀이해서 말하는 거야. 아홉 번을 다 외면 오른쪽에서 왼쪽을 향해 아홉 바퀴 돌아. 그렇게 하면 소원이 이루어진대."

"아홉 번을 다 돈 순간 패트가 짠! 하고 나타날 거라고 생각하냐?" 댄이 빈정대듯이 말했다.

피터와 믿음이 강한 세실리 말고는 아무도 이런 주술을 믿지 않았다. 그러나 무슨 일이 일어날지 알 수 없는 일이다. 세실리는 떨리는 사랑스러운 두 손으로 위시본을 꼭 쥐고, 뒤로 걸음을 옮기기 시작했다.

"패트가 살아서 발견되도록 해주세요. 하다못해 장례식이라도 제대로 치러줄 수 있도록 몸만이라도 돌아오게 해주세요." 이렇게 엄숙하게 아홉 번 외면서. 세실리가 그것을 아홉 번 되풀이하자, 다른 아이들도 영향을 받아 혹시 어떻게 되지 않을까 하는 덧없는 희망을 품기 시작했다. 그렇게 아홉 번을 돌고 나서, 우리는 방황하는 고양이의 모습이 보일지도 모른다고 반쯤 기대하며, 석양의 오솔길을 열심히 내려다보았다. 하지만 우리가 본 것은 얼간이 아저씨가 문으로 들어오는 모습뿐이었다. 그것만으로도 패트가 나타난 것과 같은 경이적인 사건이기는 했다. 그러나 패트의 기척은 어디에도 없었고, 희망은 피터를 제외한 모든 사람의 마음에서 덧없이 사라지고 말았다. 피터만은 이렇게 말하며 포기하지 않았다.

"주술이 효과가 나타날 때까지 시간을 좀 줘야 해. 소원을 빌었을 때 패트가 몇 킬로미터나 떨어진 곳에 있었다면, 금방 만나게 해 달라는 건 애초에 무리한 얘기야."

그러나 믿음이 깊지 않은 우리는 이미 그 희미한 믿음조차 사라지고 말았기 때문에, 얼간이 아저씨가 지금 다가오고 있는 곳에 있는 것은 우울하고 의기소침한 아이들뿐이었다.

그는 아이들에게만 보이는 좀처럼 볼 수 없는 아름다운 웃음을 빙긋 지으며, 옛날부터 유명한 내성적이고 서투른 모습은 조금도 없이 소녀들을 향해 모자를 벗었다.

"안녕, 애들아. 얼마 전에 고양이를 잃지 않았니?"

우리는 눈을 둥그렇게 떴다. "내 그럴 줄 알았어!" 피터가 의기양양하게 속삭이는 목소리로 말했다. 스토리 걸은 열에 들떠 앞으로 한걸음 나아갔다. 그리고 큰소리로 말했다.

"아! 데일 씨. 패트에 대해 뭔가 알고 계세요?"

"검은 점과 은빛이 섞인 아주 예쁜 무늬가 있는 잿빛 고양이?"

"네, 네, 맞아요!"

"그렇다면 황금의 이정표에 있다."

"살아서요?"

"물론."

"아, 놀라운 복숭아나무 산초나무!" 댄이 중얼거렸다.

그러나 다른 아이들은 모두 얼간이 아저씨를 우르르 에워싸고, 언제 어디서 패트를 보았는지 얘기해달라고 재촉했다.

"우리 집까지 같이 가서 정말 너희 고양이인지 직접 확인하는 게 어떻겠니? 그러면 가면서 발견했을 때의 얘기를 해주마. 무척 여위어 있다는 것만은 미리 말해둬야겠어. 하지만 괜찮아, 금방 회복할 거야."

봄의 초저녁은 저물어가는 중이었지만, 우리는 의외로 쉽게 가도 좋다는 허락을 받았다. "그렇지 않으면 오늘 밤 모두들 한숨도 자지 못할 테니까." 재닛 숙모가 덧붙였다. 기쁨에 찬 소년 소녀들이 얼간이 아저씨와 스토리 걸을 따라, 별빛이 쏟아지는 잿빛 들판을 지나 소나무 산울타리가 지키고 있는 문을 통해 들어가는 그의 집으로 향했다.

얼간이 아저씨가 말했다.

"숲 뒤쪽에 있는 우리 집의 낡은 헛간 알고 있지? 난 초승달이 뜰 때만 그곳에 간단다. 그곳에 커다란 통을 거꾸로 놓고 한쪽에 나무토막을 끼워 넣어 기울여 두었지. 오늘 아침, 마른 풀을 조금 가지고 오려고 헛간에 갔다가 어쩌다가 통을 움직여 보게 되었어. 지난번에 왔을 때보다 장소가 어딘가 달라진 것 같은 기분이 들었거든. 게다가 기울어져 있지 않고 바닥에 딱 붙어 있더구나. 들어 올려 보니 그 속에 고양이 한 마리가 누워 있지 않겠니? 네가 고양이를 잃어버렸다는 얘기를 들었기 때문에, 바로 그 고양이라고 생각했다. 처음에는 죽은 게 아닌가 마음을 졸였단다. 눈을 완전히 감고 뻗어 있었으니까. 하지만 내가 들여다보니까 눈을 뜨고 작고 힘없는 목소리로 야옹! 하고, 아니, 입을 야옹 하는 것처럼 벌렸다고 하는 편이 맞을 거야. 목소리도 내지 못할 정도로 지쳐 있는 것 같았어."

"패트, 가엾은 패트!" 마음이 여린 세실리가 울먹이는 목소리로 말했다.

"일어서지도 못하기에 집으로 안고 돌아와서 우유를 약간 줘봤어. 다행히 아직 핥을 힘은 남아 있더구나. 그래서 하루 종일 사이를 두고 조금씩 늘려서 줬더니, 내가 집을 나올 때는 기어다닐 정도는 되어 있었어. 이제 걱정 없다고는 생각하지만, 2, 3일 동안 먹을 것을 줄 때는 주의해야 해. 지나친 인정 때문에 갑자기 너무 많이 먹여서 고양이를 죽이지 않도록."

"누군가가 패트를 통 속에 가둔 걸까요?" 스토리 걸이 물었다.

"아니야, 헛간은 문이 잠겨 있었어. 들어갈 수 있는 거라고 해야 고양이 정도일 거야. 아마 쥐 같은 것을 쫓아서 통 아래로 들어간 게 아닐까? 그리고 어쩌다가 나무토막을 건드려서 스스로 갇히고만 거겠지."

패트는 얼간이 아저씨의 청결하고 휑댕그렁한 부엌의 난로 앞에 앉아 있었다. 그 여윈 모습이란! 이건 뼈와 가죽뿐이 아닌가! 게다가 털가죽은 늘어져 있고 광택이 없었다. 아름다운 패트가 이렇게도 초췌해진 모습을 보자 모두들 가슴이 찢어지는 것 같았다.

"아, 얼마나 고생이 심했을까!" 세실리가 탄식했다.

"한두 주일 지나면 원래대로 건강해질 거야." 얼간이 아저씨가 위로했다.

스토리 걸은 패트를 두 팔에 안아들었다. 우리가 패트를 쓰다듬어 주려고 주위를 에워싸자, 고양이는 어리광을 부리듯 목을 가르릉거렸다. 기쁨과 고마움을 표시하듯 작고 붉은 혀로 우리의 손을 핥았다. 불쌍한 패트는 감사를 잊지 않는 고양이였다. 녀석은 이제 길을 잃지도, 굶주리지도, 갇혀 있지도, 절망적이지도 않았다. 다시 가족을 만나 집으로, 과수원과 낙농장과 곡물창고가 있는 익숙한 영역으로, 방금 짠 우유와 크림이 있는 매일의 식사와 난로 앞의 그 편안하고 아늑한 장소로 돌아가는 것이었다. 우리는 기쁨에 넘쳐 집으로 향했다. 스토리 걸이 우리들 한복판에서, 어깨에 달라붙어 있는 패트를 안고 있었다. 4월의 별들이, 이토록 행복한 듯이 황금의 길을 나아가는 나그네들을 본 일은 아마 없을 것이다. 그날 밤 목초지에는 잿빛의 아련한 바람이 불고 있었다. 그것은 우리 옆을 눈에 보이지 않는 요정의 발로 춤추며 나아가면서, 아름다운 미래의 나날을 위한 사랑스러운 노래를 불러주었다. 그리고 밤의 여신은 그 자비로운 은혜의 손길로 온 세상을 덮었던 것이다.

"이제 페그 아주머니의 위시본의 힘을 알았겠지?" 피터가 의기 양양하게 말했다.

"이봐, 피터. 바보 같은 소리 마. 얼간이 아저씨는 오늘 아침에 패트를 발견했고, 세실리가 위시본을 떠올리기 전에 우리 집에 알리려고 집을 나섰어. 위시본을 떠올리지 않았더라면, 그때 얼간이 아저씨가 우리 집 오솔길을 올라오지 않았을 거라고 말하려는 건 아니겠지?"

"그런 위시본이 더 있어도 상관없다고 말하고 싶은 것뿐이야." 피터는 집요하게 물러서지 않았다.

"물론 패트가 살아서 돌아오는 데 그 위시본이 정말 도움이 되었다고는 생각할 수 없지만, 시험해 보길 잘한 것 같아. 그건 확실해." 세실리가 만족감을 보이며 말했다.

"어쨌든 패트가 돌아왔으니, 정말 다행이다." 펠릭스가 말했다.

"이번 일이 좋은 경험이 되어 이제부터는 집에 있어 주었으면 좋겠어." 펠리시티도 한 마디 했다.

"모래땅에 산사꽃이 만발해 있어. 내일 산사꽃 피크닉을 가서 패트가 무사히 돌아온 걸 축하하는 게 어떻겠니?" 스토리 걸이 말했다.

메이플라워의 계절

그리하여 우리는 5월을 축복하며 걸어갔다. 살랑거리는 바람의 유혹을 따라, 봄 하늘의 정령 같은 푸른 빛 아래, 서쪽으로 느릿느릿 내려가는 언덕으로 나아갔다. 하늘은 소나무와 전나무의 어린 가지들 위에 펼쳐져 있었다. 그 가지들 사이로 보이는 귀퉁이와 움푹 패인 곳에는 햇볕이 들어가 머물면서, 예쁜 꽃들이 피도록 따스한 기운을 불어넣고 있었다.

우리가 열심히 탐색한 끝에 산사나무꽃(메이플라워)들을 발견한 곳은 바로 그런 장소였다. 이것만은 알아주었으면 하는데, 산사꽃은 결코 사람들이 자기를 봐주기를 원하지 않는다. 그것을 발견하기 위해서는 찾아 헤매지 않으면 안 되며, 발견된 뒤에는 비로소 그 보석, 옛날 지상에 찾아온 모든 봄의 진수인, 별의 하얀 빛과 새벽의 연분홍 빛 꽃송이, 방향이라고 하기에는 너무나도 강렬하고 신성한 향기의 정령을 탐색자에게 바치는 것이다.

우리는 웃고 떠들면서 언덕을 유쾌하게 헤매고 다녔다. 서로의 이름을 부르면서 뿔뿔이 흩어져서는 길도 없는 작은 황야를 즐겁게 돌아다니다가, 이윽고 부드러운 바람이 살랑거리며 스치고 지나가는 구석진 곳과 저지와 양지바른 곳에서 뜻밖에 재회하는 것이었다. 태양이 기울어지기 시작하며 하늘을 향해 광채의 화살을 부채꼴로 펼치자, 우리는 연녹색 고사리의 어린잎으로 넘치는 구석진 좁은 골짜기에 모여, 언덕의 파란 잎이 무성한 나무그늘에 누웠다.

골짜기에는 얕은 연못이 있었다. 반짝반짝 빛나는 초록빛 물의 천을 펼쳐놓은 것 같은 느낌의 연못으로, 그 물가에서는 옛날 그리스의 언덕과 크레타의 골짜기에서 발견된 것 같은 어린 요정들이 춤추며 나올 것만 같았다. 그런 장소에 앉아서 자신들의 전리품에서 마른 잎과 가지를 꺾어 꽃다발을 만든 뒤, 저마다 바구니에 그 감미로운 꽃다발을 가득 채웠다.

스토리 걸은 가장 멋진 연분홍빛 어린 가지를 갈색의 곱슬머리에 두르더니, 어느 해 겨울 첫눈이 내리는 날에, 아무리 기다려도 돌아오지 않는 연인이 자신을 배신한 거라고 믿고 상심한 나머지 죽은 인디언 소녀에 대한 옛 전설을 들려주었다.

그런데 봄이 되어 연인이 오랜 포로의 몸에서 벗어나 돌아온 것이다. 그리고 소녀가 죽었다는 말을 듣고 무덤에 찾아가서 슬퍼하며 탄식했다. 그러자, 보시라! 옛날의 마른 잎 아래에 한 번도 본 적이 없는 귀여운 꽃가지가 있는 것이 아닌가! 젊은이는 그것이 바로 검은 눈동자의 연인이 보낸 사랑과 추억의 전언이라는 것을 알았다.

"이야기가 아니라면, 인디언 처녀는 스코(미국 속어로 덩치가 큰 추녀를 가리킴)라고 해." 현실적인 댄은 자신의 산사꽃가지를 모두 모아, 속이 꽉 찬 커다란 양배추 같은 다발처럼 묶으면서 말했다. 스토리 걸을 따라 다른 아이들이 한 것처럼, 화사한 깃털 같은 베고니아와 눈잣나무를 섞어서, 바구니에 산사꽃 가지를 팔랑거리게 담는 수고는, 댄에게는 어울리지 않았다. 무엇보다 우리의 방법이 그의 것보다 보기 좋다는 것조차 인정하려 들지 않았다.

"한 종류만 모으는 것이 좋아. 복잡하게 뒤섞는 건 싫어." 그는 말했다.

"멋없는 성격이야." 펠리시티가 말했다.

"입을 제외하면 그렇지. 아름다운 아가씨."

"오빠 그걸 멋있는 말이라고 생각하는 거야?" 펠리시티가 치를 떨면서 쏘아붙였다.

"이렇게 좋은 날씨에 싸우지들 마." 세실리가 달랬다.

"세실리, 아무도 싸움 같은 거 하지 않아요. 난 조금도 화나지 않았어. 화난 건 펠리시티지. 세실리! 바구니에 뭘 담아온 거냐?"

가련한 세실리가 고백했다. "프랑스 혁명사. 쓴 사람은 D-a-u-b-i-g-n-y라는 이름이야. 어떻게 읽는 건지 모르겠어. 모든 사람이 읽어야 할 책이라고 마우드 선생님이 말씀하셨기 때문에 지난 주 일요일부터 읽기 시작했어. 꽃을 꺾는데 싫증나면 읽으려고 하루 종일 들고 다녔는데. 에스터 리드의 책을 가지고 오는 게 더 나을 뻔했어. 역사는 모르는 것투성이인 데다, 화형을 당해 죽은 사람의 얘기를 읽는 건 너무 끔찍해. 하지만 읽어야겠다고 생각했으니까 읽어야지."

"정말 정신적으로 향상했다고 생각하니?" 눈잣나무로 바구니의 손잡이를 엮고 있던 세라 레이가 진지한 얼굴로 물었다.

"아니. 전혀 아닌 것 같아. 어느 맹세도 잘 지켰다는 자신이 없어." 세실리는 슬픈 듯이 대답했다.

"난 잘 지키고 있어." 펠리시티는 흡족해하는 모습으로 말했다.

"한 가지뿐이니까 지키는 것도 쉽지." 세실리가 발끈한다.

"아름다운 생각을 한다는 건 생각만큼 쉬운 일이 아니란다." 펠리시티가 대답했다.

"그것만큼 쉬운 건 없어."

스토리 걸은 발끝으로 서서 연못가까지 걸어간 뒤, 황금시대로부터 살아남은 님프라면 그렇게 했을 것 같은 모습으로 물에 비친 자신의 모습을 들여다보며 계속했다.

"난 아름다운 생각이 때때로 마음속에 물밀 듯이 넘쳐 오르는걸."

"맞아, 물론 가끔은. 하지만 그건 정해진 시간에 꼭 한 가지만 생각하는 것과는 달라. 게다가 어머닌 늘 아래층에서 꾸물거리지 말고 빨리 옷을 갈아입으라고 성화시고, 무척 힘들 때도 있다니까."

"그렇기도 해." 스토리 걸이 양보했다. "사실 잿빛 생각밖에 떠오르지 않을 때도 있어. 하지만 여느 때는 언제나 분홍과 파랑과 금빛과 보랏빛과 무지갯빛 생각을 하고 있어."

"어머나, 참! 생각에 마치 색깔이 있기라도 한 것 같은 저 말투 좀 봐!" 펠리시티는 웃느라고 숨이 막힐 지경이었다.

"같은 게 아니라 정말 색깔이 있어." 스토리 걸이 소리쳤다. "난 언제나 내 생각에 색깔이 보이는걸. 넌 보이지 않니?"

"그런 얘긴 들은 적도 없고 믿을 수도 없어. 그런 건 네가 생각해서 지어낸 거지?" 펠리시티가 추궁했다.

"아니라니까! 아이 참, 난 누구나 다 색깔로 생각하는 줄 알았어. 그렇지 않다면 무척 재미없을 것 아니니?"

"나를 생각하면 어떤 색깔이 떠오르는데?" 피터가 신기하다는 듯이 물었다.

"노란색, 그리고 세실리는 귀여운 핑크, 산사꽃 같아. 세라 레이는 아주 엷은 푸른색이고, 댄은 빨강. 그리고 펠릭스는 피터와 같은 노란색. 베브는 줄무늬야."

"난 무슨 색?" 내가 웃음거리가 되고 있는 가운데 펠리시티가 물었다.

"넌……무지개 같아." 스토리 걸은 마음이 내키지 않는 투로 대답했다. 솔직하지 않으면 안 된다는 건 알고 있지만, 펠리시티가 기뻐할 말은 하고 싶지 않았던 모양이다. "그리고 모두들 베브를 보고 비웃어서는 안 돼. 베브의 줄무늬는 예쁜 거니까. 베브에게 줄무늬가 있는 건 아니잖아? 베브를 생각하면 떠오르는 것일 뿐이야. 페그 보엔 아주머니는 좀 이상한 느낌의 누르스름한 녹색이고 얼간이 아저씨는 라일락. 올리비어 이모는 금빛이 섞인 팬지 보라, 로저 외삼촌은 짙은 감색."

"이런 웃기는 얘긴 난생 처음 들어." 펠리시티가 말했다.

좀처럼 없는 일이지만, 다른 아이들도 펠리시티의 의견 쪽으로 기울어지는 듯했다. 스토리 걸이 우리를 놀린 거라고 생각한 것이다. 그러나 지금은, 그녀가 색깔로 생각하는 신비스름한 재능을 정말로 가지고 있었던 거라고 믿을 수 있다. 훗날, 우리가 성인이 된 뒤에도 그녀는 다시 그 일을 얘기해 주었다. 생각을 할 때 모든 것이 색채를 띤다고 그녀는 말했다. 1년의 한 달 한 달은 순서대로 스펙트럼의 색조를 따라 움직이고, 1주일의 색깔은 영화의 극치를 누린 솔로몬처럼 화려했다. 아침은 금빛, 정오는 오렌지빛, 저녁은 투명한 하늘색, 밤은 짙은 보랏빛. 어떤 생각도 특유의 색깔을 걸치고 마음속에 나타났다. 아마 그것은, 그녀의 목소리와 말이, 듣는 사람의 내면에 의미와 농담, 그리고 음악의 아름다운 뉘앙스를 전할 수 있는 마력을 갖추고 있었기 때문일 것이다.

"이제 뭘 좀 먹으러 가자." 댄이 말을 꺼냈다. "먹는다는 건 무슨 색이니, 스토리 걸?"

"금빛이 도는 갈색. 당밀 쿠키와 똑같은 색이야." 스토리 걸은 웃었다.

우리는 풀고사리가 무성한 연못가에 앉아 이른 봄의 알알한 공기와 들판의 산책으로 예민해진 미각을 드러내며, 재닛 숙모가 준비해 준 호사스러운 도시락을 먹었다. 펠리시티가 최고로 맛있는 햄샌드위치를 만들어 주었는데, 댄 말고는 모두가 맛있어 했다. 댄은 잘게 자른 것은 좋아하지 않는다며, 바구니에서 커다랗게 삶은 돼지고기

덩어리를 꺼내 잭나이프로 자르며 입맛을 다셨다.

"어머니한테 넣어달라고 부탁했어. 씹는 맛이 있거든."

"품위라고는 눈 씻고 찾아볼 수가 없다니까." 펠리시티가 한 마디 했다.

"네, 전혀 없어요, 아가씨." 댄이 이죽거렸다.

"그 말을 들으니까 로저 외삼촌이 해주신 사촌 아네타 킹의 얘기가 생각나." 스토리 걸이 말했다. "제러마이어 킹 외종조부는 킹 외할아버지가 아직 살아 계시고 로저 외삼촌이 어렸을 때, 지금의 로저 외삼촌 집에서 살고 있었어. 그 시절에는 젊은 아가씨가 너무 왕성한 식욕을 보이는 건 보기 흉한 것으로 생각했대. 적게 먹을수록 여자다운 것으로 생각했으니까. 아네타는 진심으로 품위를 갖추고 싶었어. 식욕 같은 건 어디를 봐도 없는 척한 거야. 어느 날 오후, 킹 외할아버지의 집에 특별한 손님——샬럿타운 사람들——이 오셨기 때문에 아네타도 초대를 받았어. 아네타는 거의 아무것도 먹을 수 없다고 말한 뒤, 자못 사랑스럽고 젊은 아가씨다운 목소리로, '에이브러햄 아저씨. 전 정말 새모이만큼밖에 먹을 수가 없어요. 어머닌 제가 어떻게 살아갈 수 있는 건지 모르겠다고 말씀하세요.' 그리고 정말로 새처럼 조금씩 조금씩 쪼듯이 먹으니까, 외할아버지는 아네타한테 정말 새모이라도 뿌려줄까 생각했대. 차를 마신 뒤 아네타는 집으로 돌아갔고, 킹 외할아버지는 해질 무렵 볼일이 있어서 제러마이어 킹 외할아버지의 집으로 갔어. 불이 켜져 있고 문이 열려 있는 식품저장실 앞을 지나가다가 얼핏 보고 만 거야. 할아버지가 본 건 과연 무엇이었을까요? 조금밖에 먹지 못하는 아네타가 경대 앞에 서 있는데, 옆에는 커다란 빵덩어리, 앞에는 커다란 접시 가득 담긴 삶은 돼지고기 식힌 것! 아네타는 여기 있는 댄처럼 고기를 크게 잘라서 굶주린 얼굴로 걸신들린 듯 먹고 있었대. 킹 외할아버지는 그 광경을 보고 도저히 유혹을 이기지 못했던 거야. 발끝으로 창문 밑으로 다가가서 이렇게 말을 걸었어. '식욕이 돌아와 정말 다행이구나. 그렇지, 아네타? 그렇게 기름진 돼지고기로 배를 가득 채우면, 어머니도 네 목숨을 걱정하지 않아도 되겠어.'

아네타는 죽을 때까지 할아버지를 용서하지 않았어. 하지만 두 번 다시 적게 먹는 척은 하지 않았대."

"유대인은 돼지고기를 먹지 않아." 피터가 말했다.

"난 유대인이 아니어서 다행이야. 아네타도 그랬을걸." 댄의 말이었다.

"난 베이컨이 좋아. 하지만 돼지를 볼 때마다 늘 돼지는 자기가 사람에게 먹힌다는 걸 알고 있을까 하는 생각이 들어." 세실리가 소박한 의견을 말했다.

점심 식사를 마칠 무렵에는, 메마른 못은 이미 푸른 안개를 몸에 두르고 있었고, 골짜기는 얕은 곳 깊은 곳 할 것 없이 잠자리에 들려하고 있었다. 그러나 트인 들판에서는 아직 멋진 에메랄드와 황금의 광채를 띤 빛이 넘쳐나고, 울새들이 빛의 집으로 유혹하는 피리를 불고 있었다. 고풍스러운 성, 퇴락한 사원에 울려퍼지는 '요정나라의 뿔피리'조차, 황혼녘의 가문비나무 숲에서 태어나, 파르스름한 달빛 아래 펼쳐진 초록색 경작지를 건너가는 울새의 저녁노래만큼 감미롭지는 않으리라.

집으로 돌아가 보니, 미스 리드가 뭔가 볼일로 언덕의 농장에 들렀다가 이제 막 돌아가는 중이었다. 스토리 걸은 한동안 그녀와 나란히 걸어가다가, 이윽고 얼굴에 의미심장한 표정을 지으면서 돌아왔다.

"뭔가 애깃거리가 있을 것 같은 표정이야." 펠릭스가 말했다.

"이야기는 하나. 중간까지뿐이야. 아직 완성된 애기는 아니니까." 스토리 걸은 수수께끼 같은 대답을 했다.

"그게 뭔데?" 세실리가 물었다.

"끝나기 전에는 얘기할 수 없어. 하지만 오늘 밤 얼간이 아저씨가 우리에게——나에게——해준 귀엽고 짧은 이야기는 해줄게. 우리가 지나갔을 때 그분은 마침 뜰을 산책하면서 튤립 꽃밭을 보고 있었어. 그곳의 튤립이 우리 집 것보다 키가 크기에, 어떻게 해서 이렇게 일찍 그렇게 키웠는지 물어봤어. 그랬더니 얼간이 아저씨가 하는 말이, 그렇게 한 건 자기가 아니라, 시냇물 저편 숲에 사는 픽시(^{작은}요정)들이라는 거야. 올봄은 여느 해보다 픽시에게 많은 아기들이 태어났기 때문에, 픽시 어머니는 요람을 구하느라 정신이 없었대. 튤립은 픽시 아기들의 요람이야. 그럴듯하지 않니? 픽시 어머니들은 황혼녘에 숲에서 나타나서, 갈색의 귀여운 아기들을 튤립꽃 속에 넣고 흔들어서 재워. 그래서 튤립꽃은 다른 꽃보다 훨씬 오래 가는 거래. 픽시 아기들이 클 때까지 요람이 있어야 하니까. 하기는 픽시는 금방 자라기는 하지만. 그런 다음 얼간이 아저씨가 얘기해준 얘기는 말야, 봄날 저녁에 튤립이 피면, 그 집 뜰에는 어떤 것보다 달콤하고 부드럽고 맑은 요정의 음악이 흐른다는 거야. 그건 픽시들이 아기를 재우느라 부르는 자장가래."

"그럼, 얼간이 아저씨는 거짓말을 지어낸 거구나." 펠리시티의 말투는 어디까지나 엄격했다.

뜻밖의 소식

"오랫동안 재미있는 일이 아무것도 없어." 5월 말의 어느 날 저녁, 하얀 꽃이 보기 좋게 만발한 벗나무 아래를 산책하고 있을 때, 스토리 걸이 따분하다는 듯이 말했다.

과수원에는 같은 나무가 길게 한 줄로 늘어서 있고, 양쪽 끝에는 롬바르디 포플러(양버들. 우리나라에서 가장 흔히 볼 수 있는 포플러의 한 종류), 뒤에는 라일락 산울타리가 있었다. 바람이 이 일대를 불어올 때면, 그 달콤함은 실론 섬의 향기 높은 산들바람이 이럴까 하는 생각이 든다.

경이와 기적의 계절이었다. 초록빛을 이룬 들판에 부드럽게 은빛 비가 내리는 계절. 들과 뜰에 그리고 숲에, 새싹과 꽃의 눈이 환하게 트이는 아름다운 무늬를 이루는 계절. 온 세상은 활짝 피어나 사랑스런 소녀처럼 전율하고 있었으며 아련하고 덧없는 봄날 이른 아침의 매력으로 넘쳤다. 우리는 그것을 이해도 탐색도 하지 않고, 온몸으로 느끼며 만끽하고 있었다. 황금의 길에서는 봄을 환영하고 봄과 함께 젊음을 누리면 그것으로 충분했다.

"난 너무 흥분되고 조마조마한 건 좋아하지 않아. 몹시 지쳐버리는 걸. 패트가 사라졌을 때도 얼마나 마음을 졸였는지 몰라. 결코 즐거운 기분이 아니었어." 세실리가 말했다.

"그래. 하지만 흥미진진했잖아." 스토리 걸이 생각에 잠기면서 대꾸했다.

"어쨌든 따분한 것보다는 차라리 울적한 게 그래도 나아."

"난 싫어. 매일매일 해야 할 일이 얼마나 많은데 따분할 새가 어딨니? 악마는 게으른 손에 재앙을 내리는 법이야!" 펠리시티가 단호하게 말했다.

"어머, 재앙이라니 재미있어." 스토리 걸이 웃었다. "그리고 펠리시티, 그런 말을 입 밖에 내어 말하는 건 가정교육을 잘 받은 아가씨답지 않다고 생각할 텐데?"

"간접적으로 표현한다면 상관없어." 펠리시티는 상대하지 않았다.

"다른 포플러는 모두 가지를 옆으로 뻗거나 늘어뜨리고 있는데, 롬바르디 포플러만 왜 저렇게 가지를 있는 대로 하늘을 향해 똑바로 세우고 있는 거지?" 투명하도록 푸른 동쪽 하늘에 거무스름한 색으로 떠 있는, 가느다란 어린 가지를 열심히 응시하고 있던 피터가 갑자기 말했다.

"그런 식으로 뻗기 때문이야." 펠리시티가 말했다.

"아참! 그 나무에 대한 얘기, 알고 있어!" 스토리 걸이 소리쳤다. "잘 됐다……. 옛날옛날, 한 노인이 무지개의 뿌리에서 황금이 가득 들어 있는 항아리를 캐냈어. 그곳에 항아리가 묻혀 있다는 얘기를 듣기는 했지만, 실제로 찾아내는 건 무척 어려운 일이었지. 무지개가 눈앞에서 사라져버리기 전에 뿌리까지 절대로 닿을 수 없으니까. 그런데 이 노인은 바로 해가 떨어질 때, 무지개 황금의 파수꾼인 아이리스가 잠시 자리를 비운 사이에 그것을 찾아내고 말았던 거야. 노인은 집에서 멀리 걸어온 데다 항아리가 너무 크고 무거웠

기 때문에, 항아리를 숨겨두고 날이 새면 아들들 가운데 한 명을 데
리고 와서 함께 운반해야겠다고 생각했어. 그래서 항아리를 포플러
가지 아래 숨겼어.

아이리스가 돌아와 보니 황금 항아리가 흔적도 없이 사라지고 없
었지. 물론 아이리스는 슬픔에 잠겼어. 하는 수 없이 아이리스는 신
들의 사자인 머큐리에게 부탁하여 항아리를 찾아달라고 했어. 다음
에는 누군가가 무지개마저 훔쳐 가버릴지도 모른다고 생각하자, 마
음이 불안하여 자리를 비울 수도 없었어. 머큐리는 황금 항아리를
보지 못했느냐고, 한 그루 한 그루 나무들에게 물어보았지. 그러자
느릅나무, 떡갈나무, 소나무가 포플러를 가리키며 말했어.

'포플러라면 그것이 어디에 있는지 가르쳐줄 겁니다.'

'내가 어떻게?' 하고 포플러는 비명을 지르며, 사람이 놀랐을 때
두 팔을 위로 쳐들듯이, 가지를 모두 하늘을 향해 쳐들었어. 그러자
그 밑에서 황금 항아리가 나온 거야. 포플러는 깜짝 놀라며 화를 냈
어. 무척 정직한 나무였으니까. 포플러는 모든 가지를 머리 위로 높
이 치켜들고, 앞으로 누구라도 다시는 훔친 황금을 숨기지 못하도록
내내 그렇게 하고 있겠다고 선언했어. 그런 다음, 다른 어린 포플러
들에게도 똑같이 하라고 가르쳐주었지. 그래서 롬바르디 포플러는
언제나 이런 모습을 하고 있는 거야.

그런데 포플러 잎은 바람이 전혀 없는 날에도 오들오들 떨고 있잖
아? 왜 그러는지 아니?"

스토리 걸은 구세주 예수가 못 박혔던 십자가가 포플러 나무였다
는 것, 그것 때문에 겁에 질려 떨고 있는 가련한 잎은 하루도 마음
편할 날이 없다고 하는 옛 전설을 얘기해 주었다. 과수원에는 보통
포플러도 한 그루 있었다. 그 나긋나긋함과 균형미를 봐도, 마치 젊
음과 봄의 화신 같은 나무였다. 그 작은 잎들은, 줄기와 작은 가지
가 자라나는 모습도 가릴 만큼 격렬하지는 않지만, 언제나 아래를

향해 떨면서 봄의 일몰의 오묘한 색조에 시정(詩情)을 불어넣고 있었다.

"정말 슬퍼 보인다. 그렇지만 예쁜 나무이고, 원래 이 나무의 잘못이 아닌데 뭐." 피터가 말했다.

"이슬이 많이 내렸으니까, 이제 바보 같은 얘기 그만하고 집에 들어가야 할 시간이야. 안 그러면 모두 감기에 걸려버릴 거야. 감기에 걸리면 실컷 울적하게 지낼 수 있지만, 그런 건 조금도 오싹한 일이 아니야." 펠리시티가 말했다.

"뭐든 좋으니까 깜짝 놀랄 일이 있었으면 좋겠다." 수녀처럼 보이는 그림자가 가득한 과수원을 빠져나갈 때 스토리 걸은 그렇게 말을 맺었다.

"오늘 밤은 초승달이 뜨니까 네 소원이 이루어지길 빌겠어. 제인 고모는 달이 어떻게 해 줄 거라는 걸 믿지 않아. 하지만 그건 모르는 일이잖아." 피터가 말했다.

스토리 걸의 소원은 이루어졌다. 바로 그 이튿날 사건이 일어난 것이다. 그녀는 그날 오후, 얼굴에 자랑스러움과 기대 그리고 실망이 뒤섞인, 이른바 한마디로 표현하기 힘든 표정을 띠고 우리들 사이에 들어왔다. 그 눈은 눈물을 흘렸음을 말해주고 있었는데, 동시에 억제된 기쁨을 숨긴 듯 반짝반짝 빛나고도 있었다. 스토리 걸이 슬퍼하고 탄식한 것이 무엇이든 절망에 빠져 있지는 않다는 증거였다.

"여러분에게 알려드릴 소식이 있습니다. 무엇일까요? 알아 맞춰 보세요." 한껏 연극 투로 스토리 걸이 말했다.

우리는 전혀 짐작이 가지 않았고 생각하려고 노력하지도 않았다.

"뻐기지 말고 어서 얘기해 봐. 뭔가 짜릿한 일이 있다는 얼굴이잖아." 펠릭스가 말했다.

"맞아. 잘 들어…… 올리비어 이모가 드디어 결혼합니다아!"

우리는 그저, 오로지 경악의 눈을 크게 뜰 뿐이었다. 페그 보엔의 암시는 벌써 머리에서 사라지고 없었고, 처음부터 그다지 신용하지도 않았으니까.

펠리시티는 쌀쌀맞게 쏘아붙였다.

"올리비어 고모가? 틀림없이 거짓말이야. 누구한테서 들었니?"

"올리비어 이모한테서 직접. 그러니까 누가 뭐라 해도 사실이야. 나, 마음 한구석으로는 너무너무 싫은데. 하지만 있잖아, 가족 중에 누가 진짜 결혼식을 올린다는 건 멋진 일 아니니? 성대한 결혼식을 올릴 거래. 그리고 난 신부의 들러리가 될 거야."

"들러리가 될 만큼 어른도 아니면서." 딱딱한 목소리로 펠리시티가 말했다.

"나, 이제 곧 열다섯이야. 무엇보다 올리비어 이모가 들러리가 되어달라고 하신걸."

"누구하고 결혼하는데?" 세상이 전과 같이 그대로 움직이고 있다는 것을 알고, 간신히 충격에서 헤어난 세실리가 물었다.

"시튼 박사라고 하는 핼리팩스 사람. 작년 여름 에드워드 외삼촌 집에 초대받았을 때 만났어. 그때부터 내내 약혼중이었대. 결혼식은 6월 셋째 주."

"교내 음악 콘서트가 그 다음 주 아니니? 어째서 이렇게 한꺼번에 몰려서 터지는지 몰라. 올리비어 고모가 가버리면 넌 어떻게 할 생각이니?" 펠리시티가 불평을 했다.

"너희들의 집에서 살게 되겠지." 스토리 걸은 보기 드물게 풀이 죽어서 대답했다. 펠리시티가 어떻게 받아들일지 몰랐기 때문이다. 그러나 펠리시티는 상당히 호의적으로 받아들이는 것 같았다.

"안 그래도 하루 종일 이곳에 있는 거나 마찬가진데 뭘. 먹고 자는 것도 우리 집에서 하겠다는 것뿐이잖아? 그럼 로저 삼촌은 어떻게 돼?"

"올리비어 이모는 외삼촌도 결혼했으면 좋겠다고 하셔. 하지만 로저 외삼촌은 결혼할 바엔 차라리 가정부를 고용하겠대. 사람을 고용하면 마음에 들지 않을 때는 그만두게 하면 되지만, 결혼하면 그렇게 못하지 않느냐고 하시면서."

"결혼식을 올리게 되면 요리가 큰일이구나." 그러는 펠리시티의 목소리에는 만족감이 넘치고 있었다.

"올리비어 고모는 러스크도 원하실걸? 치약가루 사둔 것이 많이 있어야 할 텐데." 댄이 말했다.

"자기는 그런 말만 하면서, 그 치약가루를 사용하지 않는다니 안됐어, 그 정도로 큰 입을 가진 사람은 이도 훤히 다 들여다보여." 펠리시티가 쏘아붙였다.

"이는 일요일마다 닦고 있어!"

"일요일마다! 이는 매일 닦아야 하는 거야."

"이런 말도 안 되는 얘기 들은 적 있어?" 댄은 진심으로 모두의 의견을 구했다.

"응, 정말이야. 〈패밀리 가이드〉에는 정말 그렇게 적혀 있어." 세실리가 조용히 대답했다.

"그럼, 〈패밀리 가이드〉 사람은 나보다 훨씬 시간이 많은가 보지." 댄이 골을 냈다.

"멋져. 들러리가 되면 스토리 걸의 이름이 신문에 나오겠네." 세라 레이는 황홀한 표정을 지었다.

펠릭스도 거들었다.

"핼리팩스의 신문에도. 시튼 박사는 핼리팩스 사람이니까. 그 사람, 이름은 뭐야?"

"로버트."

"그럼, 그 사람을 로버트 고모부라고 부르게 되겠구나."

"고모랑 결혼하기 전까지는 아니야. 하지만 결혼한 뒤에는 물론 그렇게 불러야지."

"올리비어 고모가 결혼식 직전에 행방불명이 되지 않았으면 좋겠어." 〈패밀리 가이드〉에 실린 발레리아 H. 몬터규의 소설 《사라진 신부》를 몰래 읽은 세라 레이가 말했다.

"레이철 워드의 연인처럼 시튼 박사도 나타나지 않는 일이 없었으면 좋겠고." 피터도 한마디했다. 그러자 스토리 걸이 웃었다.

"그 말을 하니까, 지난번에 읽은 앤드루 킹 종조부와 조지나 할머니의 얘기가 생각난다. 80년 전의 얘기야. 그해는 무척 폭풍이 많은 해여서 도로가 정말 끔찍한 정도였대. 앤드루 할아버지는 칼라일에 살고 있었고, 조지나 할머니는 그 무렵에는 아직 조지나 마시슨이었는데, 줄곧 서쪽에서 살고 있었기 때문에, 그렇게 자주 만날 수는 없었어.

두 사람은 그해 겨울 안에 결혼하기로 결정은 했지만, 온타리오에 있는 조지나의 오빠가 언제 이쪽으로 올지 모르고, 그렇다고 오빠가 집에 없는 동안 결혼식을 올리고 싶지는 않았기 때문에, 확실한 날짜를 정할 수가 없었어. 그래서 언제 와달라고, 조지나가 앤드루 할아버지에게 편지로 알려주기로 의논이 되었어. 조지나는 수요일에 와달라고 편지를 썼지. 그런데 글씨가 서툴러서 가엾은 앤드루 할아버지는 목요일로 잘못 읽고 말았어.

목요일 아침, 할아버지는 결혼하기 위해 멀리 조지나의 집까지 말을 타고 달려갔어. 60킬로미터쯤이나 되는 데다 혹독하게 추운 날이었지. 그렇지만 그 추위도 조지나의 집에서 받은 대접에 비하면 아무것도 아니었어. 조지나는 현관 앞에 있었어. 머리에 수건을 감고 거위깃털을 뽑고 있었지. 수요일에는 정성을 다해 준비를 한 데다, 친구들과 목사님도 와 있었고, 잔치음식도 다 준비되어 있었는데, 오직 신랑만 준비되지 않았기 때문에, 아, 그 화난 모습이란! 앤드루가 무슨 말을 해도 마음을 풀지 않았어. 변명 한

마디 듣지 않고 그저, '나가요! 두 번 다시 이 집 문턱을 넘는 건 생각도 마세요' 하고 말할 뿐이었어. 가엾은 앤드루 할아버지. 언젠가는 화가 풀리기를 기도하면서 터벅터벅 집으로 돌아가는 수밖에 없었지. 정말 진심으로 열렬하게 사랑하고 있었으니까."

"그래서 화가 풀렸니?" 펠리시티가 물었다.

"응, 꼭 13년 뒤의 같은 날에 두 사람은 결혼했어. 그를 용서하는 데 그렇게도 오랜 시간이 걸렸던 거야."

"대타가 나서지 않는다는 걸 깨달을 때까지 그렇게 긴 세월이 걸렸던 거겠지." 댄이 빈정대듯이 말했다.

돌아온 탕자

그 뒤 올리비어 고모와 스토리 걸은 결혼식 의상제작에 바빠지면서 그것을 마음껏 즐기고 있었다. 세실리와 펠리시티도 이 경사스러운 행사를 위해 새 옷을 짓게 되어 지난 2주일은 다른 이야기는 거의 나올 새가 없었다. 세실리는 밤에 잠이 들면 어김없이, 올리비어 고모의 결혼식에 낡고 빛바랜 깅엄옷과 다 떨어진 앞치마를 입고 참석하는 꿈을 꾼다며 절대로 잠들고 싶지 않다고 했다.

"신발도 양말도 신고 있지 않아. 게다가 움직일 수가 없는 거야. 내 앞으로 지나가는 사람들은 모두 내 발만 쳐다보고."

"괜찮아, 그건 그냥 꿈일 뿐이야. 그런데 난, 작년 여름에 만든 흰옷을 입고 결혼식에 참석해야 해. 너무 짧은데도 어머니는 이번 여름에도 충분히 입을 수 있대. 그런 옷을 입을 생각을 하니 화가 나서 눈물이 다 나오려고 해." 세라 레이가 한숨을 쉬며 말했다.

"예쁜 옷을 입을 수 없다면 차라리 참석 안하는 게 나아." 펠리시티가 생글거리며 말했다.

"학교 갈 때 입는 옷으로도 결혼식에 갈 수 있어. 난 어디에도 가

본 적이 없으니 지구가 뒤집어진다 해도 기어코 참석할 거야. " 세라 레이가 외쳤다.

"청결하고 단정하기만 하면 좋은 옷이든 아니든 상관없다고 제인 고모가 말했어. " 피터가 말했다.

"제인 고모의 얘기, 이젠 지겨워. 귀에 딱지가 앉을 지경이야. " 펠리시티가 짜증을 냈다.

피터는 원망스러운 듯한 얼굴이 되었지만, 그런 대로 평정을 유지했다. 그해 봄 펠리시티는 피터를 무척 가혹하게 대했는데, 그래도 그의 성실함은 결코 변하지 않았다. 펠리시티가 하는 말, 하는 행동, 모두가 피터의 눈에는 옳은 것으로 비치는 것이었다.

"청결하고 단정한 건 정말 좋은 거야. 하지만 난 조금은 외모에 신경이 쓰여. " 세라 레이가 말했다.

"결국 네 어머니도 새 옷을 지어주실 거야. " 세실리가 위로했다. "게다가 아무도 널 쳐다보지 않아. 모두들 신부만 보고 싶어 할 텐데 뭘. 올리비어 고모 정도면 틀림없이 예쁜 신부가 될 거야. 하얀 실크드레스에 사뿐한 베일, 얼마나 사랑스러운 모습일까? "

"이모는 이 과수원에 있는 이모의 탄생 기념나무 밑에서 식을 올릴 예정이래. 정말 로맨틱하지 않니? 어쩐지 나도 결혼하고 싶어져. " 스토리 걸이 말했다.

"무슨 소릴 하는 거니! 겨우 15살이면서. " 펠리시티가 핀잔을 주었다.

"15살에 결혼한 사람도 많이 있었어. 레이디 제인 그레이도 그랬고. " 스토리 걸이 웃었다.

"넌 언제나 발레리아 H. 몬터규의 소설 같은 건 현실에 충실하지 않은 한심한 거라고 말하지 않았니? 그러니까 그런 건 얘기할 가치도 없어. " 역사보다는 요리에 조예가 깊은 펠리시티는, 레이디 제인 그레이를 발레리아의 고귀한 주인공의 한 사람으로 착각했던 모양이다.

결혼식은 그 무렵, 해도해도 끝이 없는 화젯거리가 되었다. 그런데 그 흥미도 또 하나의 놀라운 돌발사건에 의해 잠시 빛을 잃게 되었다.

어느 토요일 밤, 피터의 어머니가 일요일에 그를 집에 데려가기 위해 찾아왔다. 피터의 어머니는 제임스 프루언 씨의 집에서 일하고 있었기 때문에, 프루언 씨가 마차로 집까지 데려다 주는 길이었다. 지금까지 피터의 어머니를 한 번도 만난 적이 없었던 우리는 호기심에 사로잡혀 몰래 들여다보았다. 그녀는 몽실몽실 살찐 검은 눈동자의 자그마한 부인으로 무척 말쑥하기는 했지만, 사실은 장밋빛의 좀더 밝은 표정이 될 수도 있었을 것을 지치고 초췌한 얼굴을 하고 있었다. 인생은 그녀에게는 괴로운 전쟁의 연속이었고, 그녀가 사랑하는 곱슬머리 아들만이 그녀의 모든 마음과 영혼의 지주가 되어 있는 것 같았다. 피터는 어머니와 함께 집으로 갔다가 일요일 밤에 다시 돌아왔다.

우리는 과수원에서 설교바위 주변을 에워싸고 앉아, 킹 집안의 관습에 따라 다음 주일학교를 위해 훈화용 성구와 암송용 구절을 연습하고 있었다. 다시 나긋나긋하고 아름다운 모습으로 돌아온 패트가 돌 위에 앉아 세수를 하느라 얼굴을 문지르고 있었다.

피터도 얼굴에 무척 기묘한 표정을 띠고 우리들 사이에 합류했다. 말하고 싶어 참을 수 없는, 그러면서도 주저되는 그런 소식을 가지고 온 듯 마치 폭발할 것처럼 보였다.

"어째서 그런 이상한 얼굴을 하고 있니, 피터?" 스토리 걸이 물어보았다.

"무슨 일이 있었을 것 같아?" 피터가 무겁게 되물었다.

"무슨 일이라니?"

"아버지가 돌아오셨어."

이 발표는 그가 바라던 대로 굉장한 반응을 불러일으켰다. 우리는 흥분하여 우르르 그를 에워쌌다.

"피터! 아버지가 언제 돌아오셨어?"

"토요일 밤. 어머니와 내가 집에 돌아가니까 계셨어. 어머닌 얼어 붙고 말았고, 난 처음엔 누군지 몰랐어, 물론."

"피터 크레이그, 너 아버지가 돌아오셔서 기뻐하고 있구나!" 스토리 걸이 소리쳤다.

"그야 기쁘지."

"두 번 다시 얼굴도 보고 싶지 않다고 말했으면서." 펠리시티가 말했다.

"잠깐 기다려. 아직 내 얘기를 다 듣지 않았잖아. 나갔을 때와 똑같은 사람으로 돌아왔다면, 아버지를 만난다고 기쁠 것도 없지만 말이야. 하지만 아버지는 마치 다른 사람 같았어. 올봄의 어느 날 밤 우연히 신앙부흥집회에 가서 회개하셨대. 그래서 집에 돌아와 살기로 결심하셨어. 이제 술은 한 방울도 마시지 않고 가족을 돌볼 생각이라고 하셨어. 어머니는 이제 나와 아버지가 아닌 다른 사람을 위해 세탁 같은 것 하지 않아도 돼. 나도 이제 고용살이를 하지 않아도 되고. 가을까지는 로저 아저씨 집에 있어도 된대. 그렇게 하겠다고 약속했으니까. 그렇지만 그 뒤에는 집에 돌아가서 제대로 학교에 다닐 거야. 그래서 하고 싶은 공부를 하면 된대. 우리끼리 얘기지만, 이상한 기분이었어. 세상이 거꾸로 뒤집힌 것 같아. 그렇지만 아버지가 어머니에게 가지고 있던 돈 40달러를 몽땅 주신 걸 보면 진심으로 회개하신 것 같아."

"그대로 변하지 않으면 좋겠구나, 정말." 펠리시티가 말했다. 그래도 비꼬는 기색은 아니었다. 너무나 뜻밖의 사건에 당혹스러운 느낌은 있었지만, 우리는 모두 피터가 된 양 기뻐해 주었다.

"정말 알고 싶은데 말이야. 페그 보엔 아주머니는 어떻게 우리 아버지가 돌아올 거라는 걸 알았을까? 이래도 그 사람이 마녀가 아니라는 말은 하지 않겠지?"

"올리비어 고모의 결혼에 대해서도 알고 있었잖아, 그렇지?" 세라 레이도 한마디했다.

"아, 그렇다면 누구한테서 들었던 게 아닐까? 어른들은 아이들에게 얘기하기 전에 먼저 소문을 내는 법이잖아." 이건 세실리의 말이었다.

"그렇지만 아버지가 돌아오신다는 얘기는 아무도 들었을 리가 없어. 아는 사람이 한 사람도 없는 메인 주에서 회개했고, 이곳에 올 때까지 아무한테도 말하지 않았거든. 괜찮아, 너희들 마음대로 생각해도. 하지만 난 페그 아주머니가 역시 마녀이고, 그 해골이 진짜로 계시를 한다는 걸 알게 되어 기뻐. 아버지가 돌아오실 거라고 했고 진짜 돌아오셨잖아!"

"얼마나 좋을까? 마치 〈패밀리 가이드〉에 나오는 소설 같아. 백작부인과 레이디 비올레타가 무정한 상속인에게 쫓겨나려고 할 때 행방불명되었던 백작이 가족의 품으로 돌아왔잖아." 세라 레이가 로맨틱한 한숨을 쉬었다.

펠리시티는 흥! 하고 코웃음을 쳤다.

"그건 이것과는 좀 다르지 않니? 백작은 끔찍한 지하감옥에 몇 년이나 갇혀 있었어."

아마 피터의 아버지도——우리에게 이해력만 있었다면 알았겠지만——마찬가지로 지하감옥에, 자기 자신의 나쁜 욕망과 습관이라는 지하감옥에 갇혀 있었던 것이다. 세상에 그보다 더 끔찍한 것은 없다. 그러나 악의 마력보다 강한 성스러운 힘이, 그의 족쇄를 부수고 오랫동안 잃어버리고 있었던 자유와 빛 속으로 그를 다시 인도한 것이다. 백작부인과 신분이 높은 여성이 행방을 몰랐던 백작을 맞아들이는 장면도, 초췌하고 자그마한 세탁부가 젊은 시절 달아났던 남편을 맞아들이는 열광적한 장면에는 비할 수 없었으리라.

그러나 피터의 기쁨에는 옥의 티가 한두 점 섞여 있었다. 이 세상에 결점이 없는 것은 좀처럼 없는 법이다. 설령 황금의 길이라 해도.

"그야 아버지가 돌아와 주셔서 어머니가 세탁을 하지 않아도 된다는 건 굉장히 기쁘지만……." 피터가 한숨을 쉬었다.

"두 가지 마음에 걸리는 게 있어. 제인 고모는 걱정해봤자 아무 도움도 되지 않는다고 늘 말하고 있고, 나도 그렇게 생각해. 그저 일시적인 위안일 뿐이지만."

"뭘 걱정하고 있는 건데?" 펠릭스가 물었다.

"저, 하나는 말이야, 나 너희들과 헤어지는 것이 무척 괴로워. 틀림없이 외로워서 견디지 못할 거야. 게다가 같은 학교에도 다닐 수 없어. 나, 마크데일 학교에 다니지 않으면 안 돼."

"하지만 자주 만나러 오면 되잖아. 마크데일은 그리 먼 곳도 아닌 데 뭘. 토요일마다 오후에 우리 집에 오면 돼." 펠리시티가 다정하게 말했다.

피터의 검은 눈동자가 감사의 빛으로 넘치며 절이라도 하고 싶은 듯한 기색이었다.

"펠리시티, 넌 정말 친절하구나. 물론 난 가능한 한 자주 올 거야. 그래도 내내 너희들과 함께 있는 것과 같을 수는 없겠지. 또 한 가지 더 심각한 문제가 있어. 아버지가 회개한 것은 감리교 부흥회에서였어. 그러니까 당연히 감리교회에 다니는 거지. 옛날에는 어디에도 다니지 않았어. 언제나 어느 쪽도 아닌 파로, 그렇게 살 거라고 했고…… 그걸 자랑으로 생각했는데, 지금은 열성적인 감리교도가 되어, 앞으로는 마크데일의 감리교회에 다니며 은총에 보답하겠대. 내가 장로파라고 말하면 아버진 뭐라고 하실까?"

"아직 말씀드리지 않았니?" 스토리 걸이 물었다.

"응. 도저히 말할 수가 없었어. 나도 감리교도가 되라고 하실 걸 생각하니 무서워서."

"아냐, 감리교도 거의 장로파처럼 좋은 것인가 봐." 명백한 배려심을 보이며 펠리시티가 말했다.

"거의가 아니라 모든 면에서 똑같을 정도로 좋대." 피터는 말했다.

"그건 아무래도 상관없어. 어쨌든 난 장로파니까. 한 번 결정했으면 끝까지 해내는 거야. 하지만 그걸 아버지가 알면 불같이 노하실 것 같아."

"회개하셨으니까 불같이 노하시는 일도 없지 않을까?" 댄이 말했다.

"하지만 그런 사람이 많아. 뭐 화내지 않는다 해도 슬퍼하실 것이고, 그게 더 싫어. 난 어쨌든 장로파가 되겠다고 결심했지만 마음이 편하지 않을 것 같아."

"아버지께 얘기하지 않으면 돼. 어른이 될 때까지는 잠자코 감리교회에 다니는 거야. 어른이 되면 자기가 좋아하는 쪽으로 갈 수 있을 테니까." 펠리시티가 지혜를 빌려주었다.

"싫어, 그건 정직한 게 아니야. 제인 고모는 무슨 일이든 숨기지 말고 정정당당하게 하는 것이 가장 좋다고 했어. 종교에 대해서는 특히 그렇게 하라고. 그러니까 난 아버지께 다 얘기할 거야. 하지만 소동이 벌어질지도 모르니까 어머니가 속상해 하지 않도록 2, 3주일 기다려볼 생각이야." 피터는 완고했다.

마음에 고민을 숨기고 있는 것은 피터 한 사람만이 아니었다. 세라 레이는 자신의 외모에 대해 고민하고 있었다. 어느 날 저녁, 나는 양파밭의 풀을 뽑고 있다가, 세실리와 그녀가 산울타리 저편에서 레이스 뜨기를 하면서, 서로 자신의 고민을 얘기하고 있는 것을 들은 것이다. 하지만 엿들은 것은 아니었다. 나중에 세실리가 나에게 못살게 군 것을 보면, 아무래도 둘 다 내가 있다는 것을 알고 있었던 모양이다.

"세실리. 난 평생 못생긴 모습으로 살아야할 것 같아서 무서워." 가련한 세라는 목소리를 떨고 있었다. "어릴 때는 보기 싫다가도 어른이 되면 나아질 거라는 희망을 가질 수 있으면 그런 대로 견딜 수 있잖아? 하지만 난 점점 더 나빠져 가고 있어. 메리 아주머니는 내가 마틸다 아주머니처럼 될 것 같다고 하셔. 마틸다 아주머니는 추녀 중의 추녀야. 그러니까 그리 밝은 전망이 아니잖아? 예쁘지 않으면 아무도 나하고 결혼해주지 않을 거야." 세라는 한숨을 섞어가며 솔직하게도 이렇게 끝맺었다. "난 노처녀는 되고 싶지 않단 말이야."

"하지만 조금도 예쁘지 않은 많은 여자들도 결혼하잖아? 게다가 세라, 넌 가끔 정말로 귀여워. 틀림없이 멋쟁이가 될 거야." 세실리가 위로했다.

"그렇지만 이 손을 좀 봐. 온통 사마귀투성이잖아?" 세라는 신음소리를 냈다.

"아니야, 사마귀는 어른이 될 때쯤이면 다 없어져."

"하지만 교내 콘서트 전에는 사라져주지 않을 거야. 이런 모습으로 어떻게 무대에 올라가 낭송하라는 거니? 내가 낭송할 시에 '소녀는 백합 같은 손을 흔들었다'는 대목이 있는 것 알고 있지? 그 대목을 읽으면서 손을 흔들어야 해. 사마귀투성이의 백합 손이라니, 울고 싶어져. 지금까지 들은 치료법은 모조리 다 시험해 보았지만, 하나도 효과가 없었어. 두꺼비의 침을 발라 문지르면 틀림없이 없어진다고 주디 피노가 말했어. 하지만 두꺼비의 침 같은 걸 어떻게 구할 수 있단 말이니?"

"그, 그다지 기분 좋은 치료법 같지는 않아. 그보다는 사마귀를 달고 있는 편이 낫겠어. 그리고 세라. 만약 네가 하찮은 일 때문에 그렇게 맨날 울지 않는다면 훨씬 더 귀여운 얼굴이 될 거야. 울면 눈이 지저분해지고 코도 빨갛게 되잖아."

"하지만 울지 않을 수가 없는걸. 내 마음은 무척 상처받기 쉬워. 그 맹세는 벌써 오래전에 포기했어."

"하지만 남자들은 울보를 싫어해." 세실리가 영리한 말을 했다. 세실리는 매끄러운 갈색 머리로 뒤덮인 머릿속에 이브의 지혜를 잔뜩 넣어두고 있었다.

"세실리, 지금까지 결혼하고 싶다고 생각한 적 있니?" 세라 레이가 소곤거리는 목소리로 물었다.

"농담하는 거지? 그런 생각을 할 만큼 어른이 되는 건 아직 먼 훗날의 일이잖아, 세라." 세실리는 몹시 충격을 받은 것 같다.

"지금 생각해 두는 편이 좋을 거야. 사이러스 브리스크가 너에게 열중해 있을 동안에."

"사이러스 브리스크 같은 앤 홍해 바닥에 가라앉아 버렸으면 좋겠어." 끔찍하게 싫어하는 이름을 듣자, 울컥 머리로 피가 솟구친 세실리가 이렇게 소리쳤다.

"사이러스가 이번에는 무슨 짓을 했는데?" 마침 산울타리를 돌아오던 펠리시티가 물었다.

"이번? 매번이야! 그앤 날 신경쇠약으로 죽일 작정인가봐." 세실리가 치를 떨며 대꾸했다. "지치지도 않고 편지를 쓰고 또 써서는 책상에 넣어두거나 책 속에 끼워둔다니까. 답장 같은 건 한 번도 보내지 않는데도 도대체 그만두지를 않아. 지난번에 받은 최근의 편지에서는 뭐라고 한 줄 알아? 뻔뻔스럽게도, 어른이 되어 자기하고 결혼하겠다고 약속해주지 않으면 당장 무슨 짓을 저지를지 모른다는 거야."

"뭐? 기가 막혀. 세실리, 벌써 프로포즈를 받았다는 애기잖아?" 세라 레이는 외경심에 사로잡힌 모습이었다.

"그앤 머리카락을 한 줌 보내와서 내 것과 교환하자고 했어. 이 자리에서 분명히 말해두지만, 난 당장 그 머리카락을 돌려보낼 생각이야." 세실리는 여전히 화난 기색이다.

"정말로 한 번도 답장을 쓰지 않았니?" 세라 레이가 물었다.

"물론이야. 내가 쓰나 봐라! 그런 생각 전혀 없음!"

"애, 한 번쯤 답장을 써서, 솔직한 네 생각을 이해하기 쉬운 말로 얘기해주면 그런 바보 같은 짓은 그만둘 것 같은데." 펠리시티가 말했다.

"그런 건 할 수 없어. 용기가 없는걸." 세실리는 당황했다.

"하지만 한 번 이렇게는 했어. 들어봐. 그앤 지난주에 긴 편지를 보내왔어. 귀찮게 지분거리는 편지를. 그중 반은 틀린 글자였어. 글쎄 베이킹파우더를 베이컨파우더라고 했다니까!"

"러브레터에서 무슨 말이 하고 싶어서 베이킹파우더까지 들먹인 거야?" 펠리시티가 물었다.

"응, 어머니 심부름을 갔는데, 나를 생각하느라 살 물건을 잊어버리고 말았대. 그래서 난 편지를 펴고 틀린 글자 위에 빨간 잉크로 정확한 글자를 적어서 돌려줬어. 퍼킨스 선생님이 받아쓰기 시험에서 하시는 것과 똑같이. 그렇게 하면 기분이 나빠져서 편지 보내는 걸 그만둘 거라고 생각했거든."

"그래서, 그만뒀니?"

"아니, 그래도야. 이건 내 생각이지만, 사이러스 브리스크에게 상처를 주겠다는 생각이 애초에 무리였어. 부끄러움도 수치도 모른다니까. 그 뒤에 다시 편지를 보냈는데, 틀린 글자를 고쳐줘서 고맙대. 내가 글자를 고쳐주고 싶어진 건 자기한테 관심을 가지기 시작한 증거니까 기쁘다고 하면서. 너무하지 않아? 사람을 미워하는 건 잘못이라고 미스 마우드는 말하지만, 상관없어. 난 사이러스 브리스크 같은 아인 정말 싫어!"

"사이러스 브리스크 부인이라는 건 끔찍한 이름이긴 해." 펠리시티가 킥킥 웃었다.

"플로시 브리스크가 그러던데, 사이러스는 자기 아버지의 나무에 네 이름을 마구 새겨서 모두 엉망으로 만들었대. 그만두지 않으면 채찍으로 때린다고 아버지가 말했지만, 사이러스는 그래도 계속 파고 있대. 그렇게 하면 마음이 편안해진다고 플로시에게 말하더래. 플로시의 얘기로는, 거실 창문 바로 앞에 있는 자작나무에도 너와 자기 이름을 나란히, 게다가 하트로 에워싸서 새겨놓았대." 세라 레이가 말했다.

"집에 오는 사람에게 다 보이는 곳이잖아." 세실리는 신음했다. "날 괴롭혀 죽이고 말 거야. 게다가 가장 신경 쓰이는 건, 산수 계산을 해야 할 때마다 호소하는 듯, 원망하는 듯한 눈길로 날 지긋이 쳐다보고 있는 거야. 난 그쪽을 보지 않아도 그쪽이 나를 응시하고 있는 걸 느껴. 정말 신경에 거슬려."

"걔 어머니는 한때 제정신이 아니었대." 펠리시티가 말했다.

사이러스가 펠리시티 자신의 화려한 장밋빛 아름다움을 못 본 척하고, 진지한 작은 요정 같은 세실리에게 그 애정의 화살을 돌린 것을, 펠리시티가 속으로 만족스럽게 생각했다고는 할 수 없을 것 같다. 펠리시티는 사이러스의 충성심 따위는 추호도 원하지 않았지만, 사이러스가 펠리시티에게 구애하지 않았다는 것에는 다소나마 비위 상했을 것이다.

"그리고 말야. 그 아인 신문에 실린 시를 오려서 보내와. 그것도 연필로 표시를 해서. 어제도 편지에 하나 끼워 보냈어. 표시를 한 것은 이 부분이야. 여기, 내가 재봉 가방에 넣어두었어. 읽어줄게.

당신의 마음이 녹지 않는다면

각오를 정하리라
이 생명 끝날 때까지 오직 암흑뿐이라고."

  무정한 세 소녀는, 그 감상적인 시를 읽고 깔깔거리며 웃음을 터
뜨렸다. 가련한 사이러스! 사이러스의 사랑은 슬프게도 대상을 잘
못 찾았던 것이다. 하지만 사이러스에 대한 세실리의 마음은 끝내
녹지 않았지만, 그 자신은 생명이 끝나는 날까지 어둠에 갇히지 않
아도 되었다. 그는 상당히 젊은 나이에, 건강하고 장밋빛으로 빛나
는 토실토실한 아가씨와 결혼했다. 첫사랑의 상대와는 정반대였다.
그는 사업에 성공하여 존경받는 번창한 일가를 이루었고, 나중에는
치안판사에까지 임명되었다. 사이러스는 대단한 남자였던 것이다.

강탈당한 머리카락

　그해 6월은 즐거운 일들이 한꺼번에 겹쳤다. 우리는 기쁨의 나날에서 어린 시절의 특별한 수확을 거두어들였다. 많은 일들이 차례차례 일어났다. "뭔가 놓치는 게 아닐까 무서워서 잠자는 것도 싫어!" 하고 세실리가 말했다. 황금의 길은 그야말로 사랑스러운 기쁨의 씨앗으로 가득 차서 우리를 즐겁게 해주었다. 방금 핀 꽃들이 반점처럼 흩어져 있는 지면, 광야에서 춤추는 그림자들, 나뭇잎 스치는 소리, 그윽한 비에 어슴푸레해진 숲길, 목장의 오솔길에 감도는 아스라한 향기, 오래된 과수원에서 들려오는 새들의 밝은 지저귐과 꿀벌의 낮은 중얼거림, 언덕을 건너오는 바람의 피리 소리, 소나무 숲 뒤쪽으로 뉘엿뉘엿 넘어가는 저녁해, 금달맞이꽃 꽃받침에 넘쳐나는 투명한 이슬, 어두운 가지가지에 걸린 초승달, 별빛이 반짝이는 고요한 밤. 우리는 이 선물들을 너무나도 아이답게, 깊이 생각하지 않고 가벼운 마음으로 만끽했다. 그리고 이 밖에 우리 가까운 곳에서 모든 일이 일어났고, 우리들이 저마다 만족할 만한 역할을 할 수 있는 인생의 감동적인 작은 드라마가 펼쳐졌다. 6월 중순에 거행될 올리비어 고모의 결혼식을 위한 마음 설레는 준비, 학교의 퍼킨스 선생님이 1학년의 마지막 행사로 결정한 교내 콘서트를 위한 연습소동, 그리고 세실리에게만은 조금도 재미있지 않았지만, 다른 아이들에게는 조금 불건전한 오락거리가 되어준 세실리와 사이러스 브리스크 사건 등이다.

집요한 사이러스 사건은 점점 더 나빠지고 있었다. 그는 여전히 국어실력이 전혀 향상되지 않은 편지로 세실리를 무차별 공격하고 있었다. 윌리 프레이저와 결투하겠다고 끊임없이 위협을 하면서 세실리의 생명을 단축시켰다. 하기는 펠리시티가 비웃으며 지적했듯이, 말로만 그랬지 결코 실행은 하지 않았지만.

"하지만 언젠가 정말로 결투하는 게 아닐까 걱정 돼. 학교에서 나 때문에 두 남자가 싸운다면 커다란 수치가 될 거야." 세실리는 말했다.

"처음에 조금이라도 사이러스를 기쁘게 해주었으면 좋았을걸. 그랬으면 이렇게 끈질기진 않았을 거야." 펠리시티가 조금 딱딱하게 말을 했다.

"절……대 싫어!" 세실리는 새빨개진 얼굴로 소리 질렀다. "펠리시티 킹! 그 커다랗게 살찐 새빨간 얼굴을 처음 본 그날부터 내가 사이러스 브리스크를 얼마나 싫어하고 있는지 잘 알면서. 싫다면 싫은 거야!"

"세실리, 펠리시티는 말이야, 사이러스가 자기가 아니라 너에게 관심을 가졌기 때문에 질투하고 있는 것뿐이야." 댄이 말했다.

"말도 안 되는 소리하지 마!" 펠리시티가 쏘아붙였다.

"말도 안 되는 소리를 하지 않으면 알아주지 않잖아, 사랑하는 누이동생." 댄도 공연히 화를 버럭 내며 그렇게 되쏘았다.

얼마 뒤 사이러스는 한 번 거절당한 세실리의 머리카락 한 줌을 훔침으로써, 불법행위에 마지막 치명타를 가했다. 어느 맑은 날 오후, 세실리와 키티 마는 교실 창가 벤치에 앉고 싶다고 부탁하여 허락을 받았다. 그 자리로는 멀리 아래쪽의 푸른 들판에서 시원한 산들바람이 불어오고 있었다. 그 벤치에 앉는 건 모범적인 아이에 대한 상으로 허락되었기 때문에 이를테면 특권이라고 할 수 있었다. 그러나 세실리와 키티가 그 자리에 앉고 싶어한 데는 다른 이유가 있었다. 키티가 잡지에서 일광욕이 머리카락에 좋다는 것을 읽었기 때문이다. 그래서 그녀와 세실리는 둘 다 길게 땋은 머리를 창밖으로 내밀고, 타는 듯이 뜨거운 햇살을 받을 수 있도록 늘어뜨리고 있었다. 세실리가 그렇게 앉아서 열심히 석판으로 분수를 계산하는 동안, 우리의 비열한 사이러스는 교실 밖으로 나가도 된다는 허락을 받았다. 가위는 점심시간에 뭘 만드는 것을 좋아하는 상급반 여학생에게 미리 빌려두었다. 사이러스는 밖으로 나가 창문에 몰래 다가가서 세실리의 땋은 머리를 싹둑 잘랐다.

이 머리카락 강탈사건은 포프의 시(詩)에 나오는 유명한 사건(영국의 시인, 알렉산더 포프가 당시 사교계에서 일어난 어떤 사건을 소재로 쓴 '머리카락 도둑')만큼 무서운 결과는 가져오지 않았지만, 세실리의 마음의 동요는 벨린더('머리카락 도둑'에서 모험을 좋아하는 남작에게 머리카락을 잘린 절세미녀)보다 더하면 더했지 못하지 않았다. 그녀는 학교에서 집까지 오는 내내 울었고, 댄이 사이러스와 싸워서 그런 짓을 그만두게 하겠다고 선언했을 때, 잠시 눈물을 그쳤을 뿐이었다.

흐느껴 울면서도 세실리는 댄을 말렸다. "안 돼, 안 돼. 그러지 마! 무슨 일이 있어도 나 때문에 싸우는 건 바라지 않아. 게다가, 게다가, 틀림없이 거꾸로 당하게 될 거야. 걔가 얼마나 크고 난폭한데. 그리고 어른들도 다 알게 될 거야. 그러면 로저 삼촌은 나를 잠시도 내버려 두지 않고 놀리실 거고, 어머니는 틀림없이 속상해하실 거야. 내 잘못이 아니라는 것을 믿어주실 리가 없는걸. 조금만 잘랐더라면 이렇게 비참하지는 않을 텐데. 한쪽 머리를 몽땅 잘라버렸단 말이야. 이것 좀 봐, 다른 쪽도 잘라서 맞춰야겠어. 그렇게 하면 핑장히 짧아지겠지만."

그러나 사이러스가 머리카락 강탈 사건으로 승리감을 맛본 것도 잠시였다. 그의 몰락이 다가오고 있었다. 그 일 때문에 세실리에게도 불똥이 튀어, 거의 밤이 새도록 울며 지샐 정도로 굴욕에 찬 경험을 하게 되었지만, 그녀도 결국 사이러스한테서 벗어나기 위해 경험할 가치는 있었다고 인정했다.

퍼킨스 선생님은 규율을 중요시하는 매우 엄격한 사람이었다. 수업 중에 학생들끼리 몰래 연락하는 것은 어떤 방법으로도 허락하지 않았다. 이 규칙을 어기는 것이 발각되면 누구든 그 자리에서 죄의 대가로 무서운 벌을 받는 것이었다. 이 일에서 퍼킨스 선생님은 오래전부터 악명이 높았고, 보통 그 벌은 단순한 매질보다 훨씬 무서운 것이었다.

그날 학교에서 사이러스는 세실리에게 편지를 돌렸다. 평소 같으면 간절한 말들을 그녀의 책상 속에 넣어두거나 책 사이에 끼워 넣었을 텐데, 이번에는 책상 밑으로 두세 명의 아이들의 손에서 손으로 건너갔던 것이다. 엠 프루언이 통로 너머로 그것을 받아든 바로 그 순간, 퍼킨스 선생님이 흑판 앞에서 빙글 돌아서서 현장을 보고 말았다.

"에밀린, 네가 이걸 세실리에게 쓴 것이냐?"

"아닙니다, 선생님."

"그럼 누구지?"

엠은 시치미를 떼면서 모르겠다, 옆줄에서 넘어왔을 뿐이라고 대답했다.

"그럼, 넌 이것이 어디서 온 것인지 전혀 모른다는 말이로구나."

퍼킨스 선생님은 소름끼치는 차가운 웃음을 빙긋 지었다.

"흠. 아마 세실리라면 알겠지. 넌 자리에 앉아도 돼, 에밀린. 그리고 쪽지를 돌린 벌로, 1주일 동안 받아쓰기가 끝난 뒤 남아 있을 것. 세실리, 이리 나오너라."

화가 난 엠은 자기 자리로 돌아갔고, 아무 죄 없는 세실리가 여러 사람 앞에서 구경거리가 되기 위해 불려나갔다. 그녀는 새빨개진 얼굴로 걸어 나갔다.

퍼킨스 선생님이 말했다.

"세실리, 네 앞으로 온 이 편지, 누가 썼는지 알고 있니?"

세실리는 어떤 유명인물과 마찬가지로 거짓말을 할 수 없었다.

"네, 선생님. 아마도." 그녀는 기어들어가는 목소리로 중얼거렸다.

"누구지?"

"그, 그건 말할 수 없어요." 세실리는 당장이라도 울음을 터뜨릴 것 같았다.

퍼킨스 선생님이 음산하게 말했다. "오호! 뭐 펴보면 간단하게 알 수 있지. 하지만 남의 편지를 뜯어보는 건 교양 있는 행동이 아니야. 그래, 더 좋은 생각이 있다. 누가 이 편지를 썼는지 말하기를 거부했으니, 네가 직접 개봉하도록 해라. 이 분필을 잡고 내용을 흑판에 그대로 옮겨 적는 거다. 다 같이 재미있게 읽을 수 있도록. 그리고 맨 밑에 보낸 사람의 이름을 적어."

세실리는 '흡' 하고 숨을 들이마셨다. 그리고 두 가지 불행 가운데 가벼운 쪽을 선택하려고, "누가 썼는지 말하겠어요. 이걸 쓴 것은 ……."

"잠깐!" 퍼킨스 선생님은 온화한 손놀림으로 그녀를 제지했다. 그는 무자비해질 때일수록 더욱 온화해지는 것이었다. "내가 처음에 쓴 사람을 말하라고 명령했을 때 넌 거부했어. 그러니까 이제 그런 특권은 누릴 수 없는 거야. 쪽지를 펴고, 분필을 잡고 내가 시키는 대로 해."

지렁이도 밟으면 꿈틀하는 법. 세실리처럼 얌전하고 순종적인 작은 영혼조차, 앞뒤를 전혀 생각지 않는 반항심을 드러낼 때가 있다.
"전…… 전 그렇게 할 수 없어요!" 그녀는 감정 섞인 목소리로
소리쳤다.

퍼킨스 선생님은 규율을 앞세우는 사람이기는 했지만, 이 불운한
편지의 내용을 알았더라면, 평소 마음에 들어 하던 학생인 세실리에
게 이런 가혹한 벌은 결코 가하지 않았을 것이다. 그러나 나중에 인
정했듯이, 그는 그것을 단순히 다른 여자아이한테서 온 편지, 여학
생 사이에 흔히 쓰는 하찮은 쪽지로 생각했다. 그리고 무엇보다 이
미 여기까지 온 이상, 메디아인과 페르시아인의 제도(성경에 나오는 말로 바꾸기 어려운 제도를 뜻한다)
와 마찬가지로 다시 번복할 수 없는 일이었다. 세실리의 감정적인
반항 뒤 그녀를 용서해주면 혁명적인 전례를 만들어버리게 된다.

"그래, 정말로 하고 싶지 않다는 말이지?" 그는 웃는 얼굴로 추
궁했다. "좋아. 그럼 생각을 바꿔서 다음 중에서 선택한다. 선생님
이 하라는 대로 하든지, 아니면 이제부터 사흘 동안, 에……그러니
까." 퍼킨스 선생님의 눈이 교실을 한 바퀴 돌면서 혼자 앉아 있는
소년을 찾았다. "그래, 사이러스 브리스크와 나란히 앉거나, 둘 중
하나다."

자신의 감독 아래에서 정해진 수업과 테스트 사이사이에 연출되
고 있는 작은 감정 드라마 따윈 전혀 알 리 없는 퍼킨스 선생님의
이 제안은 순전히 우연의 일치였다. 그러나 그때 우리는 이것을 악
마 같은 천재적인 일격이라고 생각했다. 세실리에게는 선택의 여지
가 없었다. 사이러스 브리스크와 나란히 앉지 않기 위해서는 못할
일이 없었던 것이다. 세실리는 눈을 이글거리며 편지를 펼치더니 분
필을 잡고 흑판에 다가갔다.

2, 3분 지나자 그 편지의 내용이, 평소에는 재미없는 문장으로만
채워지던 흑판을 가득 메웠다. 나로서는 그 한 마디 한 글자를 그대
로 재현하는 것은 도저히 불가능하다. 나중에 기억을 되살릴 기회를

가지지 못했기 때문이다. 그러나 지나치게 센티멘털하고 지나치게 오자투성이였다는 것만은 기억하고 있다.

세실리는 냉혹하게도 가련한 사이러스의 오자까지 그대로 옮겨 적었던 것이다.

'나는 언제나 세실리의 머리카락을 나의 가슴에 품고 있어.'

"이것도 훔친 거예요." 세실리는 퍼킨스 선생님을 돌아보며 대들 듯이 말했다.

'너의 눈은 너무 귀엽고 너무 예뻐서, 그것을 표현할 만한 적당한 말을 찾을 수 없을 정도이고, 간밤의 기도회에서의 너의 아름다움은 잊을 수 없으며, 너를 생각하면 밥도 목구멍에 넘어가지 않아.'

사이러스는 이렇게 쓰고, 한층 효과를 높이기 위해 다음과 같이 서명하고 있었다.

'죽음이 두 사람을 갈라노을 때까지. 당신의 사이러스 브리스크로 부터.'

세실리가 편지를 옮겨 적는 동안, 우리는 퍼킨스 선생님을 겁내면서도 몸부림을 치면서 킥킥거렸다. 퍼킨스 선생님도 근엄한 표정을 계속 유지하고 있을 수가 없었다. 갑자기 몸을 돌리더니 창밖을 내다보기 시작했지만, 어깨가 들썩이고 있음을 잘 알 수 있었다. 세실리가 다 쓰고 나서 맹렬한 기세로 분필을 내던지자, 그는 몹시 불그레한 얼굴로 돌아섰다.

"잘 했다. 앉아도 돼. 사이러스, 아무래도 네가 범인인 것 같구나. 흑판 지우개를 잡고 글자를 지워. 그리고 교실 구석에 가서 학생들을 보고 서서, 선생님이 내려도 좋다고 할 때까지 두 팔을 머리 위로 똑바로 쳐들고 있을 것."

사이러스는 시키는 대로 했고, 세실리는 자기 자리로 달려가서 울음을 터뜨렸다. 퍼킨스 선생님도 그날은 더 이상 세실리를 건드리지 않았다. 세실리는 굴욕의 무게를 며칠 동안 이기지 못하고 있었지만, 얼마 뒤 사이러스가 귀찮게 구는 것을 그만두었음을 깨닫고 갑자기 마음이 후련해졌다. 그는 이제 편지를 쓰지 않았다. 이제 황홀한 사랑의 눈길로 세실리를 바라보지도 않았다. 이제 껌이나 연필 같은 공물을 그녀의 성당에 바치지 않았다. 처음에는 그가 학교친구들한테서 받아야 했던 가차 없는 조롱 덕택에 눈을 뜬 것인가 생각했다. 결국 그의 여동생이 세실리에게 진실을 털어놓았다. 사이러스는 세실리의 그에 대한 혐오감이 진심이며, 어린 소녀다운 부끄러운 마음의 반작용이 아니었다는 것을 가까스로 깨달았던 것이다.

옆자리에 앉는 것보다 편지를 흑판에 베껴쓰는 쪽을 선택할 만큼 진심으로 그를 싫어하고 있다면, 이제부터 그녀를 생각하며 지옥의 가마솥 속에서처럼 한숨을 쉰다 한들 무슨 소용이 있으랴. 퍼킨스 선생님의 엄격한 된서리가 사이러스의 젊은 사랑의 꿈을 말려버리고 만 것이다. 그 뒤 세실리는 사랑에 눈먼 소년의 집착에 시달리는 일 없이, 전처럼 조용한 생활을 보낼 수 있게 되었다.

유나 아주머니 이야기

어느 날 저녁, 펠리시티, 세실리, 댄, 펠릭스, 세라 레이, 나, 이렇게 여섯 사람은 로저 삼촌 소유의 언덕 풀밭에 있는 이끼 낀 돌에 걸터앉아 있었다. 스토리 걸이 '교만한 공주의 면사포'를 얘기해주던 날 아침에도 앉았던 바로 그 장소다. 그러나 지금은 저녁때, 눈 아래 골짜기는 마지막 저무는 햇살을 받아 빛나고 있었다. 등 뒤에는 늘씬하고 키 큰 가문비나무 두 그루가 저녁놀 속에 우뚝 서 있고, 가지들 틈새에 뚫린 어두운 들창에서는 초저녁별이 우리를 내려다보고 있었다. 우리는 에메랄드 빛으로 뻗은 오솔길로 걸어갔다. 눈앞의 비탈이 온통 데이지꽃으로 새하얬다.

우리는 피터와 스토리 걸을 기다리고 있었다. 오늘은 피터의 생일로, 그애는 다시 합친 부모님과 오후를 보내기 위해 점심 식사 뒤 마크데일로 돌아갔던 것이다. 장로파에 대한 어두운 비밀을 아버지께 고백하겠다고 굳게 맹세하고 갔기 때문에, 그 결과가 어떻게 되었는지 우리는 마음을 졸이며 기다리고 있었다. 스토리 걸은 아침부터 미스 앨리스 리드와 함께 샬럿타운에서 가까운 그녀의 집으로 놀러갔는데, 지금쯤 암스트롱 씨 집 쪽에서 들판을 가로질러 돌아오는 밝은 모습이 보일 것을 우리는 기대하고 있었다.

피터가 마침내 등장하여, 언덕으로 이어진 들길을 의기양양하게 올라왔다.

"피터, 요사이 키가 커진 것 같지 않아?" 세실리가 말했다.

"피턴 점점 멋있어지고 있어." 펠리시티가 강한 어조로 말했다.

"피터의 아버지가 돌아온 순간부터 멋있어지기 시작했지?" 댄이 찌르듯이 펠리시티를 빈정댔다.

"그건 피터가 고생이나 책임 따위 그 무언가의 부담을 지지 않아도 되기 때문일 거야." 펠리시티는 짐짓 어른스럽게 반박했다.

"어떻게 됐어, 피터?" 목소리가 들릴 만큼의 거리에 들어오자 댄이 소리쳤다.

"만만세!" 그는 쾌활하게 소리치며 대답했다. 피터는 우리들 가까이 오자 곧 말을 이었다. "나, 집에 돌아가자마자 거의 숨도 쉬지 않고 곧바로 아버지한테 말씀드렸어. 계속 비밀로 하기는 싫었거든. 내가 굉장히 진지한 얼굴로, '아버지, 드릴 말씀이 있어요. 어떻게 생각하실지 모르겠지만, 이젠 바꿀 수가 없는 일이에요' 하고 말했더니, 아버지도 몹시 심각한 표정으로 말했어, 이렇게. '무슨 고민이 있는 거냐, 피터. 두려워하지 말고 말해봐라. 수많은 죄도 용서를 받은 이 아버지는 웬만한 일은 다 용서할 수 있다, 알겠니?' 난 약간 말하기 거북했지만 말했어. '아버지, 분명히 말씀드리지만 전 장로파예요. 작년 여름 심판의 날에 장로파가 되기로 결심했거든요. 앞으로도 그럴 생각이에요. 아버지와 어머니, 제인 고모처럼 감리교도가 되지 못해서 죄송하지만, 전 도저히 그럴 수 없어요. 아무튼 그런 얘기예요' 하고 말이야. 그리고 기다렸어, 조마조마한 심정으로. 그랬더니 아버지는 그저 안심했다는 듯이 이렇게 말씀하셨어.

'뭐, 그런 얘기였냐, 요녀석? 장로파든 뭐든 너 하고 싶은 대로 하면 된다. 신교이기만 하면 돼. 난 상관하지 않겠다'고 말이야. '중요한 건 네 마음이 착하고 옳은 행동을 하는 거야.' 너희들 이제 알겠지? 우리 아버지는 훌륭한 크리스천이야." 피터는 흥분한 듯이 말을 맺었다.

"그래, 그럼 이제 너도 한시름 놓았구나. 그런데 단추 구멍에 끼우고 있는 게 뭐니?" 펠리시티가 말했다.

"네잎 클로버야. 이번 여름에 행운이 올 거라는 징조야. 마크데일에서 찾았어. 올해 칼라일에는 세 잎이고 네 잎이고 도대체 클로버가 제대로 자라지를 않았어. 흉작이야. 로저 아저씨가 그랬는데, 그건 칼라일에 노처녀가 많지 않아서 그렇대. 마크데일에는 노처녀가 많아서 그곳에는 언제나 클로버가 많이 자라고 있는 거래." 피터는 자랑스러운 표정이었다.

"노처녀가 클로버하고 무슨 관계가 있는데?" 세실리가 큰소리로 말했다.

"나도 아무 관계가 없다고 생각했는데, 로저 아저씨의 말로는 있대. 다윈이라는 사람이 그것을 증명했다더라. 언젠가 나에게 굉장히 복잡한 얘기를 해주셨어. 클로버가 잘 되고 안 되고는 꿀벌의 수와 관계가 있어. 왜냐하면 곤충 중에서 꿀벌만이 꽃을 수, 뭐라더라, 으음, 수정이라고 한 것 같은데, 뭐 그런 것을 하게 할 수 있는 긴 혀가 있대. 그런데 그 벌을 들쥐가 먹고, 그 들쥐는 고양이가 먹는대. 그리고 고양이는 노처녀가 키우고. 그래서 로저 아저씨의 말로는, 노처녀가 많을수록 고양이도 많고, 고양이가 많으면 들쥐가 줄어들고, 들쥐가 줄어들면 벌이 늘어나고 벌이 많을수록 클로버가 잘 자란다는 얘기야."

"그렇다면 노처녀가 된다 해도 실망할 필요는 없겠구나. 클로버가 자라는 걸 도와주고 있으니까."

"너희들 남자아이들의 바보 같은 얘기는 정말 못 들어주겠어. 로저 삼촌도 똑같아." 펠리시티가 말했다.

그때, "스토리 걸이 온다!" 세실리가 흥분해서 소리쳤다 "아, 아름다운 앨리스의 집에 대한 얘기를 들을 수 있을 거야."

스토리 걸은 도착하자마자 질문공세에 싸였다. 미스 리드의 가정은 꿈의 집인 것 같았다. 건물은 완전히 덩굴식물로 뒤덮여 있고 더 할 수 없이 아름다운 오래된 뜰이 있었다. "그리고 있잖아." 스토리 걸은 진귀한 보물을 발견한 탐험가의 기쁨을 생생하게 나타내며 말했다. "거기에는 정말 황홀하고 아름다운 이야기가 있었어. 게다가 난 그 얘기의 남자 주인공까지 봤어."

"여자 주인공은?" 세실리가 물었다.

"죽었대."

"그래? 그런 사람은 꼭 죽더라. 가끔은 사람이 살아 있는 얘기를 듣고 싶어." 댄이 고개를 설레설레 흔들며 말했다.

"사람이 살아 있는 얘기도 많이 해줬잖아? 이 여주인공이 죽지 않았으면 얘기가 성립되지 않아. 그 사람은 미스 리드의 아주머니인데, 이름이 유나라고 했어. 그 사람은 틀림없이 미스 리드와 꼭 닮은 사람이었을 거야. 미스 리드는 유나 아주머니에 대해 모든 것을 얘기해 주었어. 뜰에 들어서자 배나무 두 그루가 아치를 이루고 있고 그 한쪽에 오래된 나무벤치가 있는데, 그 벤치 다리를 풀과 제비꽃이 무성하게 자라 뒤덮고 있는 거야. 그리고 할아버지 한 사람이, 허리가 구부러지고 길고 하얀 머리에 아름다운 푸른 눈동자의 할아버지가 거기에 앉아 있었어. 무척 외롭고 슬퍼 보이는데도 왜 미스 리드가 말을 걸지 않는지 이상하다고 생각했지. 그런데도 못 본 척하고 나를 다른 장소로 끌고 가는 게 아니겠어? 한참 뒤에 그 사람이 일어나서 가버린 뒤에야 미스 리드는 이렇게 말하는 거야. '유나 아주머니의 자리로 가자. 아주머니와

그 연인에 대한 얘기를 해줄게. 방금 나간 그 사람 말이야.'

나는 물었어. '네? 연인치고는 너무 할아버지 아니에요?'

아름다운 앨리스는 웃으면서, 그건 40년이나 전의 일이라고 말했어. 그때는 키가 크고 잘생긴 청년이었고 유나 아주머니는 19살의 아름다운 처녀였대.

우리가 거기에 가서 앉자, 미스 리드는 아주머니에 대한 얘기를 해주었어. 어렸을 때 유나 아주머니에 대한 얘기를 많이 들었대. 아주머니는 죽은 뒤에도 살아 있었을 때처럼 개성이 그대로 살아남아서 쉽게 잊혀지지 않는 그런 사람인 것 같았어."

"개성이 뭔데? 유령의 다른 말이니?" 피터가 물었다.

"아니야. 단어를 설명하느라 얘기를 중단할 수는 없잖아." 스토리 걸은 한심하다는 듯이 말했다.

"네가 알고 있는 건지 믿을 수가 없는데." 펠리시티가 말했다.

스토리 걸은 풀 위에 던져두었던 모자를 주워들고는 새침하게 갈색 곱슬머리에 썼다.

"나, 돌아가야겠어. 오늘 밤엔 올리비어 이모가 케이크를 차게 갈무리하는 걸 도와드려야 해. 모두들 얘기보다는 국어사전에 더 흥미가 있는 것 같으니까."

내가 소리쳤다. "너무해. 댄도 펠릭스도 세라 레이도 세실리도 또나도 아무 말도 하지 않았잖아. 피터와 펠리시티가 한 말을 가지고 모두에게 그러는 건 너무해. 우린 얘기를 계속 듣고 싶으니까 개성이 뭐든 그냥 계속해. 이봐, 피터, 이 바보, 좀 조용히 해."

"난 그냥 궁금했을 뿐이야." 피터가 화난 얼굴로 투덜거렸다.

"개성이 어떤 것인지 알고는 있지만 말로 설명하기는 어려워." 스토리 걸은 기분을 풀었다. "그건 피터, 댄과 너, 또는 나와 펠리시티와 세실리를 구별할 수 있게 해주는 어떤 거야. 미스 리드의 유나 아주머니는 무척 개성 있는 사람이었어. 그리고 무척 아름다웠대. 하얀 피부, 밤처럼 새까만 머리에 새까만 눈동자, '달빛 같은 아름다움'이라고 미스 리드는 말했어. 아주머니는 일기를 계속 썼는데, 미스 리드의 어머니가 늘 그것을 조금씩 읽어주셨대. 거기에는 시도 적혀 있어서 사람의 마음을 무척 사로잡았어. 진심으로 사랑했던 오래된 뜰에 대한 묘사도 있었어. 미스 리드가 말했는데, 뜰의 모든 것이, 지면과 꽃나무와 커다란 수목까지 유나 아주머니의 시와 문장의 한 구절이 되어 피어났대. 뜰 전체가 유나 아주머니로 넘쳐 나고 있어서, 그 추억이 달콤한 향기처럼 오솔길에 연하게 감돌고 있었어.

유나 아주머니에게는 아까 말한 것처럼 연인이 있었는데, 두 사람은 유나 아주머니의 스무 번째 생일에 결혼할 예정이었어. 웨딩드레스는 보랏빛 제비꽃이 흩어져 있는 하얀 실크 가운이었지. 그런데 결혼식 직전에 열병에 걸려 죽어버리고 만 거야. 그리고 생일날에는 결혼식 대신 장례식이 치러졌어. 꼭 장미가 꽃을 피우기 시작하는 계절에. 약혼자는 그 뒤에도 변함없이 유나 아주머니에게 마음을 바쳤어. 결혼도 하지 않고 해마다 유나 아주머니의 생일이 돌아오는 6월이면 그 뜰에 찾아와서, 먼 옛날 꼭두서니 빛의 황혼녘이나 달밤에 사랑을 속삭였던 그 장소에서, 오랫동안 말없이 앉아 있는 거야. 미스 리드는 그 사람이 그곳에 앉아 있는 모습을 보는 것을 좋아한대. 시간과 죽음을 초월한 사랑의 힘과 아름다움에, 변함없는 깊은 감동을 받기 때문이야. 그리고 가끔은 마치 유나 아주머니가 연인 옆에 앉아서 밀회를 즐기고 있는 것 같은 느낌마저 들 때가 있대. 아주머니가 무덤에서 잠든 지 벌써 40년이나 지났는데도."

"젊어서 죽은 연인을 찾아 해마다 뜰에 찾아오다니, 무척 낭만적이야." 세라 레이가 생각에 잠겨서 말했다.

"난 살아서 결혼하는 편이 훨씬 좋아. 어머니가 그런 감상적인 생각은 모두 어리석은 거라고 했어. 내 생각도 그래. 아름다운 앨리스에게 연인이 없다는 건 수수께끼야. 그렇게 예쁘고 여자다운데." 펠리시티가 말했다.

"칼라일 사람들 모두 그녀가 너무 거만하다고 말하고 있어." 댄이 말했다. 그러자 스토리 걸이 발끈했다.

"칼라일에는 그분의 발밑에도 따라올 사람은 없어. 다만, 다만……."

"다만, 뭐?" 펠릭스가 물었다.

"뭐든 상관없지 뭐." 스토리 걸은 수수께끼 같은 말을 남겼다.

올리비어 고모의 결혼식

올리비어 고모의 결혼식을 둘러싼 흥분은 얼마나 즐겁고, 고풍스럽고, 건전했던지! 결혼식이 있는 주의 월요일과 화요일 이틀 동안, 우리는 학교에도 가지 않고 집에서 사소한 집안일을 거들며 심부름을 다녔다. 그 이틀 동안 마련된 요리와 장식물, 식장 준비는 모두 대만족이었고, 행복의 절정에 있었던 펠리시티는 댄과도 싸우지 않았다. 하기는, 댄이 그녀에게 총독 부인이 온다고 알렸을 때는 잠깐 아슬아슬한 분위기가 되었지만.

"그분이 굉장히 좋아하시는 러스크를 만들어두는 것, 잊지 마."

댄이 그렇게 말하자 펠리시티는 샐쭉해져서 대답했다.

"올리비어 고모의 결혼식 음식은 아무리 총독 부인이라 해도 흠잡을 수 없을걸."

"스토리 걸 말고는 우리들 중 아무도 테이블에 정식으로 앉을 수가 없어." 펠릭스가 분하다는 듯이 말했다.

"너무 실망하지 마. 칠면조 한 마리를 통째로 챙겨 놓을게, 냉동실이 가득 찰 만큼의 아이스크림도. 세실리와 난 테이블에서 시중을 들 거야. 그러니까, 우리가 먹을 특별히 맛있는 음식을 조금씩 남겨 둘 테니까." 펠리시티가 위로했다.

"나도 너희들과 함께 맛있는 거 먹고 싶은데. 하지만 틀림없이 어머닌 날 내내 데리고 다니면서, 단 1분도 나한테서 눈을 떼지 않으실 거야. 뻔해." 세라 레이가 한숨을 쉬었다.

"함께 먹을 수 있도록 올리비어 고모한테 부탁해달라고 해볼게. 설마 신부의 부탁을 거절하겠니?" 세실리가 말했다.

"네가 우리 어머니를 몰라서 그래. 안 돼. 어머니와 함께 식사해야 할 것 같은 예감이 들어. 하지만 결혼식에 참석할 수 있는 것만으로도 감사해야지. 게다가 어머니가 하얀 드레스를 새로 지어주신 것도. 그래도 아직 무슨 일이 생겨서, 여기 오지 못하게 되는 게 아닐까 싶어 불안해." 세라 레이는 암담한 표정이었다.

월요일 밤, 자욱하게 구름이 끼었다. 그리고 밤새도록 바람소리가 빗소리에 계속 응답했다. 화요일에도 비는 그치지 않았다. 우리는 거의 미칠 것 같은 심정이 되었다. 수요일도 비가 계속된다면……! 올리비어 고모는 과수원에서 식을 올릴 수 없게 되고 만다. 그건 안 돼. 하필이면 늦게 피는 사과꽃이, 다른 나무에서 꽃이 다 떨어진 뒤에도 꾹 참고 꽃송이를 유지하며, 올리비어 고모의 결혼식에 맞춰 화려하게 피려고 하는 이때에! 그 사과나무는 항상 개화가 늦었지만, 올해는 예년보다 1주일이나 더 늦었다. 그것은 참으로 장관이었다. 높고 풍요롭게 뻗은 가지로 이루어진 나무 피라미드, 그 위에 장밋빛 눈이 솜사탕처럼 내려앉은 것 같았다. 어떤 신부도 이렇게 아름다운 지붕 밑에서 결혼식을 올리지는 못했으리라.

그러나 화요일 저녁에는 날이 활짝 개어 우리의 환호성은 떠나갈 듯했다. 화려하고 깊은 빨간색으로 물들고 있는 태양은, 맑은 날씨를 약속하듯이 반짝이는 푸른 세상에 찬란한 빛의 화살을 퍼부었다. 앨릭 삼촌은 마차를 몰고 역으로 가서 신랑과 들러리들을 태우고 돌

아올 예정이었다. 댄은 아이들 전원이 저마다 손에 소방울(cowbell)
과 양철냄비를 들고 문에서 기다리다가, 오솔길을 오는 두 사람을
떠들썩하게 환영하자고 하는 거친 계획을 제안했다. 피터는 거기에
동의했지만, 다른 아이들은 모두 반대했다.

"시튼 박사님이 우리를 야만스런 인디언으로 생각했으면 좋겠
어? 우리를 예의 바른 아이들이라고 잘도 생각해 주시겠다." 펠리
시티가 반발했다.

"하지만 분위기를 신나게 띄울 수 있는 기회는 그때뿐이야. 올리
비어 고모는 괜찮다고 하실 것 같은데. 농담을 이해해줄 줄 아신단
말이야." 댄이 투덜거렸다.

"그런 짓을 하면 어머니에게 죽음이야. 시튼 박사님은 핼리팩스
사람이고, 거기서는 절대로 그런 식으로 사람을 환영하지 않아.
틀림없이 야만스럽다고 생각하실 거야."

"그렇다면 핼리팩스에서 결혼하면 되잖아." 댄이 심통난 얼굴로
쏘아붙였다.

우리는 몸이 근질근질하리만큼 고모부로 선택된 인물이 보고 싶
었다. 그가 도착하여 앨릭 삼촌의 안내로 거실에 들어왔을 때, 우리
는 계단 뒤 어두운 구석에 비좁게 모여 엿보고 있었다. 그 뒤 문밖
의 달빛 세상으로 뛰어나가 낙농장에서 서로의 의견을 분분하게 애
기하기 시작했다.

"머리가 벗겨졌어." 세실리가 실망한 듯이 말했다.

"좀 땅딸막한 편이야 그렇지?" 펠리시티가 말했다.

"나이가 40살이나 된대." 댄도 말했다.

"그게 뭐 어때서? 올리비어 이모는 진심으로 사랑하고 있는걸."
스토리 걸이 진지하게 목소리를 높였다.

"그것도 그렇지만, 굉장히 돈이 많대." 펠리시티가 덧붙였다.

"응, 그런가봐. 그렇지만 내 생각에는, 올리비어 고모는 이 섬 안

에서도 저만한 사람은 얼마든지 고를 수 있다고 생각해." 피터가 말했다.

"네가 무슨 말을 하든, 우리 가족은 아무도 상관 안 해." 펠리시티가 역습했다.

그러나 이튿날 아침 시튼 박사를 가까이에서 본 우리는, 그가 무척 마음에 들며 기분 좋은 사람이라는 데 의견을 모았다. 피터까지 미스 올리비어가 섬에서 계속 살지 않는 것은 말도 안 되는 일이라고 생각하지만, 어찌 생각해 보면 그것도 그리 나쁘지는 않을 것 같다고 나에게 털어놓았다. 여자아이들은 그에 대해 서로 의견을 얘기할 틈이 없었다. 모두 일에 쫓겨, 동시에 대여섯 군데에서 출몰하는 마술이라도 부리는 것처럼 바쁘게 뛰어다녔다. 그중에서도 펠리시티의 활약은 절대적인 것이었다. 그러나 점심 식사가 끝나자 그래도 한숨 돌릴 여유가 생겼다.

"아, 살았다. 이제 겨우 모든 상황이 끝났어. 이제 할 일이 아무것도 없어. 남은 건 옷을 갈아입는 것뿐이야. 가족을 결혼시킨다는 건 정말 엄청난 일인 것 같아." 가문비나무 숲의 빈터에 모였을 때, 펠리시티는 깊은 한숨을 내쉬었다.

"세라 레이한테서 쪽지가 왔어. 주디 피노가 레이 아줌마의 스푼을 갖다주는 길에 받아왔어. 읽어줄게." 세실리가 말했다.

"사랑하는 세실리에게.
정말 무섭고 불행한 일이 일어났어. 어제저녁 주디와 함께 소들을 물가에 데리고 갔을 때, 가문비나무 숲의 수풀에서 벌집을 발견했는데, 주디가 헌 집인 줄 알고 막대기로 찔러보았어. 그런데 그건 수많은 벌들이 우글거리고 있는 새 집이었고, 벌들이 한꺼번에 날아와서 우리를 마구 찔러댔어. 나는 얼굴이 퉁퉁 부어올라, 한쪽 눈이 거의 보이지 않을 정도야. 통증이 말할 수 없이 심했지만,

어머니가 결혼식에 데리고 가주지 않을지도 모른다고 생각하자
아픔도 느껴지지 않았어. 하지만 어머니가 가도 좋다고 했기 때문
에, 난 갈 생각이야. 눈 뜨고는 볼 수 없는 꼴이라는 건 알고 있
지만, 전염되는 건 아니잖아. 나를 만났을 때 너희들이 깜짝 놀랄
까봐 미리 알려주는 거야. 멋진 올리비어 이모가 가버린다고 생각
하니 너무 이상한 느낌 안 드니? 틀림없이 허전할 거야! 하지만
너희들이 잃어버리는 만큼 이모에게는 득이 되는 거겠지.

안녕.
너의 친구 세라 레이로부터"

"가엾은 세라." 스토리 걸이 말했다.
"아, 손님들이 그 아이를 우리 가족이라고 착각하지 않았으면 좋
겠다." 펠리시티가 고개를 설레설레 저으며 말했다.
올리비어 고모는 오후 5시 정각에 과수원의 늦피는 사과꽃 밑에
서 식을 올렸다. 우리 모두의 시선을 사로잡는 광경이었다. 공기는
온통 사과꽃 향기로 가득하고, 꿀벌들이 반쯤 꽃향기에 취한 듯, 이
꽃 저꽃 정신없이 신나게 날아다니고 있었다. 오래된 과수원은 결혼
식 의상을 입고 환하게 웃는 손님들로 넘쳐나고 있었다. 올리비어
고모는 서리의 결정 같은 면사포 속에서 더할 나위 없이 아름다웠
다. 그리고 스토리 걸은 드물게도 길고 하얀 옷을 입고, 갈색 곱슬
머리를 뒤로 모아올렸기 때문에, 키가 크고 무척 어른스러워 보여서
마치 딴 사람 같았다. 세라 레이가 내내 우는 사이 결혼식이 끝나
자, 호화로운 결혼 피로연이 시작되었고, 세라 레이는 우리와 같은
테이블에서 함께 식사할 것을 허락받았다.
"결국 벌에 쏘인 것이 행운이었어. 그렇지 않았으면 어머닌 너희
들과 함께 앉게 해주지 않았을 거야. 어머닌 내 얼굴이 왜 이렇게
되었는지 설명하는 데 완전히 지쳐버렸어. 그래서 나를 떼어놓을 수

있어서 속이 시원하실 거야. 끔찍한 얼굴이라는 건 알고 있지만……
…… 아! 신부의 모습, 정말 꿈 같지 않았니?" 그녀는 들뜬 목소리
로 말했다.

물론 우리는 앞쪽 테이블에서 식사를 하는 처지가 된 스토리 걸의
빈 자리를 허전하게 생각했다. 그래도 우리는 웃고 떠들었고, 여자
아이들은 맛있는 음식을 따로 챙겨두겠다는 약속을 어김없이 지켜
주었다. 피로연이 끝나갈 무렵, 올리비어 고모와 방금 새로 생긴 고
모부는 출발할 준비를 마치고 있었다. 한바탕 눈물과 작별의 소란이
끝나자, 두 사람은 향기가 넘쳐나는 달밤을 마차를 타고 빠져나갔
다. 댄과 피터는 방울을 흔들고 냄비를 두드리며 요란하게 오솔길을
따라 달려나가 펠리시티의 격분을 샀다. 그러나 올리비어 고모와 로
버트 고모부는 그것을 호의로 받아들이고 환하게 웃으며 손을 흔들
어주었다.

"지금은 행복의 절정에 있으니까 지진이 일어난다 해도 눈 하나
깜짝 하지 않는 거야." 펠릭스가 이죽거렸다.

"너무나 황홀해서 난 가슴이 두근거렸어. 게다가 끝까지 모든 것
이 무사히 잘 마무리 됐어, 그렇지? 그렇지만, 아! 올리비어 고모
가 없으니 기분이 이상하고 허전해. 나, 아마 밤새도록 울 것 같
아." 세실리는 한숨을 쉬었다.

"죽을 만큼 피곤하니까. 그래서 그런 기분이 드는 거야. 여자아이
들은 오늘 노예처럼 일했잖아." 댄이 말했다.

"내일이 더 큰일이야. 모든 걸 깨끗하게 정리하지 않으면 안 되는
걸." 펠리시티는 그래도 만족한 듯이 말했다.

이튿날 페그 보엔이 불려 와서 기름진 음식을 한 상 받았다.

"아, 실컷 먹었다, 실컷 먹었어." 식사를 마치고 파이프를 꺼낸
그녀가 말했다. "이런 기회가 나한테는 매일 있는 게 아니니까. 요
즘은 옛날 같은 혼례는 사라져버렸고, 반 정도는 부끄러운 짓이라도

하는 것처럼 몰래 목사님을 찾아갈 뿐, 진짜 피로연도 없이 결혼해 치운다니까. 하지만 뭐, 그런 건 킹 집안의 가풍은 아니지. 그래, 올리비어도 드디어 가버렸구나. 조금도 허둥대지 않고 잘 치렀다고 사람들이 말하더군. 시간이 지나면 알게 될 일이지."

"페그, 당신은 왜 결혼하지 않는 거요?" 로저 삼촌이 놀리는 표정으로 물었다. 우리는 그의 경솔함에 깜짝 놀라 마른 침을 삼켰다.

"나야 당신의 미래의 신부처럼 함부로 달려들지 않기 때문이지." 페그는 쏘아붙였다.

그녀는 자신의 재치에 스스로 반해, 기분 좋게 작별을 고했다. 현관에서 세라 레이를 만나자, 걸음을 멈추고 얼굴이 왜 그렇게 되었느냐고 물었다.

"버, 벌." 세라 레이는 겁이 나서 아주 짤막하게 대답했다.

"오호라! 그리고 손은?"

"사마귀."

"고것을 빼는 방법을 일러주마. 보름달이 뜬 밤에 감자를 가지고 밖으로 나가. 감자를 둘로 잘라서 그 반으로 사마귀를 문지르며 이렇게 말해. '1, 2, 3, 4, 사마귀야, 다시는 달라붙지 말아라.' 그런 다음 감자를 땅에 묻어야 한다. 묻은 장소는 아무한테도 말하면 안 돼. 그러면 더 이상 사마귀가 생기지 않을 거다. 감자를 묻는 것, 절대로 잊으면 안 된다. 땅에 묻지 않아서 누군가가 그것을 주워가면, 주운 자가 네 사마귀를 가져가버릴 테니까."

세라 레이의 구원

우리는 올리비어 고모가 그리워서 견딜 수가 없었다. 올리비어 고모는 언제나 쾌활하고 친근하며, 어린 친구들의 마음을 이해해 주는 비결을 터득하고 있었기 때문이다. 그러나 젊음은 금세 새로운 환경에 자신을 적응시킨다. 2, 3주일쯤 지나자 스토리 걸은 처음부터 앨릭 삼촌 집에서 살았고, 로저 삼촌에게는 처음부터 이중턱에다 작고 반짝이는 푸른 눈동자를 가진 명랑하고 뚱뚱한 가정부가 있었던 것처럼 생각되었다. 재닛 숙모는 올리비어 고모를 잃은 타격에서 완전히 벗어나지는 못한 듯, 호킨스 부인을 필요악으로밖에 여기지 않고 있었다. 그러나 킹 농장에서의 생활은 평소의 단조로운 리듬을 되찾았고, 그것은 교내 콘서트를 향한 흥분의 물결과, '에반젤린'(롱펠로의 시)의 고향기행을 알리는 올리비어 고모의 편지로 이따금 중단될 뿐이었다. 우리는 그 편지에 '특파원 소식'이라는 제목을 붙여, 〈우리들〉에 편집해 넣고 무척이나 의기양양해 했다.

6월 말에 교내 콘서트가 열렸다. 그것은 우리의 얄팍한 인생에서 대대적인 사건이었다. 거의 모든 아이들에게 어떤 의미에서든 첫 무대였으며, 그중 몇 사람은 몹시 신경이 날카로워져 있었다. 우리는 전원이 출연할 예정이었다. 단 댄은 예외였다. 모든 역할을 거절한 결과, 그만이 느긋한 기분으로 지낼 수 있었다.

"무대에 서서 손님들과 얼굴을 마주한 순간, 틀림없이 죽어버리고 말 거야." 콘서트 전날 밤, 스티븐 삼촌의 산책길을 걸으며 무대 얘기를 하고 있을 때 세라 레이가 한숨을 쉬었다.

"기절하지 않을까?" 이건 세실리의 좀더 조심스러운 예상이었다.

"난 전혀 겁나지 않는데." 펠리시티는 자신만만했다.

"난 이번에는 긴장되지 않아. 처음 나갔을 때는 그랬지만." 스토리 걸이 말했다.

그러자 또 피터가 말했다. "제인 고모가 늘 그랬는데, 옛날 선생님이 이렇게 가르쳐 주셨대. 사람들 앞에서 연기하거나 얘기할 때는 앞에 양배추가 굴러다니고 있을 뿐이라고 단단히 마음먹으면 된다고. 그러면 하나도 겁나지 않을 거래."

"겁을 먹으면 안 되지만 그렇다고 양배추를 상대로 연기하라니, 별로 격려가 되지 않아. 난 사람들을 상대로 연기하고 싶어. 그리고 사람들이 마음을 빼앗기고 감동하는 모습을 보고 싶어." 스토리 걸이 단호하게 말했다.

"실수하지 않고 내 역할을 무사히 마칠 수만 있다면, 사람들이 감동하고 안 하고는 상관없어." 세라 레이가 말했다.

"난 내가 할 대사를 까먹을까봐 걱정이야. 만약 그렇게 되면 누가 꼭 도와줘야 해. 내가 얼어버리기 전에 살짝." 펠릭스가 말했다.

세실리가 갑자기 생각난 듯이 말했다. "나, 한 가지 결정한 게 있어. 그건 바로, 내일 밤을 위해 머리털을 곱슬곱슬하게 컬한다는 거야. 피터가 죽을 뻔 한 뒤로 한 번도 한 적이 없지만, 내일 밤쯤이야 컬을 해도 괜찮겠지. 여자아이들은 모두 컬을 하잖아?"

"땀과 열로 머리가 전부 풀려버릴걸. 그러면 허수아비 같은 머리가 돼." 펠리시티가 충고했다.

"아니야, 안 그래. 오늘 밤에 주디 피노가 사용하고 있는 컬약으로 머리를 적신 뒤 종이에 감을 거야. 세라가 한 병 갖다 줬어. 굉장히 효능이 좋다고 주디가 말했어. 아무리 습기 찬 날에도 며칠이나 컬이 유지된대. 내일 밤까지 컬종이를 감고 있으면, 예쁘게 될 거야."

"왜 그렇게 머리에 신경을 쓰는 거지? 쪽 곧은 머리가 너풀거리는 곱슬머리보다 나은데." 댄이 불쑥 말했다.

그러나 세실리의 마음은 변하지 않았다. 그토록 원하던 컬이므로 무슨 일이 있더라도 하고 싶었던 것이다.

"그건 그렇고, 사마귀가 전부 없어져서 다행이야." 세라 레이가 말했다.

"어머나, 정말이네! 페그 아주머니의 비법을 시험해 본 거니?" 펠리시티가 소리쳤다.

"응. 믿진 않았지만 해봤어. 처음 2, 3일은 내내 사마귀만 쳐다보았는데, 얼른 사라지지 않아서 포기하고 잊고 있었어. 하지만 지난주에 문득 손을 보니까 사마귀가 하나도 없는 거야. 얼마나 놀랐는지 몰라."

"그러면서도 페그 보엔 아주머니가 마녀가 아니라고 말할 생각이겠지?" 피터가 말했다.

"말도 안 돼. 고작해야 감자즙이잖아?" 댄이 비웃었다.

"내가 쓴 감자는 시들고 오래된 감자여서 즙이 거의 없었어. 무엇을 믿어야할 지 모르겠어. 하지만 이것만은 확실해. 내 사마귀는 사라졌다는 것!"

세실리는 그날 밤, 주디 피노의 컬약을 머리 구석구석까지 골고루 바른 뒤, 머리를 컬종이에 감았다. 끔찍한 작업이었다. 약이 무척 끈적거렸기 때문이었다. 그러나 세실리는 참고 견디며 끝까지 해냈다. 그런 다음 베개를 보호하기 위해 머리를 수건으로 감싸고 침대에 들어갔다. 그녀는 잠이 잘 오지 않았고, 기분 나쁜 꿈을 몇 번이나 꾸었다. 그러나 의기양양한 얼굴로 아침에 식당으로 내려왔다. 스토리 걸은 그녀의 머리를 비판적으로 바라보며 말했다.

"세실리, 내가 너라면 그 종이를 오늘 아침에 풀겠어."

"안 돼. 그랬다가는 밤이 되면 다시 원래대로 풀려버릴걸 뭐. 최대한 오래 둘 거야."

"나라면 그러지 않겠어, 절대로 안 그럴 거야. 그랬다간 머리에 컬이 너무 들어가 새집처럼 부수수하게 될 걸." 스토리 걸은 집요했다.

세실리도 결국에는 두 손을 들고 스토리 걸과 함께 2층으로 올라갔다. 이윽고 우리는 희미한 비명을 한 번, 그런 다음 두 번, 또 다시 세 번을 들었다. 펠리시티가 나는 듯이 달려내려와 어머니를 불렀다. 재닛 숙모가 올라가더니 잠시 뒤 입술을 아래로 처지도록 굳게 다문 채 내려왔다. 그런 다음 커다란 냄비에 더운 물을 담아 2층으로 가지고 갔다. 우리는 숙모에게는 도저히 물어볼 용기가 없어서, 펠리시티가 설거지하러 내려왔을 때 그녀에게 질문공세를 퍼부었다.

"도대체 세실리한테 무슨 일이 생겼어? 병에 걸렸니?" 댄이 재촉했다.

"아냐, 그건. 머리를 컬하지 말라고 했는데도 말을 듣지 않더니 그렇게 된 거야. 하지만 지금은 후회하고 있을 거야. 원래 곱슬머리가 아니면 컬을 해도 소용없어. 그런데도 말을 듣지 않다가 벌을 받은 거야."

"이봐, 펠리시티, 우린 그게 궁금한 게 아니야. 세실리가 어떻게 된 건지 얘기해 달란 말이야"

"그럼, 무슨 일이 있었는지 가르쳐 줄게. 세라 레이라는 바보가 가지고 온 것은 주디의 컬약이 아니라 고무풀이 담긴 병이었어. 그런데 세실리는 그것도 모르고 머리카락에 잔뜩 바른 거고. 그래서 끔찍한 꼴이 된 거지."

"맙소사! 펠리시티, 도대체 지울 수나 있는 거야?"

"글쎄, 지금 머리를 더운물에 담그고 있어. 머리카락이 서로 달라붙어서 널빤지처럼 뻣뻣해졌지 뭐야. 허영의 결과지 뭐." 허영의 결과의 모델 같은 펠리시티가 그렇게 말했다.

불운한 세실리는, 자신의 허영심에 대해 충분하고도 남을 정도로 비싼 대가를 치렀다. 그녀는 악몽 같은 오전을 보내야 했고, 게다가 어머니의 엄한 잔소리 탓에 마음을 쉴 틈도 없었다. 그녀는 1시간이나 머리를 더운물에 '담그고' 있었다. 그러니까, 더운 물이 담겨 있는 커다란 냄비 위에 엎드려, 눈을 꼭 감고 머리를 물 속에 계속 처박고 있었던 것이다. 그렇게 하자 가까스로 머리카락이 컬종이에서 떨어질 만큼 부드러워졌다. 그것을 재닛 숙모가 사정없이 비누질을 했다. 마침내 고무풀을 모두 씻어내자, 세실리는 점심때까지 내내 더운 부엌의 화덕 문 앞에 앉아서 끔찍한 꼴을 당한 머리를 말려야 했다. 그녀는 몹시 풀이 죽어 있었다. 평소 그토록 풍요롭고 매끄러웠던 머리가 지금은 바삭바삭하게 말라 광택이 사라져 있었고, 그런 상태가 머리를 감은 뒤 며칠이나 계속되었을 정도였다.

"나, 오늘 밤엔 도깨비처럼 보일 거야. 머리카락이 모두 거꾸로 서버리겠지?" 가엾은 소녀는 떨리는 목소리로 나에게 말했다.

"세라 레이, 이 바보! 멍청이!" 나는 불같이 화를 냈다.

"부탁이야. 가엾은 세라를 욕하지 마. 고무풀을 가지고 올 생각은 아니었어. 모두 내 잘못이야, 정말. 피터가 죽을 뻔했을 때 다시는 머리를 컬하지 않겠다고 엄숙하게 맹세해놓고 지키지 않았잖아. 엄숙한 맹세는 어겨서는 안 되는 거야. 그렇지만 내 머린 오늘 밤엔 꼭 건초 같지?"

가련한 세라 레이는 나중에 왔다가 자신의 실수를 알고 망연자실했다. 펠리시티가 무척 심하게 대한 데다, 재닛 숙모까지 차가운 비난의 눈길을 보냈던 것이다. 그러나 마음씨 착한 세실리는 너그럽게 그녀를 용서했고, 그날 밤 두 사람은 여느 때처럼 서로의 팔짱을 끼고 학교에 갔다.

학교 교실은 아이들과 마을 사람들로 발 디딜 틈이 없었다. 퍼킨스 선생님은 발표회장의 마무리로 바쁘게 뛰어다녔고, 오늘 밤의 오르간 주자인 미스 리드는 무대 위에 있었는데, 여느 때보다 더욱 사랑스럽고 아름다웠다. 그녀는 가장자리에 귀여운 물망초 꽃 화환을 붙인, 눈이 번쩍 뜨이는 하얀 레이스 모자를 쓰고, 푸른 제비꽃을 뿌린 하얀 모슬린 옷을 입고, 검은 레이스 스카프를 두르고 있었다.

"천사 같지 않니?" 세실리가 황홀해 하며 말했다.

"얘, 저기 좀 봐. 얼간이 아저씨가 있어, 문 뒤의 구석에. 콘서트에 오는 건 처음 있는 일이야." 세라 레이가 말했다.

"스토리 걸이 암송하는 걸 들으러 온 게 아닐까? 사이좋은 친구잖아." 펠리시티가 말했다.

콘서트는 순조롭게 시작되었다. 대화, 합창, 암송이 차례차례 펼쳐졌다. 펠릭스는 '막히지' 않고 자신의 차례를 무사히 마쳤고, 피터도 훌륭하게 해냈다. 두 손을 바지 호주머니에 내내 찔러넣고 있긴 했지만. 퍼킨스 선생님이 어떻게든 고쳐주려고 애썼지만, 끝내 그 버릇을 고치는 건 헛수고로 끝나버렸다. 피터가 암송한 것은 그 무렵에 무척 인기 있던 작품으로 이렇게 시작되고 있었다.

"내 이름은 노발, 그램피언 언덕에 사네
아버지는 양을 치는 것이 생업."

그것을 처음으로 연습할 때, 피터는 기운차게 시작하여 첫줄을 구두점 따위는 전혀 무시한 채 한꺼번에 읊어버렸다. "내 이름은 노발 그램피언 언덕에 사네……."

"그만, 그만, 피터." 퍼킨스 선생님은 빈정대는 투로 말했다. "노발과 그램피언 사이에 쉼표가 들어있을 텐데. 사이를 두지 않으면 의미를 이해하기 어렵다는 걸 잘 기억해 두도록."

피터는 잘 기억해 두고 있었다. 세실리는 자신의 차례가 왔을 때, 기절도 실수도 하지 않았다. 조금 기계적이기는 했지만 짧은 한 편을 매우 잘 해냈다. 원하던 대로의 컬이 나온 것보다 훨씬 더 잘 해냈다고 생각한다. 화려한 헤어스타일 속에 섞여 있으니 자신의 머리만이 초라하게 보인다는 비참한 생각이, 마음에서 모든 공포와 부끄러움을 없애버린 것이다. 머리칼만 빼면 세실리는 무척 예뻤다. 흥분으로 넘치는 그녀의 눈은 반짝반짝 빛났고, 뺨은 장밋빛, 어쩌면 너무 진한 장밋빛으로 불타올랐다. 내 뒤에 있던 칼라일의 한 부인이 "세실리 킹의 얼굴은 고모인 펠리시티처럼 폐병환자 같아" 하고 속삭였고, 그 말을 들은 나는 그 여자를 몹시 미워했다.

세라 레이도 보기 흉하지 않게 해내려고 했지만, 애처로울 정도로 긴장해 있었다. 인사는 고개만 약간 까딱한 정도여서, "마치 꼭두각시 인형의 머리 같아." 펠리시티가 가차없이 말했다. 백합 같은 손을 흔들 때는 흔든다기보다 고통스러운 허우적거림이라는 말이 더 어울렸다. 세라 레이가 자기 순서를 마치자 우리는 모두 안도했다. 세라 레이도 어떤 의미에서는 '우리들' 중의 한 사람이었기 때문에, 실수하여 우리를 부끄럽게 만들지 않을까 마음이 조마조마했던 것이다.

펠리시티가 그 뒤를 이어, 당황하지 않고 너무 빠르지도, 너무 느리지도 않게 전혀 감정을 넣지 않고 작품을 암송했다. 그러나 그녀가 암송하는 방법이 과연 문제가 되었을까? 보는 것만으로도 충분했다. 그 물결치는 멋진 황금색 곱슬머리, 반짝이는 푸른 눈동자, 엷은 홍조를 띤 아름다운 얼굴, 그리고 오동통한 팔과 손, 펠리시티의 모습을 본 청중이라면 모두가 느꼈을 게 틀림없는 그 무엇, 그것은 그녀를 보는 것만으로 10센트를 지불해도 아깝지 않은 것이었다.

스토리 걸이 순서를 이어받았다. 기대에 찬 침묵이 실내를 제압했고, 퍼킨스 선생님의 얼굴에 그날 밤 내내 떠올라 있던 긴장되고 불안한 표정이 사라졌다. 이 아이가 바로 자신의 신뢰에 보답해줄 출연자였다. 무대에서 겁을 먹거나, 깜박 까먹을까봐 걱정할 필요가 없었다. 그날 밤의 스토리 걸은 최고로 아름답지는 않았다. 흰색이 어울리지 않는 데다, 얼굴까지 너무 창백했다. 하기는 눈은 사람을 매료시키는 데가 있었다. 하지만 그 목소리의 위력과 마력이 청중을 단번에 사로잡아버리자, 그녀의 외모에 신경 쓰는 사람은 아무도 없었다.

그녀의 암송은 국어책에 나와 있는 오래된 작품으로, 학생 전원이 안 보고도 외우고 있는 것이었다. 스토리 걸이 그것을 암송하는 것을 듣지 못한 사람은 세라 레이 한 사람뿐이었다. 퍼킨스 선생님은 스토리 걸이 평소에 잘 알고 있는 작품이어서 일부러 가르치는 수고를 할 필요가 없었고, 그녀도 다른 학생들처럼 혹사당하지 않아도 되었다. 단 한 번 암송한 것은 이틀 전 밤의 '예행연습' 때뿐이었는데, 그날 밤 세라 레이는 참석하지 않았던 것이다.

그 시에는 중세 피렌체의 귀부인이 등장한다. 차갑고 무정한 남편과 결혼하여 죽었다기보다 죽은 것으로 오해받아, 격조 높은 집안의 '호화롭고 아름다운, 그러나 꺼림칙한 묘지'로 옮겨진다. 밤이 되자 그녀는 혼수상태에서 깨어나 무덤에서 빠져나간다. 추위와 공포에 떨면서 남편의 집 문 앞에 도착하지만, 공포로 얼어붙은 가족들은 잠들지 못하는 유령이라 생각하고 난폭하게 쫓아버리고 만다. 다시 찾아간 아버지의 집에서도 같은 대접이 기다리고 있었다. 그녀는 정처 없이 피렌체 거리를 헤매고 다니다, 결국 힘이 다하여 그녀의 첫사랑이었던 청년의 집 문 앞에서 쓰러지고 만다. 그는 두려워하지 않고 그녀를 안으로 데려가 간호해준다. 날이 새자 남편과 아버지는 무덤이 비어 있는 것을 알고 그녀를 찾으러 온다. 그녀가 어느 쪽으로도 돌아가는 것을 거부했기 때문에, 이 사건은 법정에서 가려지게 된다. 그녀에게 내려진 평결은 일단 '매장되어' 죽은 사람이 되었다가, 남편의 집과 친정집에서 쫓겨난 여자는 '법적으로도 현실적으로도 죽은 자로 간주해야 하며, 이제는 아내도 딸도 아니라 자기가 원하는 대로 새로운 인연을 맺을 자유를 주어야 한다'는 것이었다. 시 전체의 클라이맥스는 다음의 한 줄에 나타나 있다.

"법정은, 피고를 불렀다……, 죽은 자라고."

스토리 걸은 청중들 중에서 가장 둔감한 사람조차 그 위력과 의미를 파악할 수 있으리만큼, 극적인 격정과 힘으로 연기를 계속했다.

그녀는 그 시를 당당하게 암송했다. 오래된 과수원에서 몇 번이나 우리를 상대로 연기한 것처럼, 청중의 감정을 마음먹은 대로 이끌어갔다. 연민, 공포, 분노, 불안의 감정이 번갈아들며 듣는 사람을 지배했다. 특히 법정 장면에서는 전에 없이 멋진 연기를 보여주었다. 그녀는 진짜 피렌체의 재판관으로서, 엄숙하고 위엄이 넘치며 흔들림이 없었다. 그 목소리가 최고의 막바지에 접어들었다.

"법정은, 피고를 불렀다……."

거기서 호흡을 끊고, 한순간 말을 멈췄다. 마지막 말의 비극적인 무게를 극적으로 인상짓기 위해서였다.

"죽은 자라고!" 그 순간 들려온 것은 세라 레이의 새되고 슬픈 목소리였다.

진부하지만 편리한 표현을 사용한다면, 그 효과는 도저히 말로 표현할 수 없는 것이었다. 당연히 청중들 사이에서 나와야 할 안도의 한숨 대신 왁자지껄한 폭소가 일어났다. 스토리 걸의 연기는 완전히 무너지고 말았다. 그녀는 만약 눈빛으로 사람이 죽일 수 있다고 한다면, 그 자리에서 가련한 세라를 쓰러뜨렸을 것이 틀림없는 시선을 던지더니, 남은 몇 줄을 더듬더듬 갈팡질팡하며 겨우 마무리를 지었다. 그리고 뺨을 빨갛게 물들이고, 분함을 숨기기 위해 분장실 대신 커튼으로 칸막이를 친 한쪽 구석으로 뛰어들었다. 퍼킨스 선생님은 뭐라고 말해야 좋을지 모르겠다는 표정이었고, 청중들은 남은 휴식 시간마다 킥킥거리며 웃었다.

세라 레이만이 평화로운 얼굴로 더할 나위 없이 만족해하고 있었는데, 콘서트가 끝나자마자 우리는 그녀를 에워싸고 비난의 화살을 퍼부었다.

"왜, 왜들 그러는 거야? 내가 뭘 어쨌다고. 나, 난, 대사를 잊어버린 줄 알고 빨리 도와줘야겠다고……."

"이 바보, 바보, 바보! 효과를 높이기 위해 일부러 뜸을 들인 거잖아!" 펠리시티가 으르렁거리며 소리를 질렀다. 펠리시티는 스토리 걸의 천부적인 재능에 질투를 느끼고 있었을지도 모르지만, '가족의 한 사람'이 이런 식으로 망신을 당하는 것은 도저히 참을 수가 없었다. "세라 레이, 너의 그 둔한 센스는 도저히 구제 불능이야!"

가엾은 세라는 울음을 터뜨렸다.

"몰랐어. 말이 막힌 줄로만 알았는걸." 그녀는 또다시 엉엉 울기 시작했다.

집으로 돌아가면서 세라는 내내 울고 있었지만, 아무도 위로하려고 하지 않았다. 세라에게 완전히 정나미가 떨어져버린 것이다. 세실리조차 기분이 상해 있었다. 세라의 이 두 번째 실수는 그애의 성실함으로도 도저히 덮을 수 없는 것이었다. 우리는 그녀가 자기 집 문을 열고 흐느껴 울면서 오솔길을 달려 올라가는 모습을 보고도 조금도 가엾게 생각하지 않았다.

스토리 걸은 프로그램이 끝나자마자 학교를 나가 뛰어서 돌아가 버렸기 때문에 우리보다 먼저 집에 도착해 있었다. 우리는 동정의 뜻을 표하려 했지만, 그녀는 완강하게 거부했다.

"제발 두 번 다시 그 얘기는 꺼내지 말아줘, 부탁이야." 스토리 걸은 입술을 굳게 다물며 말했다. "더 이상 생각하고 싶지도 않아. 그……바보 멍청이!"

"작년 여름에는 피터의 설교를 망쳐놓더니 이번에는 네 암송을 엉망으로 만들었어. 이제 그 아이와 가까이 지내는 건 그만두는 게 좋다고 난 생각해." 펠리시티가 말했다.

"그만 해. 너무 심하게 그러지 마. 불쌍한 아이잖아. 집에서 얼마나 괴로운 생활을 하고 있는지 좀 생각해줘. 오늘 밤에도 틀림없이 울며 지샐 거야." 세실리가 친구를 두둔했다.

댄이 넌더리를 내며 말했다. "어휴, 나도 몰라. 잠이나 자자. 난 괜찮아, 늘 예상한 일이야. 콘서트는 이제 지긋지긋해."

별밤의 길

하지만 우리 가운데 두 사람에게는 밤의 모험이 아직 끝나지 않고 있었다. 정적이, 속삭이는 목소리로 가득 찬, 음산하고 소름끼치는 밤의 정적이 고풍스러운 집 전체에 지붕으로 내려앉고 있었다. 펠릭스와 댄은 이미 깊이 잠들어 있었다. 나는 꿈의 바닷가를 표류하고 있다가 문을 가볍게 노크하는 소리에 일어났다.

"베브, 자고 있니?" 스토리 걸의 작은 목소리.

"아, 아니. 무슨 일이야?"

"쉿! 옷 입고 나와. 부탁이야."

태산 같은 호기심에 불안도 느끼면서 나는 나갔다. 도대체 무슨 일이 있는걸까? 현관에 나가자 스토리 걸이 있었다. 손에는 촛불을 들고 모자를 쓰고 겉옷을 걸치고 있다.

"어디 가려는 거야?" 나는 눈을 둥그렇게 뜨고 속삭였다.

"쉿! 나, 지금 학교에 가야 해. 같이 가줘. 산호 목걸이를 두고 왔어. 잠금쇠가 헐거워져서 풀어져 버릴까봐 걱정돼서 책꽂이에 넣어 두었거든. 콘서트가 끝났을 때 마음이 너무 어지러워서 까맣게 잊어버렸어."

산호 목걸이는 스토리 걸의 어머니가 남긴 유품으로 무척 아름다운 것이었다. 지금까지 몸에 걸치는 것이 금지되어 있었지만, 콘서트를 위해 하겠다고 재닛 숙모를 필사적으로 설득해서 겨우 허락받은 것이었다.

"그렇지만 이 밤중에 나가다니, 제정신이야? 목걸이는 잘 있을 거야. 아침에 가지러 가도 되잖아." 나는 반대했다.

"리지 팩스턴 모녀가 내일 학교에 청소를 하러 와. 더워지기 전에 일을 끝낼 수 있도록 5시에 올 예정이라고 그녀가 말하는 걸 들었어. 리지 팩스턴에 대한 소문은 너도 들었을 거야. 그 사람이 그 목걸이를 발견하는 날엔 두 번 다시 내 손에 돌아오지 않게 돼. 게다가 만약 아침까지 기다렸다가 재닛 숙모한테 잊고 온 것이 발각되기라도 하면, 앞으로 절대로 하지 못하게 하실 거야. 아! 안 돼. 지금 가야 해. 혹시 무서워서 그러는 거라면," 스토리 걸은 희미한 경멸을 담아 덧붙였다. "안 가도 돼."

무섭다고? 좋아, 보여주지.

"가자." 나는 말했다.

우리는 소리 없이 집을 빠져나갔고, 어느새 깜깜한 밤의 처절하도록 엄숙하고 낯선 어둠 한복판에 있었다. 처음 경험하는 이런 일에 우리의 심장은 아침을 알리는 종처럼 마구 뛰고 있었고, 신경은 그 이상한 힘에 오싹거렸다. 이런 시간에 외출하는 것은 처음 있는 일이었다. 우리를 에워싸고 있는 세상은, 빛으로 가득한 낮의 세상과는 전혀 다른 것이었다. 그것은 악의로 가득 차서 종잡을 수 없는 주술과 마법으로 가득 찬 별천지였다.

진정한 의미에서 밤과 친숙해질 수 있는 장소는 시골뿐이다. 시골의 밤에는 무한하게 펼쳐진 공간의 엄숙한 평화가 있다. 망막한 광야가 어둠의 성스러운 신비에 둘러싸여 조용히 가로누워 있다. 이슬에 젖어 별빛을 받고 있는, 인간의 역사도 감히 미치지 못할 만큼 먼 언덕들을 불어지나가기 위해, 바람이 아득히 먼 황무지에서 해방되어 몰래 다가온다. 꿈의 속삭임으로 달콤한 경작지의 공기 속에서, 사람은 어머니 품에 안긴 젖먹이처럼 마음이 편안해질 것이다.

"멋있지 않니?" 긴 언덕을 내려가면서 스토리 걸은 숨을 깊이 들이마셨다. "있잖아, 나, 지금은 세라 레이를 용서할 수 있을 것 같아. 간밤에는 절대로 못할 것 같았는데. 지금은 이제 그런 건 아무래도 좋아. 얼마나 우스꽝스러웠을지 이해가 돼. 아, 정말 우스웠을 거야. 세라의 흥분된 목소리가 '죽은 자라고' 했으니! 내일이 되면 아무 일도 없었다는 듯한 얼굴로 세라하고 놀 거야. 이렇게 깊은 밤에 걷고 있으니 아주 먼 옛날에 일어났던 일 같아."

그때 이후로, 우리 둘은 허락도 받지 않고 아무도 모르게 나갔던 산책의 신비한 기쁨을 한 번도 잊은 적이 없다. 우리는 마법의 주문에 걸려 있었다. 산들바람은 요정이 배회하는 골짜기의, 사람들이 모르는 비밀을 속삭여 주었다. 풀고사리가 무성한 저지는 수수께끼와 로맨스로 채색되어 있었다. 신비로운 향기가 목초지에 몰래 흘러나와 우리에게 와 닿았다. 교회 바로 앞 전나무 숲에 온통 흐드러지게 피어 있는 초롱꽃은, 더할 수 없는 사랑스러움의 상징이었다.

초롱꽃에는 물론 다른, 과학적인 이름이 붙여져 있다. 그러나 누가 초롱꽃 이상의 이름을 원할 것인가? 그 이름은 그 자체만으로 완벽하게 숲의 향기와 마력 자체를 요약하고 있는 것 같았다. 마치 오래된 숲의 가장 정련된 생각이 꽃의 형태로 나타난 것만 같다. 벤다미아의 냇가에 피는 장미도, 이 전나무 그늘에 널리 피는 키 작은 초롱꽃만큼 향기롭지는 않으리라.

그날 밤에는 반딧불이도 나타나서 밤을 더욱 빛내주었다. 반딧불이에는 확실히, 어딘지 모르게 초자연적인 데가 있다. 아무도 그들을 다 아는 척할 수는 없다. 그들은 요정들과 피를 나누고 있다. 숲과 언덕에 초록빛 사람(요정)들이 무수히 살고 있었던 고대로부터 살아남은 것이다. 전나무 밑둥에 어른거리며 깜박이고 있는 수많은 반딧불을 보면 지금도 요정의 존재를 믿을 수 있을 것 같다.

"정말 아름답지?" 스토리 걸은 들떠 있었다. "이걸 놓친다면 후회했을 거야. 목걸이를 잊어버리고 오길 잘했어. 그리고 베브, 네가 함께 있어 주어서 정말 다행이야. 다른 아이들은 잘 이해해 주지 못해. 너에게는 설명을 하지 않아도 되니까 좋아. 열심히 설명하지 않아도 되는 사람하고 같이 걷는다는 건 멋진 일이야. 묘지에 도착했어, 베브. 여기를 지나가는 것 무섭니?"

"아니, 무섭지 않아. 하지만 이상한 기분은 들어." 나는 신중하게 대답했다.

"나도 그래. 하지만 무섭진 않아. 그게 뭔지는 모르겠지만. 꼭 무언가가, 살고 싶어하는 무언가가 무덤에서 나를 붙잡으러 나올 것 같아. 이러면 안 되는데, 서두르자. 하지만 이곳에 있는 죽은 사람들 모두, 옛날에는 너와 나처럼 살아 있었다는 걸 생각하면 신비롭지 않니? 나, 내가 언젠가 죽는다고는 도저히 생각되지가 않아. 넌?"

"나도 그래. 하지만 우리 모두 언젠가는 죽어. 물론 그 뒤에도 계속 사는 거지만. 여기서 그런 얘기는 그만두자." 나는 서둘러 덧붙였다.

곧 학교에 도착했고 난 창문을 간신히 열었다. 우리는 교실에 들어가서 램프를 켜고 잃어버린 목걸이를 찾아냈다. 스토리 걸은 무대에 서서 전날 밤의 비극적인 상황을 다시 한 번 재연해 보여, 나를 실컷 웃겨주었다. 우리는 모든 사람이 침대 속에서 깊이 잠들어 있다고 누구든지 생각하고 있을 시간에 이런 곳에 있다는 완전한 기쁨에 잠겨서 함께 돌아다녔다. 그리고 집으로 돌아갈 때는 모험의 시간을 더 즐기기 위해 되도록 천천히 걸었다.

"아무한테도 말하지 말자." 집에 도착하자 스토리 걸이 말했다. "이제부터 앞으로 내내, 영원히, 우리 둘만의 비밀로 해 두자. 너와 나 말고는 아무도 모르는 거야."

"어쨌든 재닛 숙모한테는 비밀로 해야겠지. 우릴 미쳤다고 생각하실 거야." 내가 웃으면서 속삭였다.

"가끔은 미치는 것도 재미있는 거야." 스토리 걸이 말했다.

〈우리들〉 발췌집

사설

보시는 바와 같이 이번 호에서는 우수자 발표를 하지 않기로 했다. 펠리시티마저 생각할 수 있는 모든 아름다운 생각을 다 해버려서, 이제 남아 있는 것이 없는 상태다. 피터는 한 번도 술에 취한 적은 없었지만, 현재로서는 그것을 위대한 명예라고는 생각할 수 없다. 종이에 쓴 맹세는, 어느새 전부 침실 벽에서 사라지고 없고, 그것을 붙여두었던 장소에서는 지금은 더, 그리고 앞으로도 두 번 다시 볼 수 없을 것이다. (피터, 당혹스러운 듯이, "그런 투의 말, 나, 어디선가 들은 적이 있는 것 같은데!") 몹시 유감스러운 일이기는 하지만, 내년에 새로운 맹세를 하게 되면, 다음 번에는 좀더 잘 지킬 수 있을 것이다.

구운 로켓 이야기

이것은 제인 고모가 고모의 할머니가 어렸을 때 있었던 일을 이야기해준 것이다. 로켓(조그마한 사진, 머리카락, 기념물 등을 넣어서 목걸이에 다는 여성용 장신구)을 굽다니 생각만 해도 우습지만, 먹으려고 그런 것은 아니었다. 그 사람은 나의 증조할머니 인데, 간단하게 할머니라고 부르겠다. 할머니가 10살 때의 일이었다. 물론 그때는 누구의 할머니도 아니었다. 할머니는 할머니의 아버지, 어머니와 함께 브린즐리라는 개척지에서 살고 있었다. 가장 가까운 이웃이 1.5킬로미터쯤 떨어진 곳에 있었다. 어느 날 샬럿타운에서 한나 아주머니가 와서, 할머니의 어머니에게 함께 아는 사람의 집에 가자고 했다. 할머니의 어머니는, 처음에는 그날은 빵을 굽는 날이고 할머니의 아버지도 집에 없어서 갈 수 없다고 했다. 그러나 할머니는 혼자서 집을 보는 것이 무섭지 않았고, 빵 굽는 법도 알고 있었기 때문에 어머니를 가게 해드렸다. 그러자 한나 아주머니는 목에 걸고 있던 예쁜 사슬이 달린 금 로켓을 풀어서 할머니의 목에 걸어주고, 하루 종일 하고 있어도 좋다고 했다. 할머니는 지금까지 귀금속 같은 걸 해본 적이 없었기 때문에 무척 기뻤다. 할머니가 집안일을 전부 끝내고 빵반죽을 하려고 할 때, 무심코 고개를 들어보니 한 부랑자가 집 안으로 들어오고 있었다. 그 사람은 무척 흉악한 얼굴을 하고 있었다. 그는 어느 틈에 가까이 있는 의자에 와서 앉았다. 운이 나쁜 할머니는 무서워 견딜 수가 없어서, 남자에게 등을 돌리고 식은땀을 흘리며 몸을 떨면서 빵을 계속 반죽했다. 한나 아주머니의 로켓을 생각하니 정신이 아찔했다. 어디에 숨기면 좋을지 알 수가 없었다. 어디에 가든 돌아서서 남자 앞을 지나가지 않으면 안 되었기 때문이다.

갑자기 할머니는 빵 속에 숨겨야겠다는 생각이 들었다. 할머니는 한 손으로 로켓을 움켜잡고 세게 잡아당겨 잠금쇠를 끊고, 무사히 빵 반죽 속에 숨겼다. 그런 뒤 반죽을 냄비에 담아 오븐에 넣었다.

부랑자는 할머니가 그렇게 하는 것은 보지 않고 뭔가 먹을 것을 달라고 말했다. 할머니는 먹을 것을 차려주었고, 남자는 그것을 먹은 뒤 가져갈 만한 것을 찾아서 부엌을 서성거리고 다니며, 여기저기 들여다보고 찬장문을 모두 열어보기도 했다. 그런 다음 할머니의 어머니의 방에 들어가서 옷장 서랍을 뒤지고 트렁크를 모조리 열어 온 방에 물건들을 가득 어질러 놓았다. 겨우 찾아낸 것이 1달러가 들어 있는 지갑뿐이어서 남자는 욕을 하며 그것을 가지고 가버렸다. 남자가 정말로 가버린 것을 확인하자, 할머니는 온몸을 떨면서 울음을 터뜨렸다. 빵에 대한 건 까맣게 잊어버리고 있었기 때문에, 빵은 숯덩이처럼 새까맣게 타고 말았다. 타는 냄새가 진동을 해서 할머니는 오븐으로 달려가 빵을 꺼냈다. 로켓이 못쓰게 된 건 아닌지 무척 걱정되었지만, 빵을 갈라보니 고스란히 그대로 있었다. 한나 아주머니는 돌아와서 할머니가 그렇게 영리하게 감추었기 때문에 로켓을 구할 수 있었다고 하며, 할머니에게 그것을 주었다. 할머니는 언제나 그것을 목에 걸고 무척 자랑으로 여겼다. 그리고 할머니는 늘, 평생 동안 실패한 빵은 오로지 그때 그 빵뿐이라고 말했다고 한다.

피터 크레이그

(펠리시티, "이 코너의 이야기는 언제나 무척 좋은 거지만, 실제로 있었던 얘기뿐이잖아. 실제로 있었던 일을 쓰는 건 간단해. 피터는 소설 편집 담당이라고 난 생각했는데. 그런데 신문이 시작된 이래 소설 같은 건 하나도 쓰지 않았어. 자신의 머리로 얘기를 생각해내야 해."/피터, 자신만만하게, "나도 할 수 있어, 물론. 다음에는 해볼 거야. 그리고 있었던 일을 쓰는 것도 쉬운 일이 아니야. 훨씬더 어려워. 실제의 사실과 다르면 안 되니까."/펠리시티, "네가 소설 같은 걸 어떻게 쓰니?"/피터, "두고 보라니까!")

가장 조마조마한 모험

내가 쓸 차례가 되었지만 나는 무척 불안하다. 나의 최대의 모험은 2년 전에 일어났다. 굉장히 무서운 일이었다. 나는 줄무늬 리본을 가지고 있었다. 노랑과 갈색 줄무늬였는데, 나는 그것을 잃어버리고 말았다. 무척 예쁜 리본이어서 학교의 여자아이들이 모두 질투를 했을 정도였기 때문에, 아주 실망했다. (펠리시티, "난 질투하지 않았어. 그런 건 조금도 예쁘다고 생각하지 않았는걸."/세실리 "쉿!") 모든 곳을 찾아다녔지만 나오지 않았다. 다음날은 일요일이었다. 나는 현관으로 뛰어들어갈 때 입구의 계단 위에 뭔가가 있는 것을 보고, 리본인 줄 알고 올라가면서 집어들었다. 그런데 이게 웬일인가? 그것은 뱀이었다! 아, 그 무서운 것이 내 손에 감기는 그 느낌! 그 감각을 글로 표현하는 건 도저히 무리다. 그것을 내던진 뒤, 나는 젖 먹던 힘을 다해 비명을 질렀다. 일요일에 비명소리를 질렀다고 어머니는 화가 나서 나에게 성서를 7장이나 읽게 했지만, 그 전에 겪었던 무서운 일을 생각하면 아무것도 아니었다. 그런 경험을 또다시 되풀이할 바엔 차라리 죽는 것이 나을 것이다.

세라 레이

생일을 맞은 펠리시티에게 바친다

황금빛 머리결의 아름다운 소녀
하얀 뺨에 순결한 눈
당신을 위해서라면 죽는 것도 두렵지 않아요
부디 저를 당신의 종으로

당신이 태어난 오늘은 경사스러운 날
오늘로서 당신은 열세 살의 소녀
영원토록 아름답고 행복하길
당신의 머리에 서리가 내릴 때까지

당신의 빛나는 눈동자를 들여다보면
그것은 수정 같은 푸른색으로 반짝여요
당신을 위해서라면 죽는 것도 두렵지 않아요
부디 저를 당신의 종으로

친구로부터

(댄, "와, 놀랐다. 누구지, 이거? 틀림없이 피터일 거야."/펠리시티, 새침하게 턱을 치켜들고, "흥! 오빠 죽었다 깨어나도 이런 건 쓸 수 없을 거야. 목숨을 건다 해도 시 같은 건 쓰지 못할걸."/피터, 베벌리에게 속삭인다. "기분이 굉장히 좋은가봐. 그 시를 쓰기를 잘했어. 하지만 정말 힘들더라, 진짜.")

소식

잿빛털 패트릭 씨는 최근에 오랫동안 집을 나가서 친구들에게 큰 걱정을 끼쳤다. 발견되었을 때는 무척 여위어 있었지만, 지금은 원래대로 살이 쪄서 자신감이 넘치는 모습이다.

6월 20일, 올리비어 킹 양은 핼리팩스의 닥터 로버트 시튼 씨와 성스러운 부부의 인연을 맺었다. 앤드루 시튼 씨와 세라 스탠리 양이 각각 신랑, 신부의 들러리를 섰다. 신혼부부는 멋진 선물을 많이 받았다. 마우드 선생님이 결혼식을 주관했다. 식이 끝난 뒤에는 앨릭스 킹 씨 특유의 최고의 식사가 준비되었고, 행복한 두 사람은 노바스코샤의 신혼집으로 출발했다. 많은 친구들은 두 사람의 인생이 행복하고 풍요로운 여행이 될 것을 한결같이 기원하고 있다.

둘도 없는 사람이 떠나니
우리가 사랑했던 목소리는 어디에도 없네

텅 빈 우리의 둥지는
두 번 다시 채워지지 않으리

(스토리 걸, "이게 뭐야? 사람이 죽은 것 같잖아. 이 시 무덤에
서 봤어. 이런 걸 도대체 누가 썼어?"/그것을 쓴 펠리시티, "장례
식용이든 결혼식용이든 어느 쪽에나 다 어울리잖아!")

6월 29일 밤에 열린 우리 학교의 콘서트는 대성공을 거두고 끝났
다. 도서관에 10달러의 수익이 있었다.
최근에 세라 레이 양이 벌집 사건으로 가혹한 시련을 당한 불행에
깊이 위로의 뜻을 표한다.
교훈 : 새것이든 헌것이든 관계없이 벌집에는 장난을 하지 않는
것이 상책.
베이워터의 C.B. 호킨스 부인이 로저 삼촌의 살림을 담당하고 있
다. 매우 체격이 큰 여성이다. 로저 삼촌이 말하기를, 부인의 둘레
를 한바퀴 도는 것은 시간이 많이 걸려 불편하지만, 그것 말고는 더
할 나위 없는 가정부라고.
학교에 유령이 나온다는 소문. 최근의 어느 날 새벽 2시경 수상한
불빛이 보였다. (스토리 걸과 나, 친구들 뒤에서 의미심장한 웃음을
빙긋 주고받다)
지난주 수요일, 댄과 펠리시티가 싸움을 했다. 주먹이 아니라 혀
로. 승자는 댄, 언제나 그렇듯이, (펠리시티, 경멸하듯이 웃는다)
마크데일의 뉴턴 크레이그 씨가, 약간 길어졌던 외국방문을 마치
고 얼마 전에 귀국. 크레이그 씨의 귀향을 축하합니다.
지난 주 빌리 로빈슨이 다쳤다. 소에게 차인 것. 그것을 기뻐하는
건 안 되는 일이지만, 작년 여름 마법의 씨앗으로 우리를 속인 것을
생각하고 실은 우리 모두 기뻐하고 있음.

4월 1일, 로저 삼촌은 아담의 할아버지의 전기를 빌려오라고 피터를 목사관에 보냈다. 마우드 선생님은 피터에게, 아담에게는 할아버지가 없었을 거라고 말하며 돌아가서 계보를 잘 보라고 조언했다. (피터, 기분 나쁜 듯이, "로저 씨는 그런 일을 해놓고 머리가 좋다는 걸 보여줬다고 생각하고 있다니까."/펠리시티, 무정하게, "로저 삼촌은 머리가 좋아. 널 속이는 건 식은 죽 먹기인걸.")

푸른 새 한 마리가 풀고사리 바로 밑에 있는 우물가의 구멍에 집을 지었다. 위에서 보면 알이 보인다. 무척 귀엽다.

펠릭스는 5월의 어느 날 실수로 압정 위에 앉고 말았다. 펠릭스는 집안 대청소 같은 건 세상에 둘도 없는 바보짓이라는 의견.

광고

분실, 도난, 또는 주인을 잃은 물건——하트. 찾아주는 사람에게 사례함. 보낼 곳 칼라일 학교, 7번 책상, 사이러스 E. 브리스크.

분실 또는 도난. 길이 8센티미터쯤, 굵기 3센티미터쯤의 갈색 머리카락 한 줌. 발견하신 분은 칼라일 학교, 15번 책상의 세실리 킹 양에게 보내주기 바람.

(세실리, "플러시가 그러는데 사이러스는 내 머리카락을 성경책에 끼워놓고 서표 대신 쓰고 있대. 희망은 사라졌지만 추억으로 영원히 간직할 거래."/댄, "주일학교에 가면 그 자식 성경책에서 내가 훔쳐줄게."/세실리, 새빨개진 얼굴로, "괜찮아. 그것으로 위로가 된다면 그렇게 하게 내버려둬. 무엇보다 훔치는 것은 옳은 일이 아니잖아."/댄, "그 자식도 훔쳤잖아."/세실리, "하지만 마우드 선생님이 잘못을 두 번 한다고 옳은 일이 되는 건 아니라고 하셨어.")

가정란

올리비어 고모의 웨딩케이크는 칼라일의 모든 케이크 중에서도 최고였다는 평판입니다. 나와 어머니가 만들었습니다.

마음 졸이고 있을 질문자님 : 다른 것을 구할 수 있는 데도 고무풀을 사용하여 머리를 컬하는 것은 권장하고 싶지 않군요. 모과즙이 적당하겠지요.

(세실리, 쓰라린 듯이, "고무풀 애기는 두 번 다시 듣고 싶지 않아."/댄, "러스크를 부풀리는 데 치약가루를 사용한 사람에게 그렇게 말해주는 게 어때?")

지난주에 올봄의 첫 대황(大黃) 파이가 나왔습니다. 맛은 좋았지만 크림이 좀 딱딱했습니다.

펠리시티 킹

에티켓

인내심 깊은 고민녀로부터.

(질문) 젊은 남성이 머리카락을 잘라 훔쳐갔을 때는 어떻게 하는 것이 좋을까요?

(답) 다시 기르세요.

F—l—x : 아니에요, 작은 애벌레를 새끼애벌레라고 말하지는 않습니다.

(펠릭스, 펄쩍펄쩍 뛰며, "내가 이런 질문을 했단 말이야? 댄은 처음부터 끝까지 에티켓난을 지어내기만 하고 있어."/펠리시티, "그것도 그렇지만, 어째서 이런 질문이 에티켓하고 관계가 있는 건지 모르겠다니까.")

P—t—r : 그렇습니다. 여유가 있으면 여자 친구에게 아이스크림을 두 번 대접하는 건 참으로 옳은 일입니다.

F—l—c—t—y : 아니에요, 씹는 담배는 여자답지 않습니다. 송진이나 껌으로 하세요.

댄 킹

유행 메모

올여름에는 프릴이 달린 모슬린 앞치마가 유행할 것 같다. 레이스 뜨기로 가장자리를 장식하는 것은 이제 유행에 뒤떨어졌다. 호주머니는 하나 있는 것이 세련되어 보인다.

조개껍질이 기념품으로 유행하고 있다. 저마다 이름과 날짜를 조개껍질의 안쪽에 쓰고 친구 것과 교환하는 것이다.

세실리 킹

유머

퍼킨스 선생님 : "피터, 세계에서 가장 큰 섬의 이름을 말해보아."

피터 : "프린스에드워드 섬, 영국제도, 호주."

(피터, 싸울 듯이, "퍼킨스 선생님도 내가 말한 것이 맞다고 하셨잖아? 웃을 일이 아니야.")

이거야말로 진짜 우스운 이야기로, 실제로 있었던 일. 이번에도 사무엘 클래스크 씨가 등장. 어느 날 기도회를 이끌다가 문득 창밖을 보니, 경관이 마차를 타고 오는 것이 보였다. 사무엘은 늘 빚쟁이한테 시달리고 있었기 때문에, 자기를 붙잡으러 온 것임을 단박에 알아차렸다. 그래서 황급하게 케이시 형제에게 기도를 부탁하고, 케이시 형제가 눈을 감고 기도를 시작하자 다른 사람들도 모두 고개를 숙인 틈에 클래스크 씨는 그대로 창문으로 빠져나갔다. 그리고 경관이 기도가 끝나기를 기다리고 있다가 들어오기 전에, '걸음아 날 살려라' 하고 달아나고 말았다.

로저 삼촌은 클래스크 씨 쪽에서 보면 멋진 수법이라고 말했지만, 나는 종교적인 행동은 아니었다고 생각한다.

펠릭스 킹

페그 보엔 교회에 나타나다

그 옛날에 과수원에서 함께 놀고 즐거움을 나누며 황금의 길을 걸었던 아이들 중 아직도 살아 있는 친구들은, 바쁜 나날에도 틈틈이 모여 재미있었던 온갖 일들을 서로 얘기하는데, 다른 일화에 비해 더욱 생생하게 기억에 되살아나 자주 화제가 되는 몇 가지 사건이 있다. 제리 카우안한테서 하느님의 그림을 산 일, 댄이 독열매를 먹은 일, 유령의 종이 울리는 것을 들은 일, 패트에게 걸린 저주, 총독 부인의 방문, 폭풍 속에서 길을 잃었던 날 밤…… 그 모두가 그리운 옛 추억과 웃음을 불러일으킨다. 그러나 페그 보엔이 교회에 나타나 우리 집안의 자리에 앉았던 그 일요일의 추억만한 것은 좀처럼 없을 것이다. 펠리시티라면 결코 알 수 없는 일이라고 말하겠지만 당시 우리에게는 우스운 일은커녕 그것과는 거리가 먼 것이었다.

그것은 7월 어느 일요일의 일이었다. 앨릭 삼촌과 재닛 숙모는 아침 예배에 갔다 왔기 때문에 저녁 예배에는 참석하지 않았다. 아이들은 일요일에 입는 좋은 옷을 입고 나름대로는 가장 좋은 얼굴을 만들려고 노력하면서, 다 함께 긴 언덕의 오솔길을 내려갔다. 여름

초저녁에 비할 데 없는 황금빛 사이를 누비며 교회로 가는 산책은 늘 무척 즐거웠기 때문에, 우리는 결코 길을 서두르지 않고, 그러면서도 지각하지 않도록 세심하게 신경 쓰면서 걸어갔다.

이 특별한 저녁은 또한 특별하게 아름다웠다. 무더운 하루를 보낸 뒤 시원한 바람이 불어, 일대에 펼쳐진 밀밭은 수확을 앞두고 찬란하게 여물어가고 있었다. 바람은 길가 푸른 풀들과 소문이야기를 쑥덕거리고 있고, 그 위에 오도카니 선 미나리아재비는 금빛 웃음을 흩날리며 춤추고 있었다. 나긋나긋한 그림자의 잔물결이 풍요로운 목초지를 건너가고, 꿀을 훔치는 벌들이 길가의 꽃밭마다 모여들어 경쾌한 약탈의 노래를 부르고 있었다.

"오늘 저녁엔 온 세상이 다 사랑스러워. 교회에 들어가서 태양과 음악을 쫓아버리는 건 생각만 해도 싫어. 여름엔 밖에서 예배를 드리면 좋을 텐데." 스토리 걸이 말했다.

"그리 경건한 마음이 들 것 같지 않아." 펠리시티가 말했다.

"교회 안보다 바깥이 훨씬 더 경건한 마음이 될 수 있어." 스토리 걸이 되받았다.

"교회 밖 묘지에 앉아서 예배본다면 난 별로 마음이 내키지 않아." 펠릭스가 말했다.

"게다가 음악도 없잖아. 안에 성가대가 있는걸." 펠리시티가 덧붙였다.

"음악에는 야만인의 가슴조차 녹여버리는 신비한 힘이 있어." 피터가 인용했다. 그는 요즘, 대화를 언어의 보석으로 장식하는 습관을 익혀가고 있었다. "셰익스피어 극에 나왔어. 성경읽기가 끝난 뒤부터 읽고 있어. 굉장한 책인 것 같아."

"용케도 그런 걸 읽을 시간이 있구나." 펠리시티가 말했다.

"응, 일요일 오후, 집에 있을 때 읽고 있어."

"일요일에 읽을거리로는 어울리지 않아. 어머니가 발레리아 몬터규의 소설도 그렇다고 하셨어." 펠리시티가 제법 매섭게 몰아붙였다.

"하지만 셰익스피어는 발레리아하고는 달라." 피터가 항의했다.

"뭐가 달라? 그 사람은 사실이 아닌 것을 잔뜩 썼잖아. 발레리아와 똑같아. 게다가 벌 받을 말도 썼고. 발레리아는 그런 말은 한 번도 하지 않았어. 발레리아의 등장인물은 모두 굉장히 품위 있는 말씨를 써."

"하지만, 난 언제나 벌 받을 말을 하고 있어. 게다가 언젠가 마우드 선생님은, 성경책과 셰익스피어가 있으면 어떤 도서관도 모양새가 갖춰지는 거라고 하셨어. 그러니까, 그 가치가 같다고 생각하신다는 뜻이야. 그렇지만 성경책과 발레리아 몬터규만 있으면 도서관의 모양새가 갖춰진다는 말은 절대로 하지 않으실 거야."

"내가 알고 있는 건, 나라면 일요일에 셰익스피어는 읽지 않는다는 거야." 고집스럽게 펠리시티가 쏘아붙였다.

"데이비슨 씨의 조카는 어떤 설교가일까?" 세실리가 고개를 갸우뚱했다.

"글쎄, 오늘 밤 얘기를 들어보면 알 수 있을 거야. 잘 하실 거야. 전임인 삼촌은 훌륭한 설교가였잖아. 무척 멍한 분이기는 했지만. 하지만 로저 외삼촌의 말로는, 마우드 선생님의 휴가를 메우는 건 그리 쉬운 일이 아니래. 나, 예전 있었던 데이비슨 씨에 대한 굉장히 우스운 얘기를 알고 있어. 그분은 베이워터의 목사님이었잖아? 대가족을 거느리고 있었는데 아이들이 하나같이 장난꾸러기였대. 어느 날 부인이 다림질을 하고 있었는데, 그때 마침 다리고 있던 것은 둘레에 프릴이 달린 굉장히 큰 나이트캡이었어. 아이 하나가 부인이 잠시 눈을 돌린 사이에 그것을 집어 아버지의 외출용, 그러니까 일요일용 실크해트 속에 집어넣었어. 다음 일요일, 데이비슨 씨는 교회에 나가면서 모자 속을 살펴보지도 않고 그냥 쓰고 나갔어. 멍하니 생각에 잠겨 교회까지 가서 문 앞에서 모자를 벗었지. 글쎄, 어떻게 됐겠어? 나이트캡이 그때까지 줄곧 쓰고 있었던 것처럼 머리에 얹혀 있고, 프릴이 머리를 감싸고, 끈은 등 뒤에 축 늘어져 있었지. 그래도 마음은 여전히 멀리 딴 곳에 있었기 때문에, 아무것도 모르고 통로를 걸어가서, 이렇게 설교단에 섰던 거야. 장로 한 사람이 보다 못해 머리에 뭐가 얹혀 있는지 살짝 알려주러 갔어. 그것을 벗은 목사님, 멍하니 그걸 이리저리 뜯어보더니 커다란 목소리로 느릿느릿하게 말했어. '이게 뭐야! 샐리의 나이트캡이잖아? 내가 왜 이걸 쓰고 있었지?' 그런 다음에 태연하게 그것을 주머니에 찔러 넣고 다시 설교를 시작했대. 그동안 내내 나이트캡의 기다란 끈이 주머니에서 삐져나와 늘어져 있었대지 뭐야." 스토리 걸이 말했다.

모두가 웃고 있는데, 피터가 말했다.

"이상하게 우스운 이야기 중에서도, 목사님에 대한 얘기가 다른 사람의 얘기보다 더 우스운 것 같아. 왜 그럴까?"

"이따금 목사님을 우스개삼아 이야기하는 건 안 되는 게 아닐까? 존경하는 마음이 부족하잖아." 펠리시티가 말했다.

"재미있는 얘기는 그저 재미있는 얘기일 뿐이야. 누구를 소재로 하더라도 말이야." 스토리 걸은 논리에 잘 맞지 않는 대답을 했다.

그들이 교회에 도착했을 때는 아직 아무도 없었기 때문에, 여느 때처럼 교회 주변의 묘지에서 놀기로 했다. 스토리 걸은 오늘도 어머니의 무덤에 바칠 꽃을 가지고 왔다. 그녀가 무덤에 꽃을 장식하는 동안, 우리는 이미 수백 번이나 읽은 킹 집안 증조할아버지의 묘비명을 읽기 시작했다. 그것은 증조할머니가 지으신 것이었다. 그 묘비명은 킹 집안 사람들을 기쁨과 슬픔, 웃음과 눈물이 한데 아울러서 가족을 이어주고 있다 하여, 이 작은 가족사에서는 이름 높은 작품이었다. 우리에게는 아무리 퍼내도 마르지 않는 매력이 있는 듯, 일요일마다 읽어도 전혀 싫증나지 않았다. 이 섬의 특산물인 길

쭉한 붉은 사암판에 깊이 새겨진 묘비명은 다음과 같은 것이었다.

고인의 거룩한 영전에 바칩니다

감사로 충만한 이 과부의
맹세의 말을 받아주소서
앞으로 찾아올 낮도 밤도
아이작을 기리지 않는 날 없으리
설령 그대의 속세의 육신이
흙 속에 썩어 가루가 된다 해도
어떠한 때, 어떠한 고비에도
이 과부의 마음으로부터
그 추억 사라지지 않으리
영원히 행복한 세상에 사는 그대여
비탄하는 미망인을 잊지 마소서
천사의 사랑으로 지켜봐 주소서
현세의 재앙과 불행도 물리치고
쓸쓸한 생활을 평안한 삶으로
가는 길 끝까지 어루만져 주소서
머지않아 그리운 그 미소로
이 몸을 부디 맞아주소서
마지막 심판의 그날에

"도대체 이 양반은 무슨 말이 하고 싶은 거지?" 댄이 물었다.
"증조할머니께 정말 고상한 말버릇이구나." 펠리시티가 신랄하게
말했다.
"그럼 증조할머니에게는 어떤 말버릇이 좋다고 〈패밀리 가이드〉

에 나와 있나요, 친절한 소녀?"

"난 이해 안 되는 게 한 가지 있어." 세실리가 말했다.

"증조할머니는 자신을 가리켜 감사로 충만한 과부라고 했잖아. 무엇에 감사한다는 거야?"

"마침내 증조할아버지를 쫓아낼 수 있었기 때문이지." 댄이 거침없이 말했다.

"설마? 그럴 리가 없어! 증조할아버지와 할머닌 무척 사이가 좋으셨다던데?" 세실리는 진지하게 반박했다.

"이토록 오래 함께 살아주어서 감사하다는 뜻이 아닐까?" 피터가 의견을 말했다.

"할아버지가 평생 다정하게 대해 주신 것에 감사하는 거라고, 난 생각해." 펠리시티도 한마디했다.

"비탄하는 미망인이라는 건 무슨 뜻이야?" 펠릭스가 물었다.

"미망인이라는 말 난 너무 싫어. 슬픈 말이잖아. 미망인이라는 건 과부라는 말하고 같은 거야. 남자는 미망인이라고 하지 않아." 스토리 걸이 말했다.

"묘비명 뒷부분은 운율이 잘 맞지 않은 것 같아." 댄이 말했다.

"운율을 맞추는 건 생각만큼 쉬운 일이 아니야." 피터는 자신의 체험을 생각하며 고개를 끄덕였다.

"내 생각에 증조할머니는, 묘비명 마지막을 일부러 운율을 맞추지 않은 것 같아." 펠리시티가 거만하게 말했다.

교회에 들어가서 킹 집안의 오래된 자리에 앉았을 때도, 교회 안에는 사람이 조금밖에 없었다. 우리가 천천히 자리에 앉은 순간, 펠리시티가 동요하며 자기도 모르게 속삭였다. "페그 보엔이 있어!"

우리는 일제히 고개를 돌려 유유히 통로를 걸어오는 페그를 엿보았다. 우리의 그런 에티켓에 어긋나는 행동은 용서받을 수 있는 거라고 생각한다. 칼라일 교회의 엄숙한 통로가 그런 인물에게 침략당한 적은 한 번도 없었으니까. 페그는 너무 오랫동안 입어서 옷자락이 닳아버린 그 너덜너덜한 짧은 치마를 입고, 요란한 진홍색 옥양목 블라우스를 입고 있었다. 모자도 쓰지 않고, 헝클어진 반백의 머리를 어깨에 늘어뜨리고 있었다. 그녀는 얼굴, 팔, 다리를 모두 맨살 그대로 드러내고 있었는데……, 게다가 그 얼굴과 팔, 다리에 문자 그대로 밀가루로 덕지덕지 분칠을 하였다. 그날 밤 그런 페그를 본 사람은 아마 이 모습을 오랫동안 잊지 못했을 것이다.

평소보다 야성적이고 불안정한 빛이 번쩍이는 페그의 검은 눈동자가 힐끔힐끔 교회 안을 둘러보더니, 이윽고 우리 자리에서 걸음을 멈췄다.

"이쪽으로 오고 있어. 모두 넓게 벌려 앉아서 우리 자리가 꽉 찬 것처럼 보이도록 해." 펠리시티가 놀라서 속삭였다.

그러나 작전은 이미 늦어버렸다. 펠리시티와 스토리 걸이 옮겨 앉은 탓에 오히려 두 사람 사이에 틈이 생겨서, 그곳에 페그가 털썩 주저앉은 것이다. 그녀는 큰소리로 이렇게 말했다.

"애들아, 내가 왔다. 여기 있는 너희들에게 두 번 다시 칼라일 교회에는 오지 않겠다고 전에 말한 적 있다만," 피터에게 고개를 끄덕여 보이며 말했다. "지난 겨울에 네 말을 듣고 생각해봤지. 뭐 가끔은 와도 좋겠다는 생각이 들더구나. 좋은 곳으로 올라가고 싶으니까."

양쪽에 앉은 가엾은 소녀들의 괴로움이여! 교회 안의 사람들이 우리 자리를 쳐다보며 웃고 있었다. 우리는 모욕을 받았다는 느낌으로 가득찼지만, 그렇다고 어찌해 볼 방법이 있는 것은 아니었다. 페그는 의심할 여지없이 자신에게 크게 만족하고 있는 모습이었다. 그녀가 앉은 자리에서는 설교단과 회랑을 포함하여 교회 전체가 다 보였다. 그녀는 두리번두리번대며 시선을 굴렸다.

"아니, 저런! 샘 키네어드 아니야?" 다시 그녀는 큰소리를 질렀다. "언젠가 주일날 교회 계단에서 제이컵 마에게 4센트를 갚으라고 끈질기게 졸랐던 사람이지. 내가 분명히 들었어. '이보게, 제이컵, 지난 가을에 자네가 암소를 샀을 때 나에게 4센트 빚진 게 있잖아. 그때 잔돈이 모자랐던 거 잊었어?' 하고 말이야. 키네어드 집안 물건들, 인색한 건 알아줘야 한다니까. 정말이야. 그래서 저렇게 돈을 모은 거지."

교회 안에 있는 사람들에게 들으라고 이 말을 할 때, 샘 키네어드가 무엇을 생각하고, 또 느꼈는지는 알 수 없다. 소문으로는 그의 안색이 변했다고 한다. 킹 집안의 자리에 앉아 있었던 불행한 우리는, 짓밟힌 자신들의 기분에만 사로잡혀 다른 것을 돌아볼 여유가 없었다.

페그는 계속했다. "어? 저건 멜리타 로스! 6년 전에 내가 마지막으로 칼라일 교회에 왔을 때와 같은 보닛을 쓰고 있네. 물건을 소중히 쓸 줄 아는 사람도 있구만. 아, 엘머 브루어 부인이 입고 있는 옷을 봐라, 저기. 저 여자 모친네가 불쌍하게도 무료 양로원에서 죽었다는 사실 믿을 수 있니? 응?"

가련한 브루어 부인! 멋진 염소가죽 구두의 발끝에서부터, 모자에 붙인 우아한 타조 깃털 장식에 이르기까지, 그녀는 누구보다 완벽하고 우아하게 차려입고 있었다. 그러나 감히 말한다면, 그날 밤 그녀는 자신의 최신식 복장에 대해 약간의 기쁨밖에 느끼지 못했을 것이다. 댄을 포함한 짓궂은 사람들 중에는 웃음을 감추느라 몸부림을 치는 사람도 있었지만, 대부분은 다음에는 자기 차례가 아닌가 겁을 먹고, 얼굴 근육의 긴장을 풀지 못하고 있었다.

"오! 스티븐 그랜트 영감이 들어오는구나. 버터조차 입 안에서 녹지 않을 것 같은 얼굴이군. 저 사람은 장로일지 몰라도 동시에 악당이야. 보험금이 탐나서 자기 집에 불을 지르고 나에게 죄를 뒤집어 씌웠거든. 그렇지만 저 작자는 날 이기지 못해. 암, 그렇고말고! 그건 저 작자도 나도 알고 있지, 이히힛!" 밀가루투성이의 바른 주먹을 휘두르면서, 페그가 고막을 찢을 듯한 목소리로 소리를 질렀다.

페그는 온몸에 소름이 돋을 것 같은 웃음을 지었고, 스티븐 그랜트는 아무 말도 듣지 못한 척하느라 필사적이었다.

"목사님은 언제 오시려는 걸까? 아무리 그래도 목사님이 오시면 그만 둘 거 아냐." 펠리시티가 내 귓가에 대고 우는 소리로 말했다.

그러나 목사님은 나타나지 않았고, 페그도 전혀 그만 둘 기색이 없었다.

"마리아 딘이다. 마리아는 몇 년이나 만나지 못했어. 먹을 것이라고는 하나도 없을 것 같아서, 그 집에는 가지 않았거든. 어차피 클레이턴 집안 출신이고, 클레이턴 사람들은 요리를 할 줄 모르니까. 마리아는 물에 불어서 쪼글쪼글해진 것 같은 얼굴을 하고 있구나. 안 그렇니? 저기 있는 건 더글러스 니콜슨. 저 작자 형은 식구가 먹을 팬케이크에 쥐약을 넣었단다. 영리한 방법 아니냐? 안 그래? 과실로 처리되었지만 말이야. 정말 과실이었으면 좋겠다. 더글러스 부인은 실크만 입지. 그걸 보면 면을 입고 결혼했다는 게 도저히 상상이 안 될 거야. 뭐, 어쨌든 옷을 걸치고 결혼할 수 있었다는 것만으로도 고맙게 생각해야 한다는 게 내 의견이지만. 티모시 패터슨도 있구나. 저자는 살아 있는 사람 중에서 가장 구두쇠란다. 샘 키네어드도 못 당해. 아이들에게 5센트씩 주고 저녁밥을 생략한다나? 그리고 아이들이 잠든 뒤에 그 5센트를 주머니에서 도로 꺼내가지. 정말이야. 그 집의 아버지가 죽었을 때도, 마누라한테 말해서 가장 좋은 셔츠를 입히지 못하게 했어. 어차피 묻어버릴 거니까 두 번째로 좋은 것이면 충분하다는 거지. 이것도 정말이란다."

"도저히 못 참겠어!" 펠리시티가 울부짖었다.

"여보세요, 보엔 아주머니. 남에 대해서 절대로 그런 식으로 말해선 안 된다고 생각하는데요." 펠리시티가 괴로워하는 것을 보다 못한 피터가 페그에 대한 두려움도 뿌리치고 작은 소리로 말했다.

"뭐라고, 도런님? 나와 다른 사람들의 차이는 말이다, 난 이런 말을 입 밖에 내서 말하고, 그 사람들은 그저 마음속으로 생각만 한다는 것뿐이란다. 이 교회에 있는 사람들에 대해 내가 알고 있는 사실들을 모두 말하면, 너희들 눈이 휘둥그레질 거다. 박하 좀 먹을래?" 페그가 신이 나서 대답했다.

페그가 치마 주머니에서 박하사탕을 한 줌 꺼내 하나씩 권하자, 우리는 모두 몸을 떨었다. 차마 거절하지 못하고, 모두 자기가 받은 마른모 모양의 사탕을 두려워하며 손에 쥐고 있었다.

"어서 먹으렴." 페그는 엄한 목소리로 명령했다.

"어머니가 교회에서 사탕 같은 건 먹으면 안 된다고 말씀하셨거든요." 펠리시티가 더듬거리면서 말했다.

"뭐라고? 난 네 어머니와 똑같이 좋은 집안의 부인이 교회에서 아이에게 사탕을 주는 것을 봤다." 페그가 고압적으로 말했다. 그녀는 박하를 입에 넣고 사뭇 맛있다는 듯이 핥았다. 그 동안은 말을 하지 않아서 우리는 안도했다. 그러나 그것도 잠시뿐이었다. 맵시 있게 옷을 차려입은 젊은 아가씨들 몇 명이 우리 자리 옆을 지나갔을 때, 페그의 악담이 다시 시작된 것이다.

"그렇게 목에 힘줄 것도 없겠구만." 아주 멸시하는 듯이 커다란 목소리로 페그가 말했다. "이 처녀고 저 처녀고, 모두 분유통을 요람 삼아 자란 것들이. 아이고, 헨리 프루언 영감 아니우? 아직도 이승에 계셨구려. 난 우리 집 앵무새에다 저 사람의 이름을 붙여주었지. 코가 똑같이 생겼거든. 봐라, 캐럴라인 마를 봐. 결혼하고 싶어서 안달난 여자야. 저 사람은 알렉산더 마. 저 사람은 아무튼 진짜 크리스천이야. 그 집의 개도 그렇고. 난 남자의 신앙심을 늘 그

자가 키우고 있는 개의 종류로 판단한단다. 알렉산더 마는 좋은 남자야."

페그가 사람을 칭찬하는 것을 들은 건 구원이었다. 다만 그건 단 하나의 예외일 뿐이었지만.

"데이브 프레이저가 잔뜩 뽐내며 들어오는 꼴 좀 봐라. 저 남자는 자기가 남과 다르다는 것을 하느님에게 너무 많이 감사했기 때문에, 정말 그렇게 되어버렸어. 분명히 다르긴 다르지! 저건 수잔 프루언! 저 여잔 누구한테나 질투를 해. 가장 좋은 묘지에 묻혔다고 로저 영감까지 질투하고 있다니까. 세스 어스킨이란 남자는 태어났을 때 그대로의 얼굴을 하고 있구나. 하느님이 인간을 만드셨다고 하지만, 어스킨은 악마가 만들었어. 난 그렇게 믿고 있다."

"갈수록 더 심해져. 다음엔 무슨 말이 나올까?" 가련한 펠리시티가 중얼거렸다.

그러나 그녀의 고난도 결국 끝났다. 목사님이 설교단에 나타나자 페그가 입을 다물었기 때문이다. 밀가루투성이의 팔을 가슴 앞에 모으고, 그녀는 검은 눈동자를 꼼짝 않고 젊은 설교가에게 고정시켰다. 이어지는 반시간 동안의 그녀의 행동은 예의범절 그 자체였다. 하기야 목사님이 우리는 심판을 내릴 때에 항상 관대하지 않으면 안된다고 기도했을 때, 페그가 커다랗고 우렁찬 목소리로 수없이 '아멘'을 소리치는 바람에 페그를 모르는 젊은 목사는 약간 어리둥절했던 것 같았다. 그는 눈을 뜨고, 깜짝 놀란 눈빛으로 우리 자리를 쳐다보다가, 곧 다시 정신을 가다듬고 기도를 계속했다.

페그는 데이비슨 씨의 기도가 중간쯤 갈 때까지 잠자코 미동도 하지 않고 기도를 듣고 있었다. 그러다가 갑자기 일어서서 이렇게 소리쳤다.

"시원찮아요, 좀더 재미있는 걸 좀 해보셔."

데이비슨 씨는 갑자기 말문이 막혔다. 페그는 쥐 죽은 듯이 고요한 교회 통로를 맹렬한 기세로 걸어나갔다. 그런 다음 통로 가운데에서 빙글 돌아서서 목사님과 정면으로 마주 보았다.

"이 교회는 위선자들만 있어서 제대로 된 인간이 올 곳이 아니야. 당신들 같은 위선자가 될 바엔 숲 속에 몇 마일이나 들어가서 자살이라도 하는 게 낫겠어."

홱 돌아선 그녀는 성큼성큼 걸어서 문으로 향했다. 그런 다음 다시 한 번 돌아서서 마지막 말을 던졌다.

"가끔 하느님이 안됐다고 생각했어. 걱정하지 않으면 안 될 일이 한두 가지가 아니니까. 하지만 이제 그럴 필요가 없다는 걸 알았어. 하느님에게 이래라 저래라 하는 목사가 이렇게 많이 있으니까 말이야."

이 말을 남기고 페그는 칼라일 교회의 먼지를 발에서 털어냈다. 불운한 데이비슨 씨는 기도를 계속했다. 지진조차 그의 주의력을 설교에서 돌릴 수는 없다고 생각했던 엘더 베일리 장로는, 나중에 그날은 훌륭하고 좋은 교훈이 되었다고 말했는데, 나로서는 칼라일 교회에 있었던 다른 사람들 중에 그렇게 생각하거나, 거기서 교훈이 될 만한 것을 얻은 사람이 있었다고는 생각되지 않는다. 분명히 말하지만 킹 집안의 우리들에게 교훈이 될 만한 것은 없었다. 집에 돌아왔을 때는 그날 인용되었던 글귀조차 생각나지 않았다. 펠리시티는 의기소침하여 괴로운 듯이 말했다.

"데이비슨 씨는 페그가 우리 자리에 있었기 때문에 틀림없이 우리 친척인 줄 알았을 거야. 이런 지독한 굴욕은 도저히 씻을 수가 없을 것 같아. 피터, 부탁이니까, 아무한테나 교회에 나오라고 권하지 말아줘. 오늘 있었던 일도 모두 너 때문이야."

"뭐 어때? 언젠가 좋은 얘깃거리가 될 거야." 스토리 걸이 재밌다는 듯이 말했다.

양키 스톰

8월의 어느 날, 과수원에서는 아이 여섯 명에 어른 한 명이 설교 바위를 가운데 두고 둘러앉아 있었다. 어른 한 명은 미스 리드를 말하는데, 소녀들에게 음악 레슨을 시킨 뒤 남아서 함께 차를 마시기로 한 것이다. 아직도 낭만적인 열정을 가지고 그녀를 숭배하고 있던 소녀들은, 하늘에라도 오른 듯한 심정이었다. 황금색 풀밭을 건너 스토리 걸이 왔다. 8월 마법의 와인으로 채워진 새빨간 술잔 같은 멋진 양귀비꽃을 한 송이 들고 있었다. 그녀가 그 꽃을 미스 리드에게 바치고, 정평이 나 있는 화사하고 아름다운 손이 그것을 받아들었을 때, 나는 그 가운데 손가락에서 반짝이는 반지를 보았다. 내 시선이 그 반지에 머문 것은, 미스 리드는 반지를 낀 적이 없다며 그녀는 반지 따위를 좋아하지 않는 것 같다고 여자아이들이 얘기하는 것을 들었기 때문이다. 새 반지는 아니었지만 아름다웠다. 그러나 디자인이 구식이어서, 가운데 사파이어가 박혀 있고, 그 주위를 자잘한 다이아몬드 알이 에워싸고 있었다. 미스 리드가 돌아간 뒤, 나는 스토리 걸에게 "반지 보았니?" 하고 물어보았다. 스토리 걸은 고개를 끄덕였지만, 그 이상은 아무 말도 하고 싶지 않은 눈치였다.

"잠깐만, 세라. 그 반지에는 사연이 있는 거지? 넌 알고 있니?"

"전에도 말했잖아. 얘기 하나가 완성되어가고 있지만, 다 완성될 때까지 기다려야 한다고."

"미스 리드는 누군가, 우리가 알고 있는 누군가와 결혼할 거지?" 나는 포기하지 않았다.

"호기심은 몸을 망친다고 했어. 미스 리드는 누구와 결혼할 거라고 말하진 않았어. 때가 올 때까지 기다리는 게 제일이야." 스토리 걸이 차갑게 경고했다.

스토리 걸이 어른처럼 말하자 아무래도 기분이 어색했다. 그래서 뚱한 얼굴로 더 이상 그 이야기를 하지 않자, 그게 오히려 스토리 걸을 몹시 만족하게 만들어준 것 같기도 했다.

스토리 걸은 마크데일의 사촌들을 방문하여 1주일 동안 집을 비웠었다. 그리고 주로 마크데일 항의 늙은 선원들한테서 들은 이야기의 보물을 한 아름 안고 돌아온 것이다. 그날 아침은 스토리 걸이 '북해안에서 일어난 가장 비극적인 사건'을 얘기해준다고 약속했기 때문에, 지금 그 약속을 이행하려는 것이었다.

"'양키 스톰'이라고 부르는 사람도 있고, '아메리카 폭풍'이라고 부르는 사람도 있는데," 스토리 걸은 얘기를 시작했다. 그녀는 미스 리드 옆에 앉아 있었는데 그녀가 허리에 팔을 둘러주었기 때문에 얼굴이 빛나고 있었다. "거의 40년 전인 1851년 10월의 일이었대. 항구에 사는 콜즈라는 할아버지가 얘기해 주었어. 그때는 젊었지만, 그 무서운 일은 결코 잊을 수 없다고 했어. 그 무렵엔 해마다 여름이 되면, 미국의 스쿠너선이 수백 척씩 고등어를 잡으러 만에 모였대. 1851년 10월의 그 아름다운 토요일 밤에도, 그런 배를 100척 이상 마크데일 곶에서 볼 수 있었어. 그런데 월요일 밤 그중 70척

이상이 난파되고 말았어. 그나마 무사한 배들은 대부분 일요일을 보내기 위해 토요일 밤에 입항해 있었던 것들이었어. 콜즈 할아버지의 얘기로는 나머지 배들은 모두 먼 바다로 나가 다른 날과 마찬가지로 일요일에도 일을 했다는 거야. 그런 짓을 한 대가가 폭풍이라고 콜즈 할아버지는 말했어. 하지만 그중 몇 척은 나중에 항구로 피신해 와서 살았다고 하니, 어떻게 생각해야 할지 고개가 갸우뚱해져. 어쨌든 일요일 밤, 갑자기 무시무시한 폭풍, 콜즈 할아버지의 말에 따르면, 자기가 아는 한 북해안에서 가장 큰 폭풍이 불었던 건 확실해. 폭풍은 이틀 동안 점점 더 거세졌고, 수십 척의 배가 모래밭 위에 올라앉으며 대파되었어. 모래밭에 올라온 배의 선원들은 대부분 구조되었지만, 바위에 부딪친 배는 산산조각이 나서 전원이 목숨을 잃고 말았어. 폭풍이 지나간 뒤 몇 주일 동안 북해안은 익사자의 시체로 뒤덮였대. 아, 정말 끔찍했을 거야! 그 대부분은 이름도 모르고 모습도 알아볼 수 없는 상태로 마크데일 묘지에 묻혔어. 마크데일의 선생님이 폭풍을 노래한 시를 썼는데, 콜즈 할아버지가 첫 2절을 암송해 주셨어.

이 무덤 언덕은 어부들의 안식처
숲으로 둘러싸인 교회 옆
발 아래 밀려드는 파도의 신음소리
가련한 어부들 파도 속으로 가라앉았네

갑작스런 폭풍이 푸른 하늘을 찢고
바다의 사나이들 만신창이가 되어
해초에 뒤엉켜 떠밀려왔다네
뭍 사람들의 비통한 마음들이 지켜보는 가운데

콜즈 할아버지는 더 이상은 기억하지 못했어. 하지만 양키스톰에 얽힌 이야기 중에서 가장 슬픈 건 프랭클린 덱스터 호의 이야기야. 프랭클린 덱스터 호는 마크데일 곶에서 좌초하여 선원 전원이 사망했는데, 그중에는 선장과 그의 동생들이 셋이나 있었대. 이 네 젊은 이는 모두 메인 주 포틀랜드에 사는 한 노인의 아들들이었는데, 소식을 전해들은 그 노인은 유해를 확인하기 위해 섬에 찾아왔어. 네 형제가 모두 해안으로 표류해 와서 마크데일 묘지에 매장되었지만, 노인은 아들들의 시체를 모두 파내어 고향에 묻기 위해 가지고 돌아갈 결심이었어. 아내에게 아이들을 데리고 돌아오겠다고 약속했기 때문이라고 하며 말이지. 아버지는 네 아들을 메인으로 데려가기 위해, 시체를 파내어 마크데일 항에서 범선에 싣고, 증기객선을 타고 귀로에 올랐어. 범선의 이름은 세스 홀 호, 선장의 이름도 세스 홀. 홀 선장은 신앙심이 전혀 없는 사람으로, 언제나 냉혈한처럼 악한 짓만 하는 사람이었어. 마크데일 항을 출범하기로 한 날 밤, 늙은 선원들은 폭풍이 올 것 같다며 지나갈 때까지 기다리지 않으면 안 된다고 했지. 그런데 선장은 그때까지 이미 며칠이나 늦어졌기 때문에, 마음이 급해서 무섭도록 화를 냈어. 무슨 일이 있어도 그날 밤 마크데일 항을 출발한다면서 무엇보다 '전능하신 신이라 해도 날 붙잡을 순 없어' 하는 모독적인 말도 했대. 선장은 항구를 떠났고, 폭풍은 배를 붙잡아…… 세스 홀 호는 선원 전원을 태운 채 바다 속에 가라앉고, 산 사람도 죽은 사람도 물고기밥으로 사라지고 말았어. 그러니까 아들들은 한 사람도 늙은 어머니 곁으로 돌아가지 못한 거야. 콜즈 할아버지는 "네 아들들이 묘지에서 영원한 잠에 들지 못하고, 바다가 죽은 사람들을 놓아줄 때까지 파도 속에 있어야하는 것이, 전생에서의 운명이 아니었을까" 하고 말했어."

그들은 잠드네, 짙은 보랏빛 파도 밑에

다른 이들이 푸른 풀 아래 잠든 것처럼.

미스 리드가 고운 목소리로 인용하며 덧붙였다. "난 내가 사랑하
는 사람이 '배와 함께 파도에 휩쓸리'지 않아서 무척 감사해. 그 사
람들은 이 세상의 슬픔을 세 배나 가지고 있는 것 같아."

"스티븐 삼촌은 선원인데 바다에서 돌아가셨어요. 그래서 할머니
의 가슴은 찢어지고 말았대요. 어째서 인간은 육지만으로 만족하지
못하는 걸까요? 이상해요." 펠리시티가 말했다.

세실리는 정성들여 이름을 수놓은 퀼트 조각보에 눈물을 뚝뚝 흘
리고 있었다. 그녀는 작년 여름부터 쉬지 않고 이름을 계속 모아왔
는데 그 이름들은 굉장한 수에 이르고 있었다. 그래도 키티 마보다
한 사람 적어서, 그것이 눈엣가시가 되고 있었다.

"게다가 돈을 받지 못한 사람도 한 명 있어. 페그 보엔이야. 아무
래도 못 받을 것 같아. 물어보는 것도 무서워." 세실리가 투덜거렸
다.

"나라면 이름을 넣어주지 않겠어." 펠리시티가 말했다.

"어머, 그럴 수는 없어. 넣지 않았다는 걸 틀림없이 알게 될 거
고, 그랬다가는 화를 낼 게 뻔해. 한 사람만이라도 좋으니까, 더
넣을 수만 있으면 좋겠는데. 하지만 아직까지 부탁해보지 않은 사
람은 한 사람도 떠오르지 않아."

"캠벨 씨 말고는 말이지?" 댄이 말했다.

"그야 물론이지, 캠벨 씨에게 부탁하는 사람이 어디 있을라구?
소용없을 게 뻔한데 뭐. 도대체 선교라는 걸 믿지 않는 사람이고,
선교라는 말을 입 밖에 내는 것도 싫어한대. 그런 사람한테는 1센
트도 받고 싶지 않아."

"부탁해봐서 손해 볼 것 없다고 생각하는데. 그러면 그가 누구한
테서도 부탁받지 않았다는 변명은 못할 것 아냐." 댄이 주장했다.

세실리는 몸을 내밀었다.

"오빠, 정말 그렇게 생각해?"

"당연하지." 댄이 진지한 얼굴로 대답했다. 댄은 세실리 같은 순진한 아이까지 가끔은 놀려먹고 싶어지는 것이다.

세실리는 다시 고민에 빠진 듯, 그날 하루 종일 미간에 고민의 빛이 똑똑히 나타나 있었다. 이튿날 아침 그녀는 나한테 와서 말했다.

"베브, 점심 먹은 뒤 나하고 함께 가줄래?"

"좋아. 어디 특별한 곳이니?"

"캠벨 씨를 만나 이름을 넣어달라고 부탁할 생각이야." 세실리는 눈 하나 깜박하지 않고 말해치웠다. "잘할 자신 있어. 생각해 봐, 작년 여름에도 스토리 걸이 할머니 얘기를 해 드릴 때까지, 학교 도서관에 동전 한 닢 기부하지 않을 생각이었잖아. 이번에는 스토리 걸은 함께 가주지 않을 거야…… 왠지 모르지만. 난 얘기 같은 건 할 줄 모르고, 그곳에 간다고 생각만 해도 무서워서 죽을 것 같아. 하지만 이건 의무라고 생각하기 때문에 꼭 가야 해. 그리고 내 퀼트 조각보에도 키티 마처럼 많은 사람들 이름을 넣고 싶어 견딜 수가 없어. 그러니까 네가 같이 가준다면, 점심 먹고 나서 가볼 생각이야. 혼자서는 절대로 갈 수가 없어."

선교의 여왕

그날 오후, 우리는 용감하게 호랑이굴에 뛰어들었다. 우리가 걸어간 길은 아름다웠다. 캠벨 씨와의 만남이 그리 즐겁지는 않겠지만, 그래도 가장 좋은 길을 골라 마음껏 산책을 즐겼다. 지난번 방문에서 그가 매우 예의 바르게 대해준 것은 틀림없지만, 그때는 스토리걸이 있어서 그 목소리와 개성이라는 마술로 그를 사로잡아 흡족하게 만들었고 또 주머니끈을 풀도록 했기 때문이었다. 이번에는 그런 아군이 없는 데다, 캠벨 씨는 선교에 대해서는 어떤 형태, 어떤 방법이든 맹렬한 적개심을 불태우고 있는 것으로 유명했다.

"좋은 옷을 입고 올걸 그랬나?" 단정하고 깨끗하기는 했지만 아무리 보아도 색이 바랜 데다, 몸에 꼭 끼고 짧아서 껑충한 것이 뚜렷이 드러나는 날염옷이라 언뜻 후회의 빛을 띠며 세실리가 말했다.

"스토리 걸도 그게 낫다고 했고 나도 그러고 싶었는데, 어머니가 허락해주지 않으셨어. 그런 바보 같은 짓은 없고, 캠벨 씨는 내가 입고 있는 옷 같은 것은 눈여겨보지도 않을 거라고 하시는 거야."

"내 생각에는 캠벨 씨는 네가 생각하는 것보다 훨씬 많은 것을 보실 것 같은데." 잘 안다는 듯한 얼굴로 나는 그렇게 말했다.

"아, 어서 빨리 끝났으면 좋겠어. 얼마나 마음이 조마조마한지 도 저히 말로 표현할 수가 없어."

"자, 그만 기운 내, 세실리. 그 집에 도착할 때까지 그런 생각은 하지 말자. 모두 잊고 즐겁게 가는 거야." 나는 격려해 주었다.

"노력해볼게." 세실리는 고개를 끄덕였다. "하지만 말하는 건 행 동하는 것보다 쉬워."

우리가 걸어간 길은 먼저 기린초의 금빛 꽃송이가 반짝반짝 거품 처럼 피어 있는 언덕 꼭대기였다. 구름이 집시 무리처럼 머리 위를 지나갔다. 구석구석 과실의 빛깔로 채색된 칼라일 마을이, 8월의 태 양빛을 받아 눈 아래 펼쳐져 있었다. 그 빛은 멀리 마크데일 항에 이르는 골짜기 가장자리에서 넘쳐 나와, 수확기의 황금빛 언덕까지 골고루 혜택을 나누어 주었다.

엷은 보랏빛 엉겅퀴가 흐드러지게 피어 있고, 그 향기가 살짝 피 어올라 작은 골짜기로 퍼져왔다. 엉겅퀴에는 향기가 없다고? 그렇 다면 늦여름의 황혼녘, 밤이슬이 내릴 무렵에 엉겅퀴가 무성한 움푹 한 시냇가에 가보라. 불현듯 피어오르는 조용한 공기 속에서 당신은 세상에 드물게 달콤하고 종잡을 수 없는, 희미하고 순한 한 줄기의 향기를, 엉겅퀴꽃에서 풍겨 나오는 향기를 느낄 수 있을 것이다.

이곳을 넘어가면, 오솔길은 전나무 숲을 구불구불 빠져나간다. 숲 의 바람이 속삭이는 목소리로 주문을 외우고, 숲 속의 시냇물은 지 상 가까이로 뻗은 가지가지 밑에 숨어 있는 그림자, 다정하고 친밀 하며 장난기 가득한 그림자를 누비며 졸졸 맑게 흘러간다. 구부러지 는 오솔길을 따라 부풀어올라 있는 것은, 피전베리 열매가 흩어져 있는 초록색 이끼의 비로드. 피전베리는 먹을 수 없다. 타박타박하 고 아무 맛이 없다. 그러나 그 불타는 주홍색은 구경할 만한 가치가 있다. 소나무 숲이 그 갈색의 가슴을 장식하고 싶어하는 보석이다.

세실리가 조금 따서 가슴에 꽂았지만 어울리지 않았다. 스토리 걸이 이 빛나는 열매송이로 갈색 곱슬머리를 장식하면 얼마나 아름다울까, 하고 나는 생각했다. 갑자기 이렇게 말한 것을 보면, 아마 세실리도 같은 생각을 한 모양이다.

"베브, 스토리 걸이 요즘 어딘가 변한 것 같지 않아?"

"우리보다 어른스럽다는 느낌이 들 때가 이따금——이따금이지만——있어. 들러리 옷을 입었을 때는 특히 더 그랬지." 내키지 않았지만 내가 대답했다.

"맞아, 나이가 가장 많고, 그러고 보니 벌써 열다섯이네, 이제 어른이야." 세실리는 한숨을 쉬었다. 그런 다음 갑자기 힘을 주어 이렇게 덧붙였다. "우리들 중 누군가가 어른이 되어간다는 건 생각하기도 싫어. 펠리시티는 빨리 어른이 되고 싶어 견딜 수가 없는 모양이지만, 난 달라. 조금도 어른이 되고 싶은 생각이 없어. 언제까지, 언제까지나, 어린아이로 있고 싶어……. 지금처럼, 베브와 펠릭스, 모두 놀이친구가 되어줬으면 좋겠어……. 어른이 어떤 건지 잘 모르겠지만, 어른이 된다고 생각할 때마다 왠지 싫증이 나."

세실리의 이야기의 어딘가가, 아니면 사랑스러운 갈색 눈동자에 숨어 있는 침잠하기 좋아하는 표정이, 어쩐지 내 마음을 안절부절못하게 했다. 캠벨 씨의 커다란 집이 눈앞에 나타나, 베란다 계단에 태평하게 앉아 있는 개를 보고 여행이 끝난 것을 알았을 때, 나는 속으로 반가웠다.

"아, 싫어. 개가 가까운 곳에 있지 않기를 내내 기도했는데." 세실리는 몸을 떨었다.

"저 녀석은 괜찮아."

"아마 그렇겠지. 하지만 당장이라도 물어뜯을 것 같은 얼굴을 하고 있잖아."

개가 우리를 노려보았다. 우리가 겁을 내며 피하면서 베란다 계단을 올라가자, 고개를 쳐들고 더욱 노려보았다. 앞에는 캠벨 씨, 뒤에는 커다란 개. 세실리는 불안한 나머지 몸을 덜덜 떨고 있었다. 그러나 무서운 짐승이 있어서 오히려 다행이었는지도 모른다. 그렇지 않았으면 현관에 발소리가 들려온 순간, 세실리는 홱 발길을 돌려 부끄러움도 체면도 잊은 채 달아나고 말았을 테니까.

그러나 문 앞에 나타난 것은 캠벨 씨의 가정부였다. 그녀는 우리를 친절하게 맞이하여, 거실에서 독서중인 캠벨 씨에게 안내해주었다. 캠벨 씨는 희미하게 눈썹을 찌푸리며 책을 놓더니, 우리가 조심스럽게 "안녕하세요?" 인사해도 한마디도 대답하지 않았다. 그러나 우리가 의기소침한 채 침묵에 싸여 천 킬로미터나 떨어진 곳에 있으면 좋겠다고 생각하는 동안 몇 분이 흘렀을 때, 그제서야 그는 겨우 껄껄 웃으면서 이렇게 말했다.

"흐음, 또 학교 도서관이냐?"

세실리는 가장 무서운 것은 용건을 꺼낼 때라고 오는 도중 몇 번이나 말했다. 그러나 캠벨 씨가 절호의 실마리를 제공하자, 그녀는 이때다 하고 얼른 덤벼들었다. 떨리는 목소리로 뺨을 붉게 물들이면서, 잔뜩 흥분하여 용건을 얘기하기 시작했다.

"아니에요, 캠벨 씨. 선교용으로 이름을 새기는 퀼트 조각보 때문에 왔어요. 참여하는 사람 수만큼 조각천이 있는데, 한 사람이 한 장씩 거기에 넣을 이름을 신청받고 있어요. 가장자리에 이름을 넣는 건 5센트, 한가운데 넣고 싶으면 10센트예요. 가능하면 많은 이름을 모아 자신의 조각보에 수를 놓는 거죠. 모은 돈은 우리 선교회에서 원조하고 있는 아시아 소녀들에게 보낼 거예요. 아직 아무도 이 댁에 부탁하지 않았다는 말을 듣고 어쩌면 저한테 이름을 주시지 않을까 해서요."

캠벨 씨는 검은 눈썹을 모으며 얼굴을 찡그렸다. 그리고 목소리도 거칠게 말했다.

"무슨 어리석은 소리냐! 난 해외 선교 같은 건 신용하지 않아, 전혀 믿지 않아! 그런 것에는 1센트도 낼 수 없어."

"5센트는 그리 큰 돈이 아니잖아요." 세실리가 끈기 있게 물고 늘어졌다.

그러자 캠벨 씨의 찌푸린 얼굴이 사라지고, 대신 웃음이 터져 나왔다.

"그렇게 말해도 꿈쩍도 안 할 거야. 뭐, 그러나 그건 중요한 일이지. 그리고 너희 선교회 말인데, 지금 한 말이 농담이 아니라면, 주위 사람부터 걱정하도록 해라. 너도 나와 거의 다를 바 없이, 미개인에 대해선 요만큼도 생각하고 있지 않잖아."

"그렇지 않아요. 생각하고 있어요. 아시아에 있는 불쌍한 아이들을 저흰 정말 생각하고 있어요. 그리고 조금이라도 도움을 주고 싶어요. 저희는 진지해요, 캠벨 씨. 정말 진지해요."

"안 믿어, 한마디도 안 믿어. 너희들은 즐겁고 재미있는 일만 하고 싶어 해. 콘서트를 열고 서명을 부탁하며 사람들 꽁무니를 쫓아다니고, 부모한테 시간이나 수고도 들이지 않고 공짜로 돈을 타서 쓰고 있지 않느냐. 미개지의 아이들을 위한다면서도, 하고 싶지 않은 건 무엇 하나 하지 않지. 진심으로 하는 희생 말이다. 그렇지!" 캠벨 씨는 거침없이 말했다.

"해보일 거예요! 그걸 증명할 수 있는 기회만 주신다면요." 열중한 나머지 평소의 소심함은 어디로 가버렸는지 세실리는 큰소리로 외쳤다.

"오호, 그래? 좋아, 그렇다면 그 말을 접수하마. 시험해 봐야겠는걸. 내일, 일요일은 성찬식이니까, 교회는 사람들로 가득 찰 것이고, 그 사람들은 모두 좋은 옷을 입고 오겠지. 만약 네가 행사가 끝날 때까지 누구한테도 이유를 말하지 않고, 지금 입고 있는 그 차림으로 나온다면, 너에게……좋아, 너의 퀼트 조각보를 위해 5달러를 약속하마."

불쌍한 세실리! 보풀이 인 낡은 밀짚모자와 헌 구두. 색이 바랜 날염옷을 입고 교회에 가라니! 캠벨 씨도 너무 하지 않은가?

"저, 전 어머니가 허락해 주지 않으실 거라고……생각하는데요."

캠벨 씨는 옳거니! 하듯이 빙긋 웃었다.

"핑계를 생각해 내는 건 그리 어려운 일이 아니지." 캠벨 씨는 빈정대듯이 말했다.

세실리는 귀까지 새빨개져서 굳은 얼굴로 캠벨 씨를 정면으로 응시했다.

"핑계가 아니에요. 어머니가 이 모습으로 가는 것을 허락해 주지 않는다 해도 전 가겠어요. 하지만 캠벨 씨, 어머니에게만은 이유를 말하게 해주세요. 말하지 않으면 절대로 허락하지 않으실 거예요."

"그럼 가족에게만은 얘기해도 좋아. 하지만 잘 들어라. 일요일이 끝날 때까지 다른 사람들에게는 절대로 얘기하면 안 돼. 만약 그랬다가는 난 반드시 알게 될 것이고, 그러면 우리의 거래는 끝나는 거다. 내일 교회에서 지금 그 모습의 너를 보면, 내 이름과 5달러는 네 것이야. 뭐, 그런 일은 없을 것 같지만. 잠시라도 다시 생각할 여유가 생긴다면 뒷걸음질칠 게 틀림없으니까."

"절대로 아니에요!" 세실리는 단호하게 장담했다.

"좋아요, 좋아. 뭐, 그건 그거고. 잠깐 우리 집 헛간까지 따라오너라. 세상에 처음 보는 귀여운 송아지들이 태어났단다. 너희들에게 꼭 보여주고 싶구나."

캠벨 씨는 우리를 데리고 헛간 구석구석을 보여주면서 무척 친절하게 대해주었다. 아름다운 말과 암소와 양이 많이 있어서 나는 흥미로운 눈요기를 할 수 있었다. 하지만 세실리도 그랬을 거라고는 생각되지 않는다. 몹시 굳어져서, 캠벨 씨의 흰 바탕에 검은 점이 있는 예쁜 얼룩말을 보고도 표정 하나 변하지 않았다. 벌써부터 내일의 고통을 맛보고 있는 것이었으리라. 집으로 돌아가는 도중, 세실리는 진지한 얼굴로 물었다.

"캠벨 씨는 죽어서 천국에 갈 수 있을까?"

"그야 물론이지. 교회에 소속되어 있잖아?"

"응, 그렇지. 하지만 도저히 천국에 어울리지 않는 사람이야. 돈 버는 것 말고는 아무것도 낙이 없잖아."

"사람을 괴롭히는 즐거움은 있는 것 같더라. 세실리, 내일 정말로 그 옷을 입고 교회에 갈 생각이니?"

"어머니가 허락해 주신다면 꼭 할 거야. 캠벨 씨를 우쭐하게 만들어주고 싶지 않아. 게다가, 키티와 같은 수만큼의 이름을 넣고 싶어. 정말 할 거야. 불쌍한 아시아 어린이들의 힘이 되어 주고 싶은 것도 진심이고. 어쨌든 너무한 얘기야, 그렇지? 어머니가 허락해주기를 바라는 건지 아니면 그 반대인지 나도 잘 모르겠어." 가련한 세실리가 말했다.

설마 허락해주실 거라고는 꿈에도 생각하지 않았다. 그런데 재닛 숙모는 가끔 예상을 벗어난 반응을 보여줄 때가 있다. 숙모는 웃으면서, "너 하고 싶은 대로 하렴" 하고 말한 것이다. 그 얘기를 듣고 격분한 펠리시티는, 세실리가 그런 차림으로 교회에 간다면 자기는 절대로 가지 않겠다고 소리쳤다. 그래서 댄이 그녀가 교회에 가는 건, 오로지 자신의 좋은 옷을 보여주거나 남의 옷을 보러 가기 위한 것이라고 빈정대는 바람에, 둘은 싸우기 시작하여 그 뒤 이틀이나 말을 하지 않음으로써 세실리를 비참한 기분으로 몰아넣었다.

가엾은 세실리는 이튿날 비가 오기를 간절하게 원하지 않았을까? 그런데 막상 뚜껑을 열어보니, 끝없이 반짝이는 화창한 날씨였다. 우리는 펠리시티와 세실리가 준비를 끝낸 뒤에도, 아직 옷을 갈아입지 않은 스토리 걸을 기다리며 과수원에 있었다. 펠리시티는 꽃으로 가장자리를 장식한 모자와 풀 먹인 모슬린 옷, 길게 뻗은 리본과 가장자리 장식이 달린 검은 실내화까지 반짝반짝 빛나는 모습이었다. 가엾은 세실리는 그 옆에서 빛바랜 등교용 옷에, 발끝에 무거운 구리를 덧댄 장화를 신고 말없이 창백하게 서 있었다. 그러나 그 얼굴은 창백해도 표정은 결연했다. 한 번 올라탄 배에서는 끝까지 내려오지 않으리라. 그것이 세실리였다.

"끔찍한 모습이구나. 상관없어. 난 제임스 아저씨 자리에 앉을 거니까. 너와 나란히 앉는 건 어쩐지 사양하고 싶어. 다른 마을에서 오는 사람도 많고, 마크데일 사람들도 모두 오는데 뭐라고 생각하겠니? 죽을 때까지 이유를 들을 수 없는 사람도 있단 말이야." 펠리시티가 말했다.

"스토리 걸은 빨리 안 오고 뭘하고 있는 걸까. 이러다가 지각하고 말겠어. 남보다 빨리 도착해서 가만히 자리에 앉아 있으면 그렇게 괴롭지 않을 텐데." 세실리는 그렇게만 말했다.

"아, 이제 나왔다. 아니, 근데 저, 저게 뭐야?" 댄이 말했다.

스토리 걸은 장난기 가득한 웃음을 빙긋 지으며 우리들 틈에 끼어들었다. 댄이 휘파람을 불었다. 어떻게 된 일인지 알자, 세실리의 창백한 뺨이 감사의 마음으로 살짝 물들었다. 스토리 걸은 학교에 갈 때 입는 날염옷을 입고 학교용 모자를 쓰고, 촌스러운 신발에 장갑도 끼지 않고 있었다.

"그런 기분 너 혼자만 느끼지 않아도 돼, 세실리." 스토리 걸은 말했다.

"고마워, 이제 조금도 괴롭지 않을 것 같아." 세실리는 '휴' 하고 안도의 한숨을 쉬었다.

아무리 그래도 괴로운 것은 마찬가지였으리라고 나는 생각한다. 스토리 걸은 개의치 않았을지 모르지만, 세실리는 자신에게 쏟아지는 호기심어린 시선 속에서 위축되고 있었다. 만약 혼자였다면 도저히 견디지 못했을 거라고 나중에 그녀는 고백했다.

캠벨 씨는 묘지에 우뚝 솟아 있는 느릅나무 밑에서 눈을 생기 있게 반짝이며 우리를 기다리고 있었다.

"오, 해냈구나, 꼬마 아가씨. 하지만 넌 혼자 해야 했어. 나는 그렇게 약속했는데. 제법 영리하게 속이려 했구나?"

스토리 걸이 주눅 들지 않고 사이에 끼어들었다. "속인 게 아니에요. 세실리는 제가 같은 차림을 한다는 걸 모르는 상태에서, 틀림없이 이 옷을 입고 먼저 준비하고 있었어요. 그러니까 정직하게 거래를 한 거잖아요, 캠벨 씨? 그건 그렇고 이런 일을 시키시다니 정말 너무하시는군요."

"오, 그래? 아, 그렇다면 미안하구나, 용서해다오. 설마 정말로 할 줄은 몰랐거든. 이런 날은 여자의 허영심이 선교의 열의도 물리칠 거라고 굳게 믿고 있었는데, 아무래도 그렇지도 않은 것 같구나…… 순수하게 선교하겠다는 마음에서인지, 아니면 킹 집안의 의지 때문인지, 그건 잘 모르겠다만. 난 약속을 지킬 거다, 꼬마 아가씨. 5달러를 주마. 그리고 내 이름은 한가운데 넣어주지 않으면 곤란해. 5센트짜리 귀퉁이는 싫거든."

충격적인 사실

"저녁에 과수원에서 중대한 발표가 있겠습니다."

아침 식사 자리에서 스토리 걸이 말했다. 그녀의 눈동자는 반짝반짝 빛나며 춤추고 있는 것 같았다. 잠을 잘 못 잔 얼굴이다. 간밤에는 미스 리드와 함께 보내고, 우리가 침대에 들어갈 때까지 집에 돌아오지 않았던 것이다. 미스 리드는 음악레슨을 끝내고, 2, 3일 집으로 돌아가기로 되어 있었다. 세실리와 펠리시티는 어떤 위로도 소용없을 만큼 실망하고 있었다. 그런데 이 두 사람보다 한층 더 미스리드에게 빠져 있었던 스토리 걸은, 내가 본 바로는, 전혀 실망한 빛도 없이 이번 일을 무척 기뻐하고 있는 것 같았다.

"어째서 지금은 말할 수 없는 건데?" 펠리시티가 물었다.

"저녁때가 소식을 알리는 데 가장 좋은 시간이잖아. 지금 이 정도로 말해 두면 오늘 하루 종일 기대 속에서 보낼 수 있으니까."

"미스 리드에 대한 거야?" 세실리가 물었다.

"글쎄?"

"틀림없이 결혼한다는 얘기일 거야." 반지를 떠올린 나는 이렇게 소리쳤다.

"정말?" 펠리시티와 세실리가 합창을 했다.

스토리 걸은 화난 눈초리로 나를 노려보았다. 모처럼의 극적인 발표를 김빠진 것으로 만들고 싶지 않았던 것이다.

"미스 리드에 대한 건지 아닌지, 지금은 말하지 않겠어. 저녁때까지 기다려."

"정말 뭘까?" 스토리 걸이 방에서 나가자 세실리는 생각에 잠겼다.

"별로 중요한 일도 아닐 거야. 스토리 걸은 언제나 별것도 아닌 걸 가지고 거창하게 떠들고 싶어한다니까. 게다가 미스 리드가 결혼한다니 믿을 수가 없어. 이 마을에는 연인 같은 건 없고, 암스트롱 부인도 미스 리드는 누구하고도 사귀지 않는다고 했거든. 설령 결혼한다고 해도 스토리 걸에게 말할 리가 없어." 아침 식사 한 접시를 치우면서 펠리시티가 말했다.

"어머, 언닌 뭘 몰라, 그 두 사람, 얼마나 사이가 좋은데?" 세실리가 말했다.

"미스 리드가 우리보다 그 아이와 더 사이가 좋을 리가 있니?"

"그래. 하지만 가끔은 우리와는 좀 다른 것 같은 기분이 들어. 어떻게 말하면 좋을지 잘 모르겠지만."

"알 리가 없지. 아무것도 없으니까." 펠리시티는 코웃음쳤다.

"어차피, 여자끼리의 비밀 얘기 같은 거겠지. 난 별로 흥미 없어." 댄이 거만하게 말했다. 그러던 댄도, 저녁때가 되자 흥미가 있든 없든, 다른 아이들과 함께 무르익고 있는 사과가 가지마다 보석처럼 모습을 드러내기 시작한 스티븐 삼촌의 산책길에 있었다.

"자, 이제 얘기해 줘도 되잖아?" 펠리시티가 기다리다 못해 그렇게 말했다.

"미스 리드가 결혼합니다. 간밤에 그렇게 말씀하셨어. 2주일 안에 결혼한다고." 스토리 걸은 말했다.

"누구하고?" 여자아이들이 일제히 소리쳤다.

"그게 말이야." 스토리 걸은 이 충격은 너도 방해할 수 없을 거라는 듯한 도전적인 시선을 나에게 던진 뒤 말했다. "얼간이 아저씨하고 한대!"

놀란 나머지 우리는 몇 초 동안 문자 그대로 벙어리가 되었다.

"우릴 놀리는 거지, 세라 스탠리?" 겨우 숨을 쉴 수 있게 된 펠리시티가 말했다.

"천만에. 깜짝 놀랄 줄 알았어. 난 아니었지만. 여러 가지 사소한 일이 눈에 띄어서 여름 내내 이상하다고 생각했거든. 내가 미스리드와 잠시 산책한 뒤 돌아와서, 얘기가 완성되어 가고 있다고 말한, 그 봄날 밤의 일 기억하니? 산울타리 너머로 얼간이 아저씨와 얘기를 하려고 멈춰 섰을 때, 그분이 미스 리드를 응시하는 시선을 보고 눈치챘지."

"하지만……얼간이 아저씨라니! 그럴 리가, 없어. 미스 리드가, 정말 자기 입으로 말한 거야?" 펠리시티는 맥이 풀리는 모양이었다.

"응."

"그래도 거짓말 같아. 어쩌다가 그렇게 됐어? 그렇게 내성적이고 서투른 사람이, 또 어떻게 해서 청혼을 할 용기를 냈을까?"

"여자 쪽에서 신청한 게 아닐까?" 댄이 끼어들었다.

스토리 걸은 자못 항의하는 듯한 표정이 되었다.

"그것도 한 가지 방법이지." 떠보듯이 내가 말해보았다.

"그런 건 아니지만." 스토리 걸은 떨떠름한 말투로 말했다. "모두들 알고 있겠지만, 난 말할 수 없어. 이 눈으로 보고 조금은 눈치채고 있었고, 미스 리드도 많은 얘기를 해 줬을 뿐만 아니라…… 간밤에 집에 돌아오는 길에, 얼간이 아저씨도 얘기해 주셨어. 돌아오다가 암스트롱 씨 집 바로 앞에서 만났거든. 그분의 집까지 내내 함께 걸었어. 어두워서 마치 혼잣말을 하듯 얘기해 주셨어. 일단 얘기를 시작하자, 내가 있는 건 까맣게 잊어버리고 있는 것 같았어. 지금까지 나하고 있을 때는 내성적이고 서투르지도 않은 사람이었는데, 간밤의 그런 모습은 처음이었어. "

"그걸 얘기해 달라니까. 아무한테도 말하지 않을게. " 세실리가 재촉했다.

스토리 걸은 고개를 저었다.

"안 돼, 이해하지 못하겠지만. 어쨌든 지금은 절대로 안 돼. 그런 얘기는 가장 하기 어려운 미묘한 것이어서 잘못 얘기하면 일을 망칠 수가 있어…… 지금은 말이야. 언젠가 상세하게 얘기해줄 수 있을지도 모르지만. 무척 아름다운…… 하지만 제대로 얘기하지 않으면 자칫 엉뚱하게 들릴 수도 있는걸. "

"무슨 소린지 알 수가 없다니까. 사실은 너도 잘 모르고 있는 것 아니니? 그러니까, 미스 리드와 재스퍼 데일이 결혼한다는 거지? 난 조금도 마음에 들지 않아. 그렇게 예쁘고 상냥한 여자가! 좀더 남자답고 젊은 남성과 결혼할 줄 알았는데. 재스퍼 데일은 거의 스무 살이나 연상이야. 게다가 그렇게 괴상하고 소극적이고 또 세상과 동떨어진 사람이. " 펠리시티가 토라졌다.

"미스 리드는 진심으로 행복해하고 있어. 얼간이 아저씨를 멋진 사람으로 생각하고 있는 거야. 정말이야. 그 사람에 대해 넌 잘 모르잖아. 난 알고 있어. "

"어머, 잘난 척하기는. " 펠리시티는 콧방귀를 뀌었다.

"잘난 척하는 게 아니야. 정말인걸. 칼라일을 통틀어서 얼간이 아저씨를 정말로 알고 있는 사람은 미스 리드와 나뿐이야. 다른 사람은 아무도 그 소극적인 면 뒤에 있는 그 사람의 진정한 모습을 보지 못하고 있어. "

"언제 결혼할 예정이래?" 펠리시티가 물었다.

"2주일쯤 지나면, 그 뒤 곧 '황금의 이정표'에 돌아와서 거기서 살 거래. 미스 리드가 늘 가까이 있다는 게 좋지 않니?"

"황금의 이정표의 수수께끼에 대해선 어떻게 생각할까?" 펠리시티가 말했다.

'황금의 이정표'란 얼간이 아저씨가 자기 집에 붙인 아름다운 이름이다. 그 집에는 수수께끼가 있다. 전편을 읽은 독자라면 알고 있을 것이다(^{스토리} 참조).

"그 수수께끼에 대해선 이미 다 알고 있고 정말 멋있다고 생각하고 계셔. 그건 나도 마찬가지고."

"그럼, 그 잠겨 있는 방의 비밀도 알고 있다는 거야?" 세실리가 소리쳤다.

"응. 간밤에 얼간이 아저씨가 다 얘기해 줬어. 내가, 언젠가 그 수수께끼를 풀고 말겠다고 했잖아?"

"그래서?"

"그것도 말할 수 없어."

"넌 정말 치사하고 얄미운 아이야! 그건 미스 리드하고는 상관 없으니까 얘기해 줘도 되잖아?" 펠리시티가 화를 냈다.

"미스 리드와 관계가 있어, 모두."

"어머, 그래? 올봄에 미스 리드가 칼라일에 올 때까지 얼간이 아저씨는 그분에 대해 들은 적도 본 적도 없었는데 어떻게 그럴 수 있다는 거니? 게다가 그 방은 몇 년이나 잠겨 있었잖아." 펠리시티는 의심스러워했다.

"설명할 순 없지만…… 방금 말한 그대로야."

세실리가 고개를 갸우뚱했다.

"그 방의 책에 적혀 있던 이름은 앨리스, 가만…… 미스 리드의 이름도 앨리스야! 얼간이 아저씨는 전부터 미스 리드를 알고 있었던 걸까?"

"그리그스 부인은 그 방에는 10년 동안이나 자물쇠가 채워져 있었다고 말했어. 10년 전에 미스 리드는 아직 10살밖에 안 된 소녀였잖아. 절대로 그 책의 앨리스일 리가 없어." 펠리시티가 반론했다.

"그 푸른빛 실크 가운도 입을 생각일까?" 세라 레이가 말했다.

"그리고 그 그림이 미스 리드의 것이 아니라면, 어떻게 할 생각일까?" 세실리도 덧붙였다.

"그 그림, 미스 리드일 리가 없지. 그랬다면 칼라일에 온 순간, 그리그스 부인이 몰랐을 리가 없잖아." 펠릭스도 말했다.

"이제 이것저것 추리하는 건 그만두자." 스토리 걸이 여러 가지 억측을 들으면서 너무 재미있다는 듯이 생글거리고 있자 화가 난 펠리시티가 토라진 표정으로 말했다.

"조금도 얘기해주지 않다니, 세라는 정말 고약해."

"할 수가 없는걸." 스토리 걸은 참을성 있게 되풀이했다.

"너, 언젠가 '앨리스'가 누군지 생각해 낼 수 있을 것 같다고 말했지? 그 짐작, 사실하고 같았니?" 내가 물었다.

"응. 정말 거의 다 알아맞혔어."

"결혼한 뒤에도 그 방은 계속 자물쇠를 채워둘까?" 세실리가 물었다.

"아니, 그것은 얼마든지 얘기해 줄 수 있지. 그곳은 미스 리드 전용의 특별 거실이 될 예정이야."

"와! 그럼, 언젠가 미스 리드를 만나러 가면 우리도 볼 수 있겠네!"

"난 그 방에 들어가는 건 무서워. 수수께끼가 있는 건 싫거든. 언제나 떨린단 말이야." 세라 레이가 고백했다.

"난 그런 걸 무척 좋아해. 가슴이 두근거려." 스토리 걸이 말했다.

"아! 그러면 이것으로 알고 있는 사람의 결혼식으로는 두 번째 가 되는 셈이네. 재미있지 않아?" 세실리가 황홀한 듯이 말했다.

"다음은 장례식이 되지 않았으면 좋겠어. 간밤에 부엌 테이블에 불이 붙은 램프가 세 개 놓여 있는 꿈을 꾸었어. 주디 피노는 장례 식이 있을 징조래." 세라 레이가 불길한 목소리로 말했다.

"장례식은 언제라도 있잖아." 댄이 말했다.

"그게 아니고 아는 사람의 장례식이라는 거야. 믿지는 않아, 난. ……그렇지만……그렇지만, 주디가 여러 번이나 실제로 그랬다 고 해서. 그렇다면 가까운 사람이 아니었으면 좋겠어. 조금만 아 는 사람이면 좋겠다. 장례식에 갈 수 있잖아. 난 장례식에 무척 가보고 싶어."

"별 무서운 말을 다 하는구나." 펠리시티는 몸을 떨었다.

세라 레이는 의아하다는 표정이 되었다.

"뭐가 무서워?"

"장례식은 좋아라고 가는 곳이 아니야. 그런 말투는 장례식에 가 고 싶으니까 어서 누구 아는 사람이 죽어 주었으면 좋겠다고 말하는 것 같잖아." 펠리시티는 엄하게 질책했다.

"아냐, 아냐, 전혀 달라. 그런 뜻이 아니었어, 펠리시티. 누가 죽 기를 바라는 건 아니야. 내가 말하고 싶은 건, 아는 사람 중 누군 가가 죽을 운명이라면 장례식에 갈 수 있을지도 모른다는 뜻이야. 지금까지 한 번도 참석한 적이 없었는걸. 게다가 재미있을 것 같 고."

"애, 장례식과 결혼식을 같이 취급하지 말아줘, 재수 없어. 나는 미스 리드가 너무 무모하다고 생각하지만 행복했으면 좋겠어. 게다 가 얼간이 아저씨도 결혼할 때만큼은 엉뚱한 실수는 하지 않길 바라 고. 이건 너무 지나친 기대일지 모르지만." 펠리시티가 말했다.

"결혼식은 집안끼리 간소하게 올릴 거래." 스토리 걸이 말했다.

"그 두 사람이 처음으로 교회에 나오는 모습, 보고 싶다. 어떻게 부인을 데리고 들어올지 기대돼. 틀림없이 자기가 먼저 들어와 버리거나, 부인의 옷을 밟고, 아니면 다리가 뒤엉켜서 넘어지거나 할 거야." 댄이 킥킥거리며 웃었다.

"그렇지 않으면 결혼하고 나서 남자가 첫 일요일에 도통 교회에 가지 않으려고 해서, 부인 혼자 가야 하거나. 마크데일에서 실제로 있었던 일이래. 남자 쪽이 결혼한 다음 교회에 가는 것을 부끄러워해서 말이야. 익숙해질 때까지 내내 부인 혼자 갔대." 피터도 말했다.

"마크데일에서는 그런 일도 있겠지만, 칼라일 사람들은 그러지 않을 거야." 펠리시티가 짐짓 점잔빼며 말했다.

스토리 걸이 기분이 상한 얼굴로 자리를 뜬 것을 안 나는 그녀 옆에 가 앉았다.

"왜 그래, 세라?"

"미스 리드와 데일 씨에 대해 저런 식으로 얘기하는 것…… 듣고 싶지 않아." 그녀는 불쾌한 듯이 말했다.

"정말 아름다운 얘긴데, 저 아이들은 우스꽝스럽고 속된 것으로만 생각하고 있어."

"나한테는 모두 얘기해줘도 되지 않을까? 세라. 난, 아무한테도 말하지 않을 거야. 그리고 나라면 이해할 수 있을 거라고 생각해." 나는 졸랐다.

"응, 너라면 이해해줄 것 같아." 그녀는 생각에 잠겼다. "하지만 지금은 너한테도 말할 수 없어, 아직. 얘기를 잘할 수가 없어. 얘기할 방법은 한 가지뿐이라는 느낌이 들지만, 지금은 나도 알 수 없어. 언젠가 알게 되겠지. 베브, 그때 얘기해 줄게."

그 뒤 아주 오랫동안 그녀는 내내 입을 다물고 있었다. 40년 뒤,

나는 우리를 가르고 있는 몇 리그(리그는 약 5킬로미터)의 육지와 바다 너머로 편지를 보내, 재스퍼 데일 씨가 사망했다는 소식을 전했다. 그리고 오랜 옛날의 약속을 환기시켜 그 이행을 촉구했다. 그 답장으로 그녀는, 재스퍼 데일과 앨리스 리드의 사랑이야기를 글로 써서 보내주었다. 앨리스가 칼라일 묘지의 속삭이는 느릅나무 아래 젊은 날의 남편 옆에 잠들어 있는 지금, 이 이야기가 그리운 옛날의 달콤한 메아리와 함께 세상에 나온다 해도, 아마 그리 큰 누가 되지는 않을 것이다.

얼간이 아저씨의 사랑이야기
(글·스토리 걸)

재스퍼 데일은 스스로 '황금의 이정표'라고 이름 붙인 오래된 농가에서 혼자 살고 있었다. 칼라일 마을에서는 누구나, 농장에 이름을 붙이는 건 좀 태깔스러운 일로 여기고 있었다. 그리고 굳이 이름을 지을 거라면, 어째서 좀더 의미 있는, 제대로 된 이름을 붙이지 않는 것일까? '솔숲'이나 '산비탈', 또는 더 낭만적인 이름을 붙이고 싶었다 해도 '아이비 농장' 정도라면 나도 이해할 수 있다. 그런데 왜 하필이면 '황금의 이정표'란 말인가……?

'황금의 이정표'에서 독신 생활을 시작한 건 어머니가 세상을 떠난 뒤부터였다. 그때 나이 20살, 지금은 겉보기에 전혀 그렇게 보이지 않지만 벌써 마흔이 가까워져 있었다. 하지만 젊게 보인다는 말이 그에게는 어울리지 않을지도 모른다. 보통 젊은이처럼 '젊지'는 않았던 것이다. 그의 모습은 보통 남자와는 달리 내성적인 면은 말할 것도 없고, 그와 그의 일족 사이를 눈에 보이지 않게 갈라놓고 있는 무언가가 있었다. 그는 태어나서부터 지금까지 줄곧 칼라일에서 살고 있었지만, 칼라일 사람이 소문과 사실을 통해 알고 있는 것이라고 해야——실은 그들은 모든 것을 다 알고 있다고 생각하고 있었지만——그가 불쌍할 만큼, 아니 이상할 만큼 내성적이라는 것 정도였다. 교회 말고는 어디에도 가지 않고, 칼라일의 소박한 사교 생활에도 끼어들지 않았다. 남자들에게까지 일정한 거리를 둔 소극적인 태도를 취하고 있었으니, 여자들과는 더더욱 얼굴도 마주하지 않았다. 이를테면, 아무리 추하고 뚱뚱한 노부인이 말을 걸어와도 얼굴을 붉히며 말을 더듬는 것이었다. 그에게는 동료라는 의미에서의 친구는 한 사람도 없었고, 모든 외부로부터 생활을 고립시키며 사람과의 접촉을 끊고 있었다.

가정부도 고용하지 않았다. 하지만 그의 어머니가 생전에 지은 낡은 집은 청결하고 쾌적하게 유지되고 있었다. 고풍스럽고 고상하게 꾸며진 하나하나의 방은 먼지 한 톨 없이 잘 정돈되어 있어서, 어떤 여자라도 당장 사용할 수 있을 정도였다. 재스퍼 데일은 가끔 고용인의 아내 그리그스 부인에게 걸레질을 부탁하고 있었는데, 그 사실은 마을에 널리 알려져 있었다. 아침에 부인이 올 때쯤이면 그는 숲이나 밭에 나갔다가 저녁이 되어서야 집에 돌아오는 것이었다.

그가 집을 비운 동안, 그리그스 부인은 지하실에서 다락까지 마음껏 집 안을 탐색할 수 있었는데, 그 상태를 전하는 말은 언제나 같았는데 '밀랍처럼 반짝반짝 윤이 난다'는 것이었다. 그런데 언제나 문이 잠겨 있어서 부인이 들어갈 수 없는 방이 하나 있었다. 서쪽 지붕 밑의, 소나무 숲이 있는 언덕과 정원이 내려다보이는 방이었다. 그리그스 부인은 재스퍼 데일의 어머니가 살아 있었을 때 그 방에는 가구나 살림이 없었다는 사실을 알고 있었다. 부인은 아마 지금도 그대로일 거라고 생각했다. 열어보려는 노력을 하긴 했지만, 특별히 호기심을 가지고 있었던 건 아니었다.

재스퍼 데일에게는 정성들여 가꾼 좋은 농장이 있었다. 여름철에는 대부분의 여가 시간을 그 손질에 투자하는 넓은 뜰도 있었다. 또

한 그는, 책과 잡지를 늘 우편으로 받아보고 있다는 우체국장 부인의 증언을 통해 독서가로도 알려져 있었다. 그는 자신의 삶의 방식에 더할 나위 없이 만족하고 있는 듯이 보였고, 마을사람들도 자신들이 할 수 있는 최대의 친절이라 생각하고 그를 그대로 내버려두었다. 그가 결혼한다는 건 상상도 할 수 없는 일이었다. 그런 생각이 머리에 얼핏 스치고 지나간 사람조차 아무도 없었다.

'재스퍼 데일은 여자에 대해서는 전혀 관심도 없다'는 것이 칼라일의 신탁이었다. 그렇지만 신탁이란 그리 믿을 바가 못 된다.

어느 날 그리그스 부인은 데일 집안의 농가에서 무척 흥미로운 애깃거리를 가지고 나타나, 마을 구석구석에 부지런히 소문을 퍼뜨리고 다녔다. 그것은 상당한 화제가 되었지만, 열심히 귀를 기울이고 고개를 갸웃거리며 여러 가지 질문을 한 마을사람들도 반신반의했다. 사람들은 그리그스 부인이 자신의 상상에 정성들여 색칠까지 한 것이 틀림없다고 생각했다. 부인의 정직성에 대한 평가는 비교적 의심스러운 것이었으므로, 모두 지어낸 거라고 단정하는 사람조차 있었다.

그 그리그스 부인의 애기는 다음과 같은 것이었다.

어느 날 부인은 서쪽 지붕밑 방이 잠겨 있지 않은 것을 알았다. 벌거벗은 벽과 잡동사니밖에 없을 거라고 하찮게 여기며 들어가 보았다. 그런데 막상 들어가 보니, 그곳은 아름답게 꾸며진 방이었다. 훤히 비치는 레이스 커튼이, 창문 턱이 넓은 작고 네모난 창에 쳐져 있었다. 벽에 걸려 있는 여러 장의 그림들은, 그리그스 부인은 도저히 그 진가를 알 수 없는 세련된 취향이었다. 창문과 창문 사이에는 세심하게 고른 책으로 가득한 책장이 있고, 그 옆에는 우아하기 짝이 없는 바느질 바구니가 얹혀 있는 작은 탁자가 있었다. 또 바구니 옆에서 그리그스 부인이 본 것은 귀여운 가위와 은으로 된 골무였다. 가까이에 버들가지로 짠 흔들의자에 안락해 보이는 비단 쿠션이 있었다. 책장 위에는 여자 그림——그리그스 부인에게 안목이 있었으면 수채화임을 알아보았을 것을!——커다랗고 검은 눈동자와 생각에 잠긴 표정 아래 검고 윤기 나는 머리가 풍성하게 드리워져 있는 하얗고 무척 사랑스러운 얼굴을 한 여성의 그림이었다. 그림 바로 밑, 책장 위의 선반에는 넘치도록 꽃이 꽂혀 있는 꽃병이 있고, 작은 탁자의 바느질 바구니 옆에도 그런 꽃병이 장식되어 있었다.

이것은 모두 놀라운 일이었다. 그러나 무엇보다도 그리그스 부인이 고개를 갸우뚱한 것은, 엷은 푸른빛 실크 가운이 경대 앞 의자에 걸쳐져 있었던 사실이었다. 옆 바닥에는 수를 놓은 푸른색 실내화까지 있었다!

그리그스 부인은 방 안을 구석구석 다 탐험할 때까지 방에서 나오지 않았다. 푸른빛 실크 가운을 살펴보고 그것이 차를 마실 때 입는 가운——실내복이라고 그녀는 불렀지만——이라는 것까지 알아냈다. 그렇지만 그 수수께끼를 풀어주는 그 무엇도 발견되지 않았다. 모든 책의 속표지에 적혀 있는 '앨리스'라는 이름도 수수께끼를 더해줄 뿐이었다. 데일 집안에 그런 이름을 가진 사람은 아무도 없었기 때문이다. 이 수수께끼에 싸인 상태 그대로 부인은 방을 떠나지 않으면 안 되었고, 그 이후로 그 방문이 열리는 일은 두 번 다시 없었다. 더구나, '황금의 이정표'의 이상한 서쪽 지붕밑 방에 대한 이야기를 했을 때, 마을사람들이 그녀가 무슨 꿈이라도 꾼 것으로 생각하고 있는 것을 알자, 부인은 그 일에 관해 분연히 입을 다물고 말았던 것이다.

하지만 그리그스 부인은 사실을 있는 그대로 얘기했을 뿐이었다. 재스퍼 데일은 수줍음과 무관심 속 깊숙이, 일상생활에서는 드러나지 않는, 꿈과 상상의 나라에서만 꽃피는 섬세한 낭만과 샘솟는 시정으로 가득 찬 기질의 소유자였다. 소년의 성질이 그대로 청년의 성질로 깊어갈 무렵 외톨이로 남겨진 그는, 현실 생활에서는 결코 있을 수 없는, 자기가 믿는 모든 것을 위해 존재하는 이 이상왕국으로 들어갔다. 사랑이, 기묘하고도 신비적이라고도 할 수 있는 사랑이 그곳의 주역을 연기하고 있었다.

그는 자신이 사랑하고, 자신을 사랑해 줄 한 여성의 그림자를 만들어냈다. 그는 그것을 자기 자신과 마찬가지로 현실로 생각될 때까지 갈고 닦아, 그 꿈의 여성에게 가장 좋아하는 앨리스라는 이름을 붙여주었다. 그는 공상 속에서 그 여자와 함께 걸으며 얘기를 나누었다. 사랑의 말을 속삭였다. 그리고 그 사랑의 대답을 듣는 것이었다. 하루 일을 마치고 돌아오면, 그녀는 황혼의 빛을 받으며 현관에서 그를 기다리고 있어 주었다. 달빛이 넘치는 연못에 비친 꽃처럼, 영적이고 신비롭고 우아하게 빛나는 그 모습이 입술과 두 눈에 환영의 빛을 띠고서.

어느 날 샬럿타운에 볼일이 있어서 나갔던 그는, 한 가게 진열장에 장식된 한 장의 그림을 보고 마음이 흔들렸다. 그것은 꿈에 그리던 그 여자와 기묘하리만큼 닮아 있었다. 그는 어쩔 줄 몰라 하며 어색하게 가게에 들어가 그 그림을 샀다. 그러나 그것을 집에 가지고 돌아갔지만 어디에 두어야 할지 알 수가 없었다. '황금의 이정표'에 걸려 있는 진부한 풍경화와 가발을 쓴 초상화의 낡고 칙칙한 동판화에는 전혀 어울리지 않았다.

그날 저녁, 뜰에서 이 문제를 궁리하고 있는데 문득 영감이 찾아왔다. 불타오르는 석양이 서쪽 지붕밑 방 창문을 불꽃 같은 장밋빛으로 물들이고 있었다. 그 환한 빛 속에서, 그는 앨리스의 아름다운 얼굴이 그 창문에서 그를 장난기 가득한 눈빛으로 내다보고 있는 모습을 상상했다. 영감이 찾아온 것은 그때였다. 저곳이야말로 그녀의 방이다. 그녀를 위해 그곳을 정리하자. 그리고 그림을 그 방에 걸어두자.

그는 여름내 계획을 실천에 옮겼다. 누구에게도 알려지거나 수상하게 생각되어서는 안 되었기에, 천천히 비밀리에 진행해야 했다. 한 가지씩 가구를 사들여서 어둠을 틈타 운반했다. 그는 모든 것을 자신의 손으로 직접 했다. 그녀가 마음에 들어할 만한 책을 사서 그녀의 이름을 적어 넣기도 하고, 여자들이 쓰는 소품을 바구니 하나 가득 담고 골무도 구입했다. 이윽고 그는 한 가게에서 엷은 푸른빛 실크 가운과 수놓은 실내화를 발견했다. 그것들도 사서 그녀의 방에 옮겨 놓았다.

그때부터 그곳은 그녀의 성소가 되었다. 그 방에 들어갈 때는 그는 언제나 문을 노크했고, 방금 꺾은 꽃으로 아름답게 꾸미기를 게을리 하지 않았으며, 여름 저녁에는 제비꽃 빛깔에 싸인 그 방에 앉아, 그녀에게 소리 높여 말을 하거나 자신이 좋아하는 책을 읽어주기도 했다. 그녀는 상상 속에서, 옷자락이 끌리는 엷은 푸른빛 실크 가운을 몸에 걸치고 저녁별처럼 하얗고 가느다란 손으로 머리를 받친 채, 맞은편 흔들의자에 앉아 있는 것이었다.

하지만 칼라일 마을사람들은 그 사실에 대해선 아무것도 알지 못했다. 만약 알았더라면, 마침내 정신이 이상해져버린 거라고 생각했을 것이다. 그들에게 그는, 겉으로 보이는 것처럼 내성적이고 단순한 농부에 지나지 않았다. 그들은 진정한 재스퍼 데일을 이해할 수도, 미루어 짐작할 수도 없었다.

어느 해 봄, 앨리스 리드가 음악을 가르치기 위해 칼라일에 나타났다. 학생들은 그녀를 숭배했지만, 어른들은 그녀가 어딘지 서먹서먹하고 말수가 적다고 생각했다. 그들은 현지의 사교생활에 열심히 참여하는 밝고 쾌활한 소녀들에게 너무 익숙해져 있었던 것이다. 앨리스 리드는 그런 것과는 거리를 두고 있었다. 무시해서가 아니라 그런 것을 중요하게 생각하지 않았던 그녀는, 독서와 홀로 산책하는 것을 무척 좋아했다. 내성적인 데는 없었지만, 꽃처럼 감수성이 예민했다. 얼마 지나자 칼라일 사람들은 앨리스가 나름대로 보내는 그런 생활을 인정하기 시작했고, 마을사람들에게 맞추지 않는다고 그녀에게 화를 내지는 않게 되었다.

앨리스는, 소나무가 자라는 언덕을 에워싸며 '황금의 이정표' 아래쪽에 있는 암스트롱 씨 집에서 하숙하고 있었다. 눈이 녹을 때까지는 그녀는 암스트롱 씨 집의 긴 오솔길에 이어진 간선도로를 이용했다. 그러나 봄이 되자, 소나무 언덕을 내려가 시내를 건너 재스퍼 데일의 뜰 앞을 지나가는 오솔길을 지름길로 이용하게 되었다. 어느 날, 그녀가 그곳을 지나가고 있을 때 재스퍼 데일은 뜰을 손질하고 있었다.

그는 한쪽 구석에서 무릎을 꿇고 한 그루의 뿌리를, 무지개처럼 아름다워질 가능성은 있지만 아직 그리 볼품 없는 작은 철쭉 같은 것을 심고 있었다. 조용한 봄날 아침이었다. 세상은 새싹의 신록으로 넘치고, 한 줄기 바람이 소나무 숲에서 불어 내려와, 새싹이 반짝이며 움트는 뜰로 모습을 감추었다. 어린 풀은 바이올렛의 눈을 틔우고 높은 하늘은 구름 한 점 없는 청록색을 띠고 있었지만, 멀리 지평선 부근은 젖빛으로 물들어 있었다.

시냇물이 졸졸 흐르는 골짜기에서는 새들이 노래하고 있었는데 울새들은 즐겁게 지저귀면서 소나무에서 명랑한 피리를 연주하기 시작했다. 재스퍼 데일의 심장은, 꽃 피기 직전의 사랑스러움이 주위에 가득 넘치는 것을 느끼고 금방이라도 터질 것처럼 부풀어 올랐다. 그의 영혼 깊숙한 곳에는 기도의 신성함이 깃들어 있었다. 바로 그때 그는 눈을 들어 앨리스 리드를 보았다.

그녀는 뜰의 담장 밖, 커다란 소나무 밑에 서 있었다. 그녀는 재스퍼의 존재를 깨닫지 못하고 있었기 때문에, 그가 아니라 먼 구석에 서 있는, 꽃이 한창인 자두나무를 바라보고 있었다. 기쁨의 표정이 구김살 없는 온 얼굴 가득 넘쳤다. 한순간 재스퍼 데일은 꿈속의 연인이 실제로 눈앞에 나타난 것으로 생각했다. 그녀는 닮아 있었다. 너무 많이 닮아 있었다. 이목구비는 다를지 몰라도, 그 매력과 색조가…… 호리호리하고 나긋나긋한 자태의 매력, 풍성한 머리카락과 생각에 잠긴 짙은 잿빛 눈동자의 색조, 도톰하고 둥그스름한 붉은 입술…… 꽃에서 풍겨나듯이 그녀한테서 신비하게 피어오르는 개성…… 똑같았다. 마침내 꿈속의 여자가 정말로 그를 찾아와 준 것 같아서, 그의 영혼이 그녀를 맞이하러 벌떡 일어나는 것을 그는 잘 알 수 있었다.

그때 그녀의 시선이 그에게 멎었고 마법은 깨어졌다. 재스퍼는 다시 내성적인 남자로 돌아가, 얼굴을 붉게 불들이며 비참하게 허둥댔다. 그는 기묘하다기보다 가련한 생물로 전락하여, 말없이 무릎 꿇은 자세를 유지하고 있었다. 그녀의 부드러운 입 언저리에 희미한 미소가 얼핏 떠오르는 것 같더니, 어느새 몸을 돌려 그대로 오솔길을 걸어가 버렸다.

재스퍼는 상실과 기쁨이 한데 뒤섞인 고통을 처음으로 느끼면서, 사라져가는 그녀를 바라보았다. 자신에게 향한 그녀의 시선을 느끼는 건 고통스럽기 그지없었지만, 그 속에 이상한 감미로움이 있는 것을 그는 느끼고 있었다. 사라져가는 그녀를 지켜보는 것이 훨씬 더 큰 고통이었다.

그는 새로 온 음악교사가 틀림없다고 생각했지만, 그녀의 이름도 몰랐다. 그녀는 또 엷은 푸른빛 옷을 입고 있었는데 그것도 당연한 일이었다. 푸른빛이 어울린다는 건 전부터 알고 있는 사실이었다. 틀림없이 이름도 앨리스일 거라는 느낌이 들었다. 그래서 나중에 정말 앨리스라는 이름이라는 것을 알았을 때도 그는 조금도 놀라지 않았다.

그는 산사꽃을 꺾어 서쪽 지붕밑 방으로 가져가서 그림 밑에 장식했다. 그렇지만 그런 선물을 갖다바치는 기쁨은 이제 사라지고 없었다. 게다가 그림을 바라보아도 아무런 감흥이 일지 않는 것이었다.

그녀의 실제 얼굴이 훨씬 사랑스러웠다. 눈도 훨씬 상냥했고 머리결도 훨씬 좋았다. 그의 사랑의 마음은, 그 방에서도 초상화에서도 심지어 꿈속에서도 사라지고 말았다. 그가 사랑스러운 앨리스를 떠올리려고 하면, 서쪽 지붕밑 방의 덧없는 주인이 아니라, 소나무 아래서 있는 젊은 아가씨의 모습이 떠올랐다. 달빛을 닮은 아름다움. 그녀에게서는 잔잔한 수면에 비치는 별빛과 조용하고 그늘진 곳에서 자라는, 하늘거리는 하얀 꽃의 아름다움이 느껴졌다. 그때는 그것이 어떤 의미인지 알지 못했다. 그걸 알았더라면 얼마나 괴로웠을까. 그러나 그가 느낀 것은, 희미한 불쾌감과 손실과 이익이 뒤섞인 기묘한 기분이었다.

그는 그날 오후 집으로 돌아가는 그녀를 다시 보았다. 그녀는 뜰 앞에서 걸음을 멈추지도 않고 그대로 가버렸다. 그 뒤 1주일 동안, 그는 매일 몰래 숨어서 그녀가 지나가는 모습을 바라보았다. 한 번은 어린아이가 매달리듯 그녀의 손을 잡고 지나간 적이 있었다. 그날까지 이 수줍음 많은 남자의 꿈나라에서, 아이는 아무런 배역이 없었다. 그러나 그날 밤 어스름 속에 떠오르는 흔들의자의 환상은, 푸른 날염옷을 입은 소녀가 무릎 위에 금발의 어린아이를, 잘 돌아가지 않는 혀로 소녀를 '엄마!'라고 부르는 어린아이를 안고 있는 모습이었다. 그 두 사람 모두 그의 것이었다.

처음으로 서쪽 지붕밑 방에 꽃을 꽂는 것을 잊은 것은 그 이튿날이었다. 대신 나팔수선화를 한 줌 꺾어, 마치 죄라도 짓는 듯이 힐끔힐끔 주위를 살피면서 소나무 아래 오솔길을 가로막듯이 바닥에 갖다놓았다. 그녀는 그곳을 지나갈 것이다. 미처 보지 못하면 꽃은 발길에 짓밟히게 되겠지. 그는 기대 반 후회 반의 기분으로 자신의 뜰로 돌아왔다. 안전한 장소에서 기다리던 그는, 그녀가 지나가다가 걸음을 멈추고 꽃을 주워드는 것을 보았다. 그 뒤부터 그는 매일 같은 장소에 꽃을 놓기 시작했다.

앨리스 리드는 꽃을 본 순간, 누가 그 꽃을 두었는지 알고 있었고, 그게 자신에게 보내는 꽃이라는 것도 알았다. 그녀는 무척 놀라고, 한편으로 기뻐하며 그 꽃을 집어들었다. 재스퍼 데일과 그 수줍은 성격에 대해서는 이미 들어서 알고 있었다. 그러나 그 소문을 듣기 전에, 그를 교회에서 보고 마음에 들어하고 있었다. 얼굴도, 연한 푸른색 눈동자도 아름답다고 그녀는 생각했다. 칼라일 사람들이 웃음거리로 여기는 긴 갈색 머리조차 그녀의 마음에 들었다. 그가 세상의 보통 사람들과는 전혀 다르다는 것을 금세 알았지만, 그 다르다는 점을 그녀는 장점으로 보았다. 아마 총명한 천성이, 그에게 숨어 있는 아름다움을 알아보고 호감을 가진 것이리라. 적어도 그녀의 눈에 재스퍼 데일은 결코 바보가 아니었다.

대부분의 사람들이 믿고 있지 않은 서쪽 지붕밑 방에 대한 얘기를 들었을 때, 그녀는 의미도 모르면서 그 얘기를 믿었다. 그런 얘기들은 내성적인 한 남자를 흥미와 로맨스로 장식했다. 무례한 호기심에서가 아니라 그 수수께끼를 풀고 싶다는 생각도 들었다. 그곳에야말로 그의 인품의 열쇠가 있다고 믿었다.

그때부터 그녀는 소나무 아래에서 날마다 꽃을 발견했다. 그가 매일 뜰의 수풀 속에서 자신을 지켜보고 있는 줄도 모르는 그녀는, 그를 만나서 한마디 인사라도 나누고 싶었다. 그러나 기회가 올 때까지는 약간의 시간이 걸렸다. 어느 날 저녁 앨리스는, 그녀가 온 줄은 꿈에도 모르고 그가 책을 들고 뜰의 담장에 기대 서 있을 때 그곳을 지나갔다. 그녀는 소나무 아래에서 걸음을 멈췄다. 그리고 상냥하게 말했다.

"데일 씨, 그 꽃들에 대해 감사드려요."

깜짝 놀란 재스퍼는 쥐구멍이라도 있으면 들어가고 싶은 심정이었다. 그의 낭패한 모습을 본 그녀는 살짝 웃음지었다. 상대가 말을 못하자, 그녀는 부드럽게 말을 이었다.

"정말 친절하신 분이군요. 덕분에 하루하루가 무척 즐거웠어요. 이 말을 꼭 전해드리고 싶었어요."

"아, 아니, 아무것도 아닌데요, 뭘." 재스퍼는 말을 우물거렸다. 책이 발밑에 떨어지자 그녀가 그것을 주워들어 건네주었다.

"어머, 러스킨을 좋아하세요? 저도 좋아해요. 하지만 이 책은 아직 읽지 못했어요."

"혹시…… 읽고…… 싶으…… 시다면…… 드리…… 겠어요." 재스퍼는 더듬더듬 간신히 말했다.

그녀는 책을 빌려갔다. 재스퍼는 이제 그녀가 지나가도 숨지 않게 되었고, 다음에 책을 돌려주러 왔을 때 두 사람은 담장을 사이에 두고 잠시 책에 대해 얘기를 나누었다. 다른 책을 몇 권이나 서로 빌리고 빌려줬다. 그리고 책에 대해 얘기하는 것이 두 사람의 습관이 되어갔다.

재스퍼는 이제 그녀에게 힘들이지 않고 말을 걸었다. 마치 꿈속의 앨리스에게 말하고 있는 것 같아서 이상하리만치 자연스러웠다. 능숙한 말솜씨로 많은 얘기를 하는 것은 아니지만, 그의 말에는 천근의 무게가 있다고 앨리스는 생각했다. 그 말들은 그녀의 기억 속을 떠다니며 음악의 형태를 만들어냈다. 그녀는 소나무 아래서 늘 꽃을 발견하고, 그 한 송이를 항상 몸 어딘가에 꽂고 다녔는데, 그가 그것을 알아보았는지 어땠는지는 몰랐다.

어느 날 저녁 재스퍼는 문에서 나가, 그녀와 함께 부끄러운 듯이 소나무 숲 언덕을 올라갔다. 그 다음부터는 언제나 함께 먼 곳까지 산책하게 되었다. 그가 동행할 수 없는 날이면 그녀는 몹시 쓸쓸해했다. 그러면서도 자신이 그를 사랑하기 시작했다는 것은 깨닫지 못했다. 그런 건 생각하는 것만으로도 소녀답게 웃어넘겼으리라. 무척 좋아한 건 사실이었다. 외곬으로 순수한 그의 성격을 아름답게 생각하고 있었다.

재스퍼 데일이 그토록 내성적이었건만, 지금까지 만난 어떤 사람보다 그와 함께 있는 시간이 즐겁고 마음 편했다. 그는 보기 드문 인격의 소유자였다. 적어도 상대방이 그의 숭고함을 반영할 때까지는 그 수정 같은 투명함에서 반짝이며 나오는 빛을 상대방의 영혼 어두운 구석에 비추어, 우정을 이내 축복이자 기쁨으로 만들었다. 그래도 그녀는 그것을 사랑이라고는 생각도 하지 않았다. 여느 소녀들과 다름없이, 그녀도 언젠가는 젊고 잘생긴 신사다운 백마 탄 기사가 나타나리라는 꿈을 소중히 간직하고 있었다. 내성적이고 몽상적인, '황금의 이정표'의 은둔자에게서 그 기사의 모습을 발견하는 건 상상도 할 수 없는 일이었다.

　8월 어느 날, 황금빛과 푸른빛의 하루가 찾아왔다. 넓은 챙 달린 푸른 모자 아래로 사랑스러운 애교머리를 바람에 날리면서 나무들 사이를 걸어온 앨리스 리드는, 소나무 아래서 그윽한 향기를 풍기고 있는 수북한 목서초를 발견했다. 그녀는 거기에 얼굴을 묻고 수줍은 듯 상쾌한 향기를 들이마셨다.

　무척 읽고 싶었던 어떤 책을 빌리러 온 그녀는, 재스퍼가 뜰에 나와 주었으면 좋겠다고 생각했다. 잠시 뒤 그녀는 그가 뜰 안의 녹슨 의자에 앉아 있는 것을 발견했다. 그의 등이 그녀를 향해 있었고, 몸은 라일락 수풀에 가려 일부밖에 보이지 않았다.

　앨리스는 뺨을 살짝 붉히며 담장의 나무문 빗장을 풀고 발을 들여놓았다. 지금까지 뜰에 들어가 본 적이 한 번도 없어서, 심장이 묘하게 고동치고 있었다.

　그는 앨리스의 발소리를 듣지 못한 듯했다. 바로 뒤에 섰을 때, 그녀는 그가 황홀한 듯한 목소리로 나지막하게 혼잣말을 하고 있는 것을 알았다. 비로소 그 말의 의미를 이해했을 때, 그녀는 깜짝 놀라 얼굴을 새빨갛게 물들였다. 앨리스는 몸을 움직일 수도, 목소리를 낼 수도 없었다. 그녀는 꿈속에서처럼 못 박힌 듯 선 채, 수줍은 남자의 환상을 엿보고 있다는 죄책감조차 없이 엿보고 있었다.

재스퍼 데일은 두려운 기색은 물론이고, 목소리와 동작에 한 조각의 수줍음도 없이 말했다. "앨리스, 이렇게 당신을 사랑하고 있는데 당신이 알면 뭐라고 할까? 웃겠지, 당신의 모습처럼 달콤한 그 목소리로 날 비웃겠지. 절대로 입 밖에 내어 말할 수는 없어. 말을 한다는 건 상상도 할 수 없는 일이야. 하지만 꿈속에서는 당신은 내 옆에 앉아 있어. 선명하게 눈에 떠올라. 사랑스러운 사람! 키가 크고 눈부시도록 아름다운…… 검은 머리, 순결한 소녀의 눈동자. 당신에게 사랑을 고백하는 꿈을 꾸는 것쯤은 괜찮겠지? 그 무엇보다 열광적이고 무엇보다 달콤한 꿈…… 그리고 당신도 나를 사랑해주는 거야. 꿈속에선 뭐든 이룰 수 있잖아? 그렇지? 꿈은 내 단 하나의 재산이야. 그러니까 그 속에 깊이 들어가서 당신이 내 아내로 있어줄 때까지 꿈을 꾸는 거야. 나의 초라한 집을 어떻게 가꿀지도 꿈꾸고 있어. 단 한 가지, 이제 더 이상 손댈 필요가 없는 것이 있어. 당신의 방은 이미 오래전부터, ……소나무 밑에 서 있는 당신을 보기 훨씬 전부터……이미 완성되어 있었어. 당신의 책, 당신의 의자, 당신의 그림, 그래, 모든 것이 갖춰져 있어. 그림은 당신의 반도 예쁘지 않지만. 그래도 다른 방들도 모두 당신을 위해 몰라볼 만큼 새롭게 꾸며 두어야지. 당신을 위해 해주고 싶은 것을 이렇게 생각하는 건 얼마나 즐거운 일인지!

그리고 당신을, 사랑스러운 당신을 이곳에 데리고 와서 뜰을 지나 안주인으로 맞이하는 거야. 현관의 낡은 거울 앞에서 옆에 나란히 선 당신의 모습을…… 엷은 푸른빛 옷을 입고, 뺨에는 홍조가 깃든 신부를 볼 수 있다면! 당신이 오는 날까지 늦지 않도록 만반의 준비를 갖춘 방들을 차례차례 모두 보여주겠어. 맨 마지막은 당신의 방이야. 당신이 그 의자에 앉는 것을 보는 그 최고의 순간에, 나의 꿈은 풍요롭고 완전무결해 지는 거야. 아, 앨리스. 우리는 멋진 인생을 보낼 수 있을 거야. 상상하는 것만으로도 행복해.

황혼이 찾아오면, 당신은 나에게 노래를 들려주지. 봄이 되면, 둘이 함께 일찍 핀 꽃을 딸 거야. 일에 지쳐서 돌아오면, 당신은 나를 포옹해주며 머리를 내 어깨에 기대겠지. 그러면 난 그 사랑스럽고 풍요로운 머리를 부드럽게 쓰다듬어 줄 거고. 앨리스, 나의 앨리스. 꿈속에서는 나만의 것이지만 현실 속에서는 결코 나의 것이 될 수 없는 앨리스. 사랑해……, 사랑하고 있어!"

뒤에 서 있던 앨리스는 더 이상 참을 수가 없었다. 그녀는 억눌린 듯한 작은 비명소리를 질러, 자신의 존재를 알리고 만 것이다. 재스퍼 데일은 벌떡 일어나 상대를 노려보았다. 나른한 8월의 그늘 속에서, 안색이 새파랗게 변해 눈을 크게 뜨고 몸을 떨며 서 있는 그녀를 보았다.

한순간 수줍음이 그를 에워쌌다. 하지만 다음에 급격하게 찾아온, 기묘하고 맹렬한 분노에 그것은 자취도 없이 사라지고 말았다. 그는 죽을 만큼 분노하고 상처받았다. 헤아릴 수 없이 귀중한 것이 모욕을 당한 것 같은, 가장 신성한 감정의 성지가 더럽혀진 것 같은 기분이었다. 분노에 새파랗게 질려 있는 그가 그녀를 노려보며 입을 열었다. 그의 입술은 분노에 불타는 말에 상처입은 듯이 핏기가 사라져 있었다.

"어떻게 이런 짓을! 나를 염탐하다니. 몰래 다가와서 엿듣다니! 어떻게 이런 짓을! 아가씨, 당신은 자신이 무슨 짓을 했는지 알고나 있소? 내 인생의 지주를 뿌리째 뽑아버리고 말았소. 나의 꿈은 죽었어. 남에게 알려져 버렸으니 이제 난 살아갈 수가 없어. 나의 모든 것이었는데. 아, 웃으시오, 비웃으시오! 나 자신이 어리석다는 건 나도 알고 있소! 하지만 그게 뭐 어떻단 말이오? 당신에게 상처를 준 건 아니지 않소? 왜 이런 식으로 몰래 다가와서 내 혼잣말을 엿듣고 나에게 수치를 주지 않으면 안 되는 거요?

아, 사랑하고 있고말고. 얼마든지 말할 테니 마음껏 비웃으면 될 것 아니오. 내가 다른 남자들과 같은 마음을 가지고 있다는 게 이상하겠지. 이건 정말이지 웃음거리야. 인생의 모든 것을 걸고 당신을 사랑하고 있는 내가, 세상의 어떤 남자보다도 당신을 사랑하는 내가, 평생을 통해 당신의 웃음거리가 되었으니. 사랑하고 있소. 그러면서도 당신을 미워하게 될 것 같소. 당신은 내 꿈을 깨뜨리고 말았소. 이건 정말 해서는 안 되는 짓이란 말이오!"

"재스퍼! 재스퍼!" 겨우 목소리를 낼 수 있게 된 앨리스가 소리쳤다. 그의 분노는 견딜 수 없는 고통이 되어 그녀에게 상처를 주었다. 재스퍼가 그녀에게 화를 내는 건 도저히 견딜 수 없는 일이었다. 바로 그 순간, 그녀는 자신도 그를 사랑하고 있다는 것을……, 그녀가 있는 줄도 모르고 입 밖에 내어 말해버린 수많은 말들이, 지금까지 들은 말들 중에서, 그리고 앞으로 들을 말들 중에서도 그 어느 것보다 달콤한 것이었음을…… 깨달은 것이다. 그는 그녀를 사랑하고 있고, 게다가 화를 내고 있다. 문제는 그것뿐이었다.

"그런…… 무서운 말…… 하지…… 마세요……. 엿들을 생각이 …… 아니었어요. 하지만 그렇게 하지 않을 수가 없었어요. 당신을 웃음거리로 만들다니요. 아, 재스퍼."

그녀가 용감하게 그를 응시하자 아름다운 영혼이, 마치 등불이 켜진 것처럼 그녀의 살갗에서 빛나기 시작했다.

"절 사랑해주셔서 정말 기뻐요. 게다가 이렇게 우연히 엿듣게 된 것도. 그렇지 않았더라면 절대로 저에게 말해줄 용기를 내지 못하셨을 테니까요. 기뻐요! 정말 기뻐요! 재스퍼, 아시겠어요?"

재스퍼는 고통 끝에 환희를 발견한 자의 눈으로 그녀를 바라보았다. 그리고 믿을 수 없다는 표정으로 말했다.

"설마, 그럴 리가? 앨리스……난 당신보다 훨씬 늙었고……,

사람들에게 얼간이 아저씨라고 불리고 있고……, 사람들은 나를 다른 사람과 다르다고…….”

"물론 다른 사람과 달라요. 그래서 당신을 사랑하고 있는 거예요. 처음 만났을 때부터 줄곧 당신을 사랑하고 있었다는 걸 방금 깨달았어요.”

"난 당신을 만나기 훨씬 전부터 사랑하고 있었소.”

재스퍼 데일은 그녀에게 다가갔다. 그리고 그녀를 부드럽고 소중하게 끌어 안았다. 수줍음도 서투름도 커다란 행복의 은총 속에 흔적도 없이 사라지고 없었다. 오래된 뜰에서 그는 그녀의 입술에 입맞춤했고, 앨리스는 마땅히 얻어야 할 사람을 얻은 것이었다.

블레어 고모부의 귀향

얼간이 아저씨의 결혼식 날 아침, 우연히 스토리 걸도 나도 일찍 잠에서 깨어났다. 앨릭 삼촌은 그날 샬럿타운에 외출할 예정이었다. 아래층 부엌에서 나는 소리에 잠이 깬 나는, 원하는 교과서가 있는데 삼촌에게 부탁하는 것을 잊고 있었던 것이 생각났다. 그래서 얼른 옷을 갈아입고 삼촌이 나가버리기 전에 애기하려고 서둘러 아래층으로 내려갔다. 그러다가 계단 층계참에서 스토리 걸과 마주친 것이다. 스토리 걸도 잠에서 깨어났는데, 더 이상 잠이 올 것 같지 않아서 차라리 일어나기로 한 것이었다. 스토리 걸은 이렇게 말했다.

"간밤에 무척 이상한 꿈을 꿨어. 스티븐 삼촌의 산책길 쪽에서 누가 날 부르는 소리가 들리는 거야……. 계속, '세라, 세라, 세라' 하고 말이야. 누구 목소린지 확실하지는 않았지만 왠지 잘 알고 있는 목소리 같았어. 그러다가 잠에서 깨어났는데 너무 생생해서 도무지 꿈이라는 생각이 들지 않았을 정도야. 달빛이 눈부시게 밝아서, 당장 일어나 과수원으로 달려가고 싶어졌어. 하지만 그런 건 바보 같은 짓이라는 것쯤은 알기 때문에 물론 가지는 않았지. 그래도 여전히 가고 싶어서 도저히 잠이 오지 않는 거야. 이상하지?"

앨릭 삼촌이 나간 뒤, 나는 밤에 책을 두고 온 과수원 언저리까지 함께 가달라고 스토리 걸에게 부탁했다. 의기양양하게 앞장선 패트와 함께 스티븐 삼촌의 산책길을 걸어가노라니 장밋빛으로 물든 새벽이 언덕 너머에서 다가오고 있었다. 머리 위 아득히 높은 곳에는 아직 어두컴컴한 하늘의 영적인 푸른빛이 펼쳐져 있고, 동쪽 하늘은 주홍빛 여명으로 물들어가는 커다란 수정의 활 같은 형상이었다. 게다가 그 바로 위에는 우윳빛 새벽별이 은빛 바다에 떠오르는 진주알처럼 빛나고 있었다. 새벽의 미풍이 동양에서 주문을 외우듯 살랑살랑 불어왔다.

"일찍 일어나는 건 정말 기분 좋아. 새벽 무렵 세상은 다른 때와 무척 달라 보이지 않니? 이제부터는 평생 매일 아침 동틀 때 일어나고 싶어. 하지만 말뿐이지 뭐. 내일 아침이면 또 늦잠 자고 싶어질걸. 하지만 그렇게 할 수 있었으면 좋겠어." 스토리 걸이 말했다.

"얼간이 아저씨와 미스 리드의 결혼식 날은 최고로 좋은 날씨가 될 거야." 나는 말했다.

"정말 기뻐. 아름다운 앨리스는 좋은 건 모두 차지할 만한 가치가 있는 사람이니까. 응? 베브…… 어머, 베브! 저 해먹에서 자고 있는 저 사람, 누굴까?"

나는 시선을 돌렸다. 해먹은 산책길 끝 두 그루의 나무 사이에 매어져 있었다. 안에 남자 한 사람이 코트를 베고 잠들어 있었다. 편안하고 느긋하게, 또 깊이. 뾰족한 갈색 턱수염을 기르고 있고, 갈색 머리카락이 엷게 물결치고 있었다. 뺨은 약간 불그레하고, 닫힌 눈꺼풀에서 뻗은 속눈썹은 소녀처럼 길고 검었으며 윤기가 났다. 밝은 잿빛 양복을 입고, 해먹에서 나와 있는 부드럽고 하얀 손에는 다이아몬드의 불꽃 같은 광채가 빛나고 있었다.

지금까지 한 번도 만난 적이 없는 사람임에는 분명한데도, 그 얼굴은 어디서 본 듯했다. 내가 헛되이 머리를 굴리고 있는데, 스토리 걸이 기묘하고도 분명치 않은 비명소리를 질렀다. 눈 깜박할 사이에 해먹까지 날아가더니, 무릎을 꿇고 남자의 목을 두 팔로 감았다.

"아버지! 아버지!" 그녀가 크게 소리를 지르는 동안, 나는 놀란 나머지 그 자리에 못 박힌 듯 서고 말았다.

자고 있던 남자가 몸을 뒤척이며 개암나뭇빛으로 빛나는 커다란 눈을 떴다. 한순간 그는 갈색 곱슬머리를 풀어헤치고 자신을 끌어안고 있는 어린 숙녀를 멍하니 응시했다. 이윽고 기쁨으로 넘치는 웃음이 온 얼굴에 번졌다. 그는 벌떡 일어나 딸을 품에 꼭 껴안았다.

"세라…… 세라…… 우리 딸 세라! 이게 웬 일이냐? 널 한눈에 알아보지 못하다니! 넌 이제 어엿한 숙녀가 되었구나. 헤어졌을 때는 겨우 8살 어린 소녀였는데, 내 사랑 세라!"

"아버지, 아버지, 때때로 이젠 돌아와 주시지 않을까 생각했어요."

스토리 걸이 말하는 것을 듣고 있던 나는, 지금 이 순간 자신은 무용지물이고 아무 가치도 없는 존재라는 걸 깨닫고, 발길을 돌려 산책길을 뛰어올라 갔다. 돌아가는 동안, 여러 가지 표정과 생각이 내 마음을 차지했다. 하지만 그래도 가장 강했던 것은 뭐니뭐니 해도, 이 긴급 뉴스의 전달자가 된 것에 대한 어떤 우월감이었다.

"재닛 숙모님, 블레어 고모부가 왔어요!" 부엌문에서 숨을 헐떡이면서 나는 말했다.

빵반죽을 하고 있던 재닛 숙모가 뒤돌아보며 밀가루가 묻은 손을 들었다. 아직도 졸음이 남아 있는 장밋빛 뺨을 한 펠리시티와 세실리가 부엌으로 들어오다가, 눈을 둥그렇게 뜨고 나를 쳐다보았다.

"누가 왔다고?" 재닛 숙모가 소리쳤다.

"블레어 고모부요…… 스토리 걸의 아버지 말이에요. 지금 집에 계셔요."

"집이라니 어디?"

"과수원 쪽요. 해먹에서 자고 계셨어요. 우리가 거기서 발견했어요."

"오, 이럴 수가!" 재닛 숙모가 휘청거리며 의자에 앉았다. "블레어 말고는 그런 짓을 할 사람이 없지! 하기는, 보통 사람들처럼 나타나지는 않을 거라고 생각은 했지만 설마." 그리고 나에게만 들리는 목소리로 이렇게 말했다.

"설마 그 아이를 데려가려고 온 건……."

나의 우월감은 촛불 꺼지듯 스러지고 말았다. 설마 그런 건 생각해보지도 않았다. 블레어 고모부가 스토리 걸을 데리고 가버리면, 언덕 농장에서의 하루하루는 얼마나 따분할 것인가? 나는 뒤돌아서 밖으로 나왔다. 펠리시티와 세실리도 몹시 침울한 표정으로 따라왔다.

블레어 고모부와 스토리 걸은 막 과수원에서 나오던 참이었다. 그는 딸의 어깨를 안고 있고, 딸의 팔은 아버지의 어깨에 놓여 있었다. 웃음과 눈물이 그녀의 눈 속에서 서로 싸우고 있었다. 전에 단한 번, 피터가 그림자의 골짜기에서 돌아왔을 때 스토리 걸이 우는 모습을 본 적이 있었다. 그녀의 감정은 더할 나위 없이 깊은 곳까지 내려가지 않으면 눈물의 샘에 도달하지 않았다. 외삼촌과 이모들이 진정으로 아버지와 사이가 좋은 건 아님을 알고 있는 스토리 걸은, 좀처럼 입 밖에 내어 말하지는 않았지만, 아버지를 깊이 사랑하고 있다는 것을 우리는 진작부터 알고 있었다.

하지만 재닛 숙모의 환영은 약간 혼란스러워하기는 했어도 충분히 따뜻한 것이었다. 검소한 일꾼들인 농가 사람들이, 자유로운 보헤미안인 블레어 스탠리를 그가 없는 동안 어떻게 생각하고 있었든,

모습을 나타낸 순간, 그의 영혼에 깃든 매력 넘치고 상대방에게 호감을 주는 기질 덕분에 모두들 그를 좋아하게 되는 것이었다. 그에게는 '그만의 독특한 방식'이 있었다. 그것은 점잖은 재닛 숙모를 포옹하고, 그 뚱뚱한 몸을 마치 그녀가 날씬한 소녀라도 되는 듯이 흔들며, 장밋빛 뺨에 입을 맞춘 그 행위에도 잘 나타나 있었다.

"재닛, 재닛은 나이를 먹을 줄 모르시는군요. 마흔다섯인데도 아직 열여섯 한창 때의 모습으로 서 있다니! 맹세해도 좋지만 세치하나 없으시군요."

"블레어, 블레어. 언제까지나 늙지 않는 건 당신 쪽이에요." 기분이 나쁘지는 않은 듯 재닛 숙모가 웃으면서 말했다. "도대체 어디서 왔어요? 밤새도록 해먹에서 자고 있었다고 들었는데, 어찌된 일이죠?"

"아, 여름에 영국의 호수지방에서 그림을 그리고 있었던 건 아시죠? 어느 날 갑자기 향수병에 걸려서, 귀여운 딸이 보고 싶어지지 뭡니까? 그래서 가만히 있을 수가 있어야죠. 당장 몬트리올행 배에 탔지요. 이곳에 도착한 것은 어젯밤 11시였는데, 역장의 아들이 마차로 데려다 주었어요. 좋은 청년이더군요. 그리운 집은 완전히 어둠에 싸여 있었고, 고된 하루 일을 마쳤을 당신들을 깨울 수가 있어야죠. 그래서 과수원에서 하룻밤 지내기로 한 겁니다. 어쩌면 달빛 탓인지도 모르죠. 오래된 과수원의 달빛은 황금시대로부터 남아 있는 얼마 안 되는 것들 중의 하나니까요."

"어리석은 짓을 하셨군요. 9월의 밤은 생각보다 추워요. 죽을 만큼 감기에 걸릴지도 모르고, 심한 류머티즘을 일으킬 수도 있는데." 현실적인 재닛 숙모가 말했다.

"그럴지도 모르죠. 정말 전 바보인가 봅니다." 블레어 고모부는 쾌활하게 인정했다. "그것도 달빛이 시킨 실수죠. 안 그래요, 재닛? 달빛은 사람을 취하게 만드니까요. 구미에 맞는, 가볍고 품질 좋은 은빛 와인 같은 거죠. 요정이 술잔치에서 아무리 마셔도 아무렇지도 않은 것처럼. 그런데 그것이 입에 들어오면 당장 머리를 타고 올라, 낮의 상식은 모조리 부숴버리고 만답니다. 뭐 어쨌든 전 감기도 류머티즘도 걸리지 않았어요. 제대로 된 인간이 어쩌다가 그런 어리석은 짓을 하면 그렇게 되겠지만, 우리 같은 어리석은 종족들에게는 신의 특별한 뜻이 작용하고 있는 모양입니다. 과수원의 하룻밤을 만끽했어요. 잠시 달콤하고 그리운 추억 속에 잠겨 있었지요. 그런 다음, 그곳의 오래된 나무들 사이를 빠져나가는 바람의 속삭임을 들으면서 잠에 빠져들었어요. 그리고 아름다운 꿈을 꾸었지요, 재닛. 18년 전의 봄처럼, 그 오래된 과수원이 꽃 속에 파묻히는 꿈이었지요. 그 빛은 봄의 빛이에요. 가을의 빛이 아니에요. 재닛, 꿈속에서는 인생의 새로움을 느낄 수 있어요, 잊혀져버린 말의 달콤함도."

"내 꿈을 생각하면 신기하지 않니?" 스토리 걸이 나에게 속삭였다.

"이제 그만 안에 들어가서 아침 식사를 하는 게 어떻겠어요? 여긴 우리 딸들 펠리시티와 세실리에요." 재닛 숙모가 말했다.

"기억하고 있어요. 정말 귀여운 아기들이었죠." 악수를 하면서 블레어 고모부가 말했다. "이 아이들은 우리 아기만큼 변하진 않았군요. 보세요, 이 아인 어엿한 숙녀예요, 재닛, 어엿한 숙녀."

"아직 어린아이에요." 조급한 듯이 재닛 숙모가 말했다.

스토리 걸은 긴 갈색 곱슬머리를 흔들었다.

"전 열다섯이에요. 아버지, 제가 긴 옷을 입은 모습을 보셔야 해요."

"이제부터는 절대로 헤어지지 않을 거다, 알겠니?" 블레어 고모부가 다정하게 말하는 소리가 들렸다. 나는 그것을 그가 캐나다에 머물겠다는 뜻으로, 스토리 걸을 데리고 간다는 뜻은 아니라고 받아들이고 싶었다.

그 일을 제외하면, 우리는 블레어 고모부와 유쾌한 하루를 보냈다. 그는 분명히 어른들과의 사교보다 우리들하고 노는 쪽을 더 좋아했다. 정신적으로 그는 쾌활하고 책임에 얽매이지 않으며 항상 충동적으로 행동하는 아이 그 자체였기 때문이다. 우리는 모두 그를 즐거운 친구로 인정했다. 그날은 퍼킨스 선생님이 교원회의에 참석하러 가시기 때문에 학교는 임시휴교였다. 그래서 우리는 해외를 방랑하며 여행한 가슴 설레는 수많은 일화를 들으며 둘도 없이 즐거운 한때를 보냈다. 그는 또 우리들 모두의 초상화를 그려주었다. 그것은 특별히 기쁜 일이었다. 카메라 시대가 간신히 여명기를 맞이했던 그 무렵, 아직 아무도 사진 한 장 가지고 있지 않았기 때문이다. 그러나 세라 레이의 기쁨은, 아니나 다를까, 어머니가 어떻게 생각할지 걱정하느라 반감되고 말았다. 레이 부인은 십계의 두 번째 계명을 확대 해석한 나머지, 어떤 종류든 그림과 사진 같은 것에는 반대하는, 이상한 편견을 갖고 있기 때문이다. 어머니에게 말하지 않으면 된다고 댄이 조언했지만, 세라는 고개를 저었다.

"말하지 않으면 안 돼. 지난 번 심판의 날부터 어머니에게 모든 걸 털어놓기로 약속한걸."

"게다가, 어머니에게는 모든 걸 얘기해야 한다고 〈패밀리 가이드〉에도 있었어." 세실리도 진지한 얼굴로 말했다.

"이따금 굉장히 어려울 때도 있어. 어머니는 내가 결심하고 고백할 때마다 무섭게 야단을 치시거든. 그럴 때면 뭐랄까, 맥이 탁 풀리는 것 같아. 그러면 심판의 날에 어머니를 배반한 탓에 얼마나 무서웠는지를 떠올리며, 역시 잘해야 한다고 생각해. 다음 심판일이 왔을 때를 생각하면 뭐든지 할 수 있을 만큼." 세라는 한숨을 쉬었다.

"어라? 어쩐지 이야기 냄새가 나는걸. 심판의 날을 과거형으로 얘기하다니, 이게 어찌된 일일까?" 블레어 고모부가 말했다.

스토리 걸이 작년 여름의 공포에 찬 일요일에 대한 이야기를 했고, 우리도 그와 함께 맘껏 웃었다.

"어쨌든 이제 그런 생각은 두 번 다시 하기 싫어. 이번 심판일이 올 때는 죽어버렸으면 좋겠다."

피터가 중얼거리자 펠릭스가 말했다.

"하지만 그때가 오면 또 환생할 거야."

"아, 그렇다면 됐어. 걱정하지 않을 거야. 정말로 일어날 때까지는 전혀 아무것도 모를 것 아냐? 오늘일까 내일일까 마음 졸이는 것이 심장에 가장 해롭대."

"그런 말은 입 밖에 내어 말하면 안 되는 게 아닐까?" 펠리시티가 말했다.

해질녘이 가까워지자 우리는 모두 '황금의 이정표'로 향했다. 얼간이 아저씨와 신부가 해질 때쯤 집으로 돌아올 예정이었기 때문에, 우리는 신혼집에 들어가는 신부가 걸어올 예정인 오솔길에 꽃을 뿌리기로 했다. 이건 스토리 걸이 생각해냈는데, 블레어 고모부가 거들어 주지 않았으면 재닛 숙모가 허락해주지 않았을지도 모른다. 게다가 고모부는 우리에게 같이 가게 해달라고 부탁까지 했다. 우리는 그가 신혼부부가 돌아오는 시간에는 보이지 않는 곳에 있는다는 조건으로 승낙했다.

"이해하세요, 아버지. 우린 아직 어른이 아니고, 어려서부터 친하기 때문에 얼간이 아저씨도 별로 신경 쓰지 않아요. 하지만 낯선 사람인 아버지를 보면 당황할지도 모르고, 그러면 소중한 결혼 첫날을 망치게 될지도 모르잖아요. 그러면 너무 가여워서요." 스토리 걸이 설명했다.

우리는 양쪽 농장의 뜰에서 꺾을 수 있는 한의 모든 꽃을 꺾어서 '황금의 이정표'로 갔다. 맑은 호박색으로 빛나는 9월의 초저녁으로,

멀리 마크데일 항의 하늘에 순식간에 크고 붉은 보름달이 떠올랐다. 블레어 고모부는 대문 옆의, 나뭇잎 스치는 소리조차 조용한 소나무 뒤에 숨었다. 하지만 스토리 걸과는 서로 손을 흔들며 밝고 유쾌한 농담을 주고받고 있었다.

"아버지와 정말 그렇게 사이좋게 지낼 수 있어? 헤어진 지 무척 오래 되었잖아?" 세라 레이가 이상하게 여겼다.

"100년을 만나지 못해도 그 부분은 그리 변하지 않아." 스토리 걸은 웃어보였다.

"쉿! 왔다, 왔어!" 펠리시티가 들뜬 목소리로 속삭였.

그렇다. 그들은 찾아왔다. 뺨을 붉게 물들인 '아름다운 앨리스'는 멋진 푸른 옷으로 몸을 감싸고 있어 더할 나위 없이 아름다웠고, 얼간이 아저씨로 말하자면, 하늘에라도 올라가는 심정으로 평소 서투른 모습은 완전히 잊어버리고 있었다. 신부를 다정하게 마차에서 안아내리린 뒤, 빙그레 웃음 지으면서 그녀와 함께 이쪽으로 걸어왔다. 우리는 뒷걸음질치면서 두 사람이 걷는 앞길에 꽃을 가득 뿌렸다. 앨리스 데일은 꽃 카펫을 밟으며 신혼집의 문으로 걸어갔다. 현관 계단 위에서 두 사람이 동시에 걸음을 멈추고 우리 쪽으로 돌아보자, 우리는 수줍어하면서 예의 바르게 축하의 말을 하고 행복하기를 기원했다.

"이렇게 축하해주다니, 너희들 정말 고마워." 신부가 웃으면서 말했다.

"당신을 위해 뭔가 할 수 있었다는 것이 말할 수 없이 행복해요." 스토리 걸이 속삭였다. "아, 미스 리드, 아니 이제부터 데일 부인. 저희들은 두 분이 언제까지나 행복하게……행복하게 사실 것을 기도할게요."

"꼭 그럴 거야." 앨리스 데일은 그렇게 말하더니 남편에게 얼굴을 돌렸다. 그는 가만히 신부의 눈을 들여다보았고, 그 순간 우리는 두 사람에게 완전히 잊혀진 존재가 되고 말았다. 그래서 재스퍼 데일이 신부를 신방으로 안내하고, 세상을 향해 열린 문을 닫아버리자, 우리는 조용히 물러났다.

우리는 달빛 쏟아지는 초저녁 땅거미 속을 들뜬 마음으로 장난치며 달려갔다. 블레어 고모부와 대문에서 만났을 때, 스토리 걸이 신부를 어떻게 생각하느냐고 물었다.

"그 사람이 죽으면, 그 티끌에서 하얀 바이올렛이 피어날 것이다." 그는 대답했다.

"블레어 고모부도 스토리 걸처럼 이상한 말만 하시지 않니?" 펠리시티가 속삭였다.

이렇게 하여 아름다운 날들은 우리한테서 등을 돌리고, 붙잡으려 해도 손가락 사이로 달아나 버렸다. 그림자로 스스로를 완전히 가리고, 저녁의 하얀 별빛이 밝혀주는 길 저편으로 떠나버렸다. 그것은 낙원이 주는 선물이었다. 시간은 언제나 아름답고 사랑스러운 것이었다. 새벽의 여명에서 밤의 장막이 내릴 때까지, 잘못된 것은 아무것도 없었다. 그것은 미소와 웃음소리도 함께 거두어 가버렸지만, 추억의 선물만은 남겨두고 갔다.

세월은 가고

"나, 아버지를 따라가기로 결정했어. 겨울은 파리에서 보낼 예정이니까 그쪽 학교에 다닐 거야."

어느 날 과수원에서 스토리 걸이 우리에게 알렸다. 그 목소리에는 의기양양함이 조금은 엿보였지만 그래도 슬픔 쪽이 더 많았다. 뉴스 자체는 그리 놀라운 것은 아니었다. 블레어 고모부가 돌아온 뒤부터 얼마쯤 그런 분위기를 느끼고 있었다. 재닛 숙모는 스토리 걸을 보내는 것이 전혀 내키지 않았다. 하지만 블레어 고모부는 양보하지 않았다. 그의 말을 빌리면, 이제 이런 칼라일 같은 시골 학교보다 더 좋은 학교에 갈 시기가 되었다는 것이었다. 게다가 이제 어엿한 숙녀가 되려하고 있는 딸을 옆에 두고 싶었을 것이다. 그리하여 스토리 걸이 떠나는 것이 결정되었다.

"유럽에 간다는 건 멋진 일 아니니?" 세라 레이는 압도당한 표정이었다.

"조금 지나면 그곳도 좋아질 거라고 생각해." 스토리 걸이 천천히 말했다. "하지만 알고 있어. 처음엔 죽을 만큼 향수병에 걸릴 거야. 물론 아버지와 함께 있는 건 기쁘지만……모두가 그리워서 견딜 수 없을 거야."

"우리도 그래! 너도 피터도 가버리고 나면 이번 겨울은 얼마나 쓸쓸할까! 아, 아무것도 변하지 않으면 좋겠는데." 세실리가 한숨을 쉬었다.

펠리시티는 아무 말도 하지 않았다. 앉아 있는 풀 위에 시선을 떨어뜨린 채 가느다란 이파리만 하염없이 뜯고 있었다. 그러다가 곧 굵은 눈물이 두 뺨을 타고 흘렀다. 스토리 걸은 깜짝 놀랐다.

"내가 가는 것 때문에 울고 있는 거야, 펠리시티?"

"다, 당연하지 않니?" 크게 흐느끼면서 펠리시티가 대답했다. "나, 난 뭐, 감정도 없는 줄 아니?"

"아무렇지도 않게 생각할 줄 알았어. 날 별로 좋아하지 않는 것 같았으니까." 스토리 걸은 솔직했다.

"나, 나, 그, 그, 정도로, 못된, 아이는, 아니야, 난." 어떻게든 위엄을 유지하려고 애쓰면서 펠리시티는 말했다. "계속, 여기, 이, 있어줄 줄, 알았어. 아버지한테, 여기, 있게 해달라고, 부탁해 봐."

"응, 하지만, 어차피 언젠가는 가지 않으면 안 되잖아." 스토리 걸이 한숨을 쉬었다. "작별은 길어질수록 괴로운 법이야. 하지만 정말, 가슴이 찢어질 것처럼 괴로워. 패트도 데리고 가지 못해. 패트를 두고 가야 하다니……. 부탁이야, 모두들, 나 대신 패트에게 잘해줘야 해."

우리는 진지한 표정으로 그렇게 하겠다고 굳게 약속했다.

펠리시티는 훌쩍거리며 계속 울었다.

"나, 나, 매일 아침, 매일 밤, 크림을, 줄 거야. 하지만, 패트를 볼 때마다, 틀림없이, 울고 싶어질 거야. 네가 생각날 테니까."

"나, 지금 당장 가는 건 아니야, 펠리시티." 조금 기운이 난 듯 스토리 걸이 말했다. "10월 말까지는 있을 텐데 뭘. 그러니까 앞으로 한 달은 즐겁게 지낼 수 있어. 열심히, 마지막을 장식하는 멋진 달을 보내자, 작별할 때까지. 그리고 내가 간다는 건 생각하지 않는 거야. 싸움 같은 건 하지 말고, 무조건 가슴 가득히 즐거움을 만끽하는 거야. 그러니까 펠리시티, 이제 그만 울어. 네가 나를 좋아해 주어서 얼마나 기쁜지 몰라. 그런데도 가야만 하는 것이 너무 슬퍼. 하지만 이번 한 달은 그런 건 모두 잊어버리자."

펠리시티는 한숨을 쉬며 폭 젖어버린 손수건을 챙겨 넣었다. 그리고 마지못해 이렇게 말했다.

"잊어버리는 건 쉽지 않겠지만 노력해볼게. 가기 전에 요리를 배우고 싶다면 내가 알고 있는 건 뭐든지 가르쳐 줄게."

이건 펠리시티로서는 최대의 자기희생이었다. 그러나 스토리 걸은 고개를 저었다.

"아니야. 나, 이 마지막 달을 요리 때문에 머리를 번거롭게 만들고 싶지 않아. 너무 복잡하고 귀찮은걸."

"기억하고 있냐, 네가 푸딩을……." 피터가 말하려다 말고 갑자기 입을 다물었다.

"톱밥으로 만든 것?" 스토리 걸이 웃으며 나머지 말을 했다. "이제 신경 안 쓰니까 얼마든지 말해. 좋아, 지금은 그게 얼마나 우스웠는지 나도 알 것 같아. 언제까지나 잊지 않을 거야. 반죽을 부풀리지도 않고 빵을 구웠던 일도."

"더 큰 실수를 하는 사람들도 많이 있어." 펠리시티가 친절하게 말했다.

"예를 들면 치약가루……." 그러나 댄도 거기서 멈추었다. 스토리 걸의 소원인 아름다운 한 달을 떠올렸기 때문이다. 펠리시티는 얼굴이 붉어졌지만 아무 말도 하지 않았다. 표정도 전혀 변하지 않았다.

"우리 모두 함께 지내면서 재미있는 일이 참 많았어!" 자못 그리운 듯이 세실리가 말했다.

"올해도 작년에도 얼마나 많이 웃었니? 함께 있어서 즐거웠어. 하지만 이제부터 앞으로도 꿈이 가득한 세월이 우릴 기다리고 있어." 스토리 걸이 말했다.

"에덴은 언제나 우리들 뒤에…… 낙원은 언제나 우리들 앞에." 과수원에 올라와서 딸의 말을 얼핏 들은 블레어 고모부가 이렇게 말했다. 한숨을 쉬면서였지만, 그것도 곧 넘치듯이 웃는 얼굴에 지워졌다.

"블레어 고모부, 생각했던 것보다 좋은 분인 것 같아." 펠리시티가 나에게 가만히 털어놓았다. "어머닌 역마살이 있는 사람이라고 했지만, 고모부에게는 정말 무척 멋진 데가 있어. 모르는 소리만 잔뜩 하긴 해도. 스토리 걸은 파리에서 틀림없이 신나게 지내겠지?"

"학교에 갈 예정이니까 열심히 공부하지 않으면 안 돼." 나는 말했다.

"연극을 공부할 거래. 로저 삼촌은 그건 좋은 생각이라 하시고, 언젠가 저 아인 무척 유명해질 거라고 했어. 하지만 어머닌 말도 안 되는 얘기라고 생각하고 있고, 나도 그래." 펠리시티가 말했다.

"줄리아 고모도 콘서트 가수잖아?"

"어머, 그거하고는 달라. 하지만 세라가 잘 해내면 그것으로 되는 거지 뭐." 펠리시티는 한숨을 쉬었다. "그런 먼 나라에서는, 사람의 신상에 무슨 일이 생길지 알 수 없는 건데. 모두들 파리는 무서운 곳이라고 했어. 어쨌든 모든 게 잘 되면 좋겠어." 체념한 얼굴로 그녀가 말을 맺었다.

그날 저녁 우유를 짠 뒤, 스토리 걸과 나는 암소들을 풀밭으로 몰고 갔다. 돌아오다가 과수원에서 블레어 고모부를 만났다. 고모부는 스티븐 삼촌의 산책길을 한가롭게 거닐고 있는 중으로, 두 손은 뒷짐을 지고, 아름답고 생기 넘치는 얼굴을, 밤의 물결이 붉은 자주색으로 물든 일몰의 해변으로 밀려오고 있는 서쪽 하늘로 향하고 있었다.

"남서쪽 하늘에 빛나고 있는 저 별이 보이니?" 우리가 다가가자 고모부가 말했다. "봐라, 저 소나무 바로 위에 있는 별 말이다. 검은 소나무 위에서 반짝이는 저녁별…… 세상에서 가장 하얀 것…… 순백이 살아 있어……. 영혼이 있는 순백이니까. 이 과수원이 황혼의 빛으로 넘치고 있는 것 같지 않니? 얘들아, 난 여기서 유령들과 밀회를 하고 있었단다."

"조상의 유령 말인가요?"

그런 질문을 하다니 난 정말 멍청이였다.

"아니, 조상의 유령이 아니야. 나도, 실연한 아름다운 에밀리는 아직 만난 적이 없어. 세라, 네 어머니는 한 번 보았지만 말이다. 신기한 일이야." 덧붙인 목소리는 멍하니, 마치 자기 스스로에게 들려주고 있는 것 같았다.

"어머니는 정말로 보았을까요?" 스토리 걸이 속삭였다.

"그래. 그럴 거라고 늘 믿고 있다. 누가 알겠니?"

"블레어 고모분 유령 같은 것을 믿으세요?" 호기심에 사로잡혀 내가 물었다.

"아직 한 번도 본 적은 없단다, 베벌리."

"그렇지만, 방금 유령들과 밀회를 하고 있었다고 하셨잖아요?" 스토리 걸이 말했다.

"그래, 맞아. 지나간 세월의 유령들을. 그런 유령이 많이 있기 때문에 이 과수원을 좋아하는 거야. 우리는 멋진 친구들이다……. 유령들과 나, 우리는 함께 걷고 함께 얘기하지……. 함께 웃기도 한단다. 슬픔의 달콤함을 간직한 슬픈 웃음. 그리고 언제나 사랑스러운 망령이 나타나, 내 손을 잡고 함께 걷는 거야. 먼 옛날, 사라져버린 숙녀의 망령."

"어머니?" 스토리 걸이 가만히 속삭였다.

"그래. 네 어머니. 이 그리운 장소에 있으면 그 사람이 죽었다는 게……, 그 웃음소리가 사라졌다는 게…… 도저히 믿기지가 않아. 누구보다 밝고 사랑스럽고, 또 그렇게도 젊었는데. 세라, 너보다 겨우 3살 위였어. 처음 만났을 때, 그 오래된 집은 18년 동안 그 사람을 키운 것을 기뻐하고 있었다."

"기억할 수 있으면 좋을 텐데." 스토리 걸은 작게 한숨을 쉬었다. "그림 한 장 없는걸요. 어째서 한 장도 그리지 않았어요, 아버지?"

"절대로 그리는 걸 허락하지 않았어. 특이하고 재미있고, 반은 진심이고 반은 농담인 미신에 사로잡혀 있었지. 하지만 난 언제까지나 그 사람이 그려도 된다고 할 때까지 기다릴 생각이었다. 그런데 그럴 새도 없이 죽어버렸지. 같은 날에 엄마의 쌍둥이 오빠 펠릭스도 죽었어. 이것도, 정말 신기한 일이야. 난 이렇게 가슴에 안고 있었고, 그 사람은 나를 올려다보고 있었어. 그러다가 갑자기 내 어깨 너머로 시선을 주며 흠칫 놀라더구나. '펠릭스!' 한순간 몸을 떨더니, '훗' 하고 웃으며 조금 미안한 듯이 나를 올려다보았지. '펠릭스가 데리러 왔어요. 당신이 오기 전까진 우린 언제나 함께였어요. 슬퍼하지 말아요. 내가 혼자 외롭게 가는 게 아니라는 걸 기뻐해주세요.' 그런 말을 남기고, 아, 누가 알겠니? 그 사람은 나를 두고 갔어, 세라. 날 두고 가버렸어."

블레어 고모부의 목소리에는 우리의 입을 한동안 다물게 만드는 뭔가가 담겨 있었다. 잠시 뒤 스토리 걸이 변함없이, 가만히 속삭이는 목소리로 이렇게 말했다.

"어머닌 어떤 사람이었어요, 아버지? 전 어머니를 조금도 닮지 않았나요?"

"아! 네 어머니를 닮았더라면 얼마나 좋을까, 갈색 아가씨. 네 어머니의 얼굴은 들백합처럼 하얗고, 뺨에만 희미한 장미가 피어 있었어. 마음에 늘 노래를 품고 있는 사람의 눈을 하고 있었지. 안개처럼 파란 눈, 곱슬머리는 풍요로웠고, 너무 슬프거나 너무 행복할 때는 한 줄기 바람에 주홍빛 장미가 격렬하게 흔들리듯이 떨리는 붉은 입을 가졌단다. 어린 자작나무처럼 늘씬하고 우아했어. 그녀를 얼마나 사랑했는지! 우린 얼마나 행복했는지! 하지만 인간의 사랑을 받은 사람의 영혼은 슬픔과 이어져 있는 법, 그 사람은 가버린 것이 아니란다. 추억이 남아 있는 한, 우리 둘 사이에는 진정한 의미에서는 아무것도 사라지지 않았어!"

블레어 고모부는 다시 저녁별을 올려다보았다. 우리의 존재를 완전히 잊어버리고 있다는 것을 알고, 우리는 손을 잡고 그 자리를 빠져나와 그를 오래된 과수원의 추억으로 가득한 그림자 속에 홀로 남겨두었다.

아카디아로 가는 길

그해 10월은 여름이 흘리고 간 햇빛을 모두 주워 모아, 그것을 옷처럼 몸에 둘렀다. 스토리 걸은 마지막 한 달을 모두 힘을 합해 아름답게 만들자고 부탁했다. 또한 자연은 우리의 노력을 도와 아름다움 중에서 가장 아름다운 낙엽으로 채색하여, 은총 넘치는 더할 나위 없는 달을 선사해 주었다. 아득한 그 10월에는, 새벽의 화려함과 함께 시작되어 저녁별이 눈부신 은하와 함께 저물지 않은 날이 단 하루도 없었다. 멀리 펼쳐진 목초지의 황금빛과 열매의 땅 끝에 피어오르는 보랏빛 엷은 안개가 없는 날은 하루도 없었다. 그해만큼 단풍나무가 현란한 모습을 보여준 적은 없었다. 단풍나무는 영혼 밑바닥에 태고의 불꽃을 품은 나무다. 새싹이 돋기도 전, 더할 나위 없이 이른 계절에 꽃의 붉은색과 주황색으로 조금 불타다가, 여름이면 그 불꽃은 새침한 은빛이 도는 녹색 밑으로 조심스럽게 몸을 감춘다. 그리고 가을이 오자마자 단풍은 새침한 얼굴을 홱 벗어던지고, 원래 기질인 야성적이며 현란하고 호화로운 면을 드러내면서 불타올라 언덕 전체를 〈아라비안 나이트〉에 등장하는, 전성기를 자랑하는 하룬 알 라시드의 꿈으로 물들이는 것이다.

10월의 언덕 위, 탁 트인 푸른 가을 하늘 아래 완벽한 모습을 보여줄 때까지, 실제로 나무들이 얼마나 붉고 선명한지는 아무도 모른다. 대지의 가슴에 깃든 모든 빛이, 반짝임과 기쁨이, 겨울의 서리가 그 고동을 얼어붙게 만들기 전에 잠시 알몸을 드러내고 싶은 어쩔 수 없는 결심에 사로잡혀 한꺼번에 터져 나온 것처럼 보였다. 그것은 잎이 떨어진 골짜기와 참회의 안개의 나날, 사순절(그리스도가 광야에서 40일 동안 단식 수행한 것을 기념하는 기간)이 찾아오기 전, 1년의 축제이다.

사과 따는 계절이 다시 찾아왔고 우리는 즐겁게 일했다. 함께 사과를 딴 그 10월은 블레어 고모부와 스토리 걸에게 잊을 수 없는 달이 되었다.

"오늘은 나와 함께 산책을 하는 게 어떻겠니?" 오팔빛 하늘과 얼룩진 목초지, 언덕에는 안개가 끼어 있는 어느 한가한 오후에 고모부가 스토리 걸과 나에게 말했다.

토요일이어서 피터는 집에 돌아가고 없었다. 펠릭스와 댄은 앨릭 삼촌을 도와서 순무 저장작업을 하고 있었고, 세실리와 펠리시티는 일요일에 먹을 쿠키를 굽고 있었다. 스토리 걸과 나만 스티븐 삼촌의 산책길에 있었던 것이다.

마지막 한 달, 우리는 둘이서만 보내는 것을 즐기며 청춘의 끝없는 생각에 잠기거나 미래를 얘기하기도 했다. 우리 둘 사이에는 여름 동안에 다른 아이들과의 사이에는 결코 존재하지 않는 마음의 끈이 생겼다. 우리는 다른 아이들보다 나이가 많았다. 스토리 걸은 15살이고 이제 나도 곧 그 나이가 되려하고 있었다. 그런데 갑자기 우리 둘만이 다른 아이들에 비해 훌쩍 나이를 먹어, 다른 아이들은 함께 나눌 수도 이해할 수도 없는 꿈과 전망과 장래를 가진 것처럼 생각되기 시작한 것이다. 아직 어린아이에 지나지 않았던 그 무렵, 우리의 흥미는 아직 유치한 사물에 머무르고 있었다. 하지만 우리 두 사람만이 더할 나위 없이 어른스럽고 나이를 먹은 것처럼 생각되는 시간이 있었고, 그런 시간이면 꿈과 전망과 소망을——그런 것들에게 흔한, 비현실적이고 가슴설레는——서로 얘기하며 아이다운 동료의식의 무지개 조각들을 모아, 평생 동안 변함없이 인생을 풍요롭게 빛내줄, 아름다운 우정을 만들어내기 시작했다. 젊음이 어린 시절의 껍데기를 벗고 빠져나올 무렵, 황금의 길을 가로막고 선 안개의 언덕 저편에는 무엇이 있을지 생각에 잠기기 시작하는 마법의 시기에, 서로의 믿음을 통해 쌓아올린 것만큼 영속하는 끈은 없기 때문이다.

"어디로 가는 거예요?" 스토리 걸이 물었다.

블레어 고모부는 대답했다. "잿빛 언덕에 검은 금을 긋고 있는 숲으로, 또 그 숲을 넘어, 태곳적 평화로운 보랏빛에 싸인 골짜기로. 캐나다를 떠나기 전에, 프린스에드워드 섬의 숲을 다시 한 번 둘러보고 싶었다. 하지만 혼자서는 가고 싶지 않구나. 그러니까 너희들이 함께 가다오. 인생이 아직은 아름답고 좋은 것일 수 있는 두 사람의 밝은 젊은이들. 우리 셋이서 아카디아(고대 그리스의 펠로폰네소스 반도에 있었던 고원으로, 목가적이고 평화로운 이상향)로 가는 길을 찾으러 가자꾸나. 이제부터 우리가 가는 그곳에서 마음을 즐겁게 해주는 많은 것을 발견할 수 있을 거야. 마음이 뛰는 소리가 '바람을 타고 울려올걸'. 집시의 황금빛 풍요로움이 이 손 안에 모일 거다. 어두컴컴한 가문비나무 숲의, 한마디로 표현하기 힘든 힘찬 매력과 인간과 멀리 떨어져 있는 협곡에서 흔들리고 있는 나긋나긋한 물푸레나무의 우아함을 배울 수 있을 것이다. 또 모피와 깃털옷을 입은 친구들도 만날 것이고, 잿빛의 늙은 전나무가 연주하는 음악에 귀를 빼앗길 것이다. 가자. 둘 다 평생의 추억이 될 산책과 오후를 너희 것으로 만들 수 있을 테니까."

정말 그대로였다. 그 추억은 지금도 빛을 잃는 일이 없다. 스토리 걸과 블레어 고모부와 함께 칼라일의 숲을 헤매고 다녔던 목가적인 오후는, 내 평생의 생생하고 아름다운 페이지에서 찬란하게 빛나고 있다. 불과 몇 시간의 단순하기 짝이 없는 즐거움일 뿐이었는데……. 우리는 길 없는 길을 헤치고 들어가, 그날은 특별히 우정으로 넘치고 있는 듯이 보였던 아름다운 토지의 숲다운 정적을 지나갔다. 블레어 고모부는 낮게 휘파람을 불면서 뒤에서 어슬렁어슬렁 따라오며 이따금 혼잣말을 중얼거렸다. 우리 두 사람은 그 토막난 몽상에 눈을 빛냈다. 블레어 고모부는 마음만 먹으면 '책에 적혀 있는 것처럼 말을 하곤 했는데', 그것도 우스꽝스럽다는 느낌을 주지 않고 그럴 수 있는, 내가 아는 유일한 사람이었다. 아마 그것은, 그가 '소수라도 이해해 주는 청중'과, 그 청중에 호소하는 정확한 때를 선택하는 재능이 뛰어났기 때문일 것이다.

우리는 앨릭 삼촌의 농장 뒤 무성한 숲과 경계를 이루고 있는 광야를 가로질러 가서, 로저 삼촌의 숲을 관통하는 오솔길을 찾아냈다. 하지만 그곳에 도착하기 전에, 구불구불 달아나는 장난스러운 오솔길을 순전히 우연히 만났다. 만약 숲 속에 정말 이러한 우연이 있다고 한다면, 나로서는 요정에게 이끌려 우리가 들어가도록 계획된 요정의 길로 들어간 것이라고 생각하고 싶은 유혹에 사로잡혔다.

블레어 고모부는 말했다.

"계속 가보자. 이곳을 탐험해 보는 거야. 아무리 이곳에 발을 들여놓지 않을 수 있는 핑계를 생각해 낸다 해도, 숲의 오솔길을 그냥 지나쳐버리는 건 늘 아까운 일이지. 이것은 숲의 심장부로 이어지는 샛길이니까, 만약 우리가 숲을 알게 되고, 저쪽에서도 우릴 알아주기 바란다면 이걸 따라가야 한다. 그 야생의 심장이 우리의 심장을 향해 뛰는 것을 정말로 느낄 수 있을 때, 그 신비로운 생명이 우리의 피에 섞여 들어와 영원한 우리의 원천이 되지. 그러니까 도시의 소음으로 가득 찬 도로와 고독한 수맥 어디를 가든, 아무리 헤매고 다닌다 해도 다시 숲으로 끌려 돌아와, 무엇보다 인내심 강한 혈족들을 만날 수 있는 거란다."

"전 언제나 숲 속에 있으면 마음이 차분하고 편안해져요. 나무가 무척 가까운 것처럼 느껴져요." 낮게 흔들리는 전나무 가지 아래를 지나갈 때 스토리 걸이 꿈결처럼 말했다.

"신의 멋진 창조물 가운데 무엇보다 친밀감이 있는 것이니까." 열정을 담아 블레어 고모부가 말했다. "그리고 수목과 함께 살아가기는 무척 쉽단다. 소나무와 대화를 나누는 것, 포플러에게 몰래 비밀을 털어놓는 것, 감정 풍부한 침묵 속에 과묵한 전나무와 산책하는 것. 그 모두가 진정한 교제란 무엇인지를 배우는 거란다. 더구나 나무는, 세계 어디를 가든 똑같아. 피레네 고개의 자작나무도 이 칼라일 숲의 자작나무와 똑같이 생겼고, 이 부근에 있는 늙은 소나무 쌍둥이 형제도 난 아펜니노 골짜기에서 친해졌는걸. 애들아, 저쪽에서 다람쥐들이 수다를 떨고 있는 것을 들어보렴. 아무것도 아닌 일을 가지고 저렇게 시끄럽게 떠드는 걸 들은 적 있니? 다람쥐는 숲의 수다쟁이, 참견꾼이란다. 숲 속 친구들의 비밀을 도저히 지켜줄 수가 없어. 뭐, 어쨌든 다람쥐들의 인사에는 허물없는 친밀감이 있긴 하지."

"우리에게 막 화를 내는 것 같아요." 나는 웃었다.

"아, 들리는 것보다 반도 화내고 있지 않아요. 만약 저 녀석들이 조금만 머리를 사용하여 저 앙알거리는 가락만 고칠 수 있다면, 무척 귀엽고 사랑스러운 생물이 될 수 있을 텐데 말이다." 블레어 고모부가 유쾌한 듯 대답했다.

"만약 동물로 태어난다면 전 다람쥐가 되고 싶어요. 하늘을 나는 것 다음으로 멋있을 것 같아요." 스토리 걸이 말했다.

블레어 고모부는 웃었다. "아, 저 꼬마 녀석들이 도약하는 모습을 좀 보렴. 승리의 노래도 들어봐라. 생각건대 방금 뛰어넘은 갈라진 틈새는 인간으로 치면 나이아가라 폭포에 견줄 만한 폭과 깊이일 거다. 애들아, 숲 속의 주민들은 무척 행복하게 살고 있고 스스로 몹시 만족하고 있는 것 같지 않니?"

전나무 향기가 떠도는 어두컴컴하게 구불구불한 오솔길을 걷다가 갑자기 샘이 퐁퐁 솟아나는 웅덩이까지 오게 된 우리들은, 숲이 일러주는 가장 큰 비밀을 알게 되었다. 그 비밀을 알게 된 건 우리들의 행운이었다. 오솔길이 끝나는 소나무 그늘 아래에서 우리는 그것을 발견했다. 잎사귀 사이로 비쳐든 햇빛에도 입맞춤을 받은 적이 없는 수정처럼 투명한 입술을.

"이것을 옛 전설에 등장하는 '방황하는 호수'라고 생각하는 것도 재미있을 것 같구나. 이곳은 마법의 주문이 걸린 장소야. 그래, 틀림없어. 살짝 발을 내리며 걷고 낮은 목소리로 얘기하지 않으면, 하얀 물방울을 똑똑 떨어뜨려주는 물의 정령의 잠을 방해하고 신비의 팔이 오랜 세월 짜 올린 주문을 깨뜨려버리게 돼."

"숲 속에서는 뭐든지 믿을 수 있을 것 같아요." 스토리 걸이 말하며, 금갈색의 자작나무 껍질을 컵 삼아 샘물을 떴다.

"이 물로 건배하자, 세라. 이 속에는 틀림없이 강한 마력이 숨어 있어서 소원을 빌면 이루어질 거다."

블레어 고모부의 말에 스토리 걸은 금빛 컵을 들어 붉은 입술에 갖다대었다. 개암나뭇빛 눈이 컵 가장자리 너머로 웃고 있었다. 스토리 걸은 소리쳤다.

"우리의 미래를 위하여 건배! 인생의 나날이 지나간 날보다 좋은 것이 되기를."

"사치스러운 소원이구나……, 젊음만이 가질 수 있는 소원." 블레어 고모부가 의견을 말했다. "하지만 그 사치스러움은 그만두고라도, 진정으로 진지하다면 이루어질 수 있는 소망이기도 하다. 진지하기만 하다면, 매일매일이 지나간 날들보다 좋은 것이 되지. 하지만 말이다, 도련님, 그리고 아가씨. 믿고 싶은 마음이 들지 않는 날이 이제부터 많이 찾아올 거야."

우리는 그가 하는 말의 의미는 알지 못했다. 그러나 블레어 고모부는 자신이 한 말의 의미를 결코 설명하지 않는다는 것을 알고 있었다. 물어보아도 늘 빙긋 웃음을 지으며 이렇게 말할 뿐이었다.

"언젠가 어른이 되면 알게 될 거다. 그때까지 기다려라."

우리는 샘에서 가만히 흘러나오는 물줄기가 구부러지고 꺾여들며 흐르는, 방심할 수 없는 변덕을 따라 가보기로 결심했다.

"시냇물은 세상에서 가장 변하기 쉽고, 매혹적이며, 사랑스러운 것이다. 같은 생각과 기분이 2분도 가지 않아. 이 부근에서는 마음이 괴로운 듯 한숨을 쉬거나 투덜거리고 있지? 하지만 들어봐라. 저 자작나무 밑둥에서는 저 혼자 좋아 대단한 농담을 즐긴 것처럼 키들키들 웃고 있지 않니?"

그건 확실히 변화가 풍부한 시냇물이었다. 이쪽에서는 어둡고 조용하게 머물며 들여다보면 얼굴이 비치는 작은 연못을 이루고 있는가 하면, 햇빛에 다이아몬드처럼 빛나며 춤을 추고 송어새끼와 피라미 한 마리도 모습을 보여주지 않고는 지나갈 수 없는 모난 조약돌 밑을 수다쟁이, 소문쟁이의 얼굴로 졸졸 흘러가기도 한다. 둑은 어떤 때 험준하고 높게 또 날씬한 물푸레나무와 자작나무 가지로 덮여 있는가 하면, 그저 연약한 이끼가 초록색으로 뒤덮인 평탄한 기슭이 되어 숲에서 살짝 나와 있는 곳도 있다. 한 번은 작은 절벽에 부딪쳐 격렬한 분노의 거품을 일으키며 주눅 들지 않고 덤벼들었다가, 눈 아래 이끼 낀 돌 사이에서 화들짝 놀란 기색으로 하나로 뭉치는 것이었다. 그 상태에서 정신을 수습하려면 시간이 조금 걸린다. 물의 흐름을 방해하는 썩은 나무토막과 싸우면서 부글부글 끓어오르고, 불평하며 나아가다가 가로막는 나무뿌리를 넘을 때마다 필요 이상으로 야단법석을 떨었다. 우리가 그 화내는 모습에 질려서 이제 헤어지자고 말할라치면, 그것은 갑자기 온순한 기색으로 돌아가 다시 한 구비를 돌아간다…… 아! 우리는 동화의 나라에 있었다.

그것은 숲의 깊은 심장부에 나타난 작은 골짜기였다. 자작나무가 한 줄로 서서 작은 강을 지키고 서 있고, 그 자작나무는 모두 자매들보다 훨씬 우아하고 금빛으로 빛나 보였다. 그곳에서 숲은 모든 방향으로 물러나며 호박색의 양지를 만들고 있었다. 노랗게 물든 나무들은 부드러운 흐름에 모습을 비추며, 이따금 한 장 또 한 장 물 위에 잎이 떨어져서 흘러간다. 그것은 아마 블레어 고모부가 생각했듯이 아득히 먼 곳에 있는 모든 시냇물이 바다로 흘러들어간다는 전설의 땅까지 가겠다고 마음에 맹세한, 어딘가의 모험심 강한 요정들에게 소용될 터였다.

"아, 정말 사랑스러운 곳이야." 기쁨에 넘쳐서 주위를 둘러보며 나는 소리쳤다.

"영원한 마법에 걸려 있어, 틀림없이. 겨울도 이곳에는 가까이 오지 못해. 그렇지 않으면 이제 다시는 봄이 오지 않거나, 둘 중 하나지. 이곳은 영원히 이대로 있을 거다." 블레어 고모부도 중얼거렸다.

"우리 다시는 이곳에 오지 않기로 해요. 다시는요. 이제부터 칼라일에 아무리 자주 오더라도, 이곳에 오지 않으면 이곳이 변하거나 달라져버린 것을 보지 않아도 되잖아요. 언제나 지금 이렇게 보고 있는 모습 그대로를 떠올릴 수 있어요. 그러니까 이곳은 우리에게는 영원히 지금의 모습으로 있는 거예요." 스토리 걸이 조용히 말했다.

"스케치해 두자." 블레어 고모부가 말했다.

그가 스케치하는 동안, 스토리 걸과 나는 둑에 걸터앉았다. 그녀가 한숨 쉬는 갈대 이야기를 해주었다. 그것은 무척 단순하고 짧은 이야기로, 숲의 연못가에 서서 강물과 새와 바람처럼 음악을 연주할 수 없는 것이 슬퍼서 늘 한숨을 쉬었던 가느다란 갈색의 갈대 이야기였다. 주위 풍경은 아름답게 빛나고 풍요로워서 한결같이 갈대를 비웃으며 그 어리석음을 조롱했다. 이런 갈색의 재미도 없고 예쁘지도 않은 것에, 누가 음악 같은 것을 기대한단 말인가? 그런데 어느 날 한 젊은이가 숲 속에 들어왔다. 젊은이는 봄처럼 아름다웠다. 젊은이는 갈색 갈대를 꺾어 마음에 드는 형태로 만들었다. 그리고 입술에 대고 숨을 불어넣자, ……아, 이게 웬일인가! 음악소리가 숲 속에 흘러나오는 게 아닌가! 마음을 사로잡는 음색에 모든 것들이, 강물과 새와 바람까지 모두 입을 다물고 귀를 기울였다. 이렇게 아름답고 다정한 소리는 들은 적이 없었다. 그것은 바로 지금까지 오랜 세월 한숨 지어온 갈대의 영혼에 갇혀 있다가 아픔과 고통을 통해 마침내 해방된 음악이었다.

스토리 걸이 더 극적인 이야기를 해준 일은 여러 번 있었다. 그러나 이 이야기만이 그때까지의 모든 것을 뛰어넘어 추억 속에서 홀로 빛을 발하고 있다. 아마 그녀가 얘기해준 장소 탓도 있을 것이고, 또 그것이 훗날까지 내가 들은 마지막 이야기, 황금의 길에서 들은 마지막 이야기였기 때문이기도 할 것이다.

블레어 고모부가 스케치를 끝낼 무렵, 햇살은 주홍색으로 변하며 조금씩 약해져 갔다. 성급한 가을의 황혼이 숲에 내려앉았다. 우리는 스토리 걸이 말한 것처럼, 영원한 작별 인사를 하고 골짜기를 떠났다. 잊을 수 없고 말로 표현할 수 없는 향기가 풍겨 나와 우리를 에워싸는 전나무 숲을 지나 천천히 귀로를 더듬었다.

"시들어가는 전나무 향기에는 마법이 있어." 블레어 고모부가 자기 혼자 있는 게 아니라는 걸 잊은 듯, 커다란 목소리로 혼잣말을 했다. "미묘하게 혼합된 귀한 술처럼 피 속에 흘러들어와, 행운의 별 아래 태어난 남의 부러운 인생이야기를 들었을 때처럼, 말할 수 없이 감미로운 전율이 느껴져. 이에 비하면 다른 향기는, 모두 높은 곳은커녕 오히려 골짜기에 고인 무겁고 흙내 나는 것으로 느껴지고 말지. 하지만 전나무의 방향만은 위를 향해, 하늘을 향해, '아득한

신의 세계'를 향해, 우리가 주저도 의심도 없는 눈으로, 공중누각에 우뚝 솟은 첨탑의 환상을, 아니면 아름답고 빛이 바래지 않는 약속의 땅의 실현을 볼 수 있는 정신의 끝까지 올라가는 거야."

그는 한순간 입을 다물었다. 그런 다음 낮은 목소리로 덧붙였다. "펠리시티, 당신은 시든 전나무 향기를 좋아했지. 오늘 밤 당신이 이곳에 함께 있다면…… 펠리시티…… 펠리시티!"

그 목소리에 담긴 무언가로 인해 나는 갑자기 슬픔에 빠져들었다. 스토리 걸이 손을 가만히 내 손 안에 밀어넣었을 때는, 안도감을 느꼈다. 그런 다음 우리는 숲을 나가 가을의 어둠 속에 발을 내딛었다.

우리는 좁은 골짜기에 있었다. 앞쪽에 있는 비탈 중간쯤에서, 단풍나무 속에 섶나무를 태우는 불이 흔들리지도 않고 붉게 타오르고 있었다. 숲과 저물어가는 언덕을 어두운 배경으로, 너무나 붉게 떠올라 타고 있는 그 불에는 형언하기 힘든 유혹이 있었다.

"저곳에 가보자. 밤에 불타는 숲 속의 불은 우리 인간에게는 저항하기 힘든 유혹이다. 서둘러, 시간을 허비해선 안 돼." 블레어 고모부가 들뜬 목소리로 외쳤다. 슬픔에 빠진 기분을 내던지고, 그는 우리 두 사람의 손을 잡았다.

"하지만 아직 계속 불타고 있는데." 나는 숨을 헐떡였다. 블레어 고모부가 가차 없이 우리를 언덕 위로 몰아댔기 때문이다.

"무슨 상관이냐, 분명히 사탕단풍나무 숲의 손질을 마친 착실하고 사람 좋은 농부가 불을 놓은 건지도 몰라. 물론 장담할 수는 없지만, 이 세상 사람이 아닌 산사람이 봉화나 요정나라의 잔치를 알리기 위해 피운 불일지도 모르고, 꾸물거리고 있는 사이에 사라져버릴지도 모르지 않니?"

그러나 그것은 사라지지도 않았고, 잠시 뒤 우리는 숲 속에 있었다. 참으로 아름다운 광경이었다. 불은 붉게 흔들리지 않는 불꽃으로 타오르며 부드럽게 튀었다. 나무들 밑에 뻗은 긴 회랑을 장밋빛이 비추고 있고, 그 빛 끝에는 잿빛과 짙은 보랏빛 그림자가 서로 기대며 숨어 있었다. 모든 것이 고요하고 아련하게 세상과 동떨어져 있었다.

"언덕 하나만 넘으면 인간이 사는 마을이 있고, 익숙한 가정의 불빛이 켜져 있다는 게 믿어지지가 않는구나." 블레어 고모부가 말했다.

"익숙한 것들이 수천 킬로미터나 멀리 떨어져 있는 것 같은 느낌이에요." 스토리 걸이 중얼거렸다.

"그래! 지금은 종족의 유년기로 돌아가 있는 거야, 일시적인 미숙한 세계에. 이 시간에는 모든 것이, 고대신화의 아름다움, 신비로운 정적, 개방, 매혹 같은 원시의 마술이 있는 거란다. 그래, 모든 것들이 현실이 될지도 모르는 시간과 장소인 셈이지. 숲 속 요정들이 몰래 다가와 손에 손을 잡고 불 주위를 춤추며 다닐지도 몰라. 나무의 정령들이 나무에서 빠져나와, 10월의 서리와 북풍 때문에 얼어붙어버린 하얀 손발을 녹일지도 모르지. 그런 것이 보인다 해도 나는 조금도 놀라지 않을 거다. 저쪽의 어둠 속에서 상앗빛 어깨가 얼핏 보이지 않았니? 그리고, 저 뒤틀린 잿빛의 줄기 저쪽에서, 기이한 요정의 얼굴이 우리를 엿보고 있는걸 눈치채지 못했니? 뭐 확실하다고 말할 순 없지만 말이다. 인간의 시력이란, 요정이 지른 불빛의 깜박임에 비하면 느리고 서툴러서 상대가 되지 못해." 블레어 고모부는 열정을 담아 말했다.

우리는 손을 맞잡고 마법의 땅을 서성거리며 요정나라의 주민들을 찾았다. '그리고 그 신비의 목소리가 요정의 무덤과 쓸쓸한 언덕에서 부르는 것을 들었다'. 불이 완전히 재로 변해 사라져버릴 때까지 우리는 숲을 떠나지 않았다. 그런데 어느 순간엔가, 언덕을 뒤덮은 구름 한 점 없는 하늘에 보름달이 눈부시게 빛나고 있는 것이었

다. 우리와 달 사이에는 키 큰 소나무가 우뚝 서 있었다. 늠름하리
만치 곧고, 가늘고, 우듬지까지는 가지가 하나도 없이, 그러나 우듬
지에만은 검은 가지가 무성하게 모여들어 은빛을 배경으로 떠올라
있었다. 아득한 아래쪽에는 언덕의 농가가 부드럽고 하얀 빛 속에
가로누워 있었다.

"오후에 집을 나선 뒤 무척 오랜 시간이 지난 것 같지 않아? 그
런데 사실은 겨우 2, 3시간밖에 안 됐어." 스토리 걸이 말했다.

고작 2, 3시간……. 그렇다. 하지만 그만한 시간이라도, 은총과
꿈으로 채색되지 않은 평범한 1년의 순환만큼 가치가 있다.

친구여, 안녕!

우리의 아름다운 10월은 어느 날 암담한 비극으로 산산조각이 났다. 그날 패트가 죽었던 것이다. 고양이의 생애로서는 무척 행복하게 7년을 살고, 패트는 돌연사했다. 독극물을 먹은 것 같았다. 어둠 속, 어딘가를 돌아다니다가 그런 운명을 만났는지는 모른다. 그는 차가운 새벽빛 속에 몸을 끌며 마지막을 집에서 맞기 위해 집으로 돌아왔다. 잠에서 깨어났을 때, 우리는 현관에 누워 있는 패트를 발견했다.

재닛 숙모가 무뚝뚝하게 말해주지 않아도, 블레어 고모부가 마지 못해 고개를 한 번 젓지 않아도, 이번만큼은 우리의 패트에게 회복의 전망이 없는 것이 분명했다. 무슨 짓을 해도 소용없을 것 같았다. 앞발에 라드와 유황을 발라도 도움이 되지 않을 것이고, 페그 보엔을 찾아가도 어쩔 도리가 없을 것이다. 우리는 비탄에 잠겨 고양이를 에워쌌다. 스토리 걸이 계단에 앉아 가련한 패트를 품에 안아들었다.

"이제 기도해도 소용없을 것 같아." 세실리가 괴로운 듯이 말했다.

"해봐서 나쁠 건 없다고 생각해." 펠리시티는 흐느껴 울었다.

그러나 슬픔 속에서도 댄은 이렇게 말했다.

"기도를 낭비하진 말자. 이제 사람의 힘으로 패트를 살릴 순 없어. 눈을 보면 알 수 있잖아? 지난번에도 패트를 살린 건 기도가 아니었어."

"맞아. 페그 보엔 아주머니가 살려줬지. 하지만 이번만은 페그 아주머니가 저주를 걸었을 리가 없어. 몇 달이나 행방불명이었잖아. 어디에 있는지 아무도 모르고," 피터가 말했다.

"어디가 가장 나쁜지 말이라도 해준다면! 괴로워하는 모습을 눈앞에 보면서도 아무것도 해줄 수 없다는 게 너무 가슴 아파." 세실리가 간신히 목소리를 짜냈다.

"이제 그리 괴롭지 않을 거라고 생각해." 내가 위로하듯이 말했다.

스토리 걸은 아무 말도 하지 않았다. 자기 고양이의 반짝이는 털을 햇볕에 탄 가느다란 손가락으로 부드럽게 몇 번이고 몇 번이고 쓰다듬고 있었다. 패트는 고개를 들고 사랑하는 주인에게 조금이라도 가까이 다가가려고 했다. 스토리 걸은 축 늘어진 그 몸을 가슴에 꼭 끌어당겼다. 연약한 울음소리, 긴 마지막 전율, 그리고 패트의 다정한 영혼은 어디든 선량한 고양이가 갈 수 있는 곳으로 떠나갔다.

"아, 가버렸어." 댄은 그렇게 말한 뒤 거칠게 우리에게서 등을 돌렸다.

"도저히 현실 같지가 않아. 어제 아침 이맘땐 그렇게 건강했는데." 세실리가 흐느껴 울었다.

"크림을, 두 접시나 먹었는데. 저녁에는 쥐를 잡는 것도 보았어. 그게 마지막으로 잡은 쥐였을지도 몰라." 펠리시티가 탄식했다.

"살아 있는 동안 많은 쥐를 잡았지." 모호한 목소리로 피터는 죽은 자에게 말을 바쳤다.

"패트는 고양이였다. 무엇보다도 그 사실을 잊지 마라. 우리는 그런 고양이를 두 번 다시 볼 수 없으리." 블레어 고모부가 인용했다.

펠리시티, 세실리, 그리고 세라 레이가 너무 엉엉 울자, 완전히 넌더리가 난 재넷 숙모는, 앞으로 정말로 울 일이 얼마나 많이 있는데, 하며 날카로운 목소리로 꾸짖었다. 물론 이 말에서 소녀들이 그리 위안을 받은 것은 아니었지만. 스토리 걸은 눈물 한 방울 흘리지 않았다. 그러나 그 눈에 떠오른 표정은 울음보다 훨씬 고통스러운 것이었다.

"생각해보면, 이것이 가장 좋은 길이었는지도 몰라. 패트를 두고 가는 것을 생각하면 괴로워 견딜 수가 없었어. 모두가 아무리 잘해준다 해도 나를 그리워할 것을 알고 있으니까. 대부분의 고양이는 먹을 것만 주면 누가 가고 누가 오든 아는 척도 하지 않아. 그렇지만 패트는 그렇지 않았어. 내가 가버렸다면 패트 가슴에 구멍이 뚫렸을 거야." 스토리 걸이 구슬프게 말했다.

"안 돼, 안 돼애애!" 세라 레이가 슬픈 목소리로 울부짖었다.

펠릭스는 화난 듯이 그녀를 쳐다보며 차갑게 말했다.

"네가 그렇게 난리 피울 일이 뭐 있니? 자기 고양이도 아니었으면서."

"하, 하지만, 좋, 좋아했는걸. 그, 그리고, 친구가 괴로우면, 나, 나도, 언제나 괴롭단 말이야." 세라 레이는 흐느꼈다.

"고양이도 인간처럼 천국에 갈 수 있다면 좋겠어. 정말로 그런 일은 없을까?" 세실리가 한숨지었다.

블레어 고모부는 고개를 저었다.

"없을 것 같구나. 고양이도 천국에 갈 수 있는 기회가 주어졌으면 좋겠다고 생각하고 싶지만, 그건 무리야. 고양이에게는 천국에 어울리는 것이 없어. 귀여운 생물이기는 하지만. ”

“블레어, 당신이 아이들에게 하는 얘기는 정말 어처구니가 없군
요. ” 재닛 숙모가 으르렁거리며 말했다.

“고양이도 천국에 갈 수 있다고 이 아이들에게 가르쳤으면, 더 마
음에 안 들어했을 텐데요. ” 블레어 고모부가 되받았다.

“짐승을 이 아이들처럼 다루는 건 잘못된 거예요. ” 재닛 숙모는
단언했다. “그러니까 위로해 주거나 그러지 마세요. 자, 애들아. 이
제 어지간히들 좀 해라. 고양이를 거기 아무데나 묻고 얼른 사과나
따러 가자. ”

우리는 일하러 가지 않으면 안 되었다. 하지만 그런 허술한 방법
으로 패트를 묻어줄 수는 없었다. 그날 저녁 우리는 해질 무렵에 과
수원에 묻어주기로 결정했다. 일단 집에 돌아가지 않으면 안 되는
세라 레이는 반드시 돌아오겠다고 약속하고, 혹시 제 시간에 오지
않더라도 기다려 달라는 말을 잊지 않았다.

“우유를 짜기 전엔 나올 수 없는걸. 하지만 빠지고 싶지 않아. 고
양이의 장례식도 아무것도 없는 것보다는 나으니까. ” 그녀는 흐느
껴 울었다.

세라 레이에게 목소리가 들리지 않게 될 때까지 간신히 참은 펠리
시티는 내뱉듯이 말했다.

“정말 구제불능이야 ! ”

그날은 모두들 무거운 마음으로 일했다. 일을 하는 동안 여자아이
들은 대부분 내내 슬프게 울었고, 남자아이들은 오히려 반항하듯이
휘파람을 불었다. 그런데 저녁이 다가올수록, 모두들 장례식 절차에
대해 속물적인 흥미를 보이기 시작했다. 댄이 말한 것처럼, 패트는
그 흔한 고양이들과는 다르기 때문에 정식으로 하지 않으면 안 되었
다. 스토리 걸이 무덤자리를 골랐다. 벗나무 뒤쪽으로, 봄이 되면
일찍 피는 제비꽃이 무성한 한구석이었다. 소년들은 옛 노래의 여주

인공이 희망한 것처럼 '부드럽고 좁게' 무덤을 만들었다. 결국 시간에 맞춰서 온 세라 레이와 펠리시티는 우리의 작업을 바라보고 있었고, 세실리와 스토리 걸은 좀 떨어진 곳에 서 있었다.

"간밤의 이맘때는, 오늘 밤에 패트의 무덤을 파게 될 줄은 생각지도 못했어." 펠리시티가 한숨을 쉬었다.

"하루가, 무, 무엇을 가져다줄지, 우리는 좀처럼 알 수 없다고, 목사님이 말씀하시는 것을 들었는데, 저, 정말인가 봐." 세라 레이가 흐느끼며 말했다.

"당연하지. 성경책에도 나와 있으니까. 하지만 고양이의 경우와 혼동할 필요는 없어." 펠리시티가 모호하게 말했다.

모든 준비가 끝나자, 스토리 걸이 사랑하는 고양이를 생전에 장난과 재롱을 부리는 장소였던 과수원을 가로질러 옮겨왔다. 그 육체를 누일 관은 없지만, 패트는 아담한 종이상자에 편안하게 누워 있었다.

"'재는 재로, 먼지는 먼지로'라고 말하는 건 안 될까?" 피터가 말했다.

"안 돼. 좋지 않아. 절대로 나쁜 일이야." 펠리시티가 나무랐다.

"그래도 찬송가 정도는 부르는 것이 좋지 않을까?" 세라 레이가 열심히 제안했다.

"그래, 너무 경건한 것이 아니라면 괜찮을지도 몰라." 펠리시티도 찬성했다.

"〈선원이여, 해변으로 배를 저어라〉가 어떨까? 너무 경건한 찬송가는 아니잖아." 세실리가 말했다.

"그래도 장례식에 어울리는 것 같진 않아." 펠리시티가 말했다.

"〈빛이여, 자비롭게 인도하소서〉가 훨씬 잘 어울려. 위로하는 것 같고 숙연하지 않아?" 세라 레이가 조언했다.

"노래 같은 건 부르지 않을 거야." 스토리 걸이 차갑게 말했다.

"모두들, 이 일을 우스꽝스러운 장난으로 만들 생각이니? 조용히 흙을 덮고 흙에 납작한 돌을 올려놓기만 하겠어."

"내가 생각했던 장례식과는 전혀 달라." 세라 레이가 불만스러운 듯이 중얼거렸다.

"기운 내. 〈우리들〉에 진짜 사망기사를 실을 예정이니까." 세실리가 위로하는 얼굴로 속삭여주었다.

"그리고 피터가 돌 위에 이름을 새겨줄 거야. 완성될 때까지는 어른들이 모르시게 해야 해. 모두 좋지 않다고 생각할 게 틀림없으니까." 펠리시티가 말했다.

우리는 숙연하게 과수원을 떠났다. 잿빛 황혼녘의 바람이 주위에 불고 있었다. 로저 삼촌을 출입구에서 만났다.

"마지막 눈물의 장례식을 마친 거냐?" 싱글거리면서 삼촌이 말했다.

이 말을 들은 우리는 로저 삼촌을 증오했다. 그리고 다음과 같이 조용히 말한 블레어 고모부를 좋아하게 되었다.

"말 못하는 작은 친구를 묻고 돌아왔구나."

사물은 말하기 나름이다. 그러나 블레어 고모부의 동정도, 그날 밤 젖 짜는 시간에 패트가 없다는 쓸쓸한 사실에서 아픔을 없애줄 수는 없었다. 펠리시티는 우유를 짜는 동안 하염없이 울고 있었다. 이 세상에는 작은 잿빛 고양이에게 바쳐진 만큼의 슬픔도 없이 묘지에 묻히는 사람은 얼마든지 있는 법이다.

예언

"아버지한테서 편지가 왔어."

과수원의 나무문을 열고 들어온 펠릭스가 나에게 편지 한 장을 내밀었다.

우리는 하루 종일 사과를 딴 뒤, 우물가에서 오후의 휴식을 취하며 차갑게 빛나는 물을 컵에 따라 목을 적시고 있는 중이었다.

나는 아무렇게나 봉투를 뜯었다. 아버지는 그 멋지고 좋은 성품에도, 편지만큼은 형편없는 편이었기 때문이다. 아버지의 편지는 너무 짧고 싱거웠다.

이 편지도 짧다는 점에서는 조금도 못하지 않았지만, 거기에는 중대한 소식이 들어 있었다. 내가 그걸 읽은 뒤 계속 얼빠진 얼굴로 편지를 응시하고 있자, 펠릭스가 참다못해 소리쳤다.

"형, 왜 그러는데? 편지에 뭐라고 적혀 있어?"

"아버지가 돌아오신대. 2주일 안에 남미를 떠나 11월에는 이곳에 와서 우리를 데리고 토론토로 돌아가실 거래." 나는 꿈결처럼 말했다.

모두들 숨을 삼켰다. 세라 레이는 말할 것도 없이 울음을 터뜨렸고, 그것을 본 나는 까닭 없이 마음이 무거워졌다.

　"아." 겨우 숨을 쉴 수 있게 된 펠릭스가 입을 열었다. "아버지를 만날 수 있는 건 기뻐. 하지만 솔직히 말해서 이곳을 떠나는 건 싫어."

　나도 똑같은 기분이었다. 그러나 세라 레이가 눈물에 젖는 모습을 보고는 그것을 인정하고 싶지 않았다. 그래서 모두가 떠들썩하게 이야기 나누는 동안, 나는 무뚝뚝하게 입을 다물고 있었다.

　"나도 떠나는 게 아니라면 괴로워서 견딜 수 없을 거야. 나도 떠날 거면서 이렇게 슬픈 걸 보면. 내가 가버린 뒤에도 모두가 함께 여기서 즐겁게 지내며, 편지로 그 소식을 보내줄 거라고 생각했는데." 스토리 걸이 말했다.

　"너희들이 가버리면 무슨 재미로 살지?" 댄이 나직하게 중얼거렸다.

　"이번 겨울엔 뭘 해야 좋을지 모르겠어." 펠리시티가 실망의 기분을 조용히 드러냈다.

　"다행이야. 이제 더 이상 돌아올 아버지가 없어서." 세실리가 진지하게 한숨을 쉬었기 때문에 나도 모르게 웃음이 나왔다.

　오후를 건성으로 보낸 우리는, 저녁에 과수원에 모일 때까지도 마음이 정리되지 않았다. 화창한 날씨 속에 약간 쌀쌀함이 느껴졌다. 먼 언덕의 자작나무 뒤로 가라앉고 있는 태양은 마치 타오르는 불꽃 심지 같았다. 문 옆에 서 있는 금빛의 거대한 버드나무가 밤바람에 오싹오싹 몸을 떨고 있었다. 하지만 변해가는 세상 그 한가운데에서도, 우리는 절망적이리만큼 의기소침해 있었던 것은 아니었다. 대개는 그런 세라 레이와 좀처럼 그렇지 않은 피터를 제외하고는. 다만 그 피터도 지난 며칠 동안은 깊은 고민에 빠져 있었다. 〈우리들〉 10월호의 마감이 임박했는데도 '진짜' 소설이 조금도 완성되지 않았던 것이다. "지금까지는 모두 실화였잖아"라고 한 펠리시티의 빈정거림이 마음에 제법 큰 충격이 되었던 피터는, 다음 호에는 진정한 창작을 쓰겠다고 결심했다. 그런데 실제로 글을 쓴다는 건 누구에게나 고통스러운 작업이다. 한 번은 스토리 걸에게 부탁해 보았지만 거절당했다. 다음에는 풀 죽은 얼굴로 나에게 왔지만, 나도 달아났다. 하는 수 없이 피터도 배짱을 두둑히 하고 스스로 소설을 쓰기로 한 것이다.

"시를 쓰는 것만큼 어려운 일은 없을 거고, 그쪽은 이미 했으니까 뭐." 피터는 침울하게 말했다.

그는 매일 저녁 곡물창고 다락에서 글을 쓰는 데 매달렸다. 자신의 문학작품에 대해 언급하는 것을 싫어하고 있음이 명백했기 때문에, 우리도 거기에 대한 질문은 피하기로 했다. 하지만 오늘 밤에라도 당장 신문을 만들고 싶어서 하는 수 없이 곧 완성되는지 물어보지 않을 수 없었다.

"다 끝냈어." 피터는 음울한 승리감을 나타내며 말했다. "대단한 건 아니지만. 어쨌든 나 혼자 생각해서 썼어. 인쇄되었거나 전에 들었던 건 한 마디도 쓰지 않았으니, 모두 아무 소리 못할 거야."

"그럼 기사는 전부 갖춰진 셈이니까, 내일 밤에는 〈우리들〉을 읽을 수 있도록 하자." 나는 말했다.

"이것이 마지막 호가 되겠지? 모두들 가버리면 더 이상 계속할 수 없을 테니까. 무척 재미있었는데." 세실리가 한숨지었다.

"베브는 언젠가 진짜 신문기자가 될 거야." 그날 밤 남다르게 예지력이 개화된 스토리 걸이 말했다.

스토리 걸은 사과나무 가지에 앉아 몸을 흔들고 있었다. 주홍빛 숄을 머리에 두르고 눈은 장난스러운 불꽃으로 가득했다.

"그걸 어떻게 아는데?" 펠리시티가 물었다.

"아! 난 미래를 알 수 있어." 스토리 걸은 수수께끼 같은 대답을 했다. "너희들 모두에게 무슨 일이 일어날지 다 알아. 말해볼까?"

"말해봐, 재미있겠다. 어차피 나중에 정말인지 아닌지 알 수 있을 거 아냐. 계속해 봐, 나에 대한 다른 예언은?"

"넌 책도 여러 권 쓸 거야. 그리고 전 세계를 돌아다니겠지……. 펠릭스는 평생 뚱뚱하게 살 거고, 그리고 50살이 되기 전에 할아버지가 될 거야. 또 길고 검은 수염을 길러."

펠릭스가 화가 나서 소리쳤다.

"말도 안 돼! 난 수염 같은 건 싫어. 할아버지가 되는 건 거역할 수 없을지 몰라도. 수염 기르는 건 그럴 수 있어."

"불가능해. 별에 그렇게 나와 있는걸."

"그렇지 않아. 별은 수염을 깎는 것까지 막을 순 없어."

"펠릭스 할아버지라니, 정말 우습다, 그지?" 펠리시티가 놀렸다.

"피터는 목사님이 될 거야."

"그럴까? 좀더 나쁜 것이 될 수도 있어." 그다지 싫지 않은 목소리로 피터가 말했다.

"댄은 농부가 되어 이름이 K로 시작되는 여자와 결혼해서 아이를 11명 낳을 거야. 그리고 그리트 당에 투표할 거고."

"싫어!" 댄은 기분이 상했다. "아무것도 모르면서. 그리트에 투표한다고? 다른 건 아무래도 상관없어. 농사를 짓는 것도 제법 괜찮은 일인 것 같고. 가능하면 선원이 되고 싶지만."

"바보 같은 소리 마. 뭐 하러 선원 같은 것이 되어 물에 빠져 죽으려는 거야?" 펠리시티가 엄한 목소리로 반대했다.

"선원이라고 다 물에 빠져 죽는 건 아니야."

"대개 그래. 스티븐 삼촌을 봐."

"물에 빠져 죽었는지 어떻게 알아?"

"어쨌든 행방불명되었잖아. 그게 더 나빠."

"어떻게 알아? 행방불명이 차라리 나은 것 아니냐?"

"가족한테는 그렇지 않아."

"쉿, 다음 예언을 들어봐." 세실리가 말했다.

스토리 걸은 무겁게 예언을 계속했다.

"펠리시티는 목사님과 결혼할 거야."

세라 레이는 킥킥 웃고 펠리시티는 얼굴이 빨개졌다. 피터는 펄쩍 뛰고 싶을 만큼 기뻤지만 억지로 참았다.

"완벽한 주부가 되어 주일학교에서 아이들을 가르치며 평생 행복하게 살 거야."

"그 남편 쪽도 행복할까?" 댄이 짐짓 진지한 척 물었다.

"물론 그쪽도 부인만큼 행복하겠지." 계속 뺨을 물들인 채 펠리시티가 쏘아붙였다.

"그 남잔 세상에서 제일 행복한 남자가 될 거야." 피터가 따뜻하게 선언했다.

"난 어때?" 세라 레이가 물었다.

스토리 걸은 당혹스러운 기색이었다. 그 어떤 것이든, 세라 레이에게 미래가 있다고 상상하는 건 무척 어려운 일이었다. 그러나 미래를 알고 싶어 애가 타는 세라를 어떻게든 만족시켜 주어야 했다.

"넌 결혼할 거야." 스토리 걸은 무모하게도 이렇게 시작했다. "100살 가까이 사는 동안 수십 번의 장례식에 참석하고, 온갖 병의 발작을 경험하게 될 거야. 일흔이 넘어서야 겨우 울지 않는 법을 배울 거고. 하지만 남편은 절대로 교회에 가지 않아."

"미리 가르쳐줘서 고마워." 세라 레이가 진지한 얼굴로 말했다.

"결혼 전에 가겠다는 약속을 받으면 되잖아. 이제 알았어."

"약속해도 지키지 않을걸." 고개를 저으면서 스토리 걸이 말했다. "이제 추워졌고 세실리가 기침을 하고 있어. 집에 들어가자."

"나의 미래는 얘기하지 않았잖아." 세실리가 실망하여 항의했다.

스토리 걸은 무척 다정한 눈으로 세실리를, 그애의 매끄러운 갈색 머리를, 부드럽게 반짝이는 눈동자를, 약간만 움직여도 금세 장밋빛으로 물드는 뺨과, 자잘한 일거리와 겸손하고 친절한 행위로 언제나 바쁘게 움직이고 있는, 햇볕에 그을린 작은 두 손을 바라보았다. 스토리 걸의 얼굴에 몹시 기묘한 표정이 떠올랐다. 그 눈동자가 슬픔의 빛을 띠며 먼 곳을 바라보는 눈길이 되었다. 마치 가려진 세월의 안개를, 그 진실을 꿰뚫어본 것처럼.

"이봐요, 착한 아가씨. 너의 멋진 미래는 그 반도 도저히 말할 수 없을 정도야." 세실리에게 살짝 팔을 두르면서 그녀가 말했다. "넌 마땅히 충분한 사랑을 받을 만한걸. 하지만 세실리, 지금까지 한 말은 전부 농담이야. 우리가 어떻게 될지 정말은 하나도 몰라."

"생각하고 있는 것보다 훨씬 더 잘 알고 있으면서." 자신의 미래가 몹시 마음에 들어, 교회에 가지 않는 남편 말고는 모두 믿고 싶은 미련을 버리지 못한 세라 레이가 말했다.

"농담이라도 좋으니까 미래를 예언해 줘." 세실리가 졸랐다.

"널 만나는 사람은 모두 네가 살아 있는 동안 내내 널 사랑할 거야. 세실리, 이것이야말로 최고로 멋진 미래란다. 다른 사람은 맞을지 어떨지 확실하지 않지만 이것만은 틀림없을 테니까. 자, 이제 그만 집으로 들어가자."

세실리만은 불만스러운 기색이었지만 우리는 집으로 들어갔다. 훗날 나는 스토리 걸이 그날 밤 왜 세실리의 미래를 예언하는 것을 거절했는지, 자주 생각하곤 했다. 예지의 불가사의한 빛이 한순간 그녀의 유희를 스치고 지나갔던 것일까? 사랑스러운 세실리에게 이지상에서의 미래가 없다는 것을 순간적으로 예견했던 것일까? 세실리에게는 길게 뻗어나가는 그림자와 시들어가는 꽃다발은 인연이 없었다. 아직 인생의 무지개가 빛나고 있을 때, 기쁨에서 한 장의 꽃잎도 떨어지기도 전에 세실리는 종말을 맞을 것이었다. 그날 밤 고향의 과수원에 모였던 다른 사람 모두에게는 긴 인생이 약속되어 있었다. 그러나 세실리의 순결한 발로 황금의 길을 걸어갈 날은 영원히 오지 않았던 것이다.

〈우리들〉 마지막 호

사설

이번 호가 〈우리들〉 마지막 호임을 알리기 위해 펜을 잡는 것은 참으로 고통스럽다. 전부 10호를 발행했으며, 예상을 넘어서 성공적이었다. 어쩔 수 없는 여러 가지 사정으로 발행중지에 이른 것은, 우리가 흥미를 잃어서가 아니다. 저마다가 〈우리들〉에 최선을 다했다. 모두가 프린스에드워드 섬이 원하는 의무를 완수한 것이다.

댄 킹 씨는 〈패밀리 가이드〉 못지않은 에티켓난을 꾸며주었다. 질문과 해답의 대부분을 창작하지 않으면 안 되는 불리한 조건이었으니 특별히 칭찬할 만하다. 펠리시티 킹 양은 실생활에 도움을 주는 가정란을 훌륭하게 꾸몄고, 세실리 킹 양의 유행 메모는 언제나 첨단을 걷는 것이었다. 소식란은 세라 스탠리 양이 담당한 뛰어난 것이었고, 소설 페이지는 피터 크레이그 씨의 유능한 솜씨 덕택에 발군의 성공을 거두었다. 이번 호 피터 크레이그 씨의 창작소설 〈메추라기알 전쟁〉은 특별한 주목을 받을 것이다. 연재물 '가장 조마조마한 모험'도 매우 인기 높은 기사였다.

이제 〈우리들〉을 끝내면서, 편집자들과 작별을 아쉬워하며 지난 1년 동안 도움과 협력을 아끼지 않았던 모든 분들께 감사를 표하고 싶다. 이 일은 즐거운 작업이었다. 다른 분들에게도 그랬을 거라고 믿고 싶다. 여러분의 앞날에 행복과 행운이 가득하기를 기원하면서 아울러, 이 〈우리들〉이 어린 시절의 소중한 추억으로 남기를 간절히 원하는 바이다.

(소녀들 사이에 흐느끼는 소리, "소중히 간직할 거야!")

부고

10월 18일 잿빛털 패트릭 군은 다시는 돌아올 수 없는 세상으로 떠났다. 우리는 한낱 고양이에 지나지 않았지만 오랫동안 우리의 충실한 친구였던 패트의 죽음을, 부끄러워하지 않고 당당하게 애도하고 싶다. 패트만큼 우정이 두텁지도 않고 신사적이지도 못한 사람들이 많이 있다. 또 패트는 쥐를 잡는 데도 명수였다. 가엾은 패트의 주검은 과수원에 묻혔지만, 우리는 영원히 패트를 잊지 않을 것이다. 해마다 패트의 기일이 돌아오면 머리를 숙이고, 장례식 시간에 패트의 이름을 부르기로 맹세했다. 큰소리로 이름을 부를 수 없는 장소에 있을 때는 입 속으로 조용히 부를 것이다.

안녕, 사랑하는 패트,
돌아오는 세월에도
언제나 너의 추억을
마음속 깊이 아쉬워하리라

사망기사 담당은 펠릭스 군. 다만 4행의 시구는 세라 레이 양이 쓴 것이다.

가장 조마조마한 모험

나에게 가장 조마조마했던 모험은 2년 전, 로저 삼촌의 다락방에서 떨어진 일이다. 모든 것이 끝날 때까지는 무섭다느니 어떻다느니 생각할 겨를도 없었다. 스토리 걸과 나는 곡물창고 다락에서 달걀을 찾고 있었다. 밀짚이 천장에 닿을 정도였기 때문에 바닥까지는 아득히 먼 높이였다. 게다가 밀짚은 미끌미끌하다. 살짝 다리를 옮겨놓았을 때 발밑의 밀짚에 미끄러져서, 나는 다락에서 바닥을 향해 거꾸로 떨어졌다. 정말 오랫동안 떨어지고 있었던 것처럼 생각되었지만, 3초 이상은 아니었다고 스토리 걸은 말한다. 그렇지만 분명히 그동안 생각한 것은 다섯 가지이며, 생각과 생각 사이에도 시간이 많이 있었던 것 같다. 맨 먼저 생각한 것은, 이게 어떻게 된 일일까 하는 것. 너무 갑작스러웠기 때문에 처음에는 정말 뭐가 뭔지 몰랐다. 그런 다음 한참 뒤에 앗, 천장에서 떨어지고 있는 거야, 하는 답이 떠올랐다. 다음에는 바닥에 부딪히면 어떻게 될까 하는 생각. 그리고 한참 지난 뒤에는 이제 죽는구나 였다. 그 뒤에 생각한 건, 좋아, 될 대로 되라지. 그러나 정말 조금도 무섭지 않았다. 죽어도 좋다고 생각했다. 그때 창고 바닥에 여물 더미가 있었기 때문에 상처 하나 없이, 머리카락과 입과 귀와 눈이 여물로 범벅이 되었을 뿐이었다. 이상한 것은 죽는다고 생각했을 때 조금도 무섭지 않았다는 것인데, 위험이 지나간 순간 스토리 걸의 부축을 받아 간신히 집에 돌아왔을 때는 갑자기 무섭고 몸이 덜덜 떨리기 시작하였다.

펠리시티 킹

메추라기알 전쟁

옛날옛날 한 농부와 그 아내 그리고 아들들과 딸들, 한 손녀가 숲에서 1킬로미터쯤 떨어진 곳에 살고 있었다. 농부와 아내는 이 어린 손녀를 무척 귀여워했지만, 이 아이는 걸핏하면 숲으로 달아나버려서 아이를 찾는 데 온 가족이 반나절이나 헤매고 다녀야 하는 커다란 골칫거리였다.

어느 날 그 아이는 평소 때보다 훨씬 깊은 숲에 들어갔는데, 배가 고파졌다. 이윽고 밤의 장막이 내려졌다. 소녀는 여우에게 어디로 가면 먹을 것을 찾을 수 있느냐고 물었다. 그러자 여우는 알이 가득 들어 있는 메추라기 둥지와 어치 둥지가 있는 곳을 알고 있다고 대답했다. 그리고 소녀를 둥지가 있는 곳으로 데리고 가 주어서, 소녀는 두 곳의 둥지에서 알을 다섯 개씩 꺼냈다.

새들이 돌아와보니 알이 없어져서 깜짝 놀라 날아다녔다. 어치는 가벼운 코트를 입고 고소를 하기 위해 메추라기 둥지로 가다가, 어치를 찾아오고 있던 메추라기와 딱 마주쳤다. 두 마리가 불을 켜서 어둠을 밝히고 서로에게 욕을 하기 시작했을 때, 뒤에서 무서운 신음소리가 들려왔다. 두 마리가 놀라서 불을 끄고 나니 엄청나게 큰 다섯 마리의 늑대가 습격해 왔다.

다음날 소녀가 숲을 걸어다니고 있는데, 두 마리의 새가 그 소녀를 발견하고 포로로 잡았다. 소녀가 알을 가져간 것을 고백하자, 두 마리는 군대를 일으켜 정식으로 싸우자고 말했다. 수많은 둥지의 알을 위해, 그리고 알을 훔치는 자라면 누구라도 적으로 삼아 싸우려 한 것이다. 그래서 메추라기는 울새를 제외한 새를 전부 소집하여 거대한 군대를 일으켰고, 소녀는 울새와 여우와 벌을 빠짐없이 불러모았다. 무엇보다 놀라운 것은 소녀는 총과 총알을 많이 가지고 있었다는 것이다. 소녀 쪽 군의 대장은 늑대였다. 전쟁 결과 메추라기와 어치를 제외한 새들은 모두 죽고, 이 두 마리도 붙잡혀서 굶어죽었다.

소녀는 그 뒤 마녀에게 붙잡혀가서, 뱀이 우글거리는 동굴에 던져져 뱀에게 물려 죽었다. 그리고 그 뒤 숲에 들어가는 사람들은, 소녀의 유령에게 붙잡혀 같은 동굴에서 죽었다. 1년쯤 지났을 때 숲은

황금의 성으로 변하더니, 어느 날 모든 것이 사라져 버렸고, 그 뒤
에 남은 것은 단 한 그루의 나무뿐이었다.

피터 크레이그

(댄, '휘익' 휘파람을 불며, "대단하다. 이런 걸 읽으면 이제 피터
에게 소설을 쓸 수 없다는 말은 못할 거야."

세라 레이, 눈물을 닦으면서, "정말 좋은 얘기야. 하지만 굉장히
슬프게 끝났어."

펠릭스, "어치도 많이 나오는데 왜 메추라기알 전쟁이라고 제목
을 붙였어?"

피터, 쌀쌀맞게, "그 편이 멋있으니까."

펠리시티, "그 아이는 알을 날것으로 먹었니?"

세라 레이, "가엾은 아이야. 굶어죽게 되었는데, 어떻게 이런 것
저런 것 따질 수 있었겠어?"

세실리, 한숨을 쉬며, "소녀를 무사히 집으로 돌아가게 했으면 좋
았을 텐데. 난 그런 잔인한 죽음은 좋아하지 않아, 피터."

베벌리, "소녀가 어디서 총과 총알을 손에 넣었는지 전혀 알 수가
없어."

피터, 아무래도 웃음거리가 되고 있는 듯한 생각이 들어, "더 좋
은 얘기를 쓸 수 있다면 어째서 쓰지 않는 거니? 너도 써보지 그
래?"

스토리 걸, 부자연스럽게 엄숙한 표정으로, "그런 식으로 피터의
소설을 깎아내려선 안 돼. 이건 동화야. 동화에서는 무슨 일이라도
일어날 수 있는 법이야."

펠리시티, "이게, 동화야? 어디가 동화 같은데?"

세실리, "게다가 동화는 언제나 행복하게 끝나는데 이건 달라."

피터, 화난 얼굴로, "집에서 뛰쳐나갔기 때문에 벌을 주고 싶어서

그랬어. "

댄, "하지만 잘 썼어. "

세실리, "으응, 맞아. 무척 재미있었어. 이야기라는 건 재미있지 않으면 아무 소용없잖아. ")

소식

블레어 스탠리 씨는 칼라일의 친척과 친구들을 방문 중. 가까운 시일 안에 유럽으로 돌아갈 예정. 따님 세라 양도 함께 떠난다고 함.

앨런 킹 씨가 다음 달 남미에서 귀국할 예정. 두 아드님도 함께 토론토로 돌아갈 예정이다. 베벌리와 펠릭스는 칼라일에 머물면서 많은 친구를 사귀었는데, 친구들이 크게 아쉬워하고 있다.

칼라일 장로교회 선교회는, 지난 주 선교 퀼트를 완성했다. 세실리 킹 양이 담당한 조각천에 가장 많은 기부금이 모였다. 축하합니다, 세실리 킹 양.

피터 크레이그 씨가 10월 이후 마크데일로 이사. 올겨울부터 그곳 학교에 통학한다. 피터는 좋은 친구이며, 우리 모두 그의 성공과 행운을 빈다.

사과 수확이 거의 끝났다. 올해는 전에 없이 풍작. 감자는 작황이 그리 좋지 않은 편.

가정란

애플파이가 한창 나오고 있습니다.

계란이 현재 좋은 가격에 거래되고 있습니다. 로저 삼촌의 의견으로는, 큰 계란 1다스와 같은 가격을 작은 계란 1다스에 지불하는 건 공평하지 않다고 합니다. 그렇지만 이 상태는 계속될 것 같습니다.

에티켓

F-l-t-y : (질문) 교회에서 박하사탕을 먹는 것은 옳은 행동일까요?

답 : 아닙니다. 설령 마녀가 주었다 해도 좋지 않습니다.

F-l-x : 아닙니다, 〈보물섬〉과 〈천로역정〉을 삼류소설이라고 하지는 않습니다.

P-t-r : 그렇습니다. 젊은 여성을 방문했을 때 그녀의 어머니가 잼 바른 빵을 권한다면, 받는 것이 예의에 맞습니다.

댄 킹

유행 메모

로즈베리 목걸이가 지금 한창 유행하고 있다.

학교용 모자는 왼쪽 눈 위로 내려서 쓰는 것이 세련되어 보인다.

앞머리를 자르는 것이 유행하고 있다. 엠 프루언이 그렇게 하고 있다. 서머사이드에 손님으로 가서 그 스타일로 자르고 왔다. 어머니의 허락을 받는 대로, 학교의 모든 여자아이들이 앞머리를 자를 것이다. 그렇지만 나는 그렇게 하지 않을 생각이다.

세실리 킹

(세라 레이, 어깨를 떨어뜨리고, "우리 어머닌 허락해 주실 리가 없어.")

유머

댄 : 디테일이 뭐니?

세실리 : 잘 모르지만, 테일이 달려 있는 걸 보면, 남는 걸 말하는 게 아닐까?

(세실리, 고개를 갸우뚱하며, "어째서 이게 유머란에 들어가는

거야? 아무래도 '뭐든지 물어보세요'란에 들어가야 할 것 같은 데.")

마크데일 거리에 사는 매킨타이어 할아버지의 아들은 몇 년이나 자리에 누워 있는 중환자. 어떤 사람이 아들이 죽어가고 있는 할아버지를 몹시 동정하자, 매킨타이어 할아버지는 전혀 아무렇지도 않은 듯이 말했다.

"벌써 가버린 거나 다름없어. 단지 질질 끌고 있을 뿐이지."

펠릭스 킹

뭐든지 물어보세요

P—t—r : 미개지에는 어떤 사람이 살고 있습니까?

답 : 식인종이 살고 있는 것 같습니다.

펠릭스 킹

작별의 밤

　스토리 걸과 블레어 고모부가 떠나기 전날 밤의 일이었다. 우리는 함께 수없이 즐거운 시간을 보낸 과수원에서 마지막 모임을 열고 있었다. 언덕의 들판, 가문비나무 숲, 낙농장, 할아버지의 버드나무, 설교바위, 패트의 무덤, 스티븐 삼촌의 산책길 등 친숙한 장소는 모두 돌아보았다. 그리고 지금, 오래된 우물을 에워싸고 있는 마른 풀 위에 앉아, 그날 펠리시티가 송별회를 위하여 특별히 구운 작은 잼 파이를 맛보고 있었다.

　"우리 이렇게 다시 모두 모이는 날이 있을까?" 세실리가 한숨을 쉬었다.

　"또다시 이런 잼파이를 먹을 수 있는 날이 올까?" 스토리 걸은 애써 밝게 행동하려 했지만 그리 성공적이지는 못했다.

　"파리가 그렇게 멀지 않다면, 이따금 맛있는 것을 상자에 넣어 보내줄 수 있을 텐데. 하지만 그런 생각해봤자 아무 소용없어. 그곳에서는 도대체 어떤 것을 먹게 될까?" 펠리시티가 쓸쓸하게 말했다.

　"어머, 프랑스 인은 세계 제일의 요리사라는 소문이야. 하지만 프랑스 인도 펠리시티의 잼파이와 건포도 과자에는 못당할걸. 많이 그리울 거야. "

"이 다음에 만난다 해도 그때 넌 이미 어른이 되어 있겠지. " 펠리시티가 침울하게 말했다.

"너희들도 모두 그대로 있는 건 아니잖아. "

"그래. 하지만 그게 가장 곤란한 점이야. 모두 딴 사람 같을 거고, 모든 것이 변해버릴 테니까. "

"아, 잠깐만. 작년 섣달 그믐날에는 올해 1년 동안 어떤 일이 일어날까 생각했어. 그런데 지금 봐, 생각지도 못했던 일들이 얼마나 많이 있었어 ? 정말 놀라운 일이야. " 세실리가 말했다.

"세상에 아무 일도 일어나지 않는다면 인생이 얼마나 따분하겠니 ? 애들아, 너무 그렇게 풀 죽어 있을 필요는 없어. " 스토리 걸이 쾌활하게 말했다.

"모두 가버리는데 기운을 내라고 하는 건 무리야. " 세실리가 한숨지었다.

"그래도 그런 척은 할 수 있지 않겠니 ? " 스토리 걸이 우겼다.

"작별의 말 같은 건 생각하지 말자. 대신, 지금까지 얼마나 많이 웃었는지 생각하는 게 어떨까 ? 난 이 멋지고 그리운 장소를 절대로 잊지 않을 거야. 여기서 무척 즐거운 시간들을 보냈으니까. "

"즐겁지 않은 시간도 있었지. 작년 여름에 댄이 무서운 열매를 먹었을 때, 생각나 ? " 펠릭스는 추억에 잠겼다.

"집 안에서 종이 울리고, 우리 모두 얼어붙어버렸던 일도. " 피터가 웃었다.

"그리고 심판의 날. " 댄이 덧붙였다.

"패트에게 저주가 걸렸을 때의 일도. " 세라 레이도 한마디 거들었다.

"피터가 홍역에 걸려 죽을 뻔했을 때는 어떻고. " 이건 펠리시티가 한 말이다.

"지미 패터슨이 사라졌을 때는 정말 혼났지. 어찌나 놀랐던지 덕분에 1년은 더 늙은 것 같아." 댄이 말했다.

"모두가 마법의 씨앗을 삼켰던 거 기억해?" 웃으면서 피터가 말했다.

그러자 펠리시티가 말했다. "우리, 참 어리석었어. 나, 빌리 로빈슨을 만나면 절대로 얼굴을 똑바로 바라보지 못할 것 같아. 틀림없이 뒤에서 킥킥대고 웃을 거야."

"우리들 중 누구를 만나더라도 부끄럽게 생각해야 할 사람은 바로 빌리 로빈슨이야. 남을 속이는 인간이 될 바엔, 차라리 속는 편이 나아." 세실리가 엄격한 목소리로 말했다.

"하느님 그림을 산 것, 기억해?" 피터가 물었다.

"아직 우리가 묻어둔 곳에 있을까 몰라." 펠릭스가 고개를 갸우뚱했다.

"난 그 위에 돌을 올려놓았어, 패트 때와 마찬가지로." 세실리가 말했다.

"하느님의 얼굴을 잊을 수 있으면 다행이겠는데. 난 잊을 수가 없어. 게다가 '무서운 장소'가 어떤 곳인지도······ 피터가 그 일로 설교한 뒤부터 내내······잊을 수가 없어." 세라 레이가 한숨을 쉬었다.

"진짜 목사가 되면 다시 한 번 설교해 줘, 피터." 댄이 웃으면서 말했다.

"제인 고모가 늘 말했지만, 인간에게는 그 장소에 대한 설교가 가끔은 필요한 거야." 피터가 받았다.

"내가 꿈 꾸고 싶어서 오이와 우유를 먹은 날 밤 일이 생각나?" 세실리가 말했다.

그 말을 듣자, 우리는 당장 그 꿈 노트를 찾아왔다. 그리고 오랜

만에 읽어보았다. 가까이 다가온 작별도 잊고, 과수원에 우리의 기쁜 목소리가 메아리치도록 크게 웃었다. 모든 것이 끝나자 우리는 우물 주위를 빙 둘러싸고 서서, 세상에서 가장 맛있는 물이 담긴 컵을 돌리며 '영원한 우정'을 맹세했다.

그런 다음 손에 손을 잡고 〈작별〉을 노래했다. 세라 레이는 노래 대신 애절하게 울고 있었다.

과수원에서 나왔을 때 스토리 걸이 불쑥 말했다.

"잠깐만. 모두에게 부탁이 있어. 내일 아침, 제발 안녕이라는 말은 하지 말아줘."

펠리시티가 깜짝 놀라 소리쳤다.

"왜?"

"너무 절망적인 말이잖아. 그 말은 그만두자, 응? 그냥 손을 흔들며 전송해주는 거야. 그렇게 하면 반도 괴롭지 않을 것 같아. 그리고 가능하면 아무도 울지 않기, 웃고 있는 너희들을 기억하고 싶어."

가을날의 밤바람이 단풍이 물든 가지에서 음산한 음악을 연주하기 시작했다. 우리는 작은 나무문을 닫고 과수원을 뒤로 했다. 그 장소에서 우리가 즐겼던 축제의 시간은 마지막을 고했다.

떠나는 소녀

날이 밝았다. 장밋빛으로 맑게 개어 쌀쌀한 아침. 여행자들이 9시 열차시간에 맞춰 출발하기 때문에, 모두들 일찍 일어났다. 말에 마구를 채워놓고, 앨릭 삼촌이 출입구에서 기다리고 있었다. 재닛 숙모는 눈물을 흘렸지만, 다른 사람들은 모두 그러지 않으려고 용감하게 노력하고 있었다. 얼간이 아저씨와 데일 부인이 나란히 작별인사를 하러 찾아왔다. 데일 부인은 화려한 국화다발을 들고 왔고, 얼간이 아저씨는 장서 가운데 손때 묻은 책을 또 한 권, 너무나도 정중하게 건넸다.

"슬플 때, 즐거울 때, 외로울 때, 마음이 우울할 때, 희망에 찰 때, 읽어주면 좋겠어." 얼간이 아저씨는 엄숙하게 말했다.

"결혼하고 나서는 점점 보통 사람이 되어가는 것 같아." 펠리시티가 나에게 속삭였다.

세라 스탠리는 말쑥한 새 여행복을 입고 하얀 깃털이 달린 푸른 펠트 모자를 쓰고 있었다. 그 모습이 너무 어른스러워 보여서, 벌써부터 우리는 친구를 잃어버린 것 같았다.

세라 레이는 전날 밤 내내 울면서 아침이 되면 틀림없이 인사하러 올라오겠노라고 약속하고 갔다. 그런데 이 중대한 때에 주디 피노가 나타나 세라가 늘 그랬듯이 이번에도 얄궂은 운명을 당하여, 목에 병이 나고 만 것. 그래서 어머니가 이곳에 오는 것을 단호하게 금했음을 전했다. 세라는 복숭앗빛의 세모난 종이에 작별의 말을 써보냈다.

　나의 소중한 친구에게.
　마음 깊이 사랑하는 사람에게 작별인사를 하러, 오늘 아침 그곳에 갈 수 없는 내 마음, 도저히 말로 표현할 수 없어. 이제 다시는 만나지 못한다고 생각하니, 가슴이 터져버릴 것만 같아. 하지만 어머니가 가서는 안 된다고 하셨고, 난 따르지 않을 수가 없어. 그렇지만 이젠 마음을 돌려야겠지. 네가 그렇게 멀리 가버린다니 내 마음이 찢어지는 것 같아. 넌 늘 나에게 무척 친절하게 대해 주었고, 다른 사람처럼 내 마음에 상처를 준 적이 한 번도 없었어. 그래서 네가 가버려서 너무너무 섭섭하게 생각돼. 그렇지만 네 운명에 갈림길이 와도, 언제나 행운이 함께 하고 모든 일이 잘 되기를, 그리고 대서양에서 배멀미를 하지 않기를, 간절히 기도할게. 바쁜 나날 속에서도 틈을 내어 가끔 편지를 보내주면 고맙겠어. 언제까지나 널 잊지 않을 테니까, 부디 나도 잊지 말아줘. 언젠가 만날 수 있는 날이 오기를 기다리겠지만, 만약 만나지 못하더라도 슬픈 작별 따위 없는 더 좋은 세상에서 만날 수 있을 거야.

진실로 사랑하는 친구
세라 레이

"가엾은 세라." 눈물로 얼룩진 편지를 주머니에 넣으면서 그렇게 말한 스토리 걸의 목소리에는 기묘한 울림이 들어 있었다.

"이 아인 나쁜 아이가 아니야. 한 번 더 만나지 못해 무척이나 섭섭해. 왔다 해도 아마 울음을 터뜨릴 것이고, 우리들 마음만 상하게 만들고 말겠지만. 나, 절대로 울지 않을 거야. 그러니까 펠리시티, 너도 참아. 아, 모두, 모두, 너무 좋아해. 언제까지나 사랑할 거야."

"적어도 1주일에 한 번은 편지를 보내는 것 잊지 마." 열심히 눈을 깜박거리면서 펠리시티가 말했다.

"블레어, 블레어. 이 아이를 잘 보살펴 주어야 해요. 어머니가 없다는 걸 잊지 마세요." 재닛 숙모가 말했다.

스토리 걸은 마차에 다가가 올라탔다. 블레어 고모부가 뒤를 따랐다. 그애의 팔은 얼굴을 가릴 만큼 큰, 데일 부인의 국화에 파묻혔지만, 아름다운 눈동자가 꽃 너머로 우리를 향해 부드럽게 빛나고 있었다. 그애가 원한 대로 '안녕'이라는 말은 없었다. 우리는 모두 용감하게 빙긋 웃으며 손을 흔들었다. 두 사람은 오솔길을 내려가, 골짜기의 전나무 숲 뒤쪽에 있는 축축한 붉은 흙길로 나아갔다. 그래도 우리는 그 자리에 계속 서 있었다. 스토리 걸을 한 번 더 볼 수 있다는 걸 알고 있었기 때문이다. 전나무 숲 아래쪽에 여기서 보이는 모퉁이가 있고, 그곳을 돌아갈 때 마지막 작별 인사로 손을 흔들어주겠다고 약속했던 것이다.

우리는 가을 아침의 햇살 속에 서서, 슬프고 작은 한 무리가 되어 말없이 시선을 모으고 있었다. 황금의 길에서는 이 세상의 기쁨은 모두 우리의 것이었다. 그것은 데이지로 우리를 유혹하고 장미로 보답해 주었다. 꽃과 시가 우리의 소망에 응답해 주었다. 밝고 달콤한, 수많은 상념들이 찾아왔다. 웃음은 바로 우리의 친구였고, 공포를 모르는 희망의 여신이 우리를 안내해 주었다. 그러나 이제 변화의 그림자가 드리워져 있다.

"저기 보인다!" 펠리시티가 눈물을 흘렸다.

스토리 걸이 일어서서 이쪽을 향해 국화다발을 흔들었다. 우리는 마차가 길을 돌아가 보이지 않을 때까지, 열정적으로 계속 손을 흔들었다. 그리고 느릿느릿, 말없이 집으로 돌아갔다.

스토리 걸은 가버렸다.

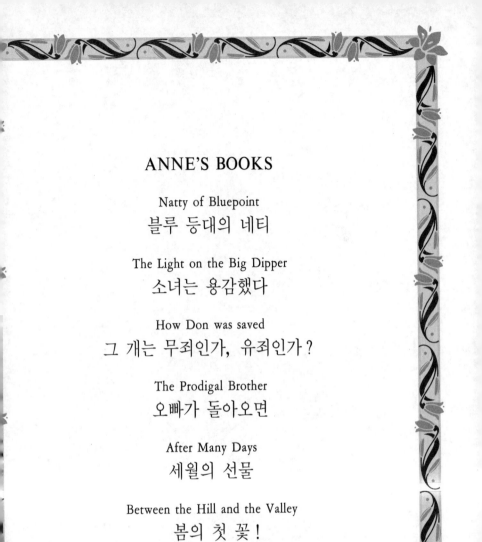

ANNE'S BOOKS

Natty of Bluepoint
블루 등대의 네티

The Light on the Big Dipper
소녀는 용감했다

How Don was saved
그 개는 무죄인가, 유죄인가?

The Prodigal Brother
오빠가 돌아오면

After Many Days
세월의 선물

Between the Hill and the Valley
봄의 첫 꽃!

블루 등대의 네티

네티 밀러는 부두를 향해 천천히 걷고 있었다. 부두에서는 블리스 포드가 코카위호를 매어두고 있었다. 블리스는 그 배를 어두운 표정으로 노려보았다. 코카위호는 아담한 새 배로 흰색 페인트가 칠해져 있었는데, 걷혀진 돛은 기묘하게 젖어 보이고, 반짝이는 안쪽도 마찬가지로 물기에 젖어있었다. 부두에 있던 어부들은, 네티가 가까이 다가가자 의미심장하게 고개를 내저었다.

"그 배는 차라리 땔감용으로 때려 부셔버리는 게 나을걸, 블리스. 그놈을 타고 바다로 나갈 사람은 아무도 없을 테니까. 지난번에는 젊은 존슨 혼자 배를 조종했으니 봐 준다 쳐도, 이번에는 프랭크 선장이 지휘를 잡았는데 배가 뒤집어졌다면, 이 배 어딘가에 중대한 결함이 있다는 얘기야."

제이크 매클레인이 말했다.

"무슨 일 있었어요?"

네티가 물었다.

"코카위호가 오늘 아침에 또 만에서 뒤집어졌어." 윌 스콧이 대답했다. "이번이 두 번째야. 그레이걸호가 물에 빠진 사람들을 건져 살리고 배를 여기로 끌고 왔지. 저 배를 타는 건 무리야. 바다가재 어부는 저런 배에 목숨을 맡기는 어리석은 짓은 하지 않을걸. 그건 그렇고, 블루곶에는 모두들 잘 있냐?"

"예, 다 잘하고 있어요."

말수가 적은 네티가 대답했다. 네티는 쓸데없는 말은 결코 하지 않았다. 14년의 인생에서 말은 별로 없었지만, 생각은 많이 하는 아이였다. 네티는 몸집이 작고 눈에 잘 띄지 않는 얼굴이지만, 큰섬에 있는 또래 소년들에게는 그가 상당한 영향력을 가지고 있다고 알려져 있었다.

"등대에 대해 오타와에서 에버렛에게 무슨 연락 없었니?"

윌이 물었다.

네티는 고개를 저었다.

"에버렛이 등대지기로 임용될 가능성이 있다고 생각하나?"

아담 루이스가 묻자 쿠퍼 클리시는 거침없이 말했다.

"전혀 없어. 에버렛은 정치적으로 불리한 쪽에 있으니까. 다 그런 거지 뭐. 옛날의 자기 아버지처럼. 토리당의 아들은 자유당 정부에서 신용을 얻을 수 없다는 얘기야."

"버 씨가 그러는데, 등대지기라는 책임 있는 자리에서 신뢰를 얻기에는 에버렛 형은 너무 젊대요." 네티가 무거운 목소리로 말했다.

쿠퍼는 어깨를 으쓱 치켜올렸다.

"그래, 그럴 거야. 열여덟 살이면 확실히 아직 풋내기지. 아버지가 병든 지 2년 동안 에버렛이 사실상의 등대지기였다는 건 모두가 알고 있는 사실이야. 어빙 엘리엇이 그 자리를 탐내고 있어. 지난 몇 년 동안 하고 싶어 했지. 게다가, 그는 본부에 강력한 연줄이 있으니까. 버는 선거 때 놈에게 몇 년 치의 일에 해당하는 큰 빛을 졌어. 그렇다고 엘리엇을 나쁘게 말하고 있는 건 아니야. 그는 좋은 녀석이지. 하지만 난 그 죽은 아버지의 아들인 에버렛이 등대를 지켜야 한다는 거지. 그러나 아무래도 에버렛이 임용을 받을 수 없다는 건 확실해진 것 같아. 암!"

"아마 내일 서머사이드의 스포츠 대회에 갈걸?" 윌 스콧이 말했다. 그것은 쿠퍼를 정치 얘기에서 떼어놓기 위한 것이었다. 쿠퍼는 정치 얘기만 나오면 흥분하는 버릇이 있기 때문이다.

"난 갈 거야, 나 혼자만이라도. 서머사이드와 샬럿타운의 요트클럽 대항 레이스가 있거든. 그래서 난 갈 거야. 네티, 너도 가고 싶으면 역으로 나와." 애덤이 말했다.

네티는 고개를 저으며 무뚝뚝하게 대답했다.

"난 안 가요."

"빅토리아 여왕의 날을 축하하지 않으면 안 되지." 애덤이 마치 애국자인 양 말했다. "학교에 다닐 때는 '5월의 25일은 여왕의 탄생일, 놀게 해주지 않으면 이쪽에서 달아나겠다'는 식으로 말했지. 선량한 노 여왕이 돌아가신 뒤, 여왕의 추억을 기념하여 탄생일을 국민의 축일로 정한 거야. 그러니 거기에 걸맞게 축하를 해야지, 네티."

"에버렛 형과 저 둘 다 갈 수는 없어요. 그래서 에버렛 형이 가기로 한 거예요. 플루와 난 집에 남아 등대에 불을 켜기로 했어요. 이젠 돌아가야겠어요. 바다가 거칠어질 것 같아요."

"내일은 여왕님에게 어울리는 날씨가 되어야 할 텐데 걱정이군." 쿠퍼가 눈을 가늘게 뜨고, 하늘을 미심쩍은 듯 올려다보며 말했다. "북동쪽에서 불어오고 있는 것 같아. 저기, 블리스가 가고 있는데? 큰 걸음으로 마치 넋이 나간 것 같은 모습으로 돌아가는군. 저자한테 코카위호는 큰 손해였어. 암! 저쪽에서는 네티가 바다로 나가는군. 저 꼬마는 이제 제법 배를 능숙하게 다룰 줄 알아. 아직 어린아이지만 그것도 녀석에게는 그리 중요한 일이 아닌 것 같아."

네티는 자신의 배, 메리메이드호의 밧줄을 풀고 돛을 올렸다. 2, 3분가량 뒤, 배는 즐거운 듯 만 위를 미끄러져 나갔다. 바람이 똑바로 불면서 횡횡 소리를 내고 있는 가운데, 메리메이드호는 작은 새처럼 나아갔다. 네티는 기분이 좋지 않은 듯 생각에 잠긴 얼굴로 블루곶 섬을 향해 키를 잡았다. 빅토리아 여왕 축일의 스포츠 대회를 생각할 기분이 아니었다. 이제 얼마 안 있어 네티와 에버렛과 플루는 블루곶 등대를 떠나지 않으면 안 된다. 세 사람 다 태어나서 지금까지 그곳에서 살아왔다. 네티는 그 시간이 오면 모든 것이 끝나버릴 것처럼 생각되었다. 이 바람이 몰아치는 쓸쓸한 블루곶 섬을 떠나 어디에 가서 살 수 있단 말인가?

데이비드 밀러는 오랫동안 병을 앓다가 작년 겨울에 죽었다. 그는 30년 동안 블루곶의 등대지기였다. 그의 세 아이들도 이곳에서 태어나 이곳에서 자랐다. 그리고 4년 전에는 그들의 어머니도 이곳에서 죽었다. 여자다운 어린 플루가 혼자 어머니 역할을 해냈고 오빠들도 누이동생에게 헌신적이었다. 아버지가 죽었을 때, 에버렛은 그의 뒤를 이으려고 등대지기 자리를 지원했지만 아직 정식으로 정해지지 않았는데, 쿠퍼 클리시 노인이 상황을 제대로 판단하고 있는 것이었다. 밀러 집안 사람들은 에버렛이 지명될 거라는 현실적인 희망은 거의 포기하고 있었다.

빅토리아 여왕의 날은 완전히 험악한 날씨는 아니었지만 상당히 흐린 날이었다. 쉴 새 없이 불규칙하게 부는 북동풍이 만 위를 불어다녔고 바다는 거칠게 날뛰고 있었다. 하늘은 구름 속에 숨어버렸고, 5월의 대기는 뼈 속까지 스며드는 것처럼 추웠다. 블루곶에서는 밀러 집안의 세 사람이 일찍부터 일어나 있었다. 그도 그럴 것이 에버렛이 휴일열차에 맞춰 큰섬으로 가야하기 때문에 늦잠을 잘 수 없었던 것이다. 에버렛은 혼자 갈 예정이었다. 남자 중 한 사람밖에 갈 수 없어서 네티는 에버렛이 가야한다고 주장했고, 플루도 네티와 함께 집에 남기로 결정한 것이었다. 올해는 플루도 빅토리아 여왕의 날에 그리 흥미가 없었다. 네티가 깃발을 달고 여왕의 사진에 가문비나무 가지를 둘러 장식해도, 가슴을 두근거리며 감격하지도 않았다. 플루가 블루곳을 떠나는 것을 슬프게 생각하는 것처럼 오빠들도 마찬가지였다.

그날은 느리게 지나갔다. 오후가 되자, 바람은 완전히 멎었지만 높은 파도는 여전히 계속되었고, 해가 지기 직전에는 동쪽에서 안개가 끼기 시작하더니 만과 섬을 자욱하게 덮어버렸다. 안개가 너무 짙어 온 세상이 뿌옇게 되었기 때문에, 플루와 네티에게는 오른쪽의 리틀베어 섬조차 보이지 않았다.

"에버렛이 오늘 밤 돌아올 예정이 아니어서 다행이야, 오빠. 이런 안개 속에서는 항구를 건너오는 방향을 틀림없이 잃어버리게 될 테니까." 플루가 말했다.

"안개는 그리 깊지 않지만 오늘 밤엔 등대 불빛이 멀리까지 닿지 않을 거야."

해가 지자 두 사람은 등대의 불을 켠 뒤 침착하게 책을 읽기 시작했다. 그러나 이내 네티가 책에서 고개를 들고 말했다. "플루, 저게 뭐지? 무슨 소리가 난 것 같은데."

"나도 들었어, 누군가가 부르고 있는 것 같았어."

둘은 항구를 내려다볼 수 있는 문 쪽으로 급히 달려갔다. 안개 때문에 그날 밤의 어둠은 거의 손으로 만질 수 있을 것 같은 느낌이었다. 그 암흑 속 어딘가에서 알아듣기 힘든 외침 소리가 들려왔다. 누군가 조난당한 사람의 목소리 같았다.

"플루, 저쪽에서 누군가가 조난당했어!" 네티가 소리쳤다.

"아, 설마 에버렛 오빠는 아니겠지?" 플루가 소리쳤다.

"그런 생각은 아예 하지도 마, 오늘밤 형은 돌아오지 않기로 되어 있어. 플루, 램프를 가져와. 누구에게 무슨 일이 생겼는지 보러 가야겠어."

"안 돼, 오빠, 그만 둬! 아직 파도가 높아. 게다가 저 안개, 아, 오빠가 방향을 잃으면……." 플루는 걱정이 되어 소리쳤다.

"그럴 리가 없어. 걱정하지 마, 가야 해. 아마 누군가가 저기서 물에 빠진 거야. 물론 에버렛 형은 아니야. 하지만 만약 에버렛 형이라면! 어서 가져와, 응?"

플루는 결심한 듯 의연한 표정으로 램프를 가지고 왔다. 혀끝까지 밀려 올라온 공포와 만류의 말을 결연하게 꿀꺽 삼키고. 둘은 급히 바닷가로 내려갔다. 네티는 평소에 사용하고 있는 작은 배에 뛰어올랐다. 서둘러 램프를 배꼬리에 매달고 배를 매어둔 줄을 푼 뒤 노를 잡았다.

"최대한 빨리 돌아올 테니까, 여기서 기다리고 있어." 네티가 플루를 향해 말했다.

1분 정도 노를 저어가자 해안은 시야에서 사라져버리고, 오직 네티 혼자 아무런 이정표도 없는 뿌연 안개 속에 배를 저어가고 있었다. 도움을 청하는 목소리는 계속 들려왔지만, 소리가 점점 작아졌다. 그 목소리가 리틀베어 섬 방향에서 들려오는 것 같아서, 네티는 그쪽을 향해 저어갔다. 이렇게 거친 바다를 노를 저어 가는 것은 매우 어려운 일이다. 이 작은 해협의 바다는 너무 거칠었다. 그렇지만 네티에게 노를 조종하는 것은 아주 어렸을 때부터 단련된 일이어서, 오랜 훈련과 그의 힘이 지금 그 진가를 발휘하고 있었다. 네티는 침착하고 용감하게 저어나갔다. 블루곶 연안을 넘어 리틀베어 섬과의 사이에 있는 해협을 건널 때 바다는 더욱 거칠어져 있었다. 고함소리는 점점 약해져갔다. 이미 늦었으면 어떡하지? 네티는 노에 온몸의 힘을 실었다. 이내 파도가 잔잔해지자 네티는 리틀베어 섬 연안에 들어온 것이 틀림없다고 생각했다. 고함소리가 가까운 곳에서 들려오고 있었다. 벌써 1마일은 노를 저어온 것이 틀림없었다. 작은 곳을 지나자, 램프의 희미한 빛 속에서 바로 눈앞의 안개를 통해 뒤집힌 배와 그 양쪽에 꼭 매달려있는 두 명의 남자가 어렴풋이 보였다. 보아하니 두 남자는 완전히 기진맥진해 있는 것 같았다. 물에 빠진 사람이 가벼운 배에 필사적으로 매달리면 배까지 함께 뒤집힌다는 것을 알고 있는 네티는, 조심스럽게 가까운 곳에 있는 남자에게 다가가 소리쳤다.

"내가 신호하면 배를 놓으세요. 그리고 절대로 이 배를 붙잡아서는 안 돼요. 들려요? 붙잡아서는 안 돼요. 자, 이제 손을 놓으세요."

다음 순간 남자는 네티의 배 위에 누웠다. 네티가 남자의 목덜미를 잡아 배꼬리에서 끌어올린 것이다.

"가만히 누워있어야 해요." 다시 노를 힘차게 잡으면서 네티가 명령했다. 바닷물이 소용돌이 치고 있어서, 뒤집혀 있는 배 주위를 한 바퀴 도는 것은, 네티에게는 자신이 배운 모든 기술과 혼신의 힘을 다한 대작업이었다. 그렇게 하여 또 한 사람을 뱃머리에서 끌어올렸다. 깊은 안도의 한숨을 몰아쉬면서 네티는 가라앉는 배에서 떨어졌다. 배에서 충분히 떨어졌을 때, 탈진한 네티는 한동안 노를 저을 수 없었다. 극도의 흥분과 긴장으로 머리끝에서 발끝까지 떨고 있었다.

"이러고 있어서는 안 돼. 난 어린아이가 아니니까. 하지만 해안으로 돌아갈 수 있을까?" 그는 중얼거렸다.

그러나 네티는 포기하지 않고 곧 다시 노를 잡았다. 그리고 등대를 향해 젓기 시작했다. 이제 수증기처럼 하얗게 퍼지고 있는 안개 저편에 등대 불빛이 희미하게 보이기 시작했다. 두 명의 남자는 네티의 명령에 순순히 복종해, 네티가 눕혀준 곳에 그대로 조용히 누워있었다. 얼마 뒤 네티는 등대의 선착장에 도착했다. 플루가 오빠를 걱정하며 애타는 심정으로 기다리고 있었다. 배에서 간신히 내린 두 남자는 부축을 받으면서 등대로 올라갔다. 등대에 도착하자, 네티는 두 사람을 위해 마른 옷을 찾아오고, 플루는 뜨거운 음식을 준비하기 위해 종종걸음을 쳤다.

"저 아이가 우리를 구해 주었다니!" 한 남자가 소리쳤다. "건장한 어른이라도 저 아이가 해낸 일을 하지는 못했을 거야. 저 아이는 네 오빠지, 밀러 아가씨? 오빠가 또 한 명 있다고 하던데."

"네, 에버렛 오빠예요. 하지만 오늘은 집에 없어요." 플루가 설명했다.

"우리는 아저씨들의 고함소리를 들었어요. 네티 오빠가 당장 아저씨들을 구하러 가겠다고 우겼죠."

"정말 아슬아슬하게 와주었다. 더 이상은 1분도 버티지 못했을 거야. 완전히 탈진해 있었으니까. 네티가 꼼짝 말고 조용히 있으라고 명령하지 않았더라도, 이곳에 도착할 때까지 난 몸을 움직이기는커녕 말도 하지 못했을 거야."

이때 네티가 돌아보면서 소리쳤다. "앗! 아저씨는 버 씨군요. 지금까지 전혀 몰랐어요."

"그래, 내가 버다. 이쪽은 내 친구인 블랙모어 씨. 우리는 빅토리아 여왕의 날을 축하하러, 리틀베어 섬에서 사냥을 할 예정이었단다. 항구 끝에서 포드한테서 배를 빌려서 말이야. 그 사람이 아마 코카위호라고 부르는 것 같던데, 그걸 타고 바다로 저어나갔지. 나는 배를 잘 다룰 줄 모르지만, 이 블랙모어는 잘 안다고 스스로 생각하고 있지. 안개가 끼기 시작했을 때, 우리는 리틀베어 섬 안의 배를 내린 지점과는 반대쪽에 있었어. 서둘러 섬을 가로질러 왔지만, 배까지 돌아왔을 때는 이미 어두워진 뒤였지. 우리는 곶을 돌며 노를 저었는데, 그때 배가 너무도 어이없이 뒤집히고 말았어. 왜 그랬는지 이유를 모르겠다."

"난 알아요." 네티가 분개하며 버 씨의 말을 가로막았다. "그 코카위호는 뒤집히지 않으면 오히려 이상한 배예요. 날씨가 좋을 때도 항구 안에서 두 번이나 뒤집힌걸요. 그런 배를 빌려주다니 포드는 정말 나쁜 사람이에요. 무슨 일이 일어날지 뻔히 알고 있었을 텐데. 너무해요, 너무해요! 아저씨들을 그 배에 타게 한 건 아저씨들을 죽일 뻔한 거나 마찬가지예요."

"그 배는 아무래도 묘한 데가 있다고 생각했어." 블랙모어 씨는 단언했다. "나의 이 친구는 내가 배를 정말 잘 다루는지 의심하고 있는 모양이지만, 사실 난 배에 대해 잘 알고 있단다. 그 정도 바람에 뒤집힐 이유가 전혀 없었어. 그 포드라는 자를 그냥 두지 않겠어."

플루가 짜릿한 맛이 있는, 구스베리 비슷한 검은 열매를 끓인 뜨거운 음료를 만들어준 덕분에, 이 두 신사는 물에 젖고 바람에 시달렸음에도 불구하고 다시 기운을 되찾아, 이튿날 아침, 네티의 메리메이드호를 타고 큰섬으로 돌아갈 수 있었다. 헤어질 때 버 씨는 네티에게 진심으로 감사의 악수를 하며 말했다.

"정말 고맙다. 넌 용기가 있는 소년이야. 게다가 훌륭한 실력을 갖고 있어. 네 형에게 전해주겠니? 내가 블루곶 등대지기 자리를 그에게 주도록 힘써 보겠다고. 그리고 넌 언제나 나를 친구로 생각해다오. 너를 위해 할 수 있는 일이 있다면 뭐든지 하마."

2주일 뒤, 에버렛은 자신을 블루곶 섬 등대의 등대지기로 정식 임용한다는 공문서를 받았다. 네티는 이 소식을 큰섬에도 전했다. 어부들은 그 말을 듣고 모두 기뻐해 주었다.

"잘 됐어. 마땅히 그래야지. 밀러 집안이 불을 켜지 않는 블루곶은 생각도 할 수 없는 일이야. 그건 어느 누구도 아닌 에버렛만이 할 수 있는 일이지." 쿠퍼 클리시가 말했다.

"거기에는 에버렛보다 네티의 활약이 더 컸어." 애덤이 말했다.

그의 말이 큰 갈채를 받자, 윌 스콧의 애덤에 대한 경쟁의식이 자극을 받았다.

"자네는 지난번에 어빙에게는 인맥이 있지만 밀러 집안에는 그게 없다고 말했잖아. 그렇지만 결국, 결정타를 날린 건 네티의 노 젓는 힘이었어. 그 밤에 리틀베어 섬까지 가서 돌아온 네티의 노 젓는 힘 말이야."

"이런 꼬맹이가 그 밤중에 그런 일을 해내다니, 기적 같은 일이야." 찰스 메이시가 말했다.

"포드는 어떻게 됐어요?" 네티는 불쾌한 듯 말했다. 그는 자신의 공훈이 화제에 오르는 것이 싫었다.

"내빼고 말았지. 서머사이드에 가서 토브 미킹의 공장에 들어갔어. 잘 생각한 거야. 그 두 사람을 죽음의 함정에 빠뜨린 놈에게는 우리도 볼일이 없으니까. 그 두 사람이 아무리 자유당이라 해도 말이야. 코카위호는 리틀베어 섬의 해안에 밀려 올라와 있어. 그대로 버려지겠지. 이번 여름에 우리 청어잡이 배에서 일해보지 않겠나, 네티?"

"예, 해보고 싶어요." 쿠퍼의 제안에 네티가 대답했다. "하지만 선원은 이미 만원이라고 하지 않으셨어요?"

"널 위해 자리를 하나 만들 수 있을 게다. 그런 용기와 근육을 가지고 있는 꼬맹이를 블루곶에 갇혀서 썩게 해서는 안 되지. 암! 널 위해 자리를 하나 마련하마."

이렇게 해서 네티의 행복의 잔은 가득하게 차게 되었다.

소녀는 용감했다

"넬리를 밖에 나가지 못하도록 잘 지켜야 해, 메리 마거릿. 그리고 불조심하고, 메리 마거릿. 어두워지면 곧 돌아올 테니까 심심해하지 말고 잘 놀아, 메리 마거릿."

메리 마거릿은 웃으면서, 길고 굵게 땋은 검은 머리를 한쪽 어깨에서 다른 쪽 어깨로 옮겼다.

"제가 심심해할 거라고 생각하지 마세요, 어머니. 전 최대한 조심할 거고, 해야 할 일이 많아서 하루 종일 개미처럼 바쁘고 행복한 기분일 거예요. 넬리와 전 틀림없이 즐거운 시간을 보낼 거예요. 무서울 리는 없지만 만약 그런 생각이 들면, '아버지가 집에 돌아오실 거야. 이제 금방 돌아오실 거야' 하고 생각할 거예요. 그러면 무서움이 얼굴을 내밀기 전에 쫓아낼 수 있어요. 걱정 마세요, 어머니."

캠벨 부인은 미소 지었다. 메리 마거릿을 신뢰할 수 있다는 건 잘 알고 있었다. 조심성이 많고 침착한 데다 진지한 아이, 메리 마거릿. 아이! 아, 그것이 문제였다. 메리 마거릿이 아무리 조심성이 많고 침착하고 진지하다 해도, 이 아이는 이제 겨우 열두 살이다. 그리고 리틀디퍼곶에는 그날 하루 종일 이 아이와 넬리 외에는 아무도 없을 것이다. 캠벨 부인은 이런 상황에서는 도저히 나갈 수 없다고 생각했다. 하지만 그녀는 나가지 않을 수 없었다. 오스카 브라이앤드가 간밤에 부인의 동생 낸한테서 전갈을 부탁을 받고, 큰섬에서 배를 저어 찾아온 것이다. 낸은 부인의 단 하나뿐인 여동생으로, 카튼힐에 살고 있는데, 이번에 병에 걸려 큰 수술을 받게 되었다. 부인은 동생을 만나러 가지 않을 수 없었다. 게다가 메리 마거릿의 외삼촌 마틴이 카튼힐로 가는 아침 기차를 탈 수 있도록 큰섬까지 배를 태워주려고 이미 와 있었다. 다섯 살인 넬리의 상태만 좋았다면……

캠벨 부인은 넬리와 메리 마거릿을 둘 다 데리고 가고, 집은 비워둘 생각이었다. 그러나 넬리가 심한 감기에 걸려 있었기 때문에, 뼛속까지 스며드는 11월의 추운 날씨에 배를 타고 해협을 건너는 것은 도저히 무리였다. 그래서 메리 마거릿에게 집을 부탁하고 갈 수밖에 없었던 것인데, 메리 마거릿 본인은 이렇게 된 상황을 오히려 기뻐하고 있었다.

"네, 어머니, 전 부랑자는 무섭지 않아요. 또 디퍼곶에 그런 사람은 없는걸요. 섬에서 사는 건 그런 점에서 좋은 것 같아요! 보세요, 마틴 삼촌이 손을 흔들고 계세요. 빨리 가세요, 어머니."

메리 마거릿은 배가 보이지 않을 때까지 창문에서 배웅을 한 뒤, 자신에게 주어진 일을 시작했다. 내내 즐겁게 노래를 부르면서. 자신이 무척 훌륭해지고 어른이 된 것처럼 느껴졌다. 뭐든지 잘 해내면 어머니가 돌아와 그것을 보시고, 자신의 딸이 얼마나 훌륭한 주부인지 아시게 될 것이다.

메리 마거릿과 넬리와 캠벨 부인은 지난 4월부터 이 리틀디퍼에서 살고 있다. 그전까지는 큰섬의 하버헤드에 있는 아늑한 고향집에서 줄곧 살았다. 그런데 캠벨 선장이 4월에 '두자매호'를 타고 긴 항해를 떠나게 되자, 선장이 출발하기 전에 캠벨 부인의 동생인 마틴 크로가 찾아와서 부탁을 했다. 그는 리틀디퍼에서 바다가재 통조림 공장을 경영하고 있는데, 누나의 남편이 항해에 나가 있는 동안 누나가 자신의 집안 살림을 맡아주었으면 한다는 것이었다. 의논한 결과 그렇게 하기로 결정되었고, 캠벨 부인과 두 딸은 리틀디퍼로 이사했다. 바다가재잡이 철에는 리틀디퍼도 적적한 곳이 아니었다. 바다가재 어부들과 가족들이 살고 있는 데다, 배들이 끊임없이 큰섬과 섬 사이를 왕래했기 때문이다. 메리 마거릿은 이번 여름을 무척 즐겁게 보냈다. 해수욕을 즐기고, 배를 타고 바다에도 나갔고 바위 위를 산책하기도 했다. 날씨가 좋을 때는, 빅디퍼곶에서 등대지기를 하며 혼자 살고 있는 조지 삼촌이 자주 찾아와 빅디퍼에 데리고 가주었다. 메리 마거릿은 등대는 정말 멋진 곳이라고 생각했다. 조지 삼촌은 등대의 불을 켜고 관리하는 방법을 가르쳐주었다.

바다가재잡이 철이 끝나자 대구잡이가 시작되었고, 그것이 11월까지 이어졌다. 그리고 11월이 되면 사람들은 모두 다시 큰섬으로 돌아갔다. 그러나 마틴 삼촌은 큰섬의 하버헤드에 자신의 집을 짓고 있는 중이어서, 항구가 얼 때까지는 큰섬으로 돌아가지 않을 예정이었다. 항구가 얼어붙는 편이 가재도구와 짐을 운반하기에 수월하기 때문이다. 그래서 캠벨 집안의 세 사람도 선장이 돌아올 때까지 마틴 삼촌과 함께 리틀디퍼에 머물고 있었다.

그날 메리 마거릿은 할 일이 어찌나 많은지 조금도 심심하지 않았다. 그러나 밤이 다가오자 낮만큼 즐겁기만 한 기분은 아니었다. 넬리는 잠들어버렸고, 고양이 외에 리틀디퍼에는 살아있는 생물이라고는 아무것도 없었기 때문이다. 게다가 폭풍이 닥쳐올 것 같았다. 항구는 거울처럼 잔잔했지만, 북동쪽 하늘은 몹시 어둡고 음산했다. 날씨에 대해 잘 알고 있는 메리 마거릿은 눈이 올 것 같다고 생각했다. 눈이 오기 전에 어머니가 돌아오셔야 할 텐데, 그리고 빅디퍼에서 별 같은 등대 불빛이 어서 빨리 반짝거렸으면 좋겠다고 생각했다. 등대 불빛은 변함없는 오랜 친구의 반짝이는 눈동자 같았다. 메리 마거릿은 매일 밤 그 불빛을 지켜보았다. 해가 지면 금세 그 등대의 별이 북동쪽 하늘에서 금빛으로 반짝이기 시작했다. 메리 마거릿은 혼잣말을 했다.

"창가에 앉아서 등대를 쳐다보자. 그리고 불이 켜지면, 어머니와 마틴 삼촌을 위해 맛있고 따뜻한 저녁을 준비해야지."

메리 마거릿은 부엌 창가에 앉아 등대를 지켜보았다. 1분 또 1분이 흘렀지만 빅디퍼의 불빛은 깜박거리지 않았다. 어떻게 된 걸까? 메리 마거릿은 불안해지기 시작했다. 구름이 두꺼워서 해가 언제 졌는지 잘 모르겠지만, 집안이 무척 어두워진 걸 보면 틀림없이 해가 진 것 같았다. 그녀는 방안의 불을 켜고 달력을 가져와서, 오늘의 정확한 일몰시간을 조사해보았다. 해는 이미 15분 전에 졌다! 그리고 빅디퍼에는 아직 불이 켜지지 않고 있었다!

깜짝 놀란 메리 마거릿은 걱정이 되기 시작했다. 빅디퍼에서 뭔가 나쁜 일이 일어난 건 아닐까? 조지 삼촌이 집에 안계시나? 아니면 삼촌에게 뭔가 나쁜 일이 일어난 걸까? 삼촌은 절대로 불을 켜는 걸 잊어버리지 않으시는데.

다시 15분이 흘렀다. 메리 마거릿은 불안한 마음으로 창가에서 계속 지켜보았다. 그리고 틀림없이 뭔가 좋지 않은 일이 있다는 결론에 도달했다. 해가 진 지 벌써 30분이나 지났는데, 빅디퍼의 등대, 이곳의 연안에서 가장 중요한 등불 하나가 켜지지 않다니. 무엇을 어떻게 하면 좋을까? 내가 뭘 할 수 있을까? 메리 마거릿의 침착하고 사려 깊은 작은 가슴에 그 해답이 재빨리, 그리고 선명하게 떠올랐다. 내가 빅디퍼에 가서 직접 불을 켜야 한다!

하지만 할 수 있을까? 온갖 어려운 문제들이 메리 마거릿의 가슴

속에 한꺼번에 밀려왔다. 첫째로 눈이 내릴 것 같았다. 부드럽고 제법 큰 눈발이 이미 밤하늘에서 춤추기 시작했다. 이 암흑과 눈 속에서 3킬로미터나 노를 저어 빅디퍼까지 갈 수 있을까? 갈 수 있다 하더라도, 넬리를 혼자 집에 두고 간단 말인가? 아, 안 돼! 하버헤드에서 누군가가 빅디퍼에 등불이 켜지지 않은 것을 보고 원인을 조사하러 가줄 거야. 하지만 만약 아무도 보지 못한다면? 눈이 많이 내리면 그들은 불이 켜지지 않은 것을 알 수 없다. 앞바다에는 평소와 다름없이 배들이 지나가고 있고, 배가 통과하는 항구 밖에는 위험한 바위와 얕은 여울이 있으며, 배 안에는 귀중한 생명들이 타고 있다. 그런데 빅디퍼에 뱃길을 안내해주는 불빛이 보이지 않는다면?

메리 마거릿은 더 이상 주저하지 않았다. 가지 않으면 안 된다.

메리 마거릿은 용감하고 단호하게, 그리고 사려 깊게 나갈 채비를 시작했다. 맨 먼저 스토브의 불에 재를 끼얹고 통풍구를 막았다. 그런 다음 어머니 앞으로 짧은 메모를 써서 테이블 위에 두었다. 마지막으로 넬리를 깨웠다.

"넬리." 메리 마거릿은 무척 상냥하게, 그러면서도 단호하게 밀했다. "빅디퍼에 등불이 켜지지 않았어. 그래서 언니가 가서 확인하고 올 거야. 가능한 한 빨리 돌아올게. 그리고 어머니와 마틴 삼촌이 곧 돌아오실 거야. 혼자 있어도 무섭지 않지? 무서워할 필요 없어. 난 가지 않으면 안 돼. 그래서 넬리, 널 의자에 묶어둘 거야. 그렇게 해야만 해. 문을 잠글 수가 없거든. 울지 마. 아무 일도 없을 테니까. 용감하고 착한 우리 아기, 언니를 제발 도와줘."

아직 졸려서 몽롱한 넬리는 메리 마거릿이 무엇을 하려는 건지 똑똑히 이해할 수가 없었다. 누빈 이불에 감싸여 안전을 위해 자신을 의자에 묶는 대로 가만히 있었다. 메리 마거릿이 그 의자를 벽에 붙여놨기 때문에 넬리가 움직이다가 의자째 뒤집어질 염려도 없었다.

'이제 됐어' 하고 그녀는 생각했다. 넬리가 밖으로 뛰쳐나가거나 스토브 위에 떨어져 화상을 입는 일은 없을 것이다.

메리 마거릿은 윗도리와 모자와 장갑을 챙긴 다음, 마틴 삼촌의 램프를 손에 들었다. 밖으로 나가 문을 닫자, 넬리가 우는 소리가 귀에 조그맣게 들려왔다. 잠시 망설였지만, 빅디퍼 방향의 어둠이 그녀의 결심을 굳혀주었다. 가지 않으면 안 된다. 넬리는 실제로 무척 안전하고 편안할 거야. 잠시 운다고 해서 넬리에게 무슨 일이 일어나지는 않지만, 빅디퍼의 불빛이 없으면 누군가가 큰일을 당할지도 몰라. 메리 마거릿은 입술을 꼭 다물고 바닷가로 달려 내려갔다.

항구의 다른 소녀들과 마찬가지로, 메리 마거릿은 아홉 살 때부터 보트를 저을 줄 알았다. 그런데도, 작은 보트를 타고 바다로 저어 나갔을 때, 그녀의 조그만 심장은 완전히 오그라드는 것 같았다. 눈발이 더 심해지고 있었다. 이 눈 속에 바다 위에서 길을 잃지 않고, 빅디퍼와 리틀디퍼 사이의 어두운 3킬로미터를 무사히 저어갈 수 있을까? 그래, 해보는 거야. 부엌 창문에 불을 켜두었으니까, 그걸 보면서 계속 저어가면 등대에 도착할 수 있을 거야. 그녀는 도움과 인도를 청하는 기도를 입속으로 중얼거리면서 힘차게 노를 젓기 시작했다.

어린 열두 살 소녀의 팔에는 길고 힘든 뱃길이었다. 다행히 바람은 불지 않았다. 하지만 눈발은 더욱 거세져서 마침내 부엌의 불빛이 눈에 가려 보이지 않게 되었다. 한 순간, 메리 마거릿은 심장이 얼어붙는 것 같았지만, 다음 순간 뒤돌아보니, 똑바로 뒤쪽에서 등대의 어두운 탑이 보이는 것을 발견하고 심장이 다시 희망으로 뛰기 시작했다. 램프의 빛을 의지해 선착장까지 저어간 뒤, 뛰어내려 배를 매어두었다. 1분 뒤에 그녀는 등대의 부엌에 있었다.

등대탑 계단으로 이어지는 문이 열려 있고, 계단 밑에 조지 삼촌이 창백한 얼굴로 쓰러져 있었다.

"앗! 조지 삼촌." 메리 마거릿은 숨을 삼켰다. "이게 어떻게 된 일이에요, 네? 무슨 일이 있었어요?"

"메리 마거릿! 고맙다! 누군가를 이리로 보내 불을 켜게 해달라고 하느님께 끊임없이 기도하던 중이었어. 누구하고 왔니?"

"저 혼자 왔어요⋯⋯. 등불이 켜지지 않아서 깜짝 놀라 배를 저어 왔죠. 어머니와 마틴 삼촌은 외출하셨거든요."

"설마 이 어두운 눈발 속을 너 혼자 노를 저어 왔다는 말은 아니겠지? 이 항구에서 너보다 용감한 아이는 없을 게다! 불을 켜는 방법을 너에게 가르쳐 두길 잘했지. 어서 가서 등불부터 켜다오. 내 걱정은 하지 말고. 이 괴물 같은 계단에서 꼴사납게 굴러 떨어져, 다리가 부러지고 등을 다쳤을 뿐이니까. 그래서 꼼짝도 하지 못하고 거의 세 시간 동안 여기서 이러고 누워 있었는데, 한 3년은 된 것 같은 기분이다. 어서 불부터 켜라, 메리 마거릿!"

메리 마거릿은 급히 계단을 올라갔다. 이내 빅디퍼의 등불이 폭풍 속의 항구를 뚫고 즐거운 듯이 깜박거리기 시작했다. 그녀는 곧 삼촌에게 돌아왔다. 이불을 따뜻하게 덮어주고, 머리 밑에 베개를 받쳐주고, 뜨거운 차를 끓이는 것 말고는, 그녀가 삼촌을 위해 할 수 있는 일이 없었다.

"어머니께 어디로 가는지 메모를 써두고 왔으니까, 어머니와 삼촌이 집에 도착하면 바로 이리로 와주실 거예요, 삼촌."

"마틴 삼촌이 서둘러야 할 텐데. 바람이 불기 시작했어⋯⋯. 귀를 기울여 보렴⋯⋯. 눈발도 심해지고 있고. 네 어머니와 마틴 삼촌이 폭풍이 오기 전에 하버헤드를 출발하지 못했으면, 오늘밤엔 저쪽에서 보내야 할 거야. 하지만 어쨌든 불이 켜졌으니 난 어떻게 되어도 상관없다. 이곳에 쓰러진 채, 배가 암초에 부딪히는 광경을 상상하니 미칠 것만 같더구나."

그날 밤은 무척 길고 불안한 밤이었다. 폭풍은 순식간에 더욱 거칠어져서, 눈보라가 등대 주위에서 마구 몰아쳤다. 조지 삼촌은 갑자기 열이 오르면서 헛소리를 하기 시작했다. 삼촌에 대한 걱정과, 리틀디퍼에 의자에 묶어 두고 온 가엾은 넬리에 대한 불안 속에서, 어머니와 마틴 삼촌이 이 폭풍 속을 뚫고 올 가능성이 거의 없다는 걸 생각하자, 메리 마거릿은 안절부절못하는 심정이 되었다.

하지만 아침은 어김없이 찾아왔다. 아침이라는 것은, 틀림없이 긴 밤의 불안을 말짱하게 걷어주는 축복에 찬 의지를 가지고 있는 것 같았다. 새하얀 세상에 상쾌하고 맑은 새벽이 찾아왔다. 메리 마거릿은 바닷가로 달려가 리틀디퍼 쪽을 열심히 바라보았다. 마틴 삼촌의 집에서는 한 가닥의 연기도 피어오르지 않고 있었다!

헛소리가 더욱 심해진 조지 삼촌 곁을 떠날 수는 없는 노릇이었다. 아무튼 누군가의 도움이 필요했다. 메리 마거릿은 문득 긴급신호기가 생각났다. 그것을 올려야 해. 전에 조지 삼촌한테서 그 방법을 배워둔 것이 얼마나 다행인지 몰랐다!

10분 뒤에 긴급신호기를 수신한 하버헤드에서는 갑자기 소동이 일어났다. 메리 마거릿에게는 몹시 오랜 시간으로 느껴졌지만. 빅디퍼를 향해 한 척의 배가 출발했다. 잠시 후 배를 타고온 두 명의 남자가 재빨리 해안에 발을 내디뎠다. 그러자 애타게 기다리고 있던, 한 새파란 얼굴의 소녀가 그들을 향해 가쁜 숨을 몰아쉬면서 앞뒤가 거의 맞지 않는 애기를 한꺼번에 쏟아내기 시작했다.

"등대에 불이 켜지지 않았어요, 삼촌이 다리를 다쳤어요, 동생을 의자에 묶어두었거든요, 그리고 제발 부탁이니까 우리 삼촌을 어서 구해주세요, 전 저쪽 디퍼곶으로 당장 돌아가지 않으면 안 돼요."

두 사람 중 한 사람이 그녀를 데려다 주었는데, 리틀디퍼까지 반도 가지 않았을 때, 다른 배 한 척도 항구를 가로질러 리틀디퍼를 향하고 있었다. 메리 마거릿은 그 배에서 한 여자와 두 남자가 내려

자기 집으로 서둘러 가는 것을 보았다.

어머니와 마틴 삼촌, 그리고 또 한 사람은 누구일까?

메리 마거릿이 집에 도착했을 때는, 어머니와 마틴 삼촌이 편지를 읽고 있는 중이었고, 의자에서 깊이 잠들어 있던 넬리는, 햇볕에 그을린 까만 살갗에 구레나룻을 기른 커다란 남자의 품에 안겨 있었다. 메리 마거릿은 남자를 힐끗 쳐다보았다. 다음 순간 그녀는 기쁨의 비명소리를 지르면서 날 듯이 방을 가로질러 달려갔다.

"아버지!"

10분 동안은 무슨 소린지 알아들을 수 있는 말은 하나도 없었다. 울다가 웃다가 키스를 퍼부으면서 말했기 때문이다. 나중에야 겨우 정신을 차린 메리 마거릿이 씩씩하게 말했다.

"누가 설명 좀 해주세요. 간밤엔 어떻게 된 건지 얘기해주세요."

"마틴과 내가 간밤에 카튼힐에서 하버헤드로 너무 늦게 돌아왔기 때문에 이쪽으로 건너올 수가 없었단다. 그 폭풍 속에 배를 타는 것은 무모한 일이었으니까. 너희 둘을 생각하니 걱정이 되어 미칠 것 같았지. 하지만 지금 생각하니 이쪽에 무슨 일이 일어났는지 몰랐던 게 차라리 다행이었던 것 같아. 그렇지 않았으면 틀림없이 제정신이 아니었을 거야. 오늘 아침 일찍, 우리가 하버헤드에서 하룻밤 묵은 곳에 아버지가 돌아오신 거란다." 어머니가 말했다.

그러자 캠벨 선장도 말했다.

"우리도 어젯밤에 돌아왔단다. 바다는 깜깜하고 불빛은 전혀 보이지 않는데, 눈마저 내리기 시작하더구나. 도대체 우리가 어디에 있는 건지 알 수가 없어서 무척 불안했지. 그런데 갑자기 그토록 찾아도 보이지 않던 빅디퍼의 불빛이 깜박거리기 시작한 거야. 그 순간 모든 난관은 사라지고 말았어. 메리 마거릿, 만약 그때 네가 불을 켜지 않았더라면 우린 아마 암초를 피해가지 못했을 거다. 넌 아버지의 배와 그 배에 타고 있던 모든 사람들의 목숨을 구한 거야. 용감한 나의 딸!"

"아아!" 메리 마거릿은 크게 한숨을 내쉬었다. 행복한 눈물이 가득 고인 메리 마거릿의 눈은 별처럼 반짝였다. "아아, 빅디퍼에 건너갈 수 있어서 정말 다행이었어요. 넬리를 그 의자에 묶어두지 않을 수 없었지만요. 다른 방법이 없었거든요. 조지 삼촌은 다리를 다쳐서 오늘 아침에는 굉장히 위독했어요. 아침밥은 전혀 준비되지 않았고, 불도 꺼져 있는데⋯⋯. 하지만 아버지만 무사하시다면, 그런 건 아무 문제도 아니에요. ⋯⋯아, 너무 피곤해요!"

메리 마거릿은 잠시 앉아 쉬다가 다시 씩씩하게 일어나 어머니가 불을 피우는 것을 도울 생각이었지만, 아버지의 어깨에 머리를 기대자마자 자기도 모르는 사이 깊은 잠에 빠져들고 말았다.

그 개는 무죄인가, 유죄인가?

윌 배리는 휘파람을 불면서 록슬리 씨 농장의 오솔길을 내려가, 두 번째로 베어낸 클로버 들판의 지름길을 지난 다음, 사과나무가 탐스럽게 열매를 맺고 있는 편평한 언덕의 과수원을 지났다. 그런 뒤 농가의 마당으로 나와보니 거기에는 커티스 록슬리가 통나무 더미 위에 앉아 무심한 듯 나무토막을 깎고 있었다.

"너 해고라도 당한 모양이구나, 커트." 윌이 말을 걸었다. "그릴 씨네 언덕에 같이 밤 주우러 가자고 왔는데, 마침 잘 온 것 같네. 어제 길에서 톰 그릴 영감님을 만났는데, 언제든지 밤을 주우러 오라고 했어. 톰 그릴 영감님은 정말 좋은 분이야."

"잘 됐다." 커티스는 무척 반기며 벌떡 일어나며 말했다.

"정확하게 말해 실직한 건 아니지만, 적어도 오늘은 쉬는 날이야. 큰아버지는 오늘 내가 도울 일이 없다고 하셨거든. 휘파람으로 댄을 부를 테니 잠깐만 기다려. 댄도 데려 가고 싶으니까."

커티스는 몇 번인가 휘파람을 불었지만, 잘생긴 뉴펀들랜드견인 댄은 나타나지 않았다. 안마당과 헛간 주위에서 몇 분 동안 휘파람을 불며 애견 이름을 불러본 뒤, 커티스는 실망해서 돌아섰다.

"이 근처에는 없는 모양이야. 이상한 일인데. 댄은 지금까지 나와 함께가 아니면 절대로 집을 떠나지 않았는데, 요즘은 가끔 멋대로 사라질 때가 있어. 지난 주에는 두 번이나 아침부터 사라져서 점심때까지 돌아오지 않는 거야."

"네가 너라면 게으름피우는 버릇이 없어질 때까지 녀석을 가둬두겠어." 오솔길을 돌면서 윌이 말했다.

"댄은 갇히는 것을 무척 싫어해. 그렇게 하면 하도 슬프게 계속 짖어대서, 오히려 내가 더 견딜 수 없어." 커티스는 대답했다.

윌이 망설이다가 말했다.

"하지만 녀석에게 나쁜 걸 가르치는 다른 개들과 함께 헤매다니게 하는 것보다는, 가둬두는 편이 좋지 않을까? 지난 주 저녁에 댄이 샘 벤트노의 그 커다란 갈색 개와 항구의 거리를 어슬렁거리고 있는 것을 내 눈으로 봤어. 벤트노의 개는 너도 알다시피, 요즘 소문이 좋지 않아. 최근에 여러 번 양들이 물어뜯긴 채 죽었고……."

"댄은 양을 건드리진 않아!" 커티스는 화가 나서 윌의 말을 잘랐다.

"물론 댄은 그런 짓을 하진 않을 거야. 하지만 벤트노의 개에게는 혐의가 있어. 그러니 만약 댄이 그런 개와 함께 다니면, 나쁜 짓을 배우는 건, 교회의 설교가 확실한 것과 마찬가지로 확실한 일이야. 농장 사람들은 벌써 상당히 불평을 하고 있어. 댄이 벤트노의 개와 함께 있었다는 말을 들으면, 틀림없이 댄도 의심을 받게 될걸? 한동안 댄을 가둬놓고, 짖거나 말거나 상관하지 않는 게 좋을 것 같은데."

"그래, 그러는 게 좋겠어." 커티스도 진지하게 대답했다. "댄에게 양을 죽인 혐의가 씌워지는 건 참을 수 없어. 난 댄은 절대로 그런 짓을 하지 않을 거라고 믿지만. 어쨌든 댄이 벤트노의 개와 함께 어울리게 하고 싶지는 않아. 집에 돌아가면, 댄을 쇠사슬로 헛간에 매어둬야겠어. 댄에게 무슨 일이 일어난다면 난 견딜 수 없을 거야. 널 제외하면 나에게는 유일한 친구니까. 정말 좋은 녀석이거든."

윌은 커티스의 말에 찬성했다. 윌도 커티스와 마찬가지로 댄을 좋아했다. 그러나 윌은 커티스만큼의――댄이 양을 죽이지 않았다고――확신은 없었다. 윌은 이미 댄이 의심을 받고 있다는 걸 알고 있었지만, 커티스에게는 말하고 싶지 않았다. 게다가 물론 확실한 증거가 있는 것도 아니었다. 다만 양을 잃고 그 범인을 색출하고 싶어 하는 항구마을의 농장 사람들 사이에서 그런 말이 은밀하게 오가며 암시되고 있을 뿐이었다. 항구와 그 주변에는 그밖에도 많은 개들이 있고, 하나같이 못된 녀석들이었기 때문에, 잠시 동안 댄을 가둬두어서 댄이 의심을 벗게 되길 윌은 바라고 있었다. 양이 아직도 희생되고 있다면 더 말할 것도 없는 일이었다.

윌은 커티스에게 지금 나돌고 있는 얘기를 넌지시 알려줄까 하고 잠시 망설였던 것이다. 그도 그럴 것이, 혈기왕성한 소년인 커티스는, 댄에 대해 사람들이 비난하면 그게 어떤 일이든 언제나 분개했다. 만약 자기 자신을 누가 그렇게 비난한다 해도, 그렇게까지 화를 내지는 않을 것이다. 그러나 윌은, 커티스가 항구 부근의 소년들한테서 댄에 대한 얘기를 듣는 것보다는, 자신한테서 듣는 편이 낫다는 것을 알고 있었다. 언젠가 그들 중 한두 명은 커티스에게 댄에 대한 얘기를 하겠지만, 의외로 커티스가 윌의 충고를 윌이 의도한 대로 받아들여 주자, 그는 속으로 안도했다.

"최근에는 누구의 양이 당했어?" 왼쪽으로 길을 꺾어, 톰 그릴씨 소유의 숲의 오솔길로 들어서면서 커티스가 묻자 윌이 대답했다.

"호러 농장의 거의 대부분이야. 지난 주까지는 힐 농장에선 한 마리도 당하지 않았어. 그런데 화요일 밤에 폴 스톡턴 영감님이 전

나무 숲 뒤의 언덕에 있는 목장에서 좋은 놈만 여섯 마리나 잃었
대. 영감님은 노발대발해서 그 짓을 한 놈을 찾기만 하면 당장 쏘
아죽이겠다고 벼르고 있어."

커티스는 걱정스러운 표정이 되었다. 폴 스톡턴 농장은 록슬리 농
장에서 4분의 1킬로미터밖에 떨어져 있지 않았다. 또한 커티스는
알고 있었다. 폴은 커티스의 큰아버지인 아놀드와 커티스를 포함한
친척 모두에게 오래전부터 집안의 자존심과 관계된 묵은 분쟁이 있
었다는 것을. 게다가 수요일 아침은 댄이 행방불명되었던 몇 번의
아침 중 하루라는 것을 커티스는 무거운 마음으로 기억해내야 했다.

'하지만 걱정 안 해! 댄은 양을 죽이지 않아.' 커티스는 비참한
기분으로 생각했다.

화제를 바꾸는 편이 차라리 현명하다고 생각한 월이 말했다. "폴
이라고 하니 생각나는데, 항구에서는 조지 핀레이의 스쿠너선 아미
리드호 때문에 모두들 걱정하고 있어. 사흘 전에 도착할 예정이었는
데 아직도 아무 소식이 없어서. 그 배가 모로를 출발한 뒤 폭풍이
두 번이나 있었지. 그 배에는 폴 영감님의 아들 오스카 스톡턴이 타
고 있어서, 영감님이 걱정하고 있대. 배에는 그밖에도 다섯 사람이
타고 있는데 모두 항구 사람들이어서, 항구에서는 이 스쿠너선 때문
에 온통 난리래."

양에 대해서는 더 이상 얘기하지 않았기 때문에 밤을 줍는 즐거움
속에서 커티스는 곧 걱정을 잊어버리고 말았다. 톰 그릴 영감은 소
년들이 집 앞을 지나가는 것을 보고 불러세워, 시간이 되면 돌아와
서 자기 집에서 식사를 하고 가라고 말했다. 그래서 커티스가 밤이
담긴 자루를 어깨에 지고, 록슬리 집안의 안마당으로 돌아온 것은
한참 늦어진 오후였다.

큰아버지가 열려있는 헛간 문 앞에 서서 한 노인과 얘기를 나누고
있었다. 백발에 몸이 마르고 빈틈없어 보이는 얼굴의 노인이었다.

"커티스, 이리 좀 오너라." 큰아버지가 불렀다.

커티스가 마당을 가로질러 다가가니, 집안에 있던 댄이 흥분해서 커티스를 향해 언덕을 구르듯 내려왔다. 커티스는 개의 커다란 머리를 쓰다듬으면서 함께 헛간 쪽으로 천천히 걸어갔다. 폴 노인은 커티스와 댄을 집요하고 무서운 얼굴로 쏘아보았다.

"커티스, 골치 아픈 일이 생겼다. 스톡턴 씨가 너의 개가 양을 죽였다고 하시는구나." 큰아버지가 무거운 표정으로 말했다.

커티스는 분개하면서 입을 열었다. 그러나 마음을 억제하며 온순하게 말하려고 애썼다.

"그럴 리가 없어요, 스톡턴 씨. 제 개는 아무도 해치지 않아요."

"그 개는 우리 양떼 중에서 특별히 좋은 놈으로 여섯 마리를 해치웠거나, 아니면 그러는 걸 도와준 게 틀림없다." 폴 노인이 반박했다.

"무슨 증거라도 있습니까?" 분노를 폭발시키지 않으려고 노력하면서 커티스는 물었다.

"애브너 팩이 화요일 오후 해질 무렵에, 우리 양들이 있는 목장에서 벤트노의 개와 그 개가 함께 뛰어다니는 것을 보았어. 그리고 그 이튿날 아침에 목장 한구석에서 여섯 마리가 당한 걸 내가 발견했지. 네 큰아버지는 화요일에 그 개의 목에 이것이 매어져 있었던 것을 인정하셨다."

폴 노인은 의기양양하게 색이 바랜 빨간 리본을 꺼내 보여줬다. 커티스는 한눈에 알 수 있었다. 그것은 자신이 어린 사촌 동생 레나와 함께 화요일 오후에 댄의 목에 매어준 리본이었다. 댄이 커다란 몸에 우스꽝스러운 빨간 목걸이와 나비리본을 맨 모습을 보고, 둘이서 얼마나 웃었는지!

"댄이 나쁜 짓을 하지 않은 건 분명해요!" 커티스는 확신을 담아 소리쳤다.

큰아버지 록슬리는 고개를 저었다.

"커티스, 아무래도 댄이 한 짓 같구나. 적어도 댄은 이 사건에서 무척 의심이 가는 건 틀림없어. 양을 훔치는 것은 큰 죄야."

"그 개는 총으로 쏘아 죽여야 해." 폴 노인이 단호하게 말했다. "이 사건은 록슬리 씨, 당신에게 맡기겠소. 나에게는 그 개가 했다는 충분한 증거가 있어요. 그러니까 만약 당신이 개를 쏘아 죽이지 않으면 희생된 양 값을 배상해주어야 할 거요."

폴 노인이 성큼성큼 가버리자, 커티스는 매달리는 듯한 눈빛으로 큰아버지를 쳐다보았다.

"댄을 죽이면 안 돼요, 큰아버지! 앞으로는 댄을 계속 매어두겠어요." 커티스는 절박한 심정으로 말했다.

"그렇게 해서 밤낮으로 그 주변에서 짖도록 내버려둘 거라고? 집안에 반시 (집에 죽는 사람이 나올 때 그 전조로써 큰 소리를 내서 울어 알려주는 아일랜드와 스코틀랜드의 요정)를 키우고 있는 것도 아닐 테고." 큰아버지는 잔뜩 빈정거리며 말했다. 그는 엄격하고, 자애로운 데가 거의 없는 사람이었기 때문에, 댄에 대한 커티스의 애정이 어떤 것인지 이해하지 못했다. 항구마을 사람들은 아놀드 록슬리는 조카에게 너무 엄격하다고 수군거리고 있었다.

"안 된다, 안 돼, 커티스. 상식적으로 한번 생각해 보렴. 그 개는 말썽의 소지가 있으니까 죽여야 해. 그놈을 영원히 매어둘 수도 없는 일이고, 한번 양을 해치는 나쁜 버릇을 배워버리면 절대로 잊지 않을 테니까. 개를 꼭 키우고 싶으면 다른 개를 키우면 돼. 내일 찰스 피피를 불러서 댄을 처리해달라고 해야겠다. 더 이상 고집 부리면 안 된다, 커티스. 이제 어린아이가 아니지 않니? 어두워지기 전에 개를 매어놓고 송아지를 외양간에 넣어둬라. 폭풍이 올 것 같다. 북동쪽에서 바람이 강해지고 있어."

큰아버지가 가버리자, 마당에는 핏기가 가신 얼굴에 비참한 기분이 된 소년만 남겨졌다. 커티스는 댄을 쳐다보았다. 댄은 꼬리를 내리고 앉아, 구김살 없이 천진한 얼굴로 커티스를 응시하고 있었다. 나쁜 짓을 한 개로는 도저히 보이지 않았다. 댄이 양을 죽이다니, 정말 그랬을까?

"난 절대로 믿지 않아. 알겠지?" 그렇게 말하면서 커티스는 댄을 마구간에 데리고 들어가 맨 구석에 매어두었다. 그리고 개 옆의 삼베자루 더미 위에 몸을 던지고, 댄의 꼬불꼬불하게 말린 검은 털에 얼굴을 묻었다. 댄의 마음속은 분노와 반항심, 그리고 비참한 기분으로 가득했다.

커티스는 어두워질 때까지 그곳에 누워, 괴로운 심정으로 시간이 갈수록 거세지는 바람 소리에 귀를 기울이고 있었다. 커티스는 억지로 일어나 송아지를 돌보러 나갔다. 홀로 남겨진 것을 눈치 챈 댄이 슬프게 짖는 소리가 귓전에 따라왔다.

내일 밤이 되면 댄은 영원히 조용해질 것이다. 송아지를 외양간에 넣고 잠을 자러 이층으로 올라가면서, 커티스는 절망에 사로잡혀 있었다. 오랫동안 잠을 이루지 못하고 누워 있다가 결국 깊고 무거운 잠 속에 빠져들었다. 그리고 큰어머니가 소젖을 짤 시간이라고 부를 때까지 계속 자고 있었다.

바람은 훨씬 더 강해져 갔다. 만의 바깥 해안에서 큰 파도가 일며 천둥처럼 무시무시한 소리를 내고 있는 것이 평지인 이쪽까지 들려왔다. 만 동쪽에서 거칠게 폭풍이 불어오고 있었다.

월 배리가 부엌으로 뛰어들어 왔을 때, 록슬리 집안사람들은 아침 식사를 끝내고 모두 일어나던 중이었다.

"아미리드호가 그리슨의 바위에 좌초했어! 오늘 아침, 날이 밝은 뒤에 거기에 올라앉았대. 가보자, 커티스!" 월이 소리쳤다.

커티스는 벌떡 일어나 모자를 가지러 가고, 록슬리 씨는 천천히 그 뒤를 따랐다. 두 소년이 안마당을 지나가는데 댄이 요란스럽게 짖는 소리가 들렸다.

"댄도 데리고 가야겠어. 잠깐만 기다려, 윌." 커티스가 중얼거렸다.

항구로 가는 길은 바닷가로 급히 달려가고 있는 사람들로 가득했다. 아미리드호의 재난 소식이 눈 깜짝할 사이에 온 마을에 퍼진 것이다. 소년들은 전속력으로 달려갔고, 신이 난 댄은 두 사람 바로 뒤를 따라갔다. 짐마차를 타고 가던 샘 모로가 둘을 따라와서 마차에 타라고 말했다. 샘은 벌써 해안에 다녀와서 아버지에게 상황을 알리기 위해 집에 갔다 오던 중이었다. 마차에 흔들리면서, 샘은 천둥 같은 비명에 못잖게 큰 소리를 지르면서 해안의 정보를 알렸다.

"끔찍한 사건이야! 해안에서 4분의 1킬로미터 정도 되는 곳에서 암초에 부딪혔어. 배는 얼마 안 있어 산산조각이 나버릴 거야. 그 넝마 같은 물통, 알고 있지? 물이 새는 썩은 배 말이야. 바다가 무서울 정도로 거칠어서, 파도가 배를 흔적도 없이 집어삼키는 건 시간문제야. 아직 몇 시간이나 아무 손도 쓰지 못하고 있어. 모두 물에 빠지고 말 거니까. 폴 영감님은 거의 미친 사람처럼 해안을 뛰어다니고 있어. 아들 오스카를 구해주는 사람에게는 뭐든지 주겠대. 다만 아무도 할 수 없다는 게 문제지."

그들이 바닷가에 도착했을 때는, 그곳은 이미 흥분한 사람들로 넘치고 있었다. 그리슨의 암초에서 부서지는 파도의 물거품 사이로 불운한 스쿠너선의 모습이 보였다. 샘이 큰 소리로 백발의 어부에게 뭔가를 물었지만, 그 어부는 고개를 가로저었다.

"아니야, 아무것도 할 수 없어. 저런 파도에는 어떤 배라도 한 순간도 버티지 못해. 저 스쿠너선도 이제 곧 가루가 되고 말걸. 끔찍한 일이야, 무서운 일이야! 아는 사람이 물에 빠지는 모습을 옆에 서서 이렇게 구경만 하고 있어야 하다니!"

커티스와 윌은 사람들을 헤치고 물가까지 나갔다. 선원들의 친척들이 모두 그곳에 모여, 저마다 다양한 절망 속에서 울부짖고 있었다. 폴 노인은 거의 미친 사람처럼 바닷가를 아래위로 정신없이 뛰어다니며, 소리 질러 기도를 했다. 외아들이 아미리드호에 타고 있는데도, 아버지인 그는 아들을 구하기 위해 할 수 있는 일이 아무것도 없었다.

"배에 타고 있는 사람들이 지금 뭘 하고 있는 거예요?" 윌이 마틴 클라크에게 물었다.

"밧줄 끝에 막대를 연결해서 이쪽으로 던져 보내려 하고 있어. 지금 그걸 시도하고 있는 사람은 오스카 스톡턴이야. 하지만 잘될 것 같지 않아. 암초 위의 물살이 너무 강해."

"그래! 댄이라면 저 밧줄을 해안으로 가지고 올 수 있을 거야!" 커티스가 소리쳤다. "어이, 댄! 댄! 이리와!"

개는 한번 짖더니, 기슭을 따라 튀어오르듯 커티스에게 달려갔다. 커티스는 댄의 목줄을 붙잡고, 오스카 스톡턴이 두 번째로 바닷물 속에 던진 막대를 가리켰다. 댄은 알았다는 듯 다시 한번 짖더니, 바다를 향해 돌진했다. 구경하는 사람들은 무슨 일인지 이해하자 갈채의 소리를 질렀지만 이내 다시 조용해졌다. 부서지는 파도 속을 헤엄쳐 가는 멋진 개를 지켜보는 사람들의 귀에는, 무시무시한 바람소리와 파도소리만이 들려올 뿐이었다. 댄의 커다란 검은 머리가 파도 위에 나타났다가는, 그 뒤 깊은 파도 속으로 다시 숨어버렸다. 댄이 마침내 막대기가 있는 곳에 도착해, 그것을 입에 물고 해안 쪽으로 방향을 돌렸을 때, 해안에서는 다시 한번 커다란 함성이 끓어올랐다. 커티스 뒤에 서있던 여자는, 남편이 그 스쿠너선을 타고 있었는데, 기슭의 작은 바위 위에 무릎을 꿇고 앉아 흐느껴 울며 신께 감사의 기도를 올렸다. 커티스도 눈이 따끔거리면서 눈물이 고여 오는 것을 느꼈다.

댄은 뭍에 도착하자 커티스를 향해 물고 있던 막대를 던졌다. 그리고 크게 몸을 한번 흔들어 온몸의 물을 털어냈다. 커티스는 막대를 붙잡았다. 한편, 열댓 명의 남녀가 댄에게 몰려와서, 미친 듯이 댄을 끌어안고 젖은 몸에 입을 맞추고 있었다. 폴 스톡턴 노인도 그 속에 있었다. 댄의 커다란 검은 머리가 어깨너머로 커티스를 올려다 보았다. 그의 눈은 도대체 '이게 웬 소동인가요?' 하고 묻고 있는 것 같았다.

그 동안 남자들은 굵은 밧줄을 기슭으로 끌고 와서 막대에 튼튼하게 연결했다. 30분도 지나지 않아, 아미리드호의 승객들은 온몸이 물에 젖어 얼어붙어 있었지만 무사히 뭍에 올라왔다. 그들이 몸을 녹이기 위해, 또 폭풍의 재난을 피하기 위해 서둘러 집으로 돌아가기 전에, 폴 스톡턴 노인은 커티스에게 악수를 청하러 찾아왔다. 그의 고집스러운 늙은 얼굴에서는 끝없는 눈물이 흘러내리고 있었다.

노인이 커티스에게 말했다.

"네 큰아버지에게 전해라! 그 개에게는 절대 손가락 하나 대지 말라고! 그 개는 우리 양을 죽이지 않았어. 그런 짓을 할 리가 없지. 만약 그랬다 하더라도 난 상관하지 않겠어! 우리 양들을 전부 훔치러 온다고 해도 대환영이야. 그 개가 해준 일에 대해 양 고기로라도 보답할 수 있다면 얼마나 좋겠니!"

커티스는 환희에 찬 가슴을 안고 집으로 돌아왔다. 큰아버지는 폴 노인이 한 말을 웃는 얼굴로 듣고 있었다. 그도 댄의 멋진 활약에 마음이 움직인 것이다.

"그래, 커티스. 이번 일로 폴 씨의 마음이 바뀌어 정말 다행이다. 하지만 댄은 1주일 정도는 가둬두어야 한다. 댄이 아무리 싫어하더라도 말이다. 너 자신을 위해서도 그렇게 해야 한다는 건 이해하겠지? 어쩌면 댄이 양을 해치웠을지도 몰라. 어쨌든 댄이 벤트노의 개와 어울리는 것을 그만두게 하지 않으면 안 돼."

커티스는 큰아버지의 말이 옳다는 것을 잘 알고 있었다. 가엾은 댄은 다시 묶여 있게 되었다. 그러나 그리 오랜 시간은 아니었다.

왜냐하면 벤트노의 개가 곧 잡혀서 사살되었기 때문이다. 댄이 감금 상태에서 풀려난 뒤에 커티스는 한두 주일 동안은 내심 마음이 조마조마 했다. 그러나 더 이상 양이 희생되는 일은 없었으므로 댄의 무죄는 떳떳하게 증명되었다. 폴 스톡턴 노인은 커티스와 댄에게 아무리 보답해도 충분하지 않다고 생각하는 모양이었다. 록슬리 집안에 대한 노인의 오랜 원한은 흔적도 없이 사라졌고, 언제부턴가 노인은 커티스의 친구가 되어 있었다. 댄에 대해 폴 노인은 이렇게 말했다. "그래, 지금까지 이런 개는 없었어, 결코! 그 개는 눈으로 얘기를 하지. 그 개는 얘기를 한다니까. 그가 그때 스쿠너선을 향해 가는 모습을 봤더라면! 뼈? 물론이지! 그 개가 이곳에 올 때마다 언제나 가장 좋은 뼈를 준비해두지. 그리고 뼈보다 더 좋은 것도 얼마든지. 그 개는 영웅이니까, 그 개는 바로 영웅이란 말이야!"

오빠가 돌아오면

미스 한나는 뜰에서 개미취(국화과의 여러해살이풀. 뿌리는 약용, 어린잎은 식용.)꽃을 꺾고 있다. 무척 작은 뜰이다. 그도 그럴 것이, 이 자그마한 잿빛 집의 낮은 처마 밑 주변 외에는 아무 것도 자라고 있지 않았다. 집은, 기세좋은 북동쪽 갯바람을 막아주는 단 하나의 성채다. 하지만 기적처럼 당당하게 꽃을 피운 그 좁은 뜰은, 놀라울 만큼 세심하게 손질되어 있었다. 길이 잘 닦인 갈색 오솔길은 낙엽이나 흩어진 꽃잎 하나 없이 말끔하게 쓸려 있고, 아담하고 네모진 몇 개의 화단은 하얀색의 큼지막한 대합 껍데기로 경계가 표시되어 있다. 스위트피 덩굴 한 줄기조차 미스 한나의 눈을 피해 멋대로 뻗어가는 것은 용납되지 않았다.

미스 한나는 태어날 때부터 바닷가의 이 작은 잿빛 집에서 살아왔다. 프로스펙트 마을의 모든 집에서 뚝 떨어져, 사방을 에워싼 언덕 사이에 쏙 들어가 있어 보기에도 외로울 것 같은 모습이었다. 집 앞에는 눈에 들어오는 인가가 한 채도 없어 만약 밤의 장막 속에 반짝이는 등대 불빛이라도 없었다면 미스 한나는 도저히 견디지 못했을 것이다. 등대 불빛은 마치 집 뒤의 북동쪽 언덕 저편에서 달빛조차 없는 칠흑 같은 밤에도 결코 사라지는 일 없이, 마치 눈도 깜박이지 않고 세상을 응시하는 친숙한 큰 별처럼 밝게 빛났다. 집 뒤쪽에는 세인트로렌스 만에서 바람의 방향을 거슬러 올라가는 조류가 언덕과 언덕 사이를 누비며 올라가고 있었다. 그리고 맨 앞의 잔물결이 미스 한나의 부엌문 층계까지 핥듯이 다가왔다. 뒤쪽으로 눈을 돌리면, 커다란 초승달처럼 호를 그리고 있는 북쪽의 세인트로렌스 만이 눈에 들어왔다. 그 파도소리의 여운은 옛날이나 지금이나 한결같이 미스 한나의 자장가였다. 그런 쓸쓸한 곳에서 용케도 잘 버티며, 누군가가 그것을 이상하게 여기면 "쓸쓸한 곳이어서 좋아요" 하고 대답하곤 했다. 등대의 별과 세인트로렌스 만의 먼 바다에서 들려오는 소리는 그녀에게 더할 나위 없는 친구였고, 앞으로도 내내 그럴 것이다……. 랠프가 돌아올 때까지는. 랠프가 돌아오면 당연히 더 번화한 곳을 좋아하게 될 테니까, 랠프가 원한다면 그때 둘이 함께 도시나 내륙 쪽으로 이사를 하면 될 것이다.

"물론" 하며 미스 한나는 자랑스럽게 미소 지었다. "부자가 이런 외진 바닷가의 작은 잿빛 집에 살고 싶어 할 리가 없잖아요. 틀림없이 나를 위해 좋은 집을 지어줄 거예요. 뭐 그렇게 된다면 더 이상 바랄 게 없지요. 하지만 랠프가 돌아올 때까지는 지금 있는 그대로 만족해야죠."

미스 한나가 이런 말을 할 때마다, 사람들은 서로 눈짓을 하며 쓸쓸한 미소를 주고받았다. 그녀가 눈치 채지 못하게 조심하면서.

미스 한나는 흰색과 보라색의 개미취 꽃을 아낌없이 꺾으며 아주 오래전 어릴 때 배웠던 그리운 노래를 흥얼거렸다. 10월 중에서도 보기 드문 최상의 날씨로, 미스 한나는 이렇게 화창하고 맑은 날씨를 무척 좋아했다. 대기는 금빛이 섞인 수정처럼 투명하고, 마을을 에워싸는 완만한 언덕의 능선은 벌써 가을 햇살에 아련하게 녹아있었다. 그녀는 그 찬란한 햇살이 비치는 언덕길 저편의 숲이 진홍빛과 황금빛으로 빛나고 있다는 것을 잘 알고 있었다. 그래서 나중에 브릿지에 있는 병든 밀리 스타를 위해 개미취 꽃다발을 가지고 그곳을 걸어갈 것을 생각하자 기쁨으로 가슴이 설레었다. 꽃은 미스 한나가 남에게 나눠줄 수 있는 유일한 것이었다. 그것은 그녀가 무척 가난하기 때문이었다. 하지만 그녀는 우정과 배려가 넘치는 풍요로운 마음으로 꽃을 선물했다.

잠시 뒤 언덕의 오솔길을 한 대의 마차가 내려오더니, 미스 한나의 집 뜰의 하얀 울타리 앞에 섰다. 마차에서 내린 것은 제이콥 딜란시와 도시에서 놀러온 그의 젊고 아름다운 조카였다. 개미취 꽃다발을 가슴에 안고 있던 미스 한나는 이젠 퇴색해버린 푸른 눈에 호기심의 빛을 반짝거리면서 울타리로 다가갔다. 이 보기 드물게 아름다운 소녀에 대한 온갖 소문은 그녀도 익히 들은 바가 있었다. 프로스펙트의 주민들은 지난 1주일 동안 온통 그 화제로 떠들썩했다. 미스 한나도 그녀를 한번 보고 싶은 호기심으로 가슴이 터질 것 같던 참이었다. "언제든 아름다운 사람을 보는 것은 즐거운 일이죠" 하고 미스 한나는 말하곤 했다. 아름다운 사람은 미스 한나에게는 꽃과 마찬가지로 좋은 것이었다.

제이콥 딜란시가 인사를 했다.

"안녕하세요, 한나. 여전히 정성들여 꽃을 손질하고 있군요."

"네, 그럼요." 미스 한나는 자기가 무례해 보이지 않도록 조심스럽게 기쁨이 가득한 눈길로 소녀를 바라보았다 "이제 곧 서리가 내릴 거 같아서 꽃이 피어 있는 지금을 만끽하려는 거죠."

"예, 좋은 생각입니다." 제이콥이 맞장구를 쳤다. 그는 누구에게나 진심으로 맞장구를 쳐주는 데 달인이다. 이를테면 미스 한나가 지하에서 사는 것을 좋아한다고 말한다 해도 같은 말로 맞장구 쳤을 것이다.

"그래요, 한나, 내가 이렇게 찾아온 것도 바로 그 꽃 때문이오. 우리 집에서 오늘 밤 조촐한 파티를 열 예정이거든요. 젊은 사람들을 위한 것인데, 아내가 장식으로 쓸 수 있도록 꽃을 조금 나눠줄 수 없는지 부탁해보라고 해서요."

"물론 좋고말고요. 이걸 가지고 가세요. 밀리에게 줄 생각이었는데, 밀리 몫으로는 서쪽 화단의 것을 꺾으면 되니까."

그녀는 문을 열고 한 아름의 개미취를 마차까지 가져다 주었다. 생긋 웃으며 그것을 받아든 제이콥 딜란시의 조카 딜란시 양의 미소 덕택에, 그날은 미스 한나에게 오래도록 선명한 추억의 하루가 되었다.

"기분 좋은 날씨죠?" 제이콥이 유쾌하게 말했다.

"정말이에요." 미스 한나는 꿈꾸는 듯한 기분이었다. "이런 날에는, 그래요, 랠프가 집을 나간 20년 전의 그날이 떠올라요. 그렇게 오랜 옛날 같다는 생각이 들지가 않아요. 제이콥 씨, 랠프가 이제 곧 돌아올 거라고 생각하지 않으세요?"

"그야, 물론이죠." 제이콥은 이렇게 대답은 했지만 속으로는 랠프가 전혀 돌아오지 않을 거라고 생각했다.

"지금이라도 저 문으로 들어설 것 같은 기분이 들어요. 그렇게 되면 얼마나 좋을까요? 제이콥, 정말 멋진 일이죠? 난 태어나서 지금까지 돈과는 인연이 없었어요. 하지만 랠프가 돌아오면 모든 게 완전히 바뀔 거예요. 부자가 되어 있을 것이고 내가 원하는 건 뭐든지 해줄 거예요. 그렇게 하겠다고 랠프가 약속했거든요. 좋은 집, 사두마차, 비단 드레스. 그리고 아! 우린 전 세계를 여행하며 돌아다닐 거예요. 그 모든 것을 내가 얼마나 기다리고 있는지 당신은 모르실 거예요. 이미 모든 계획을 다 세워뒀어요. 하고 싶은 일, 갖고 싶은 것, 모두. 틀림없이 랠프는 이제 곧 돌아올 거예요. 20년이나 지났으니 한 재산 모았겠죠, 제이콥, 그렇지 않아요?"

미스 한나는 명랑하게 말했다.

"물론 그렇고말고요." 이렇게 대답한 제이콥은 약간 난처한 듯한 표정을 지었다. 찬물을 끼얹고 싶지는 않았지만, 미스 한나가 꿈에 부풀어있는 것을 그냥 내버려둬서는 안 되겠다는 생각이 들었다. "말할 필요도 없는 일이지만, 너무 믿지는 않는 게 좋을 거예요, 한나. 돌아오지 않을지도 모르고, 혹시 돈을 벌지 못했을지도……."

"어머나, 어떻게 그런 말을 할 수 있어요, 제이콥?" 창백한 두 뺨을 빨갛게 물들이면서 미스 한나가 분개해서 말을 가로챘다. "랠프가 돌아올 거라는 건 당신도 잘 알고 있잖아요. 그건 내가 지금 이곳에 이렇게 서있는 것과 같이 명명백백한 사실이에요. 랠프가 부자가 되어 있다는 것도. 모두들 줄곧 당신처럼 이제 틀린 일이라고 넌지시 암시하려 하지만, 난 상관하지 않아요. 네! 상관하지 않고말고요."

그녀는 홱 몸을 돌려 고개를 꼿꼿하게 쳐들고 자기 뜰로 돌아갔다. 그러나 그 뜻하지 않은 분노도, 뺨을 희롱하듯 어루만져주는 스위트피 향기에 눈 녹듯이 사라지고 말았다. 그녀는 손을 흔들어 손님에게 잘 가라고 인사하며, 오솔길을 달려가는 마차를 향해 웃는 얼굴로 배웅했다.

"그래, 제이콥은 아무것도 모르고 있는 거야, 그렇게 발끈할 일이 아니었는데. 랠프가 돌아왔을 때 모두에게 승리의 사인을 보여주면 되는 거니까. 그건 그렇고, 정말 예쁜 아가씨야. 마치 아름다운 그림을 보는 것 같았어. 덕택에 무척 좋은 하루가 되었어. 거의 매일 한 번씩은 뭔가 즐거운 일이 있는데, 오늘의 즐거움은 바로 그 아가씨야. 이 세상에 그렇게 아름다운 창조물이 있고, 또 우리가 그걸 바라보며 즐길 수 있으니, 아! 행복이 몸에 스며드는 것 같아. 정말 고마운 일이야."

"쯧쯧, 세상에 저렇게 공상 속에 사는 사람도 없을걸. 정말 희귀 종이야, 희귀종!" 조카와 함께 오솔길을 내려가는 마차를 몰며, 제이콥 딜란시가 큰 소리로 말했다.

"그게 무슨 말씀이세요?" 딜란시 양이 의아하다는 듯 물었다.

"아, 얘기를 하자면 말이다, 도러시. 한나에게는 오래전에 집을 나가버린 오빠가 하나 있었다. 부모가 세상을 떠나기 전의 일이었어. 랠프 월워스는 프로스펙트 마을이 생긴 이래 한번도 본 적이 없는, 아무도 손을 못 댈 정도로 못된 망나니였단다. 랠프에게 사람 취급하는 사람은 오로지 한나 외에 아무도 없었지. 한나는 그런 오빠를 숭배하고 있었어. 랠프도 동생을 사랑했는지는 모르겠지만. 하지만 부모하고는 사이가 좋지 않았어. 그래서 결국 랠프가 욱해서 분한 마음에 집을 뛰쳐나간 거지. 광산이 있는 나라에 갔다는 소문은 들었는데 그 뒤로는 전혀 감감무소식이야. 내 생각에는 랠프가 아직 살아있는지조차도 의심스러워. 그런데도 한나는 지금 당장이라도 랠프가 주머니에 철철 넘치는 황금을 짤랑거리면서 돌아올 거라고 저렇게 굳게 믿고 있으니! 한나는 다른 일에는 남들만큼 상식적인데, 그 일에 대해서만은, 누가 사실대로 말하면 머리가 약간 이상해져. 만약 랠프가 영영 돌아오지 않는다면, 그녀는 죽을 때까지 이대로 희망을 품고 있을 수 있을 텐데. 만약 돌아온다고 해도 랠프가 무일푼이라면, 사실은 그게 무엇보다 가능성이 높지만, 그렇게 되면 한나는 아마 치명적인 절망에 빠지고 말걸. 나무랄 데가 하나도 없는 사람이지만 오빠에게만은 너무 자만심이 강해서 말이야. 너도 보았지? 랠프가 부자가 아닐 수도 있다는 말을 약간 내비친 것만으로도 그 사람이 얼마나 이성을 잃는지. 그 정도로 자만하고 있으니, 만일 랠프가 무일푼으로 끄떡끄떡 돌아오면 누이동생한테서 환영을 받기는 틀렸지. 그리고 그녀도 다시는 고개를 들고 다니지 못하게 될 건 말할 것도 없고.

차라리 랠프 월워스는 돌아오지 않는 게 나아, 사두마차를 타고 오지 못할 바에는. 하지만 내가 생각하기에 랠프가 쥐가 갉아먹다 만 호박 같은 마차라도 타고 돌아오면 다행이지."

10월이 지나고 잿빛의 11월이 찾아오자, 미스 한나의 뜰도 그 화사함이 사라져버렸다. 꽃들이 사라지고 나니 그녀는 쓸쓸해서 견딜 수가 없었다. 올해는 여느때보다 특히 마음이 더 쓸쓸했다. 그녀는 날씨가 좋을 때 오솔길을 거닐며 힘없이 늘어져있는 볼품없는 엽초와 덩굴을 슬픈 눈길로 내려다보았다.

그런 모습으로 뜰에 서있던 어느 날, 세인트로렌스 만의 수면에 북동풍이 거칠게 몰아치며 하얀 파도를 일으킨 뒤 기슭으로 불어올라가 미스 한나의 잿빛 차양을 빙글빙글 돌며 희롱하던 오후의 일이었다. 오솔길을 다리를 절며 천천히 내려오는 한 남자가 있었다. 미스 한나가 말라버린 국화꽃 한 송이를 애도하듯 어루만져 주고 있을 때였다.

"어머, 누가 오고 있는 걸까? 프로스펙트 사람은 아닌 것 같은데. 이 근방에 다리를 저는 사람은 아무도 없는데."

그녀는 이렇게 중얼거리며 남자를 맞이하러 문으로 갔다. 그는 주춤주춤 완만한 언덕길을 올라와, 그녀 앞에서 걸음을 멈췄다. 어둡게 가라앉은, 고통의 빛을 띤 눈길, 늙어서 허리도 구부러지고, 몹시 초췌한 모습이었다. 입고 있는 누더기옷은 너덜너덜하게 닳아 있었다. 도대체 누구일까? 분명히 내가 아는 사람인데. 미스 한나는 그런 느낌이 들어 열심히 기억을 더듬어 보았다. 머리에 떠오르는 건 오직 한 사람, 15년 전에 세상을 떠난 아버지의 모습뿐이었다.

"한나, 내가 누군지 모르겠니? 내가 그렇게도 변했단 말이냐?" 남자가 힘없는 목소리로 말했다.

"오라버니!"

우는 것도 웃는 것도 아닌 외침이었다. 미스 한나는 날 듯이 문을 빠져나가 오빠를 두 팔로 껴안았다. "오라버니, 나의 소중한 오라버니! 아, 역시 돌아와 주었군요. 오라버니, 내가 이날을 얼마나 기다려왔는지 아세요?" 이제 그녀는 맘껏 웃고 울었다. 얼굴을 기쁨의 빛으로 반짝이면서. 랠프 윌워스는 슬픈 듯 고개를 옆으로 저었다.

"한나, 난 다시는 일어설 수 없는 병들고 초라한 몸이 되어 너에게 돌아왔다. 뜻대로 되는 일 하나 없이 이렇게 폐인이 되고 말았어. 보다시피 불구가 되어버린 다리. 이런 꼴로는 이곳에 얼굴을 내밀 수 없다고 생각한 적도 있지만, 널 보고 싶은 마음을 도저히 억제할 수가 없었다, 한나. 난 한심한 패배자야."

"오라버니는 나에게 너무나 소중한 오라버니예요. 오라버니가 아무리 가난하다 한들 내가 신경이나 쓸 것 같아요? 몸이 아프고 힘들 때, 오빠를 돌봐줄 사람이 이 단 하나뿐인 동생 말고 또 누가 있겠어요? 말해보세요, 네? 어서 들어가세요. 찬 바람에 몸이 꽁꽁 얼어버리겠어요. 따뜻하고 맛있는 수프를 만들어드릴게요. 이번 여름처럼 검은 구스베리가 많이 열린 건 처음이에요. 아! 오늘은 정말 기쁜 날이에요, 모두 기쁜 일뿐이에요!" 미스 한나는 큰 목소리로 말했다.

24시간 이내에 프로스펙트의 주민들은 한 사람도 빠짐없이 랠프 윌워스가 돌아온 것을 알았다. 망가진 몸으로 돈 한 푼 없이. 제이콥 딜란시는 마차 뒤에 랠프의 초라한 작은 짐을 매달고, 역에서부터 먼지 속에 길을 가면서 심각한 표정으로 고개를 저었다. 역장이 그에게 미스 한나의 집에 짐을 전해달라고 부탁했는데, 제이콥은 그 심부름을 흔쾌하게 승낙할 수 없었다. 미스 한나가 틀림없이 실망할 텐데, 그런 그녀에게 무슨 말을 하면 좋을지 도무지 생각나지 않아서였다.

마차가 도착하자 뜰에서 오랑캐꽃을 해조류로 덮어주고 있던 한

나가, 제이콥과 얘기를 하러 얼굴에 환한 웃음을 지으며 문까지 나왔다.

"어머나, 딜란시 씨, 랠프의 짐을 가지고 와주셨군요. 정말 고마워요. 오라버니가 직접 역에 가서 가지고 올 생각이었어요. 하지만, 저렇게 감기에 걸려서 내일 가라고 내가 말렸답니다. 지금 곤하게 잠이 들었어요. 가엾게도 몸이 완전히 지쳐버려서요. 오늘 아침 나를 위해 이 해조를 바닷가에서 주워왔는데, 그것만으로도 녹초가 되었지 뭐예요. 건강이 좋지 않으니까요. 어쨌든 오라버니가 곧 돌아올 거라고 내가 말했죠? 당신은 코웃음쳤지만. 하지만 난 알고 있었어요."

"랠프는 부자는 아닌 것 같던데요?" 제이콥이 농담처럼 말했다. 보아하니 미스 한나가 그것을 마음에 두고 있지 않은 것 같아 내심 안도하면서.

"그런 건 아무래도 상관없어요." 미스 한나는 목소리를 높였다. "내 오라버니인걸요! 그것으로 충분하잖아요? 랠프가 돈이 없어도 난 큰 부자예요. 사랑과 행복이라는 부로 분에 넘칠 정도죠. 오히려 오라버니가 부자가 되어 돌아온 것보다 이편이 더 나아요. 그랬다면 틀림없이 나를 어딘가 먼 곳으로 데리고 가거나, 좋은 집을 짓고 싶어할 것 아니겠어요? 난 이제 나이를 먹어서 다른 환경에는 쉽게 적응할 수가 없어요. 게다가 부자였다면 랠프가 나 같은 동생이 필요하기나 하겠어요? 오라버니에게 아무 쓸모없는 사람이나 되고 말지. 아! 정말 잘된 일이에요. 보살펴주고 의지가 되어줄 수 있는 나를 오빠가 필요로 하고 있으니까요. 누군가를 위해 뭔가 해줄 수 있다는 건 정말 멋진 일이에요. 소중한 사람을 위해서 말이에요. 난 겨울의 외로움에 겁을 먹고 있었는데, 이젠 걱정 없어요. 정말 행복한 겨울이 될 거예요. 간밤에는 밤새도록 랠프와 둘이서 그동안 쌓이고 쌓인 온갖 얘기를 다하느라 새벽이 온 줄도 몰랐어요.

오라버니는 그동안 고생을 너무 많이 했어요. 불운과 병마 때문에 요. 작년 겨울에는 목재를 자르다가 다리까지 다쳤대요. 하지만 이 제 고향으로 돌아왔으니, 우린 죽는 날까지 절대로 헤어지지 않을 거예요. 안 그래요, 제이콥? 난 기뻐서 노래라도 부르고 싶은 심정 이에요."

"암, 그렇고말고요." 제이콥은 사람 좋게 맞장구를 쳤지만, 조금 은 어리둥절했다. 미스 한나의 순식간에 씻은 듯이 변하는 기분을 따라잡는 건 그에게는 도저히 무리였다. 게다가 모처럼 듬뿍 동정을 보낸 것이 소용없게 되어서 약간 기분이 상하기도 했다. 그런 건 그 녀에게는 필요 없는 걱정이었는데. "단지 난, 약간 그…… 아니, 모두들 그렇게 생각했소만. 저어, 당신이 무척 기대를 하고 있었기 때문에."

"아, 그것도 그런대로 괜찮았어요." 미스 한나가 씩씩하게 대꾸 했다. "그 꿈 덕분에 꿈보다 더 좋은 일이 정말로 일어날 때까지, 싫증내지 않고 즐길 수 있었으니까요. 만약 그런 일이 실현된다면, 솔직히 말해 무척 난감할 것 같아요. 모든 건 지금 있는 그대로가 최고죠. 난 작은 새처럼 행복해요, 제이콥."

"물론, 그렇겠지요" 하고 말한 제이콥은 돌아가는 길에 내내 도 대체 이게 어떻게 된 일인지 열심히 머리를 굴려봤지만, 아무래도 명쾌한 해답을 얻을 수가 없었다.

"하기는 뭐, 내가 이러니저러니 할 일도 아닌걸." 그는 그만하면 충분하다고 결론을 내렸다. "한나가 만족하고 있어서 다행이야. 남 이 이러쿵저러쿵 할 일이 아니지. 하지만 어쨌든 기묘한 일임에는 틀림없어."

세월의 선물

박스터 역 호텔——그렇게 불리고 있는 건 그 주변에는 호텔이라고 이름붙일 만한 곳이 없었기 때문이다——의 살풍경한 로비는 남자들로 북적대고 있었다. 어떤 자들은 새로 생긴 철도의 지선에서 일하기 위해 호텔에서 숙박하는 손님들이고, 또 어떤 자들은 우편열차가 도착하기를 기다리는 동안 잠시 들러 잡담이나 농담을 즐기고 있었다.

호텔 주인인 게이브 폴리는 철도원 한 사람과 체커 놀이(체스판에서 각 12개의 둥근 말을 사용하는 서양장기)를 하고 있었지만, 주위의 웃음소리도 귀에 들어오지 않을 정도로 게임에 몰두하고 있지는 않았다. 방안의 공기는 담배연기로 뿌옇게 흐려 있어, 폴리의 아내가 창턱에 얹어둔 선명한 진홍색 제라늄이 기묘하리만치 뚜렷하게 떠올라보였다. 게이브는 그 방의 남자들을 모두 알고 있었다, 단 한 사람을 제외하고. 그 사람은 오후 화물열차를 타고 박스터 역에 왔다. 이방인이었다. 폴리의 호텔에는 숙박부 같은 것이 없었고, 그 이방인도 자기 이름과 하는 일을 스스로 말하지 않았다. 해질녘까지 그는 마을을 어슬렁거리며 철도원들과 잡담을 하며 보냈다. 오늘도 그렇게 보내고 이제 막 돌아와서, 구석의 스토브 뒤에 앉아 입을 꾹 다물고 침묵을 지키고 있는 것이다.

남자는 험악한 생김새에 요란한 옷을 입고 있었다. 이 이방인의 모양새로 보아 게이브의 마음에 딱히 들지는 않았지만, 꼬박꼬박 방세를 내고 말썽만 일으키지 않는다면 손님에게 간섭을 하지 않았다.

'그린벨 인근 마을'에서 온 농부 서너 명이 난롯가에 둘러앉아, 치즈 공장의 매상과 그린벨의 소식에 대해 이것저것 얘기하고 있었다. 이방인은 그 얘기에 끼어들지는 않았지만, 열심히 귀를 기울이는 기색이었다.

잠시 뒤 약간 기울어져 있던 이방인의 의자가 꽈당 하고 소리를 내며 쓰러졌다. 게이브 폴리는 킹의 말을 든 손을 제지하며 그린벨의 남자를 향해 커다란 소리로 물었다.

"뭐? 스트롱 영감이 다음 주에 쫓겨나게 생겼다고? 그게 정말인가?"

"정말이야." 윌리엄 제퍼스가 대답했다. "조 무어가 그곳을 빼앗을 거래. 스티븐 스트롱이 3년 치 빚에 이자까지 밀려서, 무어가 더 이상 봐주지 않기로 했다나봐. 스티븐 영감에게는 괴로운 일이지만 무어는 그런 건 아랑곳하지 않는 사람이니까. 아마 무슨 일이 있어도 빼앗을 거야."

"스트롱 집안에서는 어떻게 할 생각이지?"

"그게 문제야. 그린벨에서는 모두들 고개를 외로 꼬고 있어. 리지 스트롱은 늘 몸이 약한 아가씨지만, 그래도 어떻게든 살 길을 찾을 수는 있겠지. 제일 불쌍한 건 스티븐 영감이야. 내 생각에는 그 영감은 양로원에 가는 수밖에 없을 것 같아."

"도대체 스티븐 스트롱 영감이 어쩌다가 그런 지경에 처하고 만 겁니까?" 갑자기 이방인이 물었다. "오래전에 내가 이 인근에 살

앉을 때는 그 양반, 무엇 하나 부족한 것이 없는 것 같았는데."

"아, 맞아요." 윌리엄 제퍼스가 대답했다. "하지만 부인이 병에 걸려 돈을 빌리기 시작했지. 부인을 위해 치료비와 약값으로 밑 빠진 독에 물 붓는 식으로 돈을 써버렸으니까. 이러저러 하는 사이에 연달아 액운을 만나서…… 작물을 망치고 소가 죽어버리고, 모든 걸 깡그리 잃었지. 그때부터 생활에 쪼들리기만 하다가 부인이 죽자 완전히 넋을 놓고 말았어. 그래서 결국 무어가 집을 압류하는 지경까지 온 거야. 내 생각에는 그 집에서 쫓겨나면 가엾은 스티븐 영감은 오래 살지 못할 거야."

"빚이 얼만지 알고 있소?"

"밀린 이자까지 합쳐서 3천 달러라더군."

"그 양반 정말 가엾게 됐어." 하던 게임으로 돌아가면서 게이브가 말했다. "누구보다 안락한 노후를 보낼 줄 알았는데. 많은 사람들을 도와주었는데. 그린벨 최고의, 아니 모든 곳을 통틀어서 가장 훌륭한 기독교도라고 할 수 있어."

"사람이 너무 호인이었지." 그린벨 사람들 중 한 사람이 불쑥 말했다.

"그래서 평생토록 남에게 이용만 당해 왔잖아. 그 양반한테서 돈을 빌린 사람은 많지만, 그는 그들로부터 1센트도 받지 않았어. 늘 일도 하지 않는 자들이 꼬여들어 재산을 갉아 먹는 대로 내버려뒀으니까."

"20년 전에 그린벨에서 살았던 벤 버틀러, 기억하나? 악마의 아들이 정말 있다고 한다면, 바로 그놈이야……. 골짜기 쪽에 살던 늙은 에즈라 버틀러의 아들 말이야. 스티븐 영감이 3, 4년 동안 그놈을 데리고 있으면서 친자식처럼 돌봐줬잖은가?" 세 번째 남자가 말했다.

"이 일대에 사는 사람 치고 벤 버틀러를 모르는 사람은 거의 없을

걸." 윌리엄 제퍼스가 경멸하듯이 말했다. "벌써 20년이나 놈의 소문을 듣지 못했지만, 좀처럼 잊을 수 없는 놈이야. 어디로 갔다고 하더라? 쿠투니였던가?"

"아무튼 그 근처일 거야. 정말이지 그놈은 소문난 망나니였어, 어떤 못된 짓을 한다 해도 하나도 이상할 게 없었지. 스티븐 영감은 그 악동이 메귀리를 훔치고 있는 것을 붙잡아, 당연히 유치장에라도 집어넣어야 할 것을 자기 집으로 데리고 가서 3년이나 보살펴주었잖아? 나중에 후회하게 될 거라고 말했지만, 영감은 언제나 이렇게 말했지. '벤은 근본부터 나쁜 녀석은 아니야. 언젠가 틀림없이 바른 인간이 되어 줄 거야' 하고. 그 망나니가 무슨 짓을 하든 스티븐 영감만은 그를 비호해주었어……. '저 녀석은 어머니를 일찍 여의었으니까'라느니 '제대로 교육을 받지 못해서'라느니 하면서. 그놈이 가까스로 무쇼에서 일하게 되기 전에 나가 주어서 난 은근히 안도했지."

게이브가 말을 받았다.

"가엾은 스티븐 영감이, 그렇게 운 없는 놈들을 만날 때마다 일일이 도와주지만 않았더라도, 지금쯤 자기 노후를 위해 돈을 좀 모아둘 수 있었을 텐데."

우편열차의 기적이 울자, 스티븐 스트롱에 대한 화제는 거기서 끝났다. 방안에는 눈 깜짝할 사이에 이방인 혼자 남게 되었다. 혼자가 된 그도 곧 일어서서 밖으로 나갔다. 그는 역을 뒤로 하고 그린벨 가도를 향해 부리나케 뛰어갔다.

역사에서 3마일쯤 오자, 사내는 선로 옆에 있는 어떤 집 앞에서 걸음을 멈췄다. 고풍스럽지만 널찍하고 살기 좋아 보이는 곳으로, 뒤에는 커다란 헛간이 있고, 왼쪽 비탈에는 과수원이 있는 집이었다. 집 자체는 전나무 숲 그늘에 있지만, 이 정체불명의 손님은 달빛이 휘황한 뜰을 가로지르는 것이 마음에 들지 않는 모양이었다.

그 대신, 정원을 에워싸는 숲 그림자에 섞여 옆길로 들어가, 선로의 낡은 담장에 등을 기대고 생각에 잠겼다.

거실에 불이 켜져 있었다. 창문의 덧문이 닫혀 있지 않아서, 사내는 그 사이로 실내를 훤히 들여다볼 수 있었다. 그 집 가족의 모습은 단 한 사람, 빼곡한 책을 등지고 책상 앞에 앉아 있는, 잿빛 머리의 한 노인뿐이었다. 이방인은 소리 내지 않고 숨을 삼켰다.

"아, 영감님이다……. 저런! 지금도 성서를 읽고 계시는군. 다행한 일이야! 머리가 하얘진 것 말고는 그리 변하지 않았어. 벌써 일흔을 바라보실 텐데. 저런 노인네를 따뜻한 집에서 쫓아내다니, 비정한 처사야. 하지만 뭐, 조 무어는 과거에도 돈밖에 모르는 놈이었으니까."

그는 가만히 몸을 끌어올려 담장 꼭대기에 올라앉았다. 늙은 스티븐 스트롱이 책을 덮고 그 위에 안경을 놓은 뒤, 의자 옆에 무릎을 꿇는 모습이 보였다. 노인은 한동안 그대로 무릎을 꿇고 있다가 잠시 뒤 촛불을 들고 거실에서 나갔다. 담장 위의 사내는 여전히 그 자리에 앉아 있었다. 사실은 지난날 자신이 저지른 온갖 나쁜 짓, 저속한 농담과 장난, 정도에 지나친 못된 짓거리를 떠올리며 혼자 킥킥 웃고 있었다. 그와 동시에, 스티븐 스트롱 노인이 그에 대해 언제나 한결같이 참을성 있게 견뎌내던 것을 떠올리지 않을 수 없었다. 메귀리를 훔치다가 붙잡혔을 때의 기억이 되살아났다. 그때는 얼마나 무섭고 암담하고 절망스러웠던지! 그리고 이 노인이 얼마나 자애롭게 말을 걸며 그가 저지른 죄를 용서해 주었는지!

그는 다시는 도둑질을 하지 않았지만, 다른 면에서는 행실이 전혀 고쳐지지 않았다. 뒤에서는 스티븐과 그의 '설교'를 비웃었다. 그러나 스티븐 스트롱은 한 순간도 의심하지 않고 그를 계속 믿어주었다. "벤은 차차 바른 사람이 되어 갈 거야." 그래, 언제나 온화하게 그렇게 말하곤 했지. 벤 버틀러는 담장 위에서 지난 날의 추억에 젖어있었다.

"언제나 난 영감님을 좋아했어."

그런 영감님이 곤경에 처해 있는 것이 가엾어서 견딜 수가 없었다.

"결국 기도와 설교도 저 양반한테는 아무 효과가 없었던 것 같군." 비웃음을 띠면서 그는 말했지만, 그 웃음도 곧 사라졌다. 왜 그런지 몰라도 벤 버틀러는 가장 빛나가 있을 때도 스티븐 영감을 골려주고 기분이 좋았던 적은 한번도 없었다. "3천 달러라……. 도 저히 불가능한 액수는 아닌데. 하지만 만약 그렇게 한다면 세상에 그런 바보가 없지. 난 그렇게는 못해. 3천 달러는 쉽게 모을 수 있는 돈이 아니야, 아무리 쿠투니에서라 해도. 더구나 나 같은 놈에게는 더더욱 그래."

벤은 의기양양하게 호주머니를 탁탁 두드렸다. 지금으로부터 15년 전, 그는 새롭게 운명을 개척해보려는 야망을 품고 쿠투니 지방으로 떠났다. 하지만 그 꿈도 현실 앞에서 덧없이 사라지고 말았다. 급료는 받는 족족 그대로 다 탕진해버렸다. 몇 년 전부터 가까스로, 스스로 말하듯이 '조금은 정신을 차려' 모은 것이 3천 달러였다.

그는 농장이라도 사서 '자리를 잡고 제대로 한번 살아보자'는 막연한 생각을 품고, 그 동안 번 돈을 모두 들고 고향으로 돌아온 것이다. 하지만 이제 그런 생각은 버리기로 했다. 이 외진 시골은 너무 조용하다. 쿠투니로 돌아가자. 돈은 어디에 쓰냐고? 그것도 생각해 두었다. 제이크 퍼킨스와 웨이드 브라운, 그 두 친구가 식품점과 술집을 겸한 장사로 번창하고 있었다. 약간의 목돈을 가진 동업자 한 사람쯤 기꺼이 받아줄 것이다. 그렇게 되면 다 끝난 거지.

'내일 이곳을 떠나는 거야. 이곳에 있으면 스티븐 영감님이 머리에서 떠나지 않아, 마치 운명처럼. 그런데 그 양반 오늘밤엔 뭐라고 기도했을까? 늘 말하곤 했는데, 주님은 언제나 주신다고. 하

지만 그렇게 해주지는 않으신 모양이지. 그렇다고 난 주님의 대리인은 아니라구.'

그는 호텔로 돌아가면서 생각했다.

이튿날 오후, 벤 버틀러는 또 그린벨의 스티븐 스트롱 집을 찾아갔다. 집에는 노인 혼자 있었다. 스티븐은 처음에는 누가 온 건지 의아해했지만, 그를 알아보자 진심으로 반가워했다.

"아니, 이게 누구야! 이건 벤, 벤 버틀러가 아니냐! 그 동안 어디 있었나? 어디 있었어? 어서 앉아라, 벤……. 어디 보자, 이 의자에 앉아. 도대체 어디서 이렇게 갑자기 나타난 거냐?"

"박스터에서 오는 길이에요. ……처음에는 쿠투니에 있었죠. 멀리서 온 김에 오랜만에 영감님 얼굴이라도 뵙고 가려고요. 절 지금껏 기억하고 있으리라는 기대는 하지 않았지만."

"기억하고말고! 무슨 소리를 하는 게야, 내가 널 기억하지 않을 리가 있어? 한시도 잊은 적이 없었다, 벤. 지금은 어디에 있을까, 어떻게 지내고 있을까 하고 늘 걱정하고 있었지. 그래, 쿠투니에 가 있었단 말이지! 잘했다, 잘했어. 나보다 훨씬 넓은 세상을 보고 왔구나, 벤, 넌 완전히 변했어. 이제 조그만 코흘리개가 아니야. 네가 옛날에 저질렀던 장난들을 기억하고 있니?"

벤은 쑥스러운 듯이 웃었다.

"그야, 뭐. 하지만 제 얘기를 하려고 여기 온 건 아니에요……. 특별히 할 얘기도 없고. 몇 차례 우여곡절은 있었지만. 영감님이야말로 요즘 어떻게 지내세요? 박스터에서 들었는데, 무슨 난처한 일이……."

노인의 표정이 어두워지더니 다정한 푸른 눈에서 빛이 사라지며 깊은 한숨이 새나왔다.

"그래, 벤, 그렇게 됐다. 난 이제 끝났어, 완전히. 벤, 이 정든 농장은 사라질 거야……. 미안하구나……. 난 이 집에서 죽음을 맞이하고 싶었다만, 그것도 이제 틀린 일 같아. 불평을 하는 건 아니다. 주님께서 모든 걸 주관하고 계시니까. 모든 일은 그분의 뜻한 바대로 되게 마련이란다, 의심할 여지없이…… 의심할 여지도 없이 말이다, 벤. 아무리 괴로운 일이라 해도."

벤은 언제 어느 때고 '그 고마운 설교'에는 몸이 근질근질해지고 만다. 그는 재빨리 얘기의 방향을 바꿨다.

"영감님, 저는 이번 일에는 하느님이 별로 관여하지 않았다고 생각합니다. 그 다른 한쪽 놈이 조 무어를 앞잡이로 이용한 짓인 것 같아요. 내가 보기에는 중요한 것은 놈을 확실하게 제압해버리는 겁니다. 저당 잡힌 게 얼마나 됩니까?"

"이자까지 포함해서 대략 3천 달러쯤 되지."

목소리가 가늘게 떨리고 있었다. 늙은 그에게 이제 앞날은 캄캄한 암흑이나 마찬가지였다.

벤은 윗도리 안쪽에 손을 집어넣어, 두둑하게 반짝이는 새 지갑을 꺼냈다. 안을 열어 무릎에 올려놓고, 손이 베일 것처럼 빳빳한 새 지폐를 헤아렸다. 그런 다음 그것을 책상 위에 내밀었다.

"영감님, 이 돈으로 조 무어의 손아귀에서 무사히 벗어나시는 거예요. 3천 달러입니다. 제가 잘못 세지만 않았다면요. 이것으로 영감님도 숨통이 좀 트이시겠죠, 안 그래요?"

"벤!" 놀란 스티븐 노인의 목소리가 떨리고 있었다. "벤, 난 이걸 받을 수 없다. 이러면 안 돼……. 아, 안 돼. 난 도저히 갚을 길이 없어."

벤은 지갑에 고무줄을 끼운 뒤 가벼운 동작으로 제 자리에 집어넣었다.

"돌려주지 않으셔도 돼요, 영감님. 그저, 제가 영감님의 은혜를 하나도 잊지 않고 있다고 하는, 말하자면 약소한 선물이에요. 영감님이 아니었으면 전 지금쯤 아마 감옥 안에 있을 테니까요. 이건 영감님에게는 큰돈으로 생각될지 모르지만, 쿠투니에서의 천 달러는 그린벨 사람들의 5달러보다 못해요……. 그리 대단한 돈이 아니죠. 그곳에서는 모든 것, 모든 일이 단위가 크거든요."

"하지만 벤, 정말 이런 일을 해서 괜찮겠니……? 나중에 곤란해지는 것 아니냐?"

"아니라니까요. 걱정 마세요. 전 괜찮으니까요."

"이것 참, 고맙다……, 고마워!" 떨리는 손으로 돈을 받아든 스티븐 노인의 뺨에 눈물이 쉴 새 없이 흐르고 있었다. "난 말이다, 벤. 알고 있었다, 네가 언젠가 틀림없이 훌륭한 사람이 될 거라는 걸……. 늘 그렇게 말하고 다녔지. 다 알고 있었어, 네 근본 심지는 곧다는 것을. 아직도 꿈을 꾸고 있는 것 같구나……. 너무 멋진 꿈이어서 진짜 같지가 않아. 정든 내 집을 빼앗기지 않아도 되다니……. 이제 여기서 편안하게 죽을 수 있게 됐어. 물론 조금이라도 오래 살 수 있다면, 어떻게든 해서 조금씩이라도 갚으마. 벤, 정말 고맙다. 너에게 주님의 은총이 있기를!"

더 이상 있을 필요가 없다고 생각한 벤은 4시 반 기차로 출발해야 한다며 작별을 고했다. 그리고 노인의 감사와 질문공세에서 해방되어, 가까스로 안도의 한숨을 내쉬었다. 질문 가운데 몇 가지는 벤이 대답하기 난처한 것들도 있었기 때문이다. 집에서 보이지 않는 곳까지 오자, 벤은 담장 위에 걸터앉아 남은 돈을 헤아려보았다.

"쿠투니로 돌아갈 차비는 되는군. 그것으로 처음부터 다시 시작해야 한단 말이지? 뭐, 그 양반의 얼굴을 본 것만으로도 돈을 쓴 보람은 있었던 거야. 영감님은 나와 하느님 둘에게 감사의 말을 했지. 그 둘이 손을 잡았다는 얘기를 해주면, 제이크와 웨이드는 배꼽을 잡고 웃을 거야! 그건 그렇고 난 앞으로 좀 더 제대로 살아야겠어. 그렇지 않으면, 영감님의 진심이 허사로 돌아가게 되니까. 내가 올바른 사람이 될 거라고 지금까지 계속 믿어준 영감님을 실망시켜서는 안 돼."

멀어져가는 4시 반 기차 맨 뒤칸에 벤 버틀러가 서 있었다. 그 모습을 게이브 폴리가 망연하게 응시하고 있었다.

"저 사람이 누구인지 내가 알 바 아니지." 낯익은 사람을 향해 느닷없이 그렇게 말했다. "끝내 이름도 말하지 않고 가버렸어. 하지만 어디서 본 적이 있는 것 같기도 해. 어쩐지 꺼림칙한 데가 있는 자였어. 하지만 숙박비는 정확하게 계산하고 갔으니 내가 상관할 바 아니야."

봄의 첫 꽃!

봄기운이 아직 깊지 않은 어느 날, 마음을 들뜨게 하는 촉촉한 향기가 감도는 밤이었다. 밤공기에는 냉기가 서려 있지만, 바위의 그늘 근처에서는 풀이 파릇파릇 자라나고 있었다. 그날 제프리 밀러는 언덕에서 보랏빛 제비꽃과 분홍빛 메이플라워꽃(북미산 철쪽과 상록관목, 봄을 알리는 꽃)을 발견했다. 저녁놀이 너도밤나무와 전나무가 늘어선 골짜기 일대를 크림빛을 띤 노랑과, 파란빛이 섞인 붉은빛으로 물들이고 있고, 하늘에는 초승달이 걸려 있었다. 그것은 남자가 혼자 산책하면서 사랑하는 사람을 생각하기에 꼭 어울리는 밤이었다. 제프리 밀러가 두 팔 가득히 봄꽃을 안고, 축축하고 완만한 언덕의 목장으로 훌쩍 찾아온 것도 아마 그런 이유에서였을 것이다.

그는 키가 크고 어깨가 넓은 마흔 살의 남자로, 겉으로 보기에도 나이를 감출 수가 없었다. 짙은 잿빛 눈, 햇볕에 그을린 얼굴은 단정하게 정돈되어 있고, 성긴 콧수염을 남기고 나머지는 깨끗하게 면도질이 되어 있다. 제프리 밀러는 미남이라는 평판을 받고 있지만, 베이사이드 주민들은 때때로 그를 떠올리며 왜 그가 독신으로 사는

지에 대해 수군거렸다. 사람들은 모두 그에게 동정을 보내고 있었다. 골짜기의 농장에 혼자서 귀가 먼 늙은 가정부만을 상대하며 쓸쓸하게 살고 있을 거라고 생각했기 때문이다. 베이사이드 사람들은 두 마리의 털북숭이 개들도 친구가 될 수 있다는 건 생각지 못했고, 또 무엇이든 잘 사귀는 방법을 터득한 자에게 책이 얼마나 좋은 반려자가 될 수 있는지도 몰랐다.

제프리의 개들 중 한 마리는 지금 그의 뒤를 따라가고 있다. 두 마리 가운데 늙은 개다. 하얀 가슴에 하얀 앞발, 황갈색 털가죽 코트를 입고 있다. 이미 굉장히 늙어서 이미 눈은 반쯤 보이지 않게 되었고, 귀도 상당히 멀어졌다. 그러나 그 개는 제프리 밀러에게 단 한 명의 특별한 사람을 제외하고, 살아있는 모든 것들 중에서 가장 사랑하는 존재였다. 그도 그럴 것이, 그 개가 우스꽝스러운 모습으로 겨우 다리를 버티고 서있던 살찐 강아지 시절에, 세라 스튜어트가 그에게 준 유일한 선물이었기 때문이다.

한 사람과 개 한 마리는 함께 언덕을 내려왔다. 저지에 접어드는 다리에 몇 명의 남자들이 모여서, 어제 있었던 스튜어트 대령의 장례식에 대해 얘기하고 있었다. 세라라는 이름을 들은 제프리는 걸음을 멈추고, 약간 떨어진 곳에서 귀를 기울였다. 때때로 그는 생각한다. 만약 저세상 사람이 되어 땅 속 2미터 아래의 흙 속에 누워있다가도, 머리 위 멀리서 누가 세라 스튜어트의 이름을 말한다면 당장 심장이 꿈틀하고 다시 소생할 거라고.

"아! 그 양반도 결국 세상을 떠나고 말았어." 크리스토퍼 잭슨이 말했다. "오래 뜸을 들이며 천천히 죽어갔지. 뭐 세라로서는 가까스로 해방되었다고 할 수 있겠군……. 언제가 될지 기약할 수 없는 상태에서 몇 년씩이나 매달려 있었으니. 하지만 조금은 허전할 거야. 그런데 도대체 어떻게 할 작정일까?"

"무슨, 어떻게 해야 할 일이라도 있나, 그 사람한테?" 앨릭 처칠이 물었다.

"그러게 말이야. 그녀는 소나무숲 저택에서 나가지 않으면 안 된 대. 그곳 상속인은 이미 결정되어 있어. 그녀의 사촌 찰스 스튜어트의 것이 될 거라는군."

이 말에 남자들은 웅성거렸다. 제프리는 자기도 모르게 애견의 머리를 쓰다듬으면서 그들에게 가까이 다가갔다. 그도 처음 듣는 얘기였다.

"뭐, 그렇게 됐대." 크리스토퍼가 중요한 정보를 입수한 것에 스스로 의기양양해하는 듯 말했다. "모두들 알고 있는 줄 알았는데. 소나무숲 저택은 집안에서 가장 연장자인 남자의 차지가 될 거라는 얘기야. 대령은 아들이 없는 것을 못내 애석해했거든. 물론 돈이라면 얼마든지 있으니, 세라가 그것을 고스란히 물려받겠지만. 그래도 정든 집을 떠나는 건 무척 괴로운 일일 거야, 암! 세라도 옛날만큼 젊지 않잖아. 그러니까 그게, 맞아, 아마 서른여덟일걸? 거참, 그런데 달랑 혼자 남겨졌으니."

"소나무숲 저택에서 살 수 있게 되지 않을까? 그 사촌이라는 자가 그녀를 그곳에 살게 해주는 것이 도리 아닌가?" 조브 크로가 말했다.

크리스토퍼는 고개를 옆으로 저었다.

"아니야, 내가 아는 바로는, 그들은 그리 사이가 좋지 않아. 세라는 찰스 스튜어트도 그의 어머니도 좋아하지 않아……. 무리도 아니지. 그러니까 그곳에 울며 겨자 먹기로는 살고 싶어 하지 않을걸. 아마 십중팔구 시내에 나가서 살게 되지 않겠어? 아무리 그렇다 해도, 그녀가 결혼을 하지 않은 건 이해할 수 없는 일이야. 소문난 미인이었으니 청혼한 남자들도 많았을 텐데."

제프리는 그들한테서 슬쩍 빠져나와 개를 데리고 집으로 향했다. 세라 스튜어트가 이런 식으로 입방아에 오르내리고 있는 것을 옆에서 듣고 있는 게 견딜 수 없었던 것이다. 골짜기 아래로 점점 멀어져가는, 키가 크고 등이 꼿꼿한 그의 뒷모습을 남자들은 물끄러미 지켜보았다.

"이상한 녀석이야, 저 제프."

앨릭 처칠이 새삼스럽게 말하자 크리스토퍼가 맞장구쳤다.

"제프는 착실한 사람이야. 저 사람보다 좋은 동료, 좋은 이웃은 아마 없을걸. 난 30년 동안 이웃 농장에서 살았기 때문에 잘 알고 있어. 하기는, 분명히 저 사람은 별난 데가 있긴 해. 다른 사람하고는 달라. 쉽사리 사귈 수 있는 사람은 아니지. 개하고, 책을 읽는 것, 숲과 들판을 돌아다니는 것 외에는 아무것에도 관심이 없으니까. 물론 평범하다고는 할 수 없겠지. 하지만 밭일은 정말 잘해. 저 사람 집은 베이사이드에서 제일가는 농장이고, 그가 지은 집도 정말 훌륭하잖아? 그래도 결혼하지 않는 것은 이해가 되지 않아, 안 그래? 그런 기색조차 없었던 것 같고. 난 제프 밀러가 누군가에게 청혼했다는 건 본 적도 들은 적도 없어. 그것도 저 사람의 괴팍한 부분이지만."

"내 생각에 제프는 자신이 우리보다 훨씬 잘났다고 생각하는 것 같아. 아마 베이사이드 여자들과는 수준이 맞지 않는다고 생각하고 있을걸?" 톰 스코벨이 빈정거렸다.

"그 사람은 그런 거만한 데는 없어. 한 가지 더 말한다면, 밀러 집안은 이곳에서는 특별한 가문이야. 물론 대령 집안은 제외하고 말이지만. 게다가 제프는 사는 형편도 괜찮고……. 얼마나 괜찮은지 아무도 모르고 있겠지만, 난 대충 알고 있지. 바로 이웃이니까. 제프는 바보가 아니야. 게으름뱅이도 아니고. 약간 괴짜인 구석이 있기는 해도." 크리스토퍼가 단호하게 말했다.

한편 입방아의 주인공은 큰 걸음으로 집으로 돌아가면서 내내 생각하고 있었다. 뒤에 두고 온 남자들에 대해서가 아니라 세라 스튜어트를! 당장이라도 그녀에게 가봐야겠어. 그는 그녀의 아버지가 죽은 뒤로 그 집에 찾아가는 걸 삼가고 있었다. 자기 같은 사람은 결코 위로할 수 없을 만큼 슬픔이 클 것이라고 생각해서다. 그러나 이번에는 달랐다. 아마 그녀는 그만이 해줄 수 있는 충고와 도움을 필요로 하고 있을 것이다. 옛날 소꿉동무인 그가 아니면, 베이사이드의 어느 누가 그녀를 지금의 곤경에서 구해줄 수 있을까? 그녀가 소나무숲 저택을 떠나야 하다니, 어떻게 그런 일이 있을 수 있단 말인가? 생각만 해도, 마음속 깊은 곳에서 오싹하는 차가운 불안이 그를 사로잡았다. 그녀가 멀리 가버리면 어떻게 살아갈 수 있단 말인가.

그는 어린 시절부터 세라 스튜어트를 사랑하고 있었다. 처음 만난 날의 일을 또렷하게 기억하고 있었다. 그것은 봄, 오늘과 아주 비슷한 봄날이었다. 여덟 살의 사내아이였던 그는 아버지와 함께, 햇살이 찬연하게 쏟아지는 높은 언덕 위에 올랐다. 아버지가 밭을 가는 동안 그는 능선을 따라 이어진 작은 잡목림에서 새집을 찾고 있었다. 그는 그때 보았다. 소나무숲 저택 뒤에 서있는 소나무와 그 나무 밑의 울타리에 걸터앉아 있는 소녀, 보랏빛 옷을 입은 여섯 살의 꼬마를. 밝은 밤색의 긴 곱슬머리가 얌전해 보이는 작은 이마 근처에서 잔물결처럼 매끄럽게 내려와 어깨를 풍성하게 덮고 있었다. 똑바로 응시하고 있는 그 큰 청회색의 눈은 사람을 끄는 데가 있었다. 소나무숲에서 마음에 새긴 그녀의 영상을 소년은 생명이 다하는 날까지 가슴속에 품으리라 결심했다.

"애!" 소녀가 말을 걸어왔다, 사이좋은 친구처럼 웃으면서. "메이플라워꽃이 피어있는 곳을 가르쳐줄래?"

그는 수줍게 고개를 끄덕였고, 둘은 밭 저편의 황무지로 갔다. 그곳에서는 작년에 말라붙은 풀과 오그라든 낙엽이 쌓여 있는 곳 아래, 메이플라워꽃이 애잔하고 정다운 별들을 피우고 있었다. 소년은 기뻐서 가슴이 두근거렸다. 상쾌한 봄 햇살 속, 그녀는 봄꽃을 찾으면서 그에게 우아한 미소를 띠고 쾌활하게 재잘거리는 요정의 여왕이었다. 그녀를 만난 건 정말 멋진 우연이었다고 그는 생각했다. 그가 발견한 것 중에서 한 다발을 골라, 작고 가느다란 밀랍 같은 손가락에 건네주었다. 그녀가 좋아서 눈을 동그랗게 뜨는 모습을 보는 것이 그는 너무 좋았다. 해가 너도밤나무 숲 저편으로 넘어갈 무렵, 메이플라워꽃을 가슴 가득 안고 그녀는 집으로 돌아갔다. 소나무숲 가에서 빙글 돌아선 그녀는 그에게 손을 흔들어 주기까지 했다.

그날 밤, 아들이 언덕에서 만난 작은 여자아이에 대해 얘기하는 것을 듣고 어머니는 걱정이 되었다. 이 아이가 '제대로 예의바르게' 행동했을까? 그 어린 소녀는 이번에 소나무숲 저택에 이사 온 스튜어트 대령의 딸이 분명해. 제프리는 되짚어 생각해봐도 자신이 예의바르게 행동했는지 확신할 수는 없었지만 "그래도 그 아이는 틀림없이 나를 좋아해요" 하고 진지하게 말했다.

며칠 지나, 언덕 위의 스튜어트 부인한테서 골짜기의 밀러 부인에게 전갈이 왔다. '앞으로 댁의 아드님을 이쪽에 보내어 세라와 놀게 해주면 안 될까요? 세라는 같이 놀 친구가 없어서 무척 외로워하고 있어요'라는 내용이었다. 제프는 뛸 듯이 기뻐하며 그의 여신이 사는 신전에 갔고, 그 집에서 두 아이는 매일같이 함께 놀았다. 그렇게 어린 시절 내내 둘은 매우 사이좋은 친구로 지냈다. 세라의 부모는 둘의 친밀함을 방해하는 일은 전혀 하지 않았다. 이내, 어린 제프 밀러가 세라에게 무척 좋은 놀이상대라는 판단을 내린 것이다. 그는 신사적이고 예의바르며 또 남자다웠다.

세라는 제프가 다니는 마을학교에는 가지 않고 따로 가정교사에게 교육을 받고 있었다. 따라서 베이사이드의 다른 아이들과 사귀는 일이 없었고, 그녀의 제프에 대한 우정 또한 한결같았다. 제프도 그녀를 숭배하며, 무슨 일이든지 그녀가 하자는 대로 따랐다. 언덕 위에서 메이플라워꽃을 꺾었던 지난날부터 그는 이미 그녀의 것이었다.

열다섯 살이 되자 세라는 먼 곳에 있는 학교로 가버렸다. 제프는 가슴에 커다란 구멍이 뚫린 것처럼 몹시 허전했다. 4년 동안 만날 수 있었던 여름방학 때뿐이었다. 해마다 키가 쑥쑥 자라 어엿한 처녀가 되어가는 모습을 바라볼 때마다 자꾸만 멀리 떠나갈 것 같은 느낌이 들었다. 졸업한 뒤에는 아버지를 따라 2년 동안 외국에 가 있었다. 돌아왔을 때는 어엿한 여인이 다 된 아름답고 세련된 처녀가 되어 있었다. 제프리 밀러는 두 가지의 괴로운 현실에 직면하지 않을 수 없었다. 하나는 자신이 그녀를 사랑하고 있다는 것, 어린 시절의 소년소녀의 사랑이 아니라, 남자가 세상에서 단 한 사람의 여자에게 바치는 사랑이었다. 또 하나는 그녀가, 언제나 순결하고 맑은 빛을 발하는 아름다운 저녁별처럼, 그에게는 손길이 닿지 않는 아득히 먼 곳에 있는 사람이라는 것이었다.

그는 자신을 순응시키며 모든 현실을 똑똑히 응시한 끝에 자신이 가야할 길을 정했다. 그는 세라를 계속 마음에 품고 있었다. 설사 아무 대가가 없다 해도 그 사랑을 포기하지 않았다. 다른 어떤 여성과 사랑을 나누는 것보다 그녀를 사랑하는 편이 나았다. 절대로 그의 것이 될 수 없는 그녀를. 일생을 건 그의 중대한 의무는 그녀의 친구로 남아주는 것이었다. 겸허하게, 아무것도 기대하지 않고, 큰 힘이 되어줄 수는 없어도 그저 옆에 있어 주는 것. 욕심 부리지 않고 언제나 성실하게.

세라는 옛 친구를 잊지 않았다. 그러나 옛날 같은 사이로 지내는 건 지금으로선 무리였다. 그렇다, 그들은 친구는 될 수 있어도 모든 걸 함께 하는 사이로는 돌아갈 수 없었던 것이다. 세라의 생활은 충만하고, 화려했으며, 그 꿈 많은 미래는 그와 함께 할 수 없는 것이었다. 사교의 범위도 완전히 달랐다. 무엇보다 그녀는 언덕에 사는 주민, 언덕의 전통에 속해 있었고, 그는 골짜기의 주민으로서 그곳 사람들과 동류였다. 자유로운 어린 시절은 과거의 것이 되었고, 그렇게 둘이서 함께 놀 수 있었던 빈터는 이제 사라지고 없었다. 제프리의 마음을 어지럽히는 생각은 오직, 언젠가 세라가 결혼할 거라는 것이었다. 세라에게 어울리는 남자, 세라 아버지의 식탁에서 상좌에 앉을 수 있는 남자와 말이다. 그것을 생각하면 자기도 모르게 제프리의 가슴은 뜨겁게 끓어오르는 반항심으로 가득해졌다. 그것은 신성모독이고 강탈행위였다.

하지만 몇 년이 흘러도 그가 두려워하고 있던 일은 일어나지 않았다. 세라가 결혼을 하지 않은 것이다. 소문으로 듣던 몇몇 구혼자들은 모두 그녀에게 어울리는 쟁쟁한 남자들뿐이었는데도. 아주 가끔씩밖에 만날 수 없었지만, 그녀와 제프리는 언제 어떠한 때에도 내내 친구였다. 그녀는 이따금 책을 건네 주었고, 그는 늘 그렇게 하듯 가장 일찍 핀 봄꽃을 따서 그녀에게 갖다 준다. 극히 드물게 둘이서 만나 많은 얘기를 할 때도 있었다. 한 해, 한 해, 제프리의 달력에는 아무도 모르는, 아니, 알아도 아무도 관심도 두지 않을, 그런 사소한 일들이 붉은 글씨로 기록되어 갔다.

그와 세라의 청춘시대는 그렇게 흘러갔다. 서로 다른 길을 가면서. 어머니가 세상을 떠나자, 세라는 기품과 위엄이 있는 소나무숲 저택의 안주인이 되어, 세월과 함께 점점 말수가 줄어들었다. 연인들의 발길은 뜸해지고, 휴일의 친구들은 눈에 띄게 줄어들었으며, 늙은 대령의 쇠약해가는 건강과 함께, 손님을 초대해 떠들썩하게 즐기는 것도 중지되었다. 제프리는 세라가 외로움에 사무쳐 지칠 때도 많을 거라고 생각했지만, 그녀는 그런 내색은 전혀 드러내지 않은 채, 그 언덕 위에서 만났던 어린 시절 그대로, 사랑스럽고 조용하고 침착한 눈빛을 하고 있었다. 다만 아주 가끔 얼굴에 그림자가 드리우는 것을 볼 때, 제프리는 그저 안타까워할 뿐이었다. 너무나도 미묘한, 한 순간의 그림자. 그것은 참고 인내하는 세월이 준 투시력을 가진, 헌신적이고 인내심 강한 연인의 눈만이 알아볼 수 있는 것이었다. 그런 그녀를 보는 것이 괴로워서, 그 그림자를 지울 수만 있다면 그는 무슨 짓이라도 했을 것이다.

그런데 이제 이 영원한 우정이 무너지려 하고 있는 것이다. 세라가 가버린다. 처음에는 그녀가 겪을 고통에만 정신이 팔려 있었던 그였지만, 지금은 가슴의 통증 때문에 허덕이고 있었다. 그녀 없이 어떻게 살아갈 수 있단 말인가? 그녀가 그 언덕에서 사라져버린 것을 알면서, 어떻게 이 골짜기에 머물 수 있단 말인가? 이제 밤이 와도 북쪽의 소나무숲 사이로 그를 향해 반짝이며 쏟아지는 그 불빛을 볼 수 없다! 이제 골짜기에서 밭일을 할 때마다, 어쩌면 때로는 이쪽을 보고 있는 게 아닐까 하고 느끼는 일도 없다! 이제 봄이 오면 맨 처음 핀 꽃 앞에서 기쁨으로 가슴 설레며 걸음을 멈출——그녀에게 그 꽃을 따다주는 것은 그의 특권이었으므로——일도 없다! 제프리는 자기도 모르게 신음소리를 냈다. 안 돼, 오늘밤엔 만나러 갈 수 없어. 좀더 기다려야 해, 자신이 더 강해질 때까지.

그때 마음이 그를 비난하는 소리가 들려왔다.

'결국 자기밖에 모르는군. 그녀보다 너 자신의 감정을 우선하고 있지 않은가……. 절대로 그러지 않겠다고 맹세해놓고. 그녀는 널 필요로 하고 있을지도 몰라……. 이렇게 괴로울 때, 왜 위로하러 달려와 주지 않는 거냐고 이상하게 생각하고 있을지도 모른다.'

그는 휙 몸을 돌려 과수원의 오솔길을 빠져나간 뒤, 골짜기를 가로지르는 오래된 들길을 지나 언덕으로 올라갔다. 지난 소년 시절, 매일같이 그토록 기쁨에 넘쳐 오갔던 그 길을. 이제 사방은 어두워지고, 은빛 하늘에 하나둘 별이 반짝이기 시작했다. 소나무숲 아래를 걸어가니, 바람이 가지 너머로 휴우 한숨을 쉬고 있었다. 때때로 돌아가야 한다는 생각이 엄습해왔다. 자신의 고통에 항복해버리듯이. 하지만 그는 단호하게 계속 걸어갔다.

세라가 사는 오래된 잿빛 집은, 아련한 저녁 어스름 속에 덩굴만 무성하게 남아 있는 담쟁이덩굴로 인해 더 적막하고 을씨년스러워 보였다. 실내의 불은 이미 모두 꺼져 있었다. 마치 영혼이 떠난 채 방치된 집 같았다.

제프리는 뜰 입구로 돌아가 문을 두드렸다. 하녀가 열어줄 줄 알았는데 세라가 직접 나왔다.

"어머, 제프리!" 그녀의 목소리가 즐거운 듯이 높게 울렸다. "와줘서 정말 고마워. 왜 오지 않나 하고 이상하게 생각하던 참이었어."

"날 만나고 싶어 하지 않을지도 모른다고 생각했지. 늘 당신을 생각하고 있었어……. 하지만 어쩐지 방해를 하는 것 같아서." 그는 서두르는 기색 없이 말했다.

"방해가 되다니 그럴 리가 없잖아? 그래, 난 당신을 만나고 싶었어, 제프. 어서 서재로 들어가." 그녀는 다정하게 말했다.

그녀의 뒤를 따라 그는 방에 들어갔다. 그곳은 극히 가끔 그가 찾아갈 때면 언제나 둘이서 편안하게 앉을 수 있는 곳이었다. 세라가 탁자 위의 촛대에 불을 켰다. 불빛이 점점 밝아지면서, 빛의 고리 속에 서있는 그녀를 선명하게 비춰주었다. 길게 끌리는 잿빛 가운을 입은, 호리호리하고 화사한 여인의 모습. 그녀의 나이를 모르고 있는 처음 보는 사람이라도 그녀가 몇 살쯤인지 알아맞히는 건 일도 아니지만, 도대체 그녀의 어디가 그런 원숙한 인상을 주고 있는지 설명할 수 없었다. 왜냐하면 그녀의 얼굴에는 주름이 하나도 없었기 때문이다. 약간 창백한, 아마 젊었을 때보다 훨씬 뚜렷하고 단정해 보이는 윤곽 속, 눈은 밝고 맑았다. 풍성한 밤색 머리가 앞에서 뒤로, 그 소나무숲 아래에서 제프리가 보랏빛 옷을 입은 여섯 살 아이를 처음 발견했을 때와 같은 곡선을 그리며 물결치고 있었다. 아마 그 얼굴에 숨어있는 뛰어난 인내력과 침착함이, 그녀의 연륜을 말해주고 있는 것이리라. 그것은 젊은 사람에게서는 결코 찾아볼 수 없는 것이었다.

그가 안고 온 봄꽃에 그녀의 눈동자가 환하게 빛났다. 제프리에게 다가와 그것을 받아드는 그녀의 손이 그에게 닿자, 그는 기쁜 나머지 온몸이 희미하게 떨리는 걸 느꼈다.

"정말 예쁜 꽃이야! 이 봄의 첫꽃! 당신은 언제나 맨 처음 핀 꽃을 따주었어, 제프. 우리가 함께 메이플라워꽃을 딴 첫날, 기억해?"

제프는 싱긋 미소를 지었다. 어떻게 잊을 수가 있단 말인가? 하지만 왠지 그는 그 말을 하는 것이 망설여졌다.

세라는 꽃을 탁자 위 꽃병에 꽂으면서, 그중 별 같은 분홍꽃 한 송이를 가슴의 레이스에 꽂았다. 그리고 제프리 옆에 앉았다. 그는 그녀의 아름다운 눈이 지금까지 줄곧 눈물에 젖어 있었으며, 입가에 고통의 흔적이 주름으로 남아 있는 것을 알아보았다. 저항할 수 없는 충동에 사로잡혀 그는 몸을 기울여 그녀의 손을 잡았다. 그녀는 거부하지 않고, 그 손을 그의 무릎 위에 놓은 채 가만히 있었다.

그리고 슬픈 목소리로 말했다.

"난 지금 무척 외로워, 제프. 아버지가 돌아가시고 말았어. 이젠 친구도 아무도 없고."

"내가 있잖아." 제프리가 조용히 말했다.

"그래, 이런 말 해서는 안 되는데. 당신은 나의 친구야. 나도 알고 있어, 제프. 하지만 하지만…… 난 소나무숲 저택에서 나가지 않으면 안 돼."

"나도 그 얘기를 오늘 밤 처음으로 들었어."

"제프, 당신은 모든 것이 끝나는 곳으로 생각되는 장소에 서 있어

본 적이 있어? 그곳에는 이제 아무것도 없어……. 무엇 하나……
남아 있지 않아." 그녀는 애잔하게 말했다. "아니야, 당신한테는 그
런 일이 없을 것 같아. 내가 하는 말의 의미를 진정으로 이해할 수
있는 건, 여자뿐이야. 그런 느낌이 들어, 지금은. 아버지가 계셔준
동안은 아버지를 간호하는 것이 삶의 의미였기 때문에 그렇게 괴롭
지 않았지만, 지금은 모든 게 사라지고 말았어. 게다가 이 집에서
나가지 않으면 안 되는걸."

"내가 도와줄 수 있는 일이 뭔가 없을까?" 비참한 심정으로 제
프리가 중얼거렸다. 이제 그는 오늘밤 이렇게 와버린 것이 잘못이었
다는 걸 깨닫고 있었다. 그녀를 도와주는 건 불가능한 일이다. 자기
가슴의 고통 때문에 그는 남자다움을 잃고 있었다. 금방이라도 뭔
가, 말도 안 되는 바보 같은 말이 제멋대로 튀어나올 것만 같았다.

세라는 그를 바라보며 괴로운 듯 말했다.

"아무도 어떻게 해줄 수 없는 일이야, 제프."

그 아름답고 맑은, 어린아이 같은 눈이 눈물로 가득했다. "시간이
지나면 틀림없이 다시 기운을 차릴 거야. 하지만 지금은 나, 완전히
지쳐있는 상태야. 마치 길을 잃고 헤매는 어린아이 같은 기분인걸.
아, 제프!"

가느다란 손으로 얼굴을 가리고 그녀는 흐느껴 울기 시작했다. 오
열의 하나하나가 제프의 가슴을 파고들었다.

"안 돼, 안 돼, 세라." 그는 갈라진 목소리로 말했다. "당신이 그
렇게 괴로워하는 모습, 더 이상은 못 보겠어. 당신을 도와줄 수만
있다면 난 얼마든지 죽어도 좋아. 사랑해, 사랑하고 있어, 세라!
이런 말 절대로 입 밖에 내지 않을 생각이었지만, 진심이야. 지금
그것을 당신한테 고백해서는 안 되는 줄은 알아. 당신이 외롭고 슬
픈 처지에 빠진 틈을 이용하려는 거라고는 생각하지 말아줘. 다 알
고 있어……. 내내 인내하며 살아 왔지……. 당신은 내 손길이 닿

지 않는 곳에 있는 사람이었으니까. 그렇지만 내가 당신을 사랑하는 것을 막을 수는 없어. 아무것도 원하지 않고, 오로지 신분에 어울리게 몰래 사랑하는 것을 말이야. 이런 내 감정을 당신은 화내겠지만, 사랑한다고 말하지 않을 수가 없었어. 그뿐이야. 다만 알아주기를 바랐던 것뿐이야."

세라는 그로부터 얼굴을 홱 돌렸다. 제프리의 마음은 후회에 사무쳤다. 아, 그런 말을 해서는 안 되었는데. 수십 년 동안 바쳐온 사랑에 자신을 맡겨버리고 말았다. 그녀를 좋아하는 그런 당치도 않는 일을 하여 도대체 어쩔 셈이란 말인가? 침묵만이 이 사랑을 타당한 것으로 만들어주었는데, 이젠 그 타당성을 잃고 말았다. 그녀는 경멸할 것이다. 그는 그녀와의 우정을 영원히 포기하고 만 것이다.

"화난 거야, 세라?" 잠시 동안의 침묵 뒤, 그는 슬픈 듯 물었다.

이윽고 세라가 대답했다.

"그런가봐."

그녀는 그 위엄 넘치는 머리를 여전히 저쪽으로 돌리고 있었다.

"만약…… 만약 나를 내내 사랑하고 있었다면 제프, 왜 지금까지 그렇다고 말해주지 않았어?"

"어떻게 그런 말을 할 수 있겠어?" 그는 진지하게 말했다. "난 알고 있었어. 당신의 사랑을 얻는 일은 결코 없을 거라는걸. 나 같은 사람은 당신을 그런 식으로 꿈꿀 자격조차 없다는걸. 오, 세라, 화내지 말아줘! 나의 이 사랑은 당신을 존경하는 마음이고, 신분을 분별하는 겸허한 것이야. 난 아무것도 원하지 않았어. 지금도 당신의 우정 외에는 아무것도 원하지 않아. 세라, 그것마저 나한테서 빼앗아가지는 않겠지? 제발 화내지 말아줘."

"난 화가 나." 세라는 되풀이했다. "화내는 게 당연하다고 생각해."

"그럴지도 모르지." 그는 단순하게 말했다. "하지만 그건 내가 당신을 사랑하기 때문이 아닐 거야. 나의 이러한 사랑은 어떤 여자도 화나게 만들지는 않아, 세라. 그러나 그걸 멋대로 입 밖에 내고만 나에 대해서는 화내는 게 당연해. 이런 말을 해서는 안 되는 거였는데……. 하지만 어쩔 수가 없었어. 나도 모르게 입에서 나오고만 거니까, 용서해줘."

"아직도 모르는구나. 어떻게 용서하란 말이야, 지금까지 사실을 말해주지 않은 당신을? 내가 용서할 수 없는 건 바로 그 점이야. 그런 말을 해서가 아니라. 아무리 자신의 의지에 반하는 것이었다고 해도. 제프, 내가 그렇게 아내로서 부족할 거라고 생각한 거야? 그래서 청혼하지 않았던 거였어?"

세라가 침착한 태도로 말했다.

"세라!" 그는 깜짝 놀랐다. "난…… 난…… 당신은 하늘의 별처럼 나보다 훨씬 높은 곳에 있어서…… 꿈에도 생각한 적이 없었어……. 희망을 품은 적도 없었어……."

"그럼 나도 당신을 좋아할지 모른다고는?" 세라가 마침내 이쪽을 돌아보며 그렇게 말했다. "그렇다면, 당신은 남자가 그래야 하는 것 이상으로 정숙했던 거야, 제프. 당신이 날 좋아하고 있을 줄은 몰랐어. 어쩌면 나도 좀더 일찍 당신이 입을 열게 할 방법을 찾았어야 했던 건지도 몰라. 이렇게 오랜 세월을 허비해서는 안 되었어. 난 당신을 사랑하고 있었어. 언덕 위에서 함께 메이플라워 꽃을 따던 그날부터였던 것 같아. 학교를 졸업하고 집에 돌아온 뒤부터는 스스로도 알고 있었어. 다른 누구도 생각한 적이 없었지. 그렇게 하려고 노력은 해봤지만. 당신은 나를 어떻게도 생각하고 있지 않다고 생각했거든. 당신과 나 사이에 무슨 신분의 차이 같은 것이 있다고 세상 사람들이 생각할지도 모른다는 건, 난 아무래도 상관없는 일이었어. 제프, 내가 속마음을 확실하게 표현하지 않았다 해도, 당신은 나를 원망해선 안 돼."

"세라." 그는 속삭였다. 여우에게 홀린 것처럼, 비둘기가 콩알총에라도 맞은 것처럼, 도저히 믿겨지지 않는 이 기쁨을 한편으로 두려워하면서. "나에게는 당신 반만큼의 가치도 없어…… 하지만…… 하지만……." 그는 몸을 내밀어 그녀에게 가만히 팔을 두르며, 그녀의 깜박이지도 않는 투명한 눈을 똑바로 응시했다. "세라, 나의 아내가 되어주겠어?"

"그럴게." 그녀는 또렷하고 진지하게 한 마디로 대답했다. "그렇게 될 수만 있다면, 난 자신을 자랑스럽고 행복하고 영광스러운 여자라고 생각할 거야. 오 제프! 당신에게는 앞으로 진실을 말하는 걸 주저하지 않기로 하겠어. 나에게 당신은 너무나 소중한 사람이기 때문에 관심이 없는 척 할 수가 없어. 그것을 18년이나 숨겨온 건, 당신이 그런 말을 듣고 싶어 하지 않을 거라고 생각했기 때문이야. 하지만 지금 이렇게 진실을 그대로 말할 수 있는 이 기쁨을, 이제는 영원히 자유롭게 누리며 살아갈 거야."

그녀는 얼굴을 들었다. 그녀의 얼굴에는 그를 향해, 무럭무럭 자라서 결실을 맺은 그 섬세하고 두려움을 모르는 애정이 구석구석 빛나고 있었다. 그리고 두 사람은 첫키스를 했다.

음악이 흐르고 꿈이 속삭이는 세계

몽고메리가 자란 '캐번디시'는 그 무렵 아주 작은 마을이었다. 목장이나 숲의 초록빛이 널리 펼쳐져 있고 집들이 띄엄띄엄 떨어져 있다. 프린스에드워드 섬에는 유서 깊은 집안은 물론이고, 벽촌의 한 농가인 맥닐 집안에 책이 넘칠 정도로 있었을 리가 없다. 몽고메리가 수집한 '이야기'는 한 집안이나 그것을 둘러싼 사람들의 일화들이고, 그것을 들려 주는 사람도 가족의 일원이다. 이 책의 2부 《세라 황금의 길》이 "스토리 걸이 들려준 수많은 이야기들을 나에게 얘기해 준 메리 로슨에게 바친다"고 쓰고 있는 것으로도 그것을 알 수 있다.

이야기의 등장인물들은 먼 미지의 나라 사람들이 아니라, 낯익은, 또는 소문을 통해 들은 적이 있는 그 누구이다. 몽고메리가 지은 이야기는 실은 '그 누구의 이야기', 또는 독서를 좋아하는 한 시골 소녀가 정성껏 수집한 먼 나라의 이야기에서 선택한 것이었다. 따라서 몽고메리가 쓰는 작품은 소박하고 얼마쯤 흙냄새가 풍긴다. 이 책에 나오는 소녀들은 패전트 룩(peasant look)을 입고 젖을 짜고 무명 앞치마에 산딸기를 따서 담는다.

꿈과 현실 생활이 잘 뒤섞여 있는 몽고메리의 이야기는 실현 가능성이 확실히 뒷받침된 꿈, 즉 멋진 남자를 만나고 싶어하거나 귀여운 신부가 되고 싶어하는 꿈을 안고 있는 건강한 대다수 소녀들에게 환영받고 있다. 가슴에 꿈을 품고 있는 사람이 강한 의지를 갖고 그것을 지키며 살아간다면 언젠가는 꽃을 피울 때가 있다는 것을, 이 작가는 가장 바람직한 형식을 통해 보여주고 있다. 몽고메리, 그녀 자신 또한 꿈을 헛된 백일몽으로만 끝내지 않는 강한 의지의 소유자였던 것이다.

소녀들은 무엇으로 만들어졌을까?

마더구스의 노래에 나오는 영국의 옛 동요에 이런 한 구절이 있다.

'설탕과 향료와 맛있는 것만으로 만들어졌다.'

소녀들은 그런 것으로 만들어진 모양이다. 소녀들은 소녀라는 사실을 그 누구보다도 확실히 의식하고 있다. 소녀들은 달콤하고 맛있는 것만으로 만들어져 있다. 그것을 믿는 사람은, 적어도 믿는 시늉을 하는 이들은 다름아닌 소녀들 자신인 것이다. 한 여자가 되기 직전에 여자라는 자신감을 느끼면서 한때나마 아름다운 꿈속에서 지내는 소녀들. 그녀들이 좋아하는 멋있는 것으로 만들어진 이야기가 있다면, 그것이야말로 L.M. 몽고메리의 작품들이다.

앤, 제인, 에밀리, 그리고 '세라 시리즈'(1부 《세라 사랑의 기쁨(The Story Girl)》과 2부 《세라 황금의 길(The Golden Road)》)에 등장하는 소녀들은 '맛있는 것'으로 둘러싸여 있다. 부드럽게 부푼 황금빛 케이크, 스며드는 듯한 냄새를 풍기는 건포도 파이, 버찌 잼, 젤리 타트……. 실은 등장하는 소녀들도 산문적인 감자나 콩이나 고기를 날마다 먹고 있겠지만 이야기에 나오는 것은 어디까지나 일상적인 것이 아닌, 꿈 같은 음식들이다.

소녀들은 또한 모양내기를 좋아한다. 격자무늬 무명으로 지은 평상복, 모슬린으로 지은 외출복(아마도 아랫단이 넓은 스커트), 자수가 새겨진 가운, 풀을 잘 먹인 멋스러운 에이프런, 그리고 살랑살랑 옷 스치는 소리가 들리는 소매가 부푼 비단 드레스! 게다가 유럽에 있는 아버지가 보내준 파리제 화려한 장신구를 몸에 단 세라, 즉 스토리 걸은 시골 마을 소녀들의 부러움을 산다. 여자아이, 아니 일반 여성에게 옷에 대한 묘사는 언제나 마음을 들뜨게 한다. 몽고메리가 즐겨 등장인물에게 입혔던 옷의 색감, 주름, 리본, 모자 등의 부속물에 독자들은 마음이 들뜨고 그 옷을 입은 자기 모습을 상상해 본다.

소녀들이 살고 있는 집 안, 이것 또한 우리의 꿈을 북돋운다. 라벤더 향내가 나는 시트, 패치워크 퀼트 이불, 사과잎 모양의 레이스 편물, 얼간이 아저씨 집에서 발견된 공단 실내화. 유럽의 소녀들에겐 흑백 사진처럼 옛날의 좋은 시절을 떠올리게 하는 물건에 지나지 않을지 모르지만, 앤 셜리를 비롯한 몽고메리의 주인공들을 열렬히 사랑하고 있는 소녀 독자들은 그들의 모든 것이 이방 세계의 향기가 나는 영원한 동경의 물건들이다.

몽고메리의 작품을 읽으면 그녀의 언어가 저도 모르게 전염되어 형용사를 남발하는 사람이 되기 쉽다. 그녀의 문장은 정말 여성다운 수식어의 홍수다. 주제가 되는 말을 찾아가기까지 숨이 막힐 정도로 몇 겹의 수식어들의 울타리가 쳐져 있다. 그녀의 생각이 넘치고 넘쳐 좀처럼 앞으로 나아갈 수 없다.

저녁놀의 하늘은 자줏빛과 금빛과 은회색을 띤 초록색이며 느릅나무 위에는 장밋빛 구름이 정답게 얽혀 있었고, 비온 뒤의 서풍에서는 '전나무의 송진내, 박하 향기, 양치식물의 야성적인 숲 냄새, 햇빛 속에서 자라는 양치식물의 냄새, 또한 멀리 언덕 목초지의 감미로운 숨결이 느껴진다.' 간결한 표현을 좋아하는 사람이라면 이런 표현에 먼저 현기증을 느낄 것이다. 들에 피는 꽃들도 단순히 피어 있는 것이 아니라, 미나리아재비는 길가에 별이 뿌린 가루처럼 피어 있고, 가냘픈 향기를 풍기는 이름도 모를 흰 꽃은 '이 세상에서 많은 고생을 한 인내심이 강한 선량한 부인의 넋'처럼 조용히 핀다는 식이다. 몽고메리 본인도 어쩔 수 없었던 것은 참으려 해도 그녀의 펜은 달리고 달려 생각나는 대로 수식어를 문장에 채워 넣고야 마는 점이었다. 어떤 단어도 몽고메리로서는 너무나 사랑스럽고 지우기 어려운 것으로 생각되었다. 그러나 이러한 점이 독자, 특히 소녀들을 매혹하고야 마는 대중작가의 자질이 되고 있음을 우리는 간과할 수 없다.

L.M. 몽고메리를 만나면 열중하는 독자들은 대부분 10대 소녀이다. 그녀들은 통속성에 현혹되고 이끌리기 때문이다. 이성적인 간결한 문장으로 능률적으로 스토리가 진행되었다면 과연 그만큼 많은 소녀들이 앤을, 마음을 털어놓을 수 있는 벗으로 여길 수 있었을까. 난무하는 형용사가 절반으로 줄었다면 앤은 빨강머리에 잿빛을 띤 초록색 눈을 가진 평범한 소녀가 되어 버려 아마도 소녀 독자들의 마음을 잡을 수 없었을 것이다.

몽고메리가 열광적인 소녀 팬을 얻은 이유를 또 하나를 들 수 있는데 그것은 주인공이 결코 미인이 아니라는 점이다. 앤 셜리도 그렇고, '피부가 너무 희고 얼굴이 너무 긴' 세라 스탠리 또한 그렇다. 그러나 세라가 이야기를 시작하면 아름다운 펠리시티를 황홀하게 보고 있던 베벌리조차도 자기도 모르게 세라에게 빠져들고 만다. 여자애들이 용모에 대해 품는 관심은 대단한 것이다. 따라서 소녀들은 누구나 자신이 아름답기를 바란다. 그런데 작품 속에서 아름다운 소녀란 실은 이야기 재주나 사람 됨됨이에 의해 주어지는 것이다. 그래서 '나도 될 수 있다'고 생각하고 독자는 자기만의 세계 속에서 주인공이 되어 황홀해지는 것이다.

'세라 시리즈'는 1909~10년에 씌어져 1911년에 페이지사에서 출판되었다. 《빨강머리 앤》《앤의 청춘》《과수원의 세레나데》에 계속되는 네 번째 소설로 몽고메리의 36살 때 작품이다. 1911년에 사랑하는 할머니를 여의고 그해 7월에 8살이나 연상인 약혼자 이완 맥도널드와 결혼했으니까 처녀 시절 집에서 쓴 마지막 이야기가 된다. 스토리 걸의 무지갯빛 목소리로 소개되는 에피소드에는 큰할머니 메리 로슨에 의해 전해진 몽고메리 집안의 일화와 몽고메리가 어렸을 때의 추억이 많이 삽입돼 있다.

M. 길렌이 쓴 몽고메리 전기 《운명의 물레》에 의하면 푸른빛의 낡은 옷궤는 아저씨 '존 캠벨'의 집에 있었던 것이었으며, 페그 보엔은 조금 정신이 돈 '맥 레어드'라는 실제의 늙은 여자였고, 패니호 선장의 애인 마거릿도 실존 인물로 이 책이 출간된 그 무렵에 살아 있었다고 한다.

또 베티 셔먼 이야기는 증조부 도널드 몽고메리와 관계되는 실화이다. 그리고 '유령의 종'은 몽고메리의 어린 시절의 추억이며 '심판의 날'에서 느낀 아이들의 공포는 그대로 5살의 몽고메리가 맛본 기분이다. 세라 스탠리는 이야기를 잘했던 소녀 몽고메리 자신이었으며, 그런 까닭으로 '세라 시리즈'는 몽고메리가 가장 사랑했던 작품이다.

보통 사람이라면 이야기한 순간에 곧 잊어버릴 것 같은 집안끼리의 일화가 길게 전해진 것은 몽고메리 자신의 소설가로서의 재능 외에 그런 일화를 재미있고 우스꽝스럽게 얘기해 준 집안 사람들의 덕택이라고도 하겠다.

아버지 쪽의 몽고메리 집안, 어머니 쪽의 맥닐 집안은 똑같이 스코틀랜드에서 이주해 온 사람들이다. 풍부한 신화와 전설을 지닌 켈트 민족의 피를 이은 스코틀랜드 인이라면 당연한 일이다. 장마다 몽고메리와 친숙했던 일화가 들어 있기 때문에 이것은 하나의 이야기라기보다는 세라 스탠리라는 소녀를 진행자로 하는 콩트집이라고 할 수 있다. 조역을 하는 아이들, 곧 펠리시티, 세실리, 레이, 피터, 댄, 펠릭스, 화자인 베벌리도 독자들은 잊을 수 없을 것이다. 꾸밈 없는 유머를 만들어 내는 그들의 진지한 말과 행동에 독자들은 자기의 어린시절을 보게 된다. 몽고메리가 아이들을 묘사하는 능숙한 솜씨에는 그만 빙긋 웃음을 보내지 않을 수 없다.

몽고메리가 쓰는 작품은 결국 몽고메리의 것이며, '세라 시리즈'도 그 예에서 벗어나지 않는다. 미나리아재비나 과꽃이 만발한 들, 암소들이 풀을 뜯는 목장, 배와 사과가 한껏 열린 과수원, 교회, 주일학교……. 그것들은 독자와 친숙한 프린스에드워드 섬에서의 생활 무대이다.

몽고메리의 작품을 읽다보면 언제나 음악이 흐르고 꿈이 속삭이는 소리를 들을 수 있다. 아일랜드와 스코틀랜드풍의 소박한 민속 음악, 지그와 릴의 울림이 느껴진다. 그렇지만 그것은 전편을 타고 흐르는 아련한 테마음악에 불과하다. 장이 바뀌면 예상치 못했던 다른 음악, 색다른 음색을 내는 악기의 연주가 시작되기 때문이다. 이를테면, 눈보라 속에 길을 잃은 아이들이 가까스로 찾아간 페그 보엔의 집 안에서 신시사이저의 격정적인 음악이 흐르고,

"바람은 불어, 자기가 원하는 대로. 누구한테도 길들여지지 않아. 자유……. 그래서 무서워도 좋아하는 거지. 바람을 사랑해. 굉장한 거야, 자유라는 건. 자유……자유……자유!"

그렇게 외치는 페그 보엔의 목소리는, 그대로가 노래이며, 마치 그녀가 한순간 암흑 속에서 무대 중심의 조명 안으로 걸어나와 머리를 풀어 헤치고 열정적으로 노래하는 흑인가수가 된 것 같은 착각을 불러일으킨다. '얼간이 아저씨의 사랑 이야기'에서, 화면은 갑자기 환하게 밝아와 마치 샴푸 광고에 나오는 것 같은 빛이 가득한 숲 속의 배경으로 바뀐다.

차례차례 바뀌는 음악에 몸을 맡기고 있다가 문득 정신이 들고 보면 어느덧 '세라 시리즈'가 이미 끝나 있다. 세라, 즉 스토리 걸이 아버지와 함께 멀리 파리로 떠나는 것은 자신과 황금시대와의 작별을 의미하고 있다. 남겨진 아이들에게도, 킹 집안의 과수원에서의 즐거웠던 한 시대는 막을 내리고, 이윽고 뿔뿔이 흩어져 아이들만이 걸을 수 있는 황금의 길에서 사라져 가게 된다. 그리움 가득한 눈동자의 소녀 세라만을 남기고 말이다.

문장을 읽으면서 정경이 함께 떠오르고 리듬이 느껴지는, 그렇게 마음의 눈을 열게 하고 깊은 곳에서 울려오는 선율에 귀를 기울일 수 있게 하는 책을 만난다는 것은 어려운 일이다. 음악이 흐르고 꿈이 속삭이는 책······. 그런데 이 책이 바로 그런 책이다. 이 책은 당신에게 그런 행운의 선물이 될 것이다.

서초 그린게이블즈에서

김유경

김유경

숙명여자대학교 미술대학 〈서양화 전공〉 졸업
창작미협전 「정월」 특선 목우회전 「주왕산」 입상
지은책 「조선 세시 열두달 이야기」 옮긴책 「잉걸스·초원의 집」
「몽고메리·그린게이블즈 빨강머리 앤」 10권

ANNE'S BOOKS
8
세라 황금의 길

루시 모드 몽고메리 지음/김유경 옮김
초판 발행/2004. 1. 1
발행인 고정일/발행처 동서문화사
창업 1956. 12. 12. 등록 16-345 (윤)
서울강남구신사동 540-22 ☎ 546-0331~6 (FAX) 545-0331
www.epascal.co.kr
✽잘못 만들어진 책은 바꾸어 드립니다.
전10권 각권 9,800원
✽

사업자등록번호 211-90-02201
ISBN 89-497-0306-8 04840
ISBN 89-497-0289-3 (세트)